작은 산장

정상에서도 더 꼭대기에 있는 아주 작은 집

작은 산장

초판 1쇄 인쇄일 2017년 8월 16일
초판 1쇄 발행일 2017년 8월 25일

지은이 이재순
펴낸이 양옥매
디자인 남다희
교 정 조준경

펴낸곳 도서출판 책과나무
출판등록 제2012-000376
주소 서울특별시 마포구 방울내로 79 이노빌딩 302호
대표전화 02.372.1537 팩스 02.372.1538
이메일 booknamu2007@naver.com
홈페이지 www.booknamu.com
ISBN 979-11-5776-463-1(03810)

이 도서의 국립중앙도서관 출판시도서목록(CIP)은 서지정보유통지원 시스템
홈페이지(http://seoji.nl.go.kr)와 국가자료공동목록시스템
(http://www.nl.go.kr/kolisnet)에서 이용하실 수 있습니다.
(CIP제어번호 : CIP2017020401)

이재순 단편집 _

정상에서도 더 꼭대기에 있는 아주 작은 집

작은
산장

책낲무

우리의 작은 집에 붙어있는 가난이라는 문패가
그들의 대문 기둥에도 예외 없이 붙어있었다.
하지만 우리는 그 작은 집을 과감히 '산장'이라 불렀다.

목차

노트 속에 잠들다_

1.
다른 책들과 함께 노트가 눈에 들어왔다

작은방은 책장과 책장이 감당할 수 없는 책들로 가득하다. 상당수의 책들은 오랜 시간의 흔적으로 누렇게 변색되어 있다. 가끔 작은방에 머물 때면 오랜 책에서만 맡을 수 있는 특유의 냄새에 흠뻑 취하곤 했다.

책장은 구입 시기에 따라 색깔과 무늬가 모두 제각각이다. 그중에서 창문에 접해 있는 책장이 세월의 옷을 가장 많이 켜켜이 입었다. 책장의 하단에는 서랍이 있다. 서랍 속에는 다른 책들과 구별되는 노트가 있을 것이다. 검푸른 노트 표지에는 음각으로 일천구백팔십 그 어느 해의 숫자가 표시되어 있을 것이다. 노트는 그 당시의 내게 발생했던 일들과 감정들이 고스란히 담긴 기록물이다. 그래서일까, 노트가 서랍 속으로 들어간 이후로 한번도 서랍을 열어본 기억이 없다. 나와 같은 누군가에게는 과거를 들춘다는 것이 그리 쉽지만은 않은 일인 것 같다. 남들보다 더 유별나게 살아온 것도 아니면서 말이다. 그렇다고 과감하게 노트를 버리지도 못한다. 들추기는 싫지만 버리지도 못하는, 그래서 언제나 내 손길 갈 때 있어줄 수 있는 그만치의 거리에서 방치된 과거로 남겨지기를 바라는 것이다. 그렇게 노트는 구석진 어두운 서랍 속에서 내 과거를 담고 쉽지 않은 세월을 묵묵히 이겨내고 있었다. 그러던 중 새삼스럽게 내가 노트를 발견한 때는 나도 노트를, 노트도 나를 완전히 잊은 것이라 믿던 그 수많았던 날들 중 어느 하루였다.

홀로 남겨진 텅 빈 집, 시간은 오후의 막바지에 걸쳐있었다. 거실에는 붉은 낙조 두어 가닥이 빠끔히 비집고 들어와 있었다. 불을 켜지 않은 작은방은 어두침침했다. 그러나 창문을 스며든 빛 덕택에 어지간한 글씨들은 눈에 들어왔다. 책장의 많은 책들을 휘둘러 보던 나는 오랫동안 잊고 있던 친구가 기억난 것처럼 그 책장의 서랍을 내려다보았다.

서랍은 수줍은 소녀의 옹다문 입술처럼 닫혀있었다. 무릎을 꿇고 서랍을 열자, 다른 책들과 함께 노트가 눈에 들어왔다. 노트를 빼어들자 다른 책에 눌려있던 부분을 제외하곤 얇은 먼지가 뽀얗게 덮여있었다. '후' 하고 불자 바람 따라 먼지가 날렸다. 나는 조심스럽게 페이지를 넘겼다. 어떤 날은 많이, 어떤 날은 한두 줄 정도로 그 시절의 일상을 담고 있었다. 휴대폰 대신 공중전화가, 이메일 대신 하얀 편지가 의사전달의 전부였던 시절의 일상이었다.

볼펜으로 휘갈겨 쓴 글씨는 견뎌온 시간만큼 탈색된 채 당시의 감정을 고스란히 담고 있었다. 한참을 듬성듬성 읽던 나는 여느 날과는 다른 페이지 앞에서 브레이크에 걸린 것처럼 두 눈을 고정시켰다. 다른 어떤 날들보다 강한 격정에 휩싸였던 그해 12월의 어느 날이었다. 그 격정의 깊이는 줄을 넘나들며 빠르게 진행됐다 순간 멈칫하고, 그런 후에 다시 돌진했다. 이것은 단어들의 호흡을 보아서도 알 수 있었다. 글을 읽으면서 마치 그 상황이 다시 찾아온 것 같은 감정의 굴곡이 복받쳐오기 시작했다. 그리고 또렷한 그때의 영상이 눈앞에 서성거렸다.

2.
빛은 계단의 모서리에 이르러
더 나아가지 못하고 따스하게 머물렀다

  녀석들은 아직 오지 않았다. 12월 중순의 날씨는 가을의 끝자락과 겨울의 앞자락 사이에서 방황하고 있었다. 한겨울처럼 춥지도 않았지만 가을처럼 선선하지도 않았다. 아침과 저녁이 겨울의 몫이라면 한낮은 가을의 몫이었다. 하지만 이따금씩 불어대는 바람은 여민다고 여민 옷깃 속을 어렵지 않게 파고들고 있었다. 시간도 열시 반으로 오전과 점심의 중간이었다.
  "내일 인천 가자."

"인천?"

"월미도."

"월미도는 왜?"

"네 생일이잖아. 학교 앞에서 보자. 열시 반."

그리고 병호는 전화를 끊어버렸다. 대화는 짧지만 결정은 단호
했다. 이런 식의 진행이 병호의 방식이었다. 그럼에도 누구도 그
를 탓하지 않는다. 그의 방식이 옳다기보다는 이젠 너무나 익숙해
져서일 것이다.

병호의 부름을 받고 나온 학교 앞은 썰렁했다. 아니 을씨년스럽
기까지 했다. 한두 주 전만 해도 학생들로 북적거렸던 교정이었
다. 그러나 기말고사 종료와 함께 겨울 앞에선 가을처럼 학생들도
흔적 없이 사라져버렸다.

그래서일까, 체온을 느낄 수 없는 학교 앞은 실제의 계절보다
더욱 춥고 싸늘하게 다가왔다. 그리고 한없이 애틋해졌다. 흐린
후 눈 또는 비. 오십 퍼센트의 신뢰도에 머물던 일기예보였지만
오늘은 예사롭지 않게 보였다. 구름의 층이 두터워지고 농도가 짙
어지고 있었다.

나는 학교정문에 접해 있는 체육관 앞 계단을 가만히 바라보았
다. 이른 아침 쓸고 간 청소의 흔적이 아직도 곳곳에 남아있었다.
수많은 이들의 발자취는 한두 번의 빗질에 사라져버렸다. 체육관
앞 계단은 언제나 만나는 자, 헤어지는 자, 기다리는 자, 머뭇거리
는 자, 기뻐하는 자, 슬퍼하는 자들의 공간이었다. 그리고 이 년

전, 여름이 다 갈 즈음에 나는 거기서 그 모든 사람의 마음으로 머물러있었다. 저 계단 중간쯤이었을까, 아니면 맨 위쪽이었을까.

어떻게 그런 용기가 났는지 잘 모르겠다. 그냥 후배처럼 따르던 서연에게 꼬깃꼬깃 접은 쪽지를 전해주는 순간, 서연은 이제 나에겐 단순한 여자 후배가 아니었다.

〈토요일 오후 다섯 시에 체육관 앞에서 보자〉

서연도 쪽지를 받은 이후 내가 수많은 선배들 중 단순한 하나의 선배가 아니게 됐을 것이다. 쪽지가 건네진 순간, 이전과는 완전히 다른 관계가 우리 둘 사이에 자리 잡히게 된 것이다.

가만히 주위를 둘러보면, 사랑이라는 감정이 누군가의 가슴에 들어가는 방법은 크게 두 가지인 것 같다. 누군가에게는 한순간에, 다른 누군가에게는 조금씩 쌓여가는 식으로 말이다. 그런데 솔직히 내게 있어서는 그 두 경우 중 어느 것이었는지 구분하기 어려운 것 같다.

분명한 것은 처음 서연을 보았을 때는 지금의 결과를 전혀 예상하지 못했다는 점이다. 그저 다른 여자들보다는 조금 더 예쁜 후배 정도. 그러나 그 예쁘다는 것도 대상마다 조금씩 다른 기준이 적용되다 보니 유독 서연만이 특별히 더 예쁘다고 말할 수는 없을 것이었다. 다만 그 아이가 있는 자리에 같이 있으면, 내 마음은 조금 더 들뜨고 행동거지는 약간 과장되었으며, 어떤 때는 더 과묵해지는 정도였다.

그리고 그 만큼의 감정의 기복은 여름방학이 다 가는 내내 지속됐다. 좋지만 사랑은 아닌, 따라서 그 아이가 누군가의 사랑이 된다면 그다지 가슴앓이 하지 않을 정도의 감정이었다. 당연히 마음을 추스를 정도도 아니었다.

그러나 계절이 가고 오면서 모든 것이 변하기 시작했다. 지금 돌이켜보아도 사랑이라는 감정을 차곡차곡 쌓아왔던 것인지, 어떤 계기로 갑자기 그 아이가 내 맘속에 들어온 것인지 알 수가 없다. 확실한 건, 어느 날 어느 순간이라고 말하기 힘든 그때에 나는 그 아이를 이미 사랑하게 된 것이다. 모를 일이다. 어쩌면 쪽지를 건넨 순간, 아니면 쪽지를 건네고 가슴 설렘으로 안절부절 못했던 그 하루라는 짧은 시간 동안 싹이 움트듯 사랑이 움텄는지도.

그래서일까, 금요일 오전 쪽지를 건네준 후 토요일 오후 다섯 시까지의 기다림은 매우 길게 느껴졌다. 하지만 기다림의 매순간 만큼은 많은 생각들로 촉박하기도 했다. 그 많은 생각 중에는 쪽지를 건네준 것에 대한 후회가 대부분이었다. 처음부터 쪽지를 건네주지 않았다면 이렇듯 기다림의 괴로움에 힘들지 않았을 텐데. 이렇듯 시험점수를 기다리는 것과 같은 초조함은 없었을 텐데.

그리고 토요일 오후 다섯 시가 됐다. 늦은 여름 하루는 서쪽 하늘로 기울어가고 있었다. 체육관 앞 계단은 건물 사이를 힘겹게 뚫고 들어오는 애절한 빛의 안식처였다. 빛은 계단의 모서리에 이르러 더 나아가지 못하고 따스하게 머물렀다. 나는 그 계단의 중간, 아니면 위쪽 그 어딘가에 앉아있었다. 그리고 서있었다. 앉았다 서있기를 반복하고 계단의 위아래를 오르내렸다.

　나의 이런 불안을 아는지 모르는지 토요일 오후의 학교 앞은 평일과 다르게 차분하고 평온했다. 오가는 사람도 그다지 많지 않았다. 나는 잠깐 시계를 보고 먼 하늘을 올려다보았다. 푸른 하늘의 하얀 구름 언저리가 붉게 물들어가고 있었다.

　시간은 이미 오후 다섯 시를 지나, 오 분이 지나고 십 분이 지나고……, 그리고 삼십 분을 향해가고 있었다. 시간이 흘러가면서 초조함도 조금씩 사라져갔다. 초조함이 사라진 빈자리는 후회만이 채워지고 있었다. '서연은 오지 않는구나.'

　나는 더 이상 하늘을 보지 않았다. 건물 사이를 뚫고 들어오던 햇살은 건물에 가려 계단에 미처 도달하지 못하는 것들이 많아졌다. 나는 한동안 두 손으로 턱을 괴고 앉아 멍하게 계단과 맞닿은 보도블록만을 쳐다보았다.

　그때였다.

　"오빠."

　나는 심장이 철렁 내려앉을 듯 놀라며 얼굴을 들었다. 하지만 동시에 어떤 표정을 지어야 할지 알 수가 없었다.

　"저……."

　나는 옅은 미소를 지어보였다. 아니 그랬던 것 같다.

　"서연이가 전해 달라고 해서요……. 오늘 너무 아파서."

　"그랬구나."

　서연과 늘 붙어 다니는 희정이었다.

"꼭 전해달라고 해서요."

"정말 많이 아픈가 보다?"

"네, 목소리가 영 안 좋더라고요."

희정은 마치 자신이 약속을 가리 튼 당사자인 것처럼 조심스러워했다. 희정은 한동안 두 손을 꼬물꼬물 조몰락거리더니,

"저는 약속이 있어서……."

그렇게 말을 흐리고 조심스럽게 계단을 내려가 하얀 치마를 날리며 교문 밖으로 사라져갔다.

나는 앉았던 그 자세 그대로 희정이 사라지는 뒷모습을 쫓고 있었다. 그리고 내내 중얼거렸던 것 같다.

"차라리 잘 됐어, 차라리 잘 됐어……."라고.

3.
올곧이 들어가지 못한 채
주변만을 맴돌며 서성거리고 있었다

조금 지나자 멀리서 병호의 모습이 보이기 시작했다. 어쭙잖게 운동을 한 병호의 몸은 멀리서도 구별하기 어렵지 않았다. 특히 바지주머니에 두 손을 불량스럽게 집어넣고 걷는 팔자걸음이 영락없는 병호의 모습이었다.

"오래 기다렸냐?"

말이 끝나기 무섭게 담배를 입에 물었다.

"그런데, 웬 월미도?"

"수용이가 보재."

"지가 낸대?"

병호가 내뿜은 담배연기는 바람을 타고 사라졌다.

"부모님들 여행 가셔서 집이 빈다고 놀러 오란다."

시계를 보고 주위를 둘러보던 병호가 짜증 섞인 목소리를 낸다.

"그런데 애네들은 왜 안 와?"

병호의 짜증은 경수와 경수가 한참 공을 들이는 희정을 향한 것이었다. 경수와 희정은 일정한 거리를 두고 평행선을 달리고 있다. 사실 객관적으로 보면, 경수에게는 희정만 있지만, 희정에게는 많은 사람 중에 경수가 있을 따름이었다. 그럼에도 둘은 곧잘 붙어 다녔고, 그래서 많은 사람들의 오해를 사게 만들었다. 경수가 우리와 붙어 다녔기에 희정도 우리와 곧잘 함께했다.

병호의 말이 끝나기 무섭게 둘은 멀리서 골목을 돌아 나오고 있었다. 검푸른 청바지에 야상을 걸친 경수는 조금 추워보였지만 희정은 두툼한 털외투에 목도리까지 둘러 날씨보다 따뜻해 보였다.

그렇게 모인 넷은 인천행 버스를 탔다. 지하철보다는 버스를 타는 편이 훨씬 더 여행 기분이 든다고 경수가 극구 주장했기 때문이다. 평일 오전 버스는 여유가 있었다. 승객은 초로의 아줌마 몇몇과 창문에 기대어 곯아떨어진 우리 또래의 청년이 전부였다. 우리는 버스 뒷자리에 자리 잡았다. 버스가 합정을 지나면서 하늘은 빠르게 어두워지고 있었다.

"어, 눈이 올 것 같은데."

희정과 나란히 앉은 경수는 차창 밖 하늘을 볼 요량으로 창가에 앉은 희정에게 한껏 몸을 붙이며 말했다. 아니나 다를까, 정말 하늘은 검게 그을려가기 시작했다.

그리고 오래지 않아 일기예보를 증명이라도 하듯 눈이 내리기 시작했다. 그것도 바람 따라 짐짐하게 내리는 가랑눈이 아니라, 분주한 사람들의 머리와 어깨, 도로의 한 귀퉁이를 짙은 유화처럼 하얗게 덧칠하듯, 펑펑 내리는 함박눈이었다. 검은 하늘에 하얀 눈이 너무나 대조적이듯, 풍성한 눈에 갑자기 막혀버린 도로와 도로변 사람들의 표정도 너무나 대조적이었다. 도로는 차량들의 신경질적인 경적소리로 날카롭게 채워졌지만 사람들은 예상치 못한 많은 눈에 도리어 들뜬 표정이 역력했다.

우리도 "와, 정말 많이 온다."라는 말만 되풀이하다, 이내 눈 구경에 말과 마음이 뺏겨 점점 쌓여가는 눈만 바라볼 뿐이었다. 유성이 떨어질 때 소원을 빌어야지 하면서도 막상 그 순간이 오면 "어, 어." 하다 지나치는 것처럼 말이다.

나는 의자에 깊게 몸을 기대고 천천히 눈을 감았다. 그러면서 수북이 쌓여가는 눈의 무게를 느끼고 있었다.

겨울밤은 마음이 급하다. 다른 계절이면 오후 느지막한 시간에 밤의 문을 열고 성큼 발을 내딛는다. 그럴 때면 우리도 그러한 시간의 흐름에 쉽게 적응해버린다. 도서관에 머무는 시간은 짧아지고 술 먹는 시간은 길어진다. 그러나 그날은 언제부터 밤이 시작됐는지 모르게 하루 종일 어두웠다. 감질 맛만 내던 하늘은 오후가 다 되서야 눈을 뿌리기 시작했다. 마치 코끝에 맴돌던 간지러움이 한순간 기침으로 폭발하는 것처럼, 펑펑.

술 한 잔만 사달라고 매달리는 후배 형진을 핑계 삼아 호프집에 자리를 잡았을 때는 제법 눈이 쌓여가고 있었다. 형진은 누가 봐도 멋있는 놈이었다. 짙은 눈썹을 가리며 휘말려간 웨이브 머리나, 웃는 듯 마는 듯한 입 꼬리, 게다가 약간의 허스키한 목소리는 상대방과 적당한 공간 속에 맴돌며 좀체 떨어질 수 없는 흡인력을 가지고 있었다.

형진은 선배, 그리고 후배 모두에게서 인기가 많았다. 그런 형진은 곧잘 내게 술 한 잔 사 달라 밉지 않게 졸라댔고, 나도 그런 날이면 으레 주머니를 털었다. 특히 이렇듯 눈이 오거나 비가 오는 날이면 예외가 없었다. 역시 예외 없이 병호와 경수가 내 옆 빈 자리를 채웠다. 한동안 이런저런 얘기로 안주 삼아 맥주를 마시던 형진이 시계를 보는 횟수가 잦아졌다.

의아해 한 병호가 담배연기를 뿜으며 물었다.

"누구 오기로 했니?"

"아, 예. 서연이랑 희정이요."

서연? 형진의 입에서 서연이라는 이름이 튀어나왔다. 순간 내 심장도 덜컥 내려앉았다.

이젠 익숙해질 만도 했건만 서연이란 단어에 여전히 내 몸은 긴장감으로 무너져 내렸다. 서연이 학교 앞 그 자리에 나오지 않고나서, 나는 약속 따윈 애초에 없었던 것처럼 가슴 속에 묻기로 다짐했었다. 그리고 아마도 내 스스로가 내 감정을 잠깐 속인 걸 거야, 라고 생각했다. 사실은 사랑하지 않으면서 스스로에게 넌 서연을 사랑하고 있지, 라는 식으로 자기 최면을 건 것처럼 말이다. 그래서 쓸쓸히 집으로 돌아온 토요일 밤과 일요일, 이틀 동안은 방구석에 처박혀 혼자 우울해지기도 또 혼자 피식 억지웃음을 짓기도 하면서, 감정은 냉온탕을 반복해 넘나들었다.

그리고 다음 월요일, 학교 복도에서 서연과 우연히 마주쳤을 땐, 역시 그 감정은 가장된 거였어, 라고 단단히 다짐한 후였다.

서연은 일부러 그들 무리에서 잠깐 떨어져 나와 내게 다가왔었다. 그리고 어느 때보다도 가녀린 목소리로 내게 말했다. 감기가 심하게 걸렸다고. 그래서 미안하다고.

"지금은 괜찮니?"

"네. 괜찮아요…….."

서연은 살짝 웃더니,

"저……. 다음에 봬요. 수업이 있어서……."

하고는 잰걸음으로 그들 무리가 있는 곳으로 사라져갔다.

나는 짐짓 아무렇지도 않은 것처럼 그 뒷모습마저 다 보지 못하고 돌아서버렸다.

하지만 사랑은 가장된 것이야, 라고 믿었던 감정 역시 또 다른 가장이었음을 나는 이미 알고 있었다. 한번 가슴에 남겨진 상처는 그 어떤 것으로도 치료될 수 없음을. 가장 좋은 방법은 사랑이 오기 전에 예방하는 수밖에 없는 것이지. 그럼에도 이미 남겨진 상처라면 흉터가 아물도록 기다리는 수밖에 없었다. 그렇지만 학교에서 항상 서연과 마주쳐야만 하는 상황에서는 상처가 쉽게 아물 수 없음을 깨닫는 데에는 그리 오랜 시간이 걸리지 않았다. 상처가 아물며 딱지가 질 만하면 손으로 긁어내고, 또 나아질 만하면 다시 긁어내면서 상처의 골은 더욱 깊어졌다. 그러면서도 나는 서연에게 더 나아가지 못하고 홀로 조금씩 무너져 내리고 있었다.

"서연이랑, 희정이가 왜?"

이젠 오징어를 입에 문 경수가 물었다. 나는 관심 없다는 듯 그칠 줄 모르는 함박눈 속의 어둠만을 응시하고 있었다.

"여행 떠났다가 오늘 저녁에 올라온다고 했거든요."

형진은 아무렇지도 않게 말했지만, 이미 내 심장은 두 근 반 세 근 반을 달리고 있었다. 늘 이런 식이었다. 그날 이후 종잡을 수 없는 것은 마음만이 아니었다. 서연이라는 이름 하나만으로도 이젠 행동거지도 부자연스러워졌다.

"둘이서 태백산에 갔었나 봐요, 오늘 저녁에 올라온다고, 올라오면 맥주 한잔 사달라고 해서요"

"이놈 봐라, 생색은 네가 내고, 술값은 우리가 내라 이거군."

경수가 500cc 맥주잔을 마저 비우며 말했다.

아저씨 여기 한잔 더요, 라고 경수가 말하는 것과 동시에 가게

문이 열렸다. 그 문을 통해 하얀 눈을 뒤집어 쓴 채 배낭을 멘 서연과 희정이 들어왔다. 눈을 털면서 두리번거리는 둘을 형진이 부르자, 둘은 눈꽃보다 더 환한 미소를 지으며 테이블로 걸어왔다.

안녕하세요, 라고 먼저 인사를 건넨 사람이 서연이었는지, 희정이었는지 모르겠다. 서연은 나를 보고 약간 굳은 미소를 보이고 형진 옆에 앉았다. 희정은 너무도 쾌활하게 내 옆에 앉았다. 병호는 그사이 맥주 두 잔을 추가로 시켰다.

"야, 여자 둘이서 무슨 재미로 여행이냐?"

경수가 서연과 희정이 자리에 앉기 무섭게 물었다.

"뻔하지. 둘만 온 남자들하고 어떻게 해볼까 싶은 거지!"

병호가 새끼손가락까지 거들먹거리며 농을 치자,

"그렇긴 한데, 오빠들보다 잘난 남자들은 없더라고요"

희정이 병호의 농담을 받는다. 경수는 과장된 몸짓으로 우웩, 토하는 시늉을 한다.

그리고 어느새 대화는 태백산에 대한 것으로 이어졌고, 태백 눈꽃보다 더 하얀 꽃처럼 만발했다. 서연과 희정은 누가 먼저랄 것도 없이 태백의 백색 설경을 그림 그리듯 펼쳐보였다. 그럴 때마다 경수가 희정을 바라보는 시선의 횟수가 많아졌다. 서연과 형진의 시선이 마주치는 횟수도 잦아졌다. 가끔 둘은 술잔을 부딪쳤고, 어깨를 부딪쳤다.

나는 아무렇지도 않은 듯 술잔을 들어줬고, 대화에 끼었다. 하지만 나의 마음은 그들 사이에 올곧이 들어가지 못한 채 주변만을 맴돌며 서성거리고 있었다.

서연의 여린 곱슬머리가 이마를 타고 눈을 가릴 듯 말 듯한 모습은 나를 더욱 애절하게 할 뿐이었다. 게다가 형진의 허스키한 목소리에 반응하고, 입을 쫑긋거리며 말을 걸고, 때에 따라서는 깔깔거리며 웃는 모습은 나를 더욱 슬프게 했다. 그러면서 서연과 형진은 좋아하거나 좋아하는 사이가 되겠구나, 라는 생각을 떨쳐버릴 수가 없었다.

4.
눈물 자국 위에 다시 빗물이 맺혀 흘러내렸다

이런저런 생각이 교차하는 가운데 나는 반수면 상태를 유지하고 있었다. 버스가 갑자기 급브레이크를 밟거나 털컹거릴 때에는 잠시 눈을 뜨기도 했지만, 대체로 나는 잠을 자기 위해 노력했다.

나만큼이나 나의 동행자들도 자다 깨다를 반복했다. 그러다 잠에서 깨어났을 때에는 변해가는 날씨와 우리 앞에 놓인 인생과 놓일 걱정들에 대해 농담반 진담반을 섞어 떠들어댔다. 그러나 그것도 잠시, 가는 듯 마는 듯한 버스 안에서 그들은 다시 고개를 떨구었다. 일기예보를 믿지 못했던 차량들은 엄청난 눈에 제대로 발목이 잡혀 정체 속에서 경적소리만 연신 울려댈 뿐이었다.

눈이 내린 양만큼 도로에 쌓이기에는 아직 기온이 충분히 떨어지지는 않았다. 시간이 지나면서 눈은 지면에 닿자마자 녹아버렸다. 기세 좋던 함박눈도 점차 얇아지더니 인천에 다다를 즈음에는 어느새 비로 변해있었다.

우리는 버스에서 내려 수용에게 전화를 걸었다. 수용이 집에서 나오기 전까지 우리는 버스정류장 옆 공사장에서 비를 피했다. 비는 눈이 내릴 때만큼 기세 좋지는 않았지만 두툼한 겨울옷 한 벌을 적시기에는 충분했다.

눈이 비가 되면서 인천은 처음부터 눈이 내리지 않았던 것처럼 보였다. 한겨울처럼 몹시 추운 것은 아니었지만 겨울비는 두툼한 겨울옷으로도 한기를 느끼기에 충분했다. 점심때를 지나면서 슬슬 배도 고파왔다. 나는 팔짱을 낀 채, 공사장 철골 구조물에서 빗물이 뚝뚝 떨어지는 물방울에 맞춰 눈으로 리듬을 타고 있었다. 다른 녀석들도 공사장 처마 밑에 나란히 서서 말이 없었다. 병호는 담배를 뻐끔거렸다. 경수는 희정과 어깨를 맞대고 있었다. 희정의 시선은 안정적이지 못했다. 경수를 보기도 하고, 병호를 보기도 하고, 가끔은 나를 보기도 했다. 희정과 눈길이 마주칠 때면 나는 엷은 미소를 지어보였다. 그러면서 우리 모두는 눈이 비가 된 것을 못내 아쉬워했다. 우리 앞을 지나치는 사람들도 그런 표정이었다. 눈 때문에 우산 없이 길을 나섰다가 눈이 비로 변하자, 자신보다 하늘 탓을 하는 이들도 적지 않았다.

수용이 운동복 차림에 외투를 걸친 채로 건들거리며 나타났을 때에는 허기와 한기로 우리의 인내심이 거의 한계에 다다를 즈음이었다. 수용은 한 손에는 우산을 썼고, 다른 손에는 우산 하나를 여분으로 들고 있었다. 수염을 깎지 않은 얼굴은 몹시 거칠어 보였다. 지난 밤 늦은 술자리가 끝난 후 잠자리에서 일어난 지 얼마 안됐음이 분명했다.

수용은 병호만큼이나 골초였다. 담배를 꼬나문 모양새도 불량스럽다. 수용은 대다수의 대학생들이 그런 것처럼 학기와 방학이 불분명한 녀석 중 하나였다. 공식적으로 학교에서 인정한 방학에는 특별한 술자리가 없는 한 학교 근처에는 얼씬도 하지 않았다.

"오래 기다렸냐?"

"뭐야, 자식아. 이렇게 기다리게 하고."

"흐흐, 얼굴에 물 좀 묻히고 나오느라고."

병호와 수용이 서로에게 담배연기를 맞대고 뿜으며 말했다. 둘은 담배연기를 흩어버리려 팔을 저었다. 골초인 주제에 자기네끼리는 극도로 담배연기를 싫어한다.

"희정이도 왔네?"

어느새 얼굴에 화색이 돌며 수용은 남은 우산을 희정에게 건네줬다.

"우린?"

경수가 뚱한 표정으로 묻자, 수용은 발짓으로 공사장에 버려진 비닐뭉치를 가리킨다. 우린 허탈한 웃음을 지으며, 그거라도 써야겠다고 비닐뭉치를 열심히 펴서 머리 위를 가렸다.

수용의 집은 버스정류장에서 멀지 않은 곳에 있었다. 내부는 부모님의 취향인지 고풍스런 분위기가 풍겼다. 거실은 동서양 난을 비롯한 다양한 꽃과 분재들이 집안 구석구석에 놓여있었고, 앤티크 스타일의 소파가 거실 중앙에서 중심을 잡고 있었다. 수용의 방은 생각보다 제법 깔끔하게 정리되어 있었다. 널찍한 침대 한쪽에는 통기타가 놓여있었다. 점심은 라면으로 대충 때우자며 수용은 부엌으로 들어갔고 나는 통기타를 잠시 튕겨보았다.

간단히 라면을 먹고 이런저런 이야기들을 두런두런 나누자, 시간은 그럭저럭 오후 네 시를 넘어섰다. 월미도에 아는 횟집이 있다며 수용이 나서자 우리도 주섬주섬 자리에서 일어났다. 비는 머츰해진 상태였다. 이동은 택시로 했다. 앞자리에 수용이 앉고, 뒷자리에는 네 명이 가까스로 끼어 앉아야만 했다. 희정을 창가로 앉히고, 경수는 희정에게 바싹 들러붙어 앉았다. 경수의 얼굴엔 좁은 자리가 고마울 따름이지, 라는 표정이 역력했다.

월미도에 도착할 즈음은 정말 밤이 된 것처럼 어두워졌다. 택시에서 내릴 때에는 시들했던 비가 다시 거세졌다. 토요일 오후였지만 비가 내리는 탓인지 월미도는 썰렁하기만 했다. 포구에 묶인 어선들은 검은 파도에 출렁거리며 흐느적거렸다. 울퉁불퉁한 도로의 움푹 팬 웅덩이마다 흙탕물이 한가득 고여 있었다. 우리는 징검다리를 건너듯 웅덩이를 요리조리 피해가며 불편하게 걸어야만 했다.

수용이 안다고 한 횟집은 이층에 있었다. 횟집은 제법 널찍했고 한산했다. 수용은 횟집 여사장과 오래전부터 안면이 있었던 것처럼 반갑게 인사를 나누더니 흥정을 시작했다. 우리는 창가 쪽에 자리를 잡았다. 날씨가 좋았다면 큰 창문으로 인천 앞바다가 훤히 내다보였을 것이다. 그러나 어둠이 내리기 시작한데다 빗물이 창문에 흩뿌려져 포구가 잘 보이지 않았다. 창문은 서리가 낀 것처럼 희뿌옇기만 했다. 풀 먹은 것처럼 창문에 달라붙은 빗물은 다른 빗물과 뭉쳐 간간히 창문을 타고 눈물처럼 흘러내렸다. 눈물자국은 창문에 고스란히 남아 지워지지 않았다. 그리고 그 눈물자국 위에 다시 빗물이 맺혀 흘러내렸다. 창문은 한 폭의 수묵화 같았다.

카페 통유리 밖에는 엄청난 폭우가 쏟아지고 있었다. 손가락 굵기만 한 빗줄기가 세차게 바닥을 치고, 바닥을 치고 있었다. 지면에서 튕겨져 나온 빗물은 다시 셀 수도 없을 정도로 가느다랗게 쪼개져 뿌연 안개가 되었다. 뿌연 안개는 어른 발목 높이에서 떠다녔다.

나는 창가에 앉아 비가 오는 풍경 속 비가 내는 소리를 음악처럼 듣고 있었다. 빗소리는 마치 이른 저녁 어머니 생선 굽는 소리와 닮아있었다. 그때마다 소리는 내 식욕을 자극했고 여지없이 입안에 침이 고이게 했다.

하지만 나는 그 무렵 극심한 소화불량에 시달리고 있었다. 어떤 날은 밥 한술도 제대로 입에 넣지 못했다. 그 빈자리는 술이 대신했다. 그 겨울이 다가고 나는 삼학년이 되었지만 여전히 갈피를 잡지 못하고 있었다. 도서관에 똬리를 트고 있었으나 마음은 어느 한 곳에 정착하지 못했다. 서연에 대한 나의 감정은 정작 그녀의 실체가 아닌 사랑이라는 감정 자체에 심취해있는 것이 아닌지, 간혹 의심이 들곤 했다. 그래서 감정 따윈 아무것도 아니야, 그저 끓어오르는 수증기처럼 눈에 보일 듯하지만 막상 잡으려면 잡히지 않는 것과 같다고. 수증기는 결국 실체도 없이 사라지지 않느냔 말이다. 그러니 너도 수증기 안에 얼굴을 디밀지 말고 조금 떨어져서 수증기가 사라져가는 모습을 지켜보란 말이다. 하지만 이런 생각은 무수한 시간 속 분초에 해당할 만큼 짧은 순간에 그쳤다. 나는 심신을 황폐하게 하는 질긴 감정의 늪에서 허우적거려야만 했다. 그리고 극심한 소화불량에서 여전히 헤어 나오지 못하고 있었다.

지난겨울 이후 내 심장을 옥죄게 했던 고통의 시간들이 마치 쏟아지는 빗줄기만큼이나 거세고 틈이 없었음을 인정하지 않을 수 없었다. 겨울방학 동안 서연과 나는 학교에서 가끔씩 마주치곤 했다. 하지만 나의 입과 표정은 일순 굳어버려 어눌하게 인사만 하다 헤어지기 일쑤였다.

그때마다 서연이 형진과 있었던 것은 아니었다. 형진과 나는 방학임에도 자주 만나긴 했지만 서연에 대한 이야기가 화두에 오르진 않았다. 나는 형진과 서연의 관계가 어느 정도 깊이인지는 정확히 알지 못했다. 다만 이학년인 그들 학번 후배들의 이야기를 종합하면 친구보다는 깊은 관계, 그러나 딱 부러지는 연인관계는 아닌 것 같았다. 특정한 지향점 없이 연무 속에서 진행되는 관계

정도라고나 할까. 하지만 남녀관계에 있어 친구와 연인, 그리고 그 중간관계라는 것이 어떻게 형성되고 어떻게 증명되는 것인지 나는 알지 못했다.

다만 나는 서연과 형진 사이의 관계와 상관없이 서연과 내 나름대로의 관계를 형성해 감정을 진행시키고 있었다. 하지만 쪽지 한 번 건네주는 것 외에는 내 감정을 제대로 전달하는 방법을 알지 못했다. 나의 이런 바보스럽고 어정쩡한 태도에 혀를 차며 답답해한 것은 병호였다.

"내가 물어다준 거다, 한턱 쏴."

새 학기가 시작되고 거의 한 달이 지났을 무렵, 병호는 꼬깃꼬깃 접힌 메모지를 내게 건넸다. 메모지에는 서연의 집전화번호가 적혀있었다. 전화번호를 받아든 순간, 나는 기쁨보다는 묘한 긴장감이 먼저 찾아왔다. 서연에게 전화를?

나는 또 다른 고통의 나날을 보내야 했다. 전화를 할까 말까. 한다면 언제 할까. 서연이 받는다면 무슨 말부터 꺼내야 할까. 서연은 어떤 반응을 보일까.

서연에게 처음 전화를 건 것은 수백 수천 번도 할까 말까를 망설인 후였다. 언제, 몇 시에, 어디서, 어떻게 전화를 걸지를 정하는 것도 쉽지 않았다. 나는 취하지 않을 정도의 술과 적절히 늦은 밤, 학교 근처 한적한 공중전화를 골라 서연에게 전화를 걸었다.

"여보세요. 저, 학교선배인데요, 혹시 서연이 있나요?"

나는 살얼음판을 걷듯 한껏 긴장한 채로 전화를 걸었다. 전화선을 타고 들려온 목소리는 서연과는 다른 톤이었다. 서연의 여동생이었다. 언니를 부르는 소리가 들리고 송수화기 너머 서연의 목소리가 아련하게 들려왔다. 그리고 서연의 호흡이 송수화기로 점차 다가오고 있었다. 나는 단 하나의 호흡도 놓치지 않으려고 잔뜩 움켜쥔 전화기에 모든 신경을 집중했다.

'누구?', '선배라는데'

두 자매의 대화가 몽환적으로 들려왔다. 그리고,

"여보세요?"

순간 서연의 가녀린 목소리가 나를 현실로 되돌려놓았다.

나는 그 뒤로도 서연의 '여보세요?'라고 말했던 목소리의 짙은 음색을 잊을 수가 없었다. 엄마 뱃속의 어둠을 박차고 나온 아이가 세상과 처음 대면하게 된 엄마의 목소리와 표정이 현실이 되는 순간처럼 말이다.

하지만 '여보세요?' 소리를 제외하면 나머지 통화내용에 대한 기억은 어렴풋했다. 다만 명확히 알 수 있는 것은 오랜 설렘과 긴장의 순간마다 찾으려 했던 희망어린 기대와는 달리 통화는 너무나 허망하게 끝나버렸다는 것이다.

"동생인가 보네?"

"…네."

침묵.

"오늘은 집에 일찍 들어갔나 보구나?"

"네, 수업이 일찍 끝나서……."

침묵.

"아프다던데, 몸은 괜찮니?"

"원래 감기에 잘 걸리는 편이라⋯⋯."

침묵.

"⋯⋯."

"⋯⋯."

"음⋯⋯. 저⋯⋯."

"⋯⋯."

"다음에 또 전화해도 되겠니?"

서연이 뜸을 들인 후,

"그러세요."

하늘이 찢어지며 울부짖는 것 같았다. 무어 그리 슬픈 사연이 많은지 하늘이 울어대고 있었다. 나는 몸을 뒤로 젖혀 푹신한 소파에 온몸을 맡겼다. 나에게 다그치듯 다가오던 세찬 빗줄기는 창문유리에 부딪혀 하염없이 아래로 흘러내렸다.

첫 통화 뒤로 서연과 나의 통화는 둘만의 원치 않는 작은 비밀이 되었다. 그 뒤로도 변한 것은 아무것도 없었다. 학교에서 스치며 만날 때에도 변변한 말 한마디 제대로 하지 못했고, 간간히 이어지는 전화통화에도 일신상의 안부를 묻고 답하는 것이 전부였다. 다만 서연이 내게, 왜 전화를 자꾸 귀찮게 하는지, 따지지 않는 것만으로도 내겐 불안한 관계의 끈이 끊어지지 않는 큰 위안이라면 위안이었다. 그 뒤로 전화를 걸 때면 주로 서연의 동생을 통하거나, 아니면 서연의 아버지, 어머니를 통해 서연에게 연결되곤 했다. 그마저도 작은 위안이었다. 한 템포 심호흡을 할 수 있었기 때문이었다.

그렇게 변한 것 없이 시간은 흐르고, 마침내 학기말 시험이 다가올 즈음이었다. 서연이 도서관에 있는 내 자리로 손수 찾아와 학교 앞 카페에서 보자고 했다. 나는 시계를 들여다보았다. 약속 시간보다 얼추 십 분이 지났다. 장대비는 멈출 줄 몰랐다. 얼마 후 카페 문이 종소리와 함께 열렸다. 입구에서 치마의 아랫단이 젖은 서연이 노란 우산을 접고 있었다. 나는 서연의 우산 접기를 기다린 후, 팔을 들었다. 나를 발견한 서연은 또각거리며 걸어와 자리에 앉았다. 우산은 빗줄기로부터 서연의 몸을 완전히 보호하지는 못했다. 푸른 옷에 빗줄기가 스쳐간 흔적이 붓으로 획을 그은 것처럼 보였다. 가녀린 어깨 위에는 습기 먹은 머리카락이 살포시 얹혀있었다.

둘은 잠깐 정지된 화면처럼 말이 없다, 비가 많이 오네요, 늦어서 미안해요, 라고 서연이 먼저 말문을 텄다. 그리고 아르바이트 생에게 커피를 주문하고 우린 다시 잠시 말이 없었다. 이런 상황에서 나는 어떤 말로 대화를 이끌어가야 할 지 잘 알지 못했다. 서연이 굳이 보자고 한 이유는 두 가지 경우의 수만 존재할 터였다. 나의 감정을 이해해 받아주거나, 아예 감정을 접어주길 바라는 것. 나는 혼란스러웠고, 각 가능성에 대해 핑퐁처럼 두 경우의 수 사이를 왔다 갔다 해야만 했다. 다른 테이블에서도 몇몇의 사람들이 흩어져 앉아 이야기를 나누고 있었지만, 내 귀에는 온통 빗소리만 들렸을 뿐이었다. 커피가 나오자 서연은 하얀 손, 가녀린 손가락으로 커피 잔을 살짝 감아쥐었다. 서연의 시선은 커피 잔 어디 한 곳을 응시한 채로였다.

한참을 주저하던 서연은 어렵게 말을 꺼냈다.

하지만 서연의 입을 통해 나온 단어 하나하나는 흔들림 없이 너무나 또렷하게 내 귀에 박혀왔다.

"오빠, 제가 뭘 해주기를 바라시나요?"

나는 주저했다. 아니 정신이 아뜩해지는 것 같았다. 두 눈은 팍팍해져왔다.

그때에 내가 무슨 말로 대답을 할 수 있었겠는가? 아침에 일어나면 제일 먼저 내게 전화를 해줘, 도서관 자리는 언제나 내 옆자리에 잡아줄게, 수업시간은 서로 공유하고, 점심은 항상 나와 같이 하며, 늦은 밤에 헤어질 때에는 항상 내가 마지막 남자이길 바래, 라고 했어야 했는가? 하지만 나는 그렇게 대답하지 못했다. 그 모든 것은 서로의 감정을 표현하는 방법일 뿐이었기 때문이다. 그 이전에 서로에게 있어 사랑의 교감이 존재하지 않는다면 그 방법이란 아무런 의미도 없다고 생각했다.

그래서 나는 글쎄, 라고 어정쩡하게 어쭙잖은 미소로 답변했고, 서연은 선물이라며 연한 분홍빛 포장지로 감싼 손수건을 내밀었다. 나는 한동안 손수건을 뚫어져라 쳐다보기만 했을 뿐, 고맙다는 말도 하지 않았다. 그 의미를 알고 있었기 때문이었다.

5.
한차례 강한 바람에 떠밀려 저 멀리 사라져갔다

회가 나오기도 전에 먼저 나온 소주로 이미 두 순배를 돌았다. 늦은 점심으로 라면을 먹었지만 속을 채우기에는 역부족이었다. 빈속에 들어간 술은 그래서 훨씬 더 빠르게 우리 몸속을 휘돌았다. 술이 세잔째 돌기 시작하자 주문한 회가 나왔다. 그러나 젓가락으로 회를 뜨는 속도보다 술잔이 도는 속도가 더 빨랐다. 이른 겨울, 겨울비는 술잔 도는 속도를 더욱 재촉했다. 겨울비가 술잔을, 술잔이 겨울비를 채찍질했다. 술잔에 날생선의 비린내가 묻어났다. 돌리는 술잔에 병호, 경수, 수용의 입술자국과 희정의 향이 묻어났다. 얼굴은 붉게 타오르고 머릿속은 조금씩 하늘로 날아올랐다. 생각과 말은 가끔 엇박자를 냈으며, 목소리는 크기 조절에 실패한 채 소리위에 소리를 얹히고 있었다.

우리들의 이야기는 도서관에 꽂힌 책처럼 여기저기서 뽑혀져 술상 위에 놓였다. 몇 년 전 기억마저 퇴색한 이야기에서부터, 어제오늘의 생생하고 뜨거운 이야기, 불확실한 머지않은 미래에 대한 이야기, 그리고 다가올지 말지도 모를 먼 장래의 이야기들이 시간의 순서가 뭉개진 채 안주처럼 올라왔다.

호프집으로 2차를 가자는 말이 한동안 허공을 헤매며 돌다가 모두의 엉덩이를 겨우 자리에서 뜨게 했을 때에는, 이젠 횟집 다른 테이블도 제법 임자를 만난 상태였다.

우린 횟집 근처 호프집으로 자리를 옮겼고 너나없이 취기가 오를 만큼 올라있었다. 밖은 어둠이 완전히 내려 어디가 바다이고 어디가 육지인지 잘 구별할 수 없었다. 그저 소리로만 그 경계선을 어렴풋이 그을 수 있을 뿐이었다. 비는 그쳐있었다. 하지만 비가 적신 세상은 아직도 비가 오는 것 같았다. 호프집은 횟집보다 훨씬 왁자지껄했다. 나이도 우리 또래의 젊은 사람들이 훨씬 더 많았다. 사람들로부터 뿜어져 나오는 열기와 담배연기가 뒤범벅이 되어 가게 안은 안개비가 내리는 것처럼 질척거리고 끈적끈적했다. 자리를 잡고 큰 통으로 맥주를 주문했다. 경수와 희정은 잠시 들를 때가 있다고 뒤처지더니 아직 호프집으로 들어오지 않은 상태였다.

각자의 잔에 술이 채워지자, 우리는 누굴, 무엇을 위하는지도 모른 채 '위하여'를 외치고 각자의 술잔을 들었다. 시원한 맥주가 목구멍을 타고 넘어갔다. 이미 쓰디쓴 소주가 닦아놓은 길이라 맥주는 막힘없이 식도를 타고 흘러내렸다. 가게 문이 열리고 상기된 얼굴로 경수와 희정이 들어왔다. 경수의 손에 케이크상자가 들려 있었다. 경수가 케이크를 테이블 중앙에 올려놓자 희정이 초를 꺼내 꽂기 시작했다. 가늘고 긴 초 두 개와 작은 초 다섯 개가 꽂혔다. 촛불은 작은 바람에도 제 몸 하나 제대로 가누지 못한 채 불안하게 휘청거렸다.

누가 부탁했는지, 호프집 스피커를 통해 팡파르가 울리고 조명이 번쩍였다. 이어서 스피커에서 날카롭게 찢어질 듯 '컨그레추레

이션스^{congratulations}'가 반복되며 울려 퍼졌다. 나는 애써 기쁜 표정을 지은 채, 꺾어진 오십을 자축하며 촛불에 바람을 불었다. 그렇게 내 스물다섯 해의 촛불은 꺼졌다.

다시 술잔이 돌고 돌았다. 횟집에서 올려졌던 이야기의 화제들이 다른 옷을 입은 채로 다시 테이블 안주로 올랐다. 시간이 흐르고 술잔이 돌았다. 취기는 더 깊은 취기 속으로 빨려 들어갔다. 그럴수록 주위의 말들도 그저 멍한 웅성거림으로 들려왔다. 옆 사람과 대화하기 위해서는 주위의 소리보다 더 크게 소리쳐야만 했다. 마치 내 말을 상대방의 머릿속에 억지로 우겨넣어야 할 판이었다. 내 귀는 상대방의 입에, 내 입은 상대방의 귀에 밀착시켜야만 했다. 술잔이 돌면서 자리도 돌았다.

경수 옆에 있던 희정은 어느새 내 옆에 앉았다. 희정이 내 귀에 대고 뭐라고 말했다. 하지만 잘 들리지 않았다. 희정이 다시 내 귀에 대고 또 뭐라고 크게 말했다. 역시 잘 들리지 않았다. 내가 뭐, 뭐라고, 얼굴을 내밀며 묻자 희정이 미소 짓고 됐어요, 라며 자신의 말을 접었다.

내가 실없이 웃고는 술잔을 입으로 가져가려는 순간, 희정이 자신의 술잔을 들고 내 잔에 부딪혔다. 우리는 작은 동작으로 건배를 했다. 또 술잔이 비워지고 큰 술통이 다시 채워졌다. 술이 각자의 술잔에 나눠졌고, 잔이 비워졌다. 시간이 흐르면서 내가 지금 누굴 대상으로 무슨 말을 하는지도 모를 지경이었다. 볼 수 있는 시각^{視角}은 극도로 작아져 마치 꿩 머리에 씌운 눈가리개처럼 내 눈에 무언가 씌운 것 같았다.

셈하기를 그만둔 후 몇 잔을 더 비웠던 것일까? 나는 비틀거리며 일어섰다. 누구도 내가 자리에서 일어나는 것을 모르거나 신경 쓰지 않는 듯했다. 나는 휘청거리며 다른 테이블들 사이를 헤쳐 나갔다. 카운터 옆에는 빨간 공중전화부스가 있었다. 공중전화부스 안은 비어있었다. 나는 부스 안으로 들어가 송수화기를 들었다. 아주 먼 세상에서 뚜뚜, 하는 소리가 들렸다. 나는 주머니를 뒤져 동전을 넣고 익숙한 번호를 눌렀다. 수화기에서 통화를 기다리는 소리가 들렸다. 내 뒤에서는 호프집의 떠들썩한 소리가 들렸다. 나는 두 세상을 갈라놓을 듯이 전화기에 가누지도 못할 내 몸을 송두리째 맡겼다.

따르릉, 따르릉.

무한대의 시간이 흘렀다.

딸칵.

내 심장이 쿵 하고 내려앉았다.

"여보세요?"

낮고 묵직한 남자의 목소리가 들렸다.

"안녕하세요, 저 서연이 선배……."

그런데 남자의 목소리가 내 말을 끊었다.

"어이, 이 사람아……."

어투는 느리고 침통했다. 남자의 목소리는 내 말을 끊었지만 끊이지 않고 지울 수 없는 여운이 배어있었다. 나를 책망하는 것 같으면서도 나를 보듬는 목소리였다. 한편으로는 무너져 내리는 스스로를 안간힘을 쓰며 일으키려는 목소리 같기도 했다.

"저 서연이 선밴데요……."

나는 말을 하며 주저앉았다. 송수화기가 길게 아래로 늘어져 떨어졌다. 한 가닥 눈물이 볼을 타고 흘러내렸다. 여보세요, 여보세요, 라며 송수화기 속 남자는 계속해서 나를 부르고 있었다.

아무런 예고도 없이 하루에도 십수 명씩 인생에 종지부가 찍힌다. 오천만 명 중에 고작 십수 명이기에 그러한 죽음은 현실에는 존재치 않는, 아주 먼 나라의 뉴스 속 이야기라고 믿어버리고 싶을 정도다. 0.1%에도 채 미치지 못하는 0.003%의 확률이 우리 인생에 끼어들 여지는 전혀 없어 보인다. 그럼에도 불구하고 현실에서는 하루에도 십수 명씩 실제로 죽어간다. 정말 억세게 재수 없는, 그래서 그들은 이미 태어나는 순간 그렇게 세상을 떠날 것이라고 운명 지어진 존재들이라고밖에 할 수 없다. 그러한 죽음이 어떻게 나와 같은 공간에서 호흡하고 말하고 시선을 교환하고 감정을 나누는 존재에게서 발생할 수 있겠는가.

그렇기에 서연이 여명이 뜨는 새벽녘에 그러한 존재가 되었다는 소식을 들었을 때, 나는 절대 그럴 리가 없다고 단정했다. 세상에는 수많은 서연이 존재하고, 그 시간 그 도로에 있었던 서연은 내가 과거에 알지 못했고 앞으로도 결코 알 수 없는 그런 서연일 것이라고 생각했다.

그 건널목을 건너야 하는 시간을 분초로 쪼개면 아주 미세한 찰나에 불과한 것을 하필 그 시간에, 그 장소에서, 그런 일이 발생할 것이라고 누가 상상이나 할 수 있었겠는가. 누가 채 0.1%의 확률에도 미치지 못하는 가능성이 서연에게 적용될 것이라고 믿었겠는가.

하필 시간은 아침이 오기 전이었고, 하필 서연이 타야 할 버스가 길 건너편에 있었고, 하필 신호등은 파란색으로 껌벅였고, 하필 서연은 주위를 살피지 못했고, 하필 승용차의 운전자는 새벽까지 이어진 알코올에서 채 벗어나지 못한 상태일 수 있단 말인가.

도로에 피를 흘리며 나뒹군 서연을 향해 사람들이 몰려오고 앰뷸런스가 달려오고 의사와 간호사가 뛰어와 아우성을 쳤건만, 그 어느 것도 서연을 살려놓을 수는 없었다.

그날 아침 나는 학과사무실 앞을 무심코 지나가고 있었다. 때마침 사무실을 나오던 희정은 핏기 가신 얼굴이었다. 희정이 나를 불러 세우고, 침통한 얼굴로 서연의 죽음을 알렸다.

그때 기분이 어땠냐고? 고백컨대, 나는 전혀 슬프지도 괴롭지도 허무하지도 않았다. 그저 아침뉴스에서 흔히 듣던 지난밤 사건 사고 속 하나의 사고인 건처럼 느껴졌다. 희정은 내 앞에서 머뭇거리다, 총총걸음으로 사라졌다. 나는 옆 빈 강의실로 들어갔다. 창문에 서서 하늘을 바라보았다. 어느 날보다 청명한 가을 아침이 시작되고 있었다. 우람한 은행나무의 노란 잎은 그 어느 해보다 샛노랗게 물들어가고 있었다. 단풍잎은 어떻게 저렇게 붉을 수 있는지 감탄스러울 뿐이었다. 붉은 잎이 하늘에 둥둥 떠다니는 것 같았다. 가을아침 공기는 더 없이 청명했다. 이른 아침 막 만들어 낸 신선한 공기가 너무나 상쾌해 이 순간이 멈춰버렸으면 좋겠다 싶을 정도였다.

나는 한동안 그렇게 서있었다. 그러면서 나는 조금씩 내 감정을 조작해 나갔다. 넌 슬프지 않니? 서연이 죽었다잖아, 넌 괴롭지 않니?

나는 서연의 얼굴을 떠올리려고 노력했다. 하지만 서연의 얼굴 윤곽이 쉽게 잡히지 않았다. 떠오를 것 같다가 금방 사라져버렸다. 영상이 제대로 잡히지 않는 텔레비전처럼 서연의 모습은 잡혔다 사라지기를 반복했다. 나는 의자에 털썩 주저앉아버렸다.

그날 하루가 어떻게 흘러갔는지 기억이 없다. 저녁 무렵 몇몇 친구들과 서연이 안치되어 있는 병원으로 갔다. 침통한 슬픔이 모두의 얼굴에 드리워져 있었다. 그중 대부분은 도저히 믿을 수 없는 상황에서 자신이 왜 여기에 왔는지도 모르겠다는 표정이었다. 그런 와중에도 행동은 조심스러웠다. 상갓집이기에 응당 그렇게 해야 한다는 듯. 서연과 같은 학년 후배들이 조문객들을 맞으며 밥상과 술을 내오는 등 일을 돕고 있었다. 조문객들은 많지 않았다.

빈소에는 서연의 영정이 환하게 웃고 있었다. 그렇게 떠올리려고 노력했건만 정확히 떠오르지 않았던 서연의 모습이 영정 속에서 웃고 있었다. 순간 눈물이 확 솟구쳐 올랐다. 나는 서연이 줬던 손수건으로 눈물을 훔쳤다.

서연의 얼굴을 그대로 빼닮은 서연의 아버지가 빈소 구석에 정신을 놓은 것처럼 앉아있었다. 그러나 조문객들이 올 때마다 서연의 아버지는 일일이 일어나 그들을 맞았다. 내가 누구인지를 밝히자 서연의 아버지는 붙든 내 손을 한동안 놓지 않았다. 전화 통화외에는 내 존재를 잘 알지 못했을 텐데도, 그는 내 손을 꼭 잡았다. 서연과 관련된 모든 체취를 조금도 놓치지 않으려고 안간힘을쓰는 듯했다.

그의 손은 의외로 부드럽고 따뜻했다. 비록 눈은 퉁퉁 부었지만의연하고자 노력하는 모습이 역력했다. 나는 나오려는 눈물을 억지로 참으려 했지만, 끝내 참을 수 없었다.

사흘이 지나고 나서 서연의 육신은 1000도씨 뜨거운 불길로 사라져 작은 상자만 한 납골당 좁은 공간에 안치됐다. 이튿날 나는붉은 석양이 물고기 비늘처럼 반짝이는 한강 강변에 서서 서연이준 손수건을 강물에 띄워 보냈다. 손수건은 좀처럼 강가에서 멀리떨어지지 못하더니 한차례 강한 바람에 떠밀려 저 멀리 사라져갔다. 스산한 가을바람은 한강둔치에 먼지바람을 일으켰다.

슬픔은 죽음의 한가운데가 아니라 죽음이 떠난 빈자리에서 더짙어진다. 장례식을 치르는 과정에서는 이렇듯 슬프지 않았다.몸이 바쁠 때 슬픔은 구석진 곳에서 잠시 모습을 감추어버린다.아직 그들의 시간이 되지 않았기 때문이다.

하지만 서연을 보내는 형식적인 절차들이 모두 끝나자, 서연이남기고 간 빈 공간이 보이기 시작했다. 잔뜩 몸을 웅크렸던 슬픔이 기지개를 폈다. 슬픔은 애간장을 녹이 듯 잔악했다. 그것은 가끔 섬뜩하게 다가오기도 했다. 어떻게 한 사람의 존재가 그렇게 쉽게 한순간에 사라질 수 있는지 도무지 납득할 수가 없었다. 나는 아직 죽음이라는 것에 익숙해 있지 않았었다.

그래서였을까. 그 뒤로도 술이 내 정신을 마비시킬 때면 나는 오랜 습관처럼 전화를 걸곤 했다. 그때마다 그녀의 부재를 확인하곤 마치 처음 접한 소식처럼 놀라다 마침내 서연의 죽음을 인정해야만 했다.

6.
잡은 손에 차가운 부드러움이 느껴졌다

희정이 걱정 가득한 표정으로 나를 내려다보고 있었다. 나는 고개를 들어 희정을 보았다.

"오빠, 괜찮으세요?"

언제 술을 먹었나 싶게 희정의 목소리는 차분히 가라앉아 있었다. 나는 대답 대신 고개를 끄덕였다. 희정이 손을 내밀었다. 나는 희정의 손을 잡았다. 희정은 있는 힘껏 나를 일으켜 세우려고 했다. 나는 조금 비틀거리기는 했지만 어렵지 않게 자리에서 일어섰다.

호프집은 여전히 시끄러웠다. 쉴 새 없이 술을 주문하는 사람들, 누가 듣건 말건 고함치며 떠드는 사람들, 이미 술에 녹다운되어 테이블에 엎어진 사람들, 동지애로 어깨동무를 하는 사람들, 연신 웃음을 잡지 못하는 사람들, 김빠진 맥주처럼 시무룩한 표정으로 구석에 처박혀 있는 사람들. 이런 사람들 사이로 종업원들은 끊임없이 술잔을 나르고 술잔을 치우고 안주를 내가고 자리를 정리해갔다. 담배연기는 산 중턱에 걸린 짙은 구름마냥 그들 머리 위에 드리워져 있었다. 사람들의 떠드는 소리는 담배구름 밑에서 메아리가 되었다.

나는 다시 일행에 섞였고, 아무 일도 없었던 것처럼 그들 화제 속으로 빨려 들어갔다. 이미 우리 일행도 맨 정신으로 누가 누구를 챙길 입장이 아니었다. 얼굴은 벌겋게 달아올라있었고, 혀는 이미 오래전부터 꼬여있었다. 일행 중에서 그래도 병호만이 탄탄한 덩치값을 하듯 가장 멀쩡한 편에 속했다. 수용은 어제에 이어 연타를 쳐서 그런지 이미 팔부능선을 넘어선 것 같았다. 경수는 오래전에 고개를 넘은 상태였다. 수용에게 매달려 같은 말만 반복했다. 말의 내용을 전달하는 것보다 말을 하는 자체가 힘겨워 보였다. 희정도 제법 술을 먹은 것 같은데, 의외로 말투나 겉모습에 흐트러짐이 없었다.

언제 호프집에서 나왔는지 기억이 없었다. 확실한 건 왁자지껄하던 우리 주변의 테이블이 하나둘씩 정리되어가고, 남은 몇 개 테이블만이 마지막 승부를 가릴 태세였다. 그때쯤 우리가 나왔던 것 같다. 이제 월미도에 진정한 어둠이 내린 상태였다. 수용이 비틀거리는 걸음걸이로 자기를 따라오라고 고래고래 소리를 쳐댔다. 택시도 눈에 띄지 않았다.

아직 마지막 버스가 있을 거라며 수용이 걸음을 재촉했다. 아니나 다를까, 버스가 마지막 승객을 태우려고 기다리고 있었다. 우리는 힘겹게 버스에 올라탔다. 버스 안에는 아무도 없었다. 우리는 버스 뒷자리로 가 앉았다. 인상 좋게 생긴 버스기사 아저씨가 출발할 테니 조심하라고 했다.

몇 개 정거장을 거쳤지만 버스 안에는 우리밖에 없었다. 술에 취한 수용이 기사 아저씨 옆으로 다가갔다. 기사 아저씨는 불안한 표정으로 백미러를 통해 수용을 지켜보았다. 운전석까지 걸어간 수용은 운전석 기둥에 몸을 기댄 채 팔까지 뻗대며 소리를 질러댔다.

"아저씨, 여기서 왼쪽으로요."

"아저씨, 저기서 오른쪽으로요."

"아저씨, 그냥 쭉 직진으로요."

수용은 대형택시를 탄 것처럼 행동했다. 화를 낼 법도 했지만, 기사 아저씨는 껄껄껄 웃으며 수용의 지시대로 방향을 틀고 있었다. 뒷자리에서 우리는 취중에도 배꼽이 빠지도록 웃었다. 버스는 신기하게도 정말 택시처럼 수용의 집근처에서 우리를 내려놓았다. 사실 버스는 노선대로 달렸을 뿐이었지만 말이다.

버스에서 내리자마자 경수가 가장 먼저 탈을 일으켰다. 버스에서의 진동이 속을 뒤틀어 놓은 모양이었다. 경수가 우웩거리며 토를 하자, 비틀거리던 병호가 몸의 중심을 겨우 잡으며 경수의 등을 두드려주었다. 수용의 집으로 가는 사이, 길에 빵조각을 뿌려

놓듯이 경수는 여러 번 속을 게워내야만 했다.

집에 들어서자마자 정신줄마저 빠져버린 경수는 그대로 소파에 쓰러져 잠이 들었다. 병호와 수용도 뒤끝이 안 좋았는지 화장실 변기에 몸을 기울여야만 했다. 병호와 수용 모두 정신을 놓기는 마찬가지였다. 둘은 수용의 방 침대에 포개져 드러누웠다.

나는 방이 빙빙 도는 것 같아 방바닥에 주저앉았다. 앉을 수 있다는 데 마음이 놓여서인지 온몸에서 맥이 쫙 풀려버렸다. 나는 그대로 모로 쓰러져 누워버렸다. 마지막까지 정신을 차리고 뒤늦게 화장실에서 얼굴을 씻고 나온 희정이 조용히 내 옆에 앉는 것이 느껴졌다. 희정이 옆에 앉자 내 마음이 한결 포근해졌다. 언제부터인가, 희정은 내 마음의 메신저였던 것 같았다. 서연과 희정, 둘 사이를 떼어내고 생각할 수 없듯이, 나와 서연과의 사이에서도 희정은 떼어놓을 수 없는 존재였던 것이다. 그래서 희정을 만날 때면 서연을 떠올렸고, 서연이 더 간절히 보고 싶어졌다. 그리고 한줌 재로 잊혀가는 서연의 모습이 못내 안타까웠다.

희정이 내 옆에 앉자 나는 다시 서연과 그 죽음에 대한 생각으로 슬픔이 복받쳐 올라왔다. 앉아있던 희정은 조용히 내 옆에 누웠다. 희정에게서 부스럭거리는 소리가 들렸다. 희정의 가느다란 호흡이 내 온몸에 느껴졌다. 희정이 나를 보고 있었다. 복받쳐 오른 슬픔 때문인지 눈 끝에 맺혔던 이슬이 눈물 되어 흘러내렸다. 희정의 작고 부드러운 손이 내 뺨을 어루만졌다. 희정의 손끝에 눈물이 닦였다. 나는 한손으로 희정의 손을 잡았다. 잡은 손에 차가운 부드러움이 느껴졌다.

그때, 희정의 가녀리지만 긴장된 호흡이 내 코끝으로 다가왔다. 그리고 희정의 입술이 내 입술에 포개졌다. 나는 꿈쩍도 하지 않고 희정의 입술을 받아들였다.

7.
아마도 십년 후 언젠가 다시 열게 될까

늦은 오후는 사라지고 어둠이 내렸다. 석양은 내일을 기약하며 힘없이 물러났다. 가로등이 그 자리를 대신했다. 창문에는 이제 가로등의 희미한 불빛 끝자락만이 어려 있었다. 나는 노트를 덮었다. 그리고 서랍 속에 집어넣었다. 언제 다시 노트를 발견할 수 있을지는 기약할 수 없었다. 아마도 십 년 후 언젠가 다시 열게 될까.

하지만 내가 잊는다 해도 노트는 서랍 속에 그대로 머무를 것이다. 내 기억이 퇴색해 사라진다 해도 그 시절을 간직한 노트는 사라지지 않을 것이다. 먼지가 날아간 노트는 처음보다 생기가 도는 듯했다. 노트를 넣고 서랍을 닫았다. 나는 벽에 등을 기댔다. 등을 기댄 반대편 벽바닥에 커다란 액자가 세워져 있었다. 액자에는 액자 크기만 한 사진이 있었다.

사진 속 두 사람은 웃고 있었다. 나는 새삼스럽게 액자의 사진이 어느 때보다 더 정겹게 느껴졌다. 남자는 서있었고 여자는 의자에 앉아있었다. 남자는 연미복 차림이었고, 여자는 어깨를 드러낸 하얀 드레스를 입고 있었다. 나는 애정 어린 표정으로 커다란 액자를 한참을 바라보았다.

액자가 거실에서 이 방으로 언제쯤 옮겨졌더라? 기억이 가물가물했다. 순간 나는 실없이 미소 지었다.

'희정은 지금 어떻게 지내고 있을까?'

작은 산장_

1.

우리의 집은 산 정상에서도 더 꼭대기에 있는 아주 작은 집이었다. 얼마나 작았는가 하면, 채 다섯 평도 안 될 것 같은 공간에 온갖 잡동사니 살림을 켜켜이 쌓아놓아 일말의 여분도 없었다. 거기에 부엌이랍시고 두 평가량을 제쳐놓으면 등이라도 붙일 수 있는 공간은 고작 셋 평 남짓이었다.

그러나 어느 누구도 집이 작다는 것을 불평하지 않았다. 오히려 작은 집을 여간 고마워하지 않았다. 좁은 공간에서 밀착되어 서로의 호흡을 더욱 가까이 느낄 수 있어서 좋다나. 여하간 집이 작다는 것이 우리에겐 반 푼 어치의 불평거리도 되지 않았다.

물론 여기에는 불평을 잠재울 만한 또 다른 충분한 이유가 있었다. 그것은 작은 집이 제공하는 좋은 전망 때문이었다. 사실 전망으로만 본다면 그저 좋다는 표현만으론 무언가 모자라도 대단히 모자랄 만큼 빼어났다.

앞문을 열면 한강을 척추로 서울의 남과 북이 한눈에 보였다. 지척에 있는 듯 눈앞에 한강과 여의도가 보였다. 빼어난 몸매를 자랑하는 63빌딩도, 여의도의 느낌표마냥 우뚝 솟아있는 쌍둥이 빌딩도 보였다. 고독하지만 꿋꿋하게 물의 흐름을 버티는 밤섬의 생명력이 고동치는 것을 느낄 수도 있었다. 홀로 버티고 있는 섬의 생명력은 서강대교의 인위적인 콘크리트 길목을 여지없이 잘라버릴 만큼 강했다. 섬은 그처럼 의연하게 숨 쉬고 있었다. 그 양옆을 호위하듯 강변대로와 올림픽대로의 긴 차량행렬이 보였다. 실로 그 전망은 광활했다.

작은 집에서는 아무런 방해 없이 이 모든 것을 우리의 눈 속에 집어넣을 수 있었다. 그리고 뜨거운 심장 속에 담을 수 있었다. 물론 집이 작기 때문에 비로소 느껴지는 극적인 대조의 쾌감일지도 몰랐다. 목구멍을 조일 듯한 밀폐된 공간에서 간신히 벗어나 신선한 공기를 온몸으로 호흡할 때 다가오는 청량감, 바로 그것이었다. 그리고 그런 마음으로 세 평 남짓한 방안으로 다시 들어오면 우리는 어느새 어느 넓은 집보다 더 큰 집을 소유한 주인이 되는 것이다.

여기에 빼놓을 수 없는 중요한 장점이 하나 더 있었다. 그것은 다름 아닌, 이 집이 학교 바로 뒤편에 기둥을 박고 있다는 사실이었다. 산 중턱에 위치한 학교후문으로 돌아나가면 산으로 오르는 엉성한 샛길이 하나 있었다. 똬리 튼 뱀이 막 몸뚱이를 펴려할 때처럼 샛길은 산의 정상으로 구불구불 연이어져 있었다. 그 길을 타고 한 십 분가량 올라가면 우리의 쉼터가 있었다.

그렇다고 우리의 쉼터가 있는 체하는 자들의 거창한 별장처럼 번듯이 존재하고 있는 것은 아니었다. 반대로 그곳은 덕지덕지 붙어 있는 쪼들린 사람들의 풋풋한 삶의 터전 속에 존재했다. 우리의 작은 집에 붙어있는 가난이라는 문패가 그들의 작은 집 대문 기둥에도 예외 없이 붙어있었다. 하지만 우리는 그 작은 집을 과감히 '산장'이라 불렀다.

이곳의 주인은 내가 아니다. 나는 이곳에 시시때때로 염치없이 더부살이하는, 가난한 시대의 정에 굶주린, 젊고 평범한 학생일 뿐이었다. 사실 정으로만 본다면 작은 집의 정말 주인을 따라 갈 사람은 아마도 아무도 없으리라. 그리고 이런 생각은 나만이 아닌 작은 집을 제 집처럼 드나드는 모든 이들의 공통된 생각이기도 했다.

그는 형이기도 하면서 학교선배이기도 했다. 형의 과거에 대해서 아는 사람은 아무도 없었다. 그저 평탄치 않은 삶을 살아온 이 시대 젊은이 중 하나라는 사실만은 그가 풍기는 외모에서 충분히 감지할 수 있을 뿐이었다. 우리 사이에는 그런 형의 과거를 묻지 않는다는 무언의 약속이 있었다. 중요한 것은 형의 과거가 아니라 형이 이토록 멋들어진 쉼터를 우리에게 제공하고 있다는 사실 그 자체였다.

삶의 무게에 짓눌리면서도 꾸역꾸역 삶을 이고 가는 이들에게도 정치적 혼란에 대한 나름대로의 가치관은 있었다. 특히 1987년은 새해벽두부터 심상치 않은 기운을 내포하고 있었다. 곧 무엇인가 폭발할 것 같은 농축된 기운이 사회전반에 팽배해있었다. 바늘 끝으로 살짝 건드리기라도 하면 '쾅' 하고 엄청난 굉음과 함께 폭발할 것 같은 긴장감이 차가운 대기와 공존했다.

이런 상황에서 우리 젊은 대학생은 스스로를 변혁을 주도해야 할 핵심 축으로 생각하고 있었다. 한편으론 그러한 의식이 있음을 대단한 자부심으로 여기기까지 했다. 사회 내에 존재하는 구조적 억압에 대한 날카로운 성찰에서 비롯된 지식인으로서의 자각이기도 했다. 동시대를 사는 젊은 대학생이라면 마땅히 사회적, 역사적 변혁에 있어 주체적 구성원이어야 한다는 의식에서 비롯된 것이기도 했다. 어느 장소, 어느 때이건 대학생이라는 신분은 시대를 변혁하는 행동하는 주체로서 대표되었고, 또한 변혁의 필요성을 사회전반에 파급시킬 의무가 있다고 느꼈넌 것이다. 자신이 이념적으로 어느 정도 투철하게 무장이 되어있는가를 떠나서, 대학생이라면 정권의 비非정통성과 사회적 부조리를 논리적이며 실증적으로 분석하고 파헤칠 수 있는 능력을 당연히 요구받는다고 믿었다.

각종 자료와 매일같이 이어지는 집회를 통해서 우리는 의식을 형성해 나갔으며, 그것이 대학생활을 이끄는 중요한 원동력이었다. 데모 한번 나서지 않은 사람은 볼썽사나운 샌님으로 취급받았고, 구호 한번 외치지 않은 사람은 이 시대를 사는 젊은 대학생으로서 기본적인 자격을 갖추지 못한 존재로 치부되는 분위기였다. 그러하기에 우리 대화의 대부분은 출정한 데모행렬의 장엄함으로 가득 채워졌으며, 그것은 수없이 반복해도 지겹지 않은 소재가 되었다.

그렇다 하더라도 이것만으로 젊음을 특정 짓는 것은 너무 단편적이었다. 20년간 감옥 같은 사지선다형 예제에서 막 벗어난 젊음은, 자유이자 또한 방황이기도 했다. 그리고 멍에였다. 우리는 종류가 어떤 것이든 간에 예외 없이 자신이 한두 개의 멍에를 짊어지고 있다고 생각했다. 그 멍에는 젊기 때문에 가질 수밖에 없는 짐이자 특권이기도 했다. 자유, 열정, 방황, 분노, 무력감, 치열함 그리고 사랑. 모든 것이 멍에의 다른 이름이었다. 그리고 그 멍에는 하나둘 쌓여가며 무게에 무게를 더해갔다.

결국 무게가 견디기 힘들 정도로 무거워질 때면 우리는 어디론가 훌쩍 떠나고 싶었다. 그런데 그렇게 훌쩍 떠나버리는 것조차 생각만큼 쉬운 일은 아니었다. 오히려 훌쩍 떠나는 일의 어려움은 우리가 들쳐 메고 있는 멍에의 견디기 힘든 무게와 전혀 다르지 않았다.

그럴 때면 우리는 산장으로 찾아 들어갔다. 고주망태가 된 채로 작은 세 평의 방바닥에 우리의 왜소한 등짝을 뉘는 것이다. 시간이 밤 열두 시가 넘어서도 좋았다. 아직도 술을 마실 여력이 있는 사람은 그 여력이 소진될 때까지 퍼 마시는 것이었다. 그리고 속이 불편한 사람은 서울의 지붕에서 여 보란 듯이 우렁차게 구역질을 해대면 되는 것이다. 잠든 세상 사람들에게 내가 여기에 서 있음을, 우리의 젊은이가 이렇게 괴로워하고 있음을 우렁찬 구역질도 포고하면 되는 것이다. 콸콸 토사물이 목구멍을 타고 뿜어져 나올 때도 우리는 아직 서울의 하늘 위에 있음을 만족해하면서.

그럴 땐 눈물을 흘려도 좋았다. 어느새 우리들에겐 거역할 수 없는 금기사항이 되어버린 그 눈물을 말이다.

3.

늦은 가을이라기엔 너무 늦어버린 것 같고, 이른 겨울이라기엔 너무 이른 것 같은 날씨가 밤낮을 축으로 회전하고 있었다. 황량한 바람은 산장으로 오르는 좁은 골목 구석구석을 휘젓고 사라졌다. 뉘엿뉘엿 넘어가는 지쳐버린 태양의 낙조가 산동네 아래로 기울면, 겨울바람에 놀란 아이들은 엄마들의 저녁 먹으라는 아우성을 핑계 삼아 게집 찾아가듯 사라져버렸다. 어린아이 장난질에 낑낑거리며 시달림 받는 개 울음소리가 좁디좁은 이 적막한 공간에 울려 퍼지면서 하나둘 뿌연 수은등이 붉은 빛을 발하기 시작한다. 이제는 집집마다 노리끼리한 연탄재가 경쟁하듯 높이를 더해 가면, 어느덧 올 겨울도 이렇게 오는가, 나는 생각한다.

기어코 도태되지 않으려는 서울시민이 모인 이 골목에, 아이들의 장난치는 소리, 아기 울음소리, 텔레비전 소리, 엄마들의 재촉하는 소리, 아빠들의 심부름 시키는 소리, 아이들의 대답소리, 고양이 울음소리, 개 짖는 소리가 좁은 골목길의 밑바닥을 웅숭깊게 핥고 오르면서 저녁 짓는 냄새도 같이 우러난다. 나는 냄새만으로 시장기를 느낀다.

"우리 가서 라면이나 끓여 먹자."

앞장서서 걷던 내가 뒤돌아보며 말했다. 뒤를 따르던 이들은 아무런 대답이 없다. 하나같이 눈두덩이 불거진 채로 연신 흘러나오는 콧물만 훌쩍거릴 뿐이다. 나는 애초에 대답 따위는 기대하지도 않았기에 묵묵히 앞장서서 올라간다. 미로 속을 헤매는 것마냥 꾸불꾸불한 골목길을 좌로 돌고 우로 돌고, 또 우로 돌고 좌로 돈다. 마치 투명한 표지판이 안내하는 길을 따르듯 우리는 아무 말 없이 터벅터벅 걸어 올라간다.

"에취!"

미현이 재채기를 크게 내뱉자, 이물질도 같이 덤터기로 나왔나 보다.

"휴지 가진 사람?"

가장 뒤처져 따르던 성준이 대답도 없이 몇 장 남지 않은 휴지를 모조리 미현에게 건네준다.

휴지를 받아든 미현은 고맙다는 소리도 없이 '킁킁'거리며 코와 입 주위를 닦아낸다.

성준이 잠깐 끼어들었던 자리를 형길에게 내주자, 형길은 예의 미현과 어깨를 나란히 하며 오르고, 성준은 다시 뒤로 처진다. 미현은 우리 표현대로라면 형길이 거다. 미현도 이런 표현을 그다지 싫어하는 눈치가 아니다. 하지만 나는 그런 표현을 들을 때마다 씁쓰름해진다.

겨울 초입의 태양은 쫓기듯 쏜살같이 사라지고 어둠은 밤도둑처럼 찾아든다. 마지막 하나 남은 보안등이 우리 앞에 남겨졌을 땐, 사방은 어두워지고 사위의 웅성거림은 을씨년스럽기도 고즈넉하기도 했다. 가을이 남긴 여운이 아직 우리의 가슴 속에 휑하니 불었다가 사라졌기 때문이리라.

보안등 아래 좁은 영역을 지나자 우리는 곧 어둠속에 놓였다. 조금만 더 걸어가면 작은 집이 보일 것이다. 내가 집 앞에 서자 초라한 미닫이문은 닫혀져있었다. 내가 조금 낑낑거리며 바둥거리자, 문이 마지못해 드르륵 거친 소리를 내며 열린다.

"지금 오는구나."

형은 입안에 막 라면가닥을 넣었는지 오물거리는 소리로 우리를 맞는다. 왼손에는 냄비뚜껑이 오른손에는 젓가락이 허공 속에 들려있다.

"다른 애들은?"

"뒤에 와요."

말이 채 끝나기도 전에 세 사람이 들이닥친다. 순간 작은 집이 소란스러워진다. 힘겨워하며 뒤처져있던 성준이 무슨 힘이 났는지 방안으로 쳐들어간다.

"히, 히."

싱거운 웃음소리를 내며 성준이 코를 훌쩍거린다. 그리고 라면 국물을 대뜸 훌짝거린다. 형이 허공에다 젓가락을 휘저으며,

"야! 라면 한 박스 사왔으니까, 끓여 먹어."

부엌 선반 위에 라면박스가 놓여있다. 잠시 침묵이 흐른다.

"내가 끓일게."

유일한 여자인 미현이 나선다. 충혈된 눈에 여전히 남아 있는 눈물의 흔적이 선명히 비친다.

"왜 항상 너만 끓여!"

형길이 꽤나 볼멘소리로 말하자, 여전히 냄비를 쥐고 있던 성준이 고집스럽게 고개를 쳐든다.

"퍽이나 아껴준다. 그렇게 안쓰러우면 네가 끓이든가!"

장난기 띤 비아냥거림이다.

"아니야, 내가 끓일게."

내가 나서자, 은근히 내가 나서길 바랐다는 듯이 형길이 킥킥 웃는다.

"내가 끓여도 되는데."

미현이 미안하다는 어조로 말끝을 흐린다.

"괜찮아."

나는 미현의 등을 떠밀며 말한다. 부드럽다.

미현과 형길이 신발을 벗고 방안으로 들어서자 방안이 꽉 찬다. 금세 훈훈한 열기로 가득 찼다. 라면 김과 체온에서 나오는 기운이 형광등 주위를 뿌옇게 휩싼다. 미현이 허리를 구부린 내 모습을 바라본다. 내가 고개를 들어 미소를 지어보이자, 씩 하고 웃어준다. 나는 조금 가벼운 마음으로 석유곤로 위에 냄비를 올려놓는다.

　"오늘도 대단했지?"

　마지막 건더기를 입속에 쑤셔 넣으며 형이 물었다.

　"그럼요. 말도 못했죠."

　성준이 대뜸 대답한다. 오늘 있었던 모든 일들을 모두 담기라도 한듯 둔스런 얼굴이 제법 심각했다.

　"야, 인마. 너는 곧 군대 갈 녀석이 몸 좀 사려!"

　형이 거짓 나무란다.

　"헤헤, 아껴두면 뭐해요, 군대 가기 전에 막 놀려 먹어야지."

　"그러다 군대 가기도 전에 뒈지겠다."

　"뭐 군대에 충성할 일 있나요."

　"누가 군대 충성하기 위해 몸 성하라 그러든."

　"그러면?"

　"네 마누라들은 어쩌고."

　형이 피식 웃으며 말한다. 성준이 여유를 부리며 농을 더해 대꾸한다.

　"거기에 쓸 힘은 따로 보관해 놓았죠."

　성준은 바짓가랑이 위에 손까지 올려가며 말한다.

58

성준이 미아리, 오팔팔 여자들을 종종 들먹이는 것이 가살지기도 하지만, 우리 또래들과 다른 경험을 해본 것만은 분명했다.

"근데, 형 오늘 어디 계셨어요?"

형길이 화제를 에둘러 돌리며 묻는다.

냄비에 물 끓는 기색이 없자, 나는 뚜껑을 열어본다. 물이 냄비 주변에서 부글거릴 조짐을 보이기 시작한다. 나는 뚜껑을 덮고 부엌 낮은 의자에 앉는다. 그리고 형의 옆얼굴을 보고 미현의 정면을 본다. 미현이 입술을 실룩하더니 형을 본다. 나도 형의 옆얼굴을 본다. 검은 뿔테안경이 코 중간 언저리에 무겁게 걸쳐있다. 형광등 불빛에 안경 밑으로 굵은 그림자가 생긴다.

"그냥 왔어."

형이 대답한다. 그러나 대답이 너무 간단해서 자신도 이상했는지, 나를 잠깐 계면쩍게 바라본다. 그리고 체념 섞인 목소리로 덧붙인다.

"나 그런 거 별로 좋아하지 않잖아."

이상할 것도 없다. 늘 그래 왔듯이 그런 식으로 받아들이면 되는 것이다. 형이 그런 자리를 피하는 것이 어쩌면 병적이기도 싶지만, 애써 물으려 하지 않는다. 형이 짊어질 어떤 무게가 있으려니 하는 것이다. 서로 나눠지지 못할 짐이라면 그대로 묻어두자는 것이 어느새 우리 사이의 불문율이 되어 있었다.

"그래서 어땠는데?"

하지만 형은 그런 이야기를 듣는 건 좋아 한다. 누군가 말해주길 원하는 것이다. 그것도 어떤 측면에서는 목마르도록 처절한 싸움을 퍽이나 가벼운 목소리로 말이다.

성준이 눈치 볼 것 없이 나선다.

"형도 세 시 반 대강당 집회 있는 건 알았죠?"

형은 고개를 끄덕이며 뒤로 조금 물러나 등을 벽에 기댄다. 그리고 식후 불연초 할 수 없다는 듯이 담배를 입에 문다.

"양병기 시인이 와서 강연을 해야 되는데, 글쎄 짭새들이 교내 진입을 못하게 하잖아요."

"그래서?"

"그래서는요? 가서 한번 붙으려는 기세였는데, 일단 대강당에서 기다려보자고 하더라고요. 그래서 노래 좀 부르고 구호 좀 외치니까 양병기 시인이 오더라고요⋯⋯. 저지선을 뚫고 들어왔다나, 어쨌다나."

성준이 어깨를 가볍게 들썩이고 고개를 살짝 기울인다. 성준에게는 모든 일이 장난스럽다. 나는 그것이 못마땅하다. 하지만 굳이 내색하며 말다툼하고 싶지도 않았다. 아직도 냄비뚜껑은 무소식이다.

12월. 바람이 몹시 불고 하늘은 무척 낮은 것이 심상치 않은 기운이 감돌았다. 대통령선거를 이십여 일 남겨 놓고, 노태우의 대통령후보사퇴와 양김 후보단일화의 기치가 사회 구석구석에 뜨거운 구호와 강렬한 함성으로 가득 채워지고 있었다.

오후 세 시 삼십 분. 강당에서는 양병기 시인의 강연과 마당놀이 그리고 노태우의 대통령후보사퇴를 위한 학생총궐기대회 발대식 등이 열릴 예정이었다. 학생들은 하나둘 대강당으로 모여들었고, 학교 밖에서도 전경과 사복형사들이 배수진을 치고 있었다.

성준이 말대로 양병기 시인의 학교진입이 경찰들에 의해 저지되자 바로 까부수자는 드센 목소리도 있었지만, 여차여차하여 양병기 시인은 교내로 들어올 수 있었다. 결국 네 시가 넘어서야 정식대회가 진행되었다. 양병기 시인의 강연은 약 사십 분가량 진행되었다. 연설내용은 독재정권 하에서의 문학으로, 친일·친독재 행적을 보인 미당 서정주가 도마 위에서 난도질을 당했다.

양병기 시인의 연설이 끝나자 우레와 같은 박수가 터졌고, 그 의지를 북돋기 위해 힘찬 운동가요가 쩌렁쩌렁 대강당에 울려 퍼졌다. 하늘을 향해 치켜든 불끈 쥔 주먹은 더없이 우렁차고 한층 드세었다.

"노태우는 사퇴하라! 사퇴하라! 사퇴하라!"

구호가 끝나고 현 세태를 희극적으로 풍자한 마당놀이가 공연됐다. 무겁게 내리누르기만 하던 분위기가 조금 풀어지면서 열기는 고조되고, 가열찬 투쟁에 대한 사기 또한 대강당을 활활 타오르게 만들기에 충분했다. 노태우로 분한 배우가 '보통 사람입니다. 믿어주세요'라고 말할 때에는 미리 짜놓은 각본이 있던 것처럼 모두가 '우~' 하며 야유를 보내기도 했다.

그렇게 마당놀이를 끝내고, 이제 본격적인 발대식을 열 참이었다. 마이크를 잡은 총학생회장 뒤로 여남은 명의 학생간부들이 길게 도열했다. 그때였다. 총학생회장이 마이크를 입에 대더니 크게 소리쳤다.

"여러분! 지금 밖에 눈이 오고 있습니다!"

강당에 모인 시선은 일제히 창문을 향했다. 비록 양은 적었지만 정말로 한 송이 두 송이 눈이 내리기 시작했다.

"이렇게 눈이 내리는 걸 보니, 우리의 굳고 맹렬한 의지가 하늘에도 전해졌나 봅니다!"

총학생회장의 흥분에 휩싸인 우렁찬 목소리가 폭발하자 학생들이 일제히 고성을 지르며 환호했다. 그러나 눈은 그 뒤로 십 분가량 좀스럽게 내리더니 끝내 사라지고 말았다.

이어진 발대식은 예전과는 사뭇 다른 비장한 분위기를 연출해냈다. 일단 총학생회장과 부회장의 삭발식이 있었고, 이어 각 간부들의 삭발식이 이어졌다. 그 중 여학생도 있었는데, 긴 머리카락이 삭둑삭둑 잘릴 때에는 대강당 안은 숙연한 분노가 들끓었다. 몇몇 여학우들의 눈에서는 눈물이 흘러 내렸다. 이 상황만으로도 오늘 있을 투쟁의 격렬함을 예단하기에 충분했다.

삭발식이 끝나자, 간부들의 혈서가 이어졌다. 면도칼에 그어진 새끼손가락의 붉은 핏방울이 그들 앞에 놓인 하얀 종이 위에 번지며 의지에 찬 붉은 글씨가 선연히 쓰였다. 밖은 어느새 조금씩 어둑어둑해지고 있었다. 그리고 이날의 마지막 투쟁이 남아있었다. 의문의 여지없는 교문 밖 진출이었다.

"형도 있었어야 그 분위기를 알 수 있었을 텐데."

미현이 짐짓 뽀로통하게 말한다. 형은 피식 웃더니만 끄트머리만 조금 남은 담배를 뻐끔거리며 마저 피워댄다.

"그래요. 정말 대단했다고요."

형길이 덧붙였다. 나는 보글보글 끓는 라면냄비를 작은 두레상 위에 얹혀놓는다. 그리고 고만고만한 밥그릇과 젓가락을 챙겨 건네주자 미현이 받아든다. 각각을 미현이 가느다란 손가락으로 분배하고 내 앞에도 살며시 놓아준다.

"야, 맛있겠다."

미현이 뚜껑을 열고 어린아이마냥 소리친다. 라면 김이 위로 확 솟아오른다. 맛있는 냄새가 방안을 점령한다. 허기진 배는 젓가락질을 강요한다. 형의 담배연기가 한동안 라면 김에 감추어졌다 드러난다. 그리고 형의 궁금증도 더불어 연기를 헤치고 나온다.

"그래서 어떻게 됐는데?"

성준이 잠깐 싫어하는 눈치를 보이자 형이 팔을 설레설레 흔든다. 형의 소매 끄트머리엔 땟자국이 두껍게 끼어있다.

"라면이나 먹고 말해라."

그러자 이제는 성준이 낯빛을 바꾸더니 계속해서 말을 이어간다.

"글쎄 말예요, 우리가 학교정문으로 나갔을 때는 벌써 짭새들이 쫙 깔렸더라고요……."

그때 나는 성준과 어깨를 나란히 하면서 스크럼을 짜고 있었다.

우리 바로 뒷줄에는 미현과 형길이 있었고, 미현의 갸름한 어깨는 형길의 팔에 꼭 움켜 안겨 있었다. 해는 붉고 엷은 낯으로 건물 사이에 힘없이 얹힌 채 짙은 먹구름을 용케 피하고 있었다. 쌩쌩 불어오는 바람은 안타깝게도 파쇼풍이라 여지없이 우리가 불리했다. 학교정문으로 내려가는 길목이 스크럼으로 완전히 메워지자 우리 앞에 포진한 전경들이 바짝 긴장하기 시작했다. 방패부대가 제일 앞에 위치하고 뒤에는 묵직한 최루탄 총포를 움켜쥔 전경들이 발사명령만을 기다리고 있었다. 그들 옆과 뒤쪽으로는 하얀 헬멧을 눌러쓴 백골단이 우람한 덩치를 으스대듯 드러내며 서성이는 것이 보였다.

일단의 스크럼이 이미 학교정문 밖을 시위하고 다시 돌아오는 길이었다. 또 다른 그룹의 스크럼도 교외진출을 시도하고 있었다. 머지않아 우리의 스크럼이 교문 밖을 치고 나갈 차례였다. 그 사이 강렬함을 잃은 태양이 짙은 먹구름 사이를 들락날락하며 신경전을 벌이는 가운데, 하늘은 조금씩 어둑해지고 있었다. 건물사이를 힘겹게 건너온 빛마저도 구름으로 덧칠해져 검붉게 변한 채 낮은 채도로 현재 상황을 주시하고 있었다.

"독재정권 물러가라! 물러가라!"

"노태우는 사퇴하라! 사퇴하라!"

힘찬 구호와 함께 운동가요가 목청껏 불렸다. 우리의 발걸음은 점차 교문을 향해 나아가, 끝내 교문 밖을 나설 순간이었다. 방패 뒤에 숨어있던 총구들이 일제히 하늘로 치켜들려지더니 한순간 붉은 불기둥을 사정없이 내뿜기 시작했다.

팡! 팡! 팡!

몹시도 둔탁한 소리였다. 그 소리가 십이월 하늘 위에 따발총처럼 사정없이 울려 퍼지고, 검붉은 노을 위로 하얀 장막이 순식간에 드리워졌다. 동시에 우리의 대열은 갈기갈기 찢어졌다. 맵고 메스꺼운 가루가 지천에 깔리면서 바람이 우리를 향해 몰아쳤다. 한순간에 아수라장이 되어버린 교문 밖은 필사적인 몸부림으로 소용돌이쳤다. 대열이 찢어지면서 학생들의 악다구니가 사방에서 들려왔다. 다른 퇴로를 찾지 못한 학생들은 허겁지겁 교문으로 일제히 몰려들었고, 한계치를 넘어선 정문은 곧 미어터질 것만 같았다.

아우성과 총포소리가 버무려진 난장판 같은 혈투 속에서 나는 어디에 있었고 무엇을 생각했는가? 눈에는 눈물이 앞을 가렸고 코는 콧물로 뒤범벅이 되고 있었다. 사정없이 콜록거리는 입속은 엄청난 이물질이 목구멍을 틀어막고 있는 것 같았다. 내 온 숨구멍이 만신창이로 문드러지는 것을 느끼며, 나는 그때 무엇을 생각했는가? 나는 좁은 교문을 헤집고 들어가려는 무리들의 필사의 버둥거림을 보았고, 옥죄어 오는 기괴한 정화통들의 악랄한 움직임을 보았고, 끝까지 버티려는 마지막 몸부림을 보았고……. 그리고. 그리고 나는 다른 무엇을 찾고 있었다.

어디 있는 것일까? 성준은 이미 사라져버렸다. 아니 성준을 찾고 있던 건 아니었다. 어디 있는 것일까? 누구를? 어디에? 그렇다. 나는 어느새 미현을 찾고 있었다. 하지만 미현이 옆엔 형길이 있지 않은가?

팡! 팡! 팡!

마치 발동 걸린 경운기마냥 총포소리는 끊임없이 들려왔다. 그리고 검은 전경의 무리들이 돌진해 오는 것이 보였다. 나는 서서히 뒷걸음질 치기 시작했다. 그때였다. 내 시야에 미현이 들어왔다. 그것도 옆으로 나뒹굴며 넘어지는 미현을 본 것이다. 나는 잽싸게 하얀 어둠을 뚫고 달려갔다. 미현의 얼굴이 시야에 들어왔다. 공포에 질린 표정 속에 붉게 충혈된 미현의 눈이 보였다. 울고 있었다. 눈물이 흐르고 있었다.

"미현아! 미현아!"

나는 소리쳤다. 미현이 나를 보았다. 그러자 미현은 내 이름을 부를 듯하더니만, 끝내 이름 첫 자 한 번 제대로 발음하지 못하고 콜록거리고 말았다. 나는 어떡해서라도 미현에게 다가가 일으켜 세우려고 했다. 그 순간이었다. 그때 누군가가 미현이의 가슴팍을 안으며 달려 나간 것이다. 나는 한동안 멍하게 우두커니 서있었다. 콜록거리며 눈엔 눈물이 코에는 콧물이 가득한 채로.

"얼마나 정신이 없던지, 저놈아도 멍하게 서있더라니까요."

신이 나서 재잘대던 성준의 말을 형길이 가로챈다.

"말도 마세요. 미현이는 정신없이 쓰러져 있지, 또 끌고 가려는데 얼마나 무겁던지."

그때 형길이 슬그머니 미현을 보자, 미현이 새침한 표정을 귀엽

게도 지어 보인다. 형길은 예의 장난기 섞인 미소로 답례 하더니 나를 향해,

"내가 얼마나 네 이름을 불렀는지 알아?"

나는 대답 대신 라면만 목구멍 속에 우겨넣었다. 라면김발이 아련하게 내 시야를 덮쳐온다.

형이 두 번째 담배를 피워 문다.

"너 도대체 무슨 생각하고 있었냐? 응?"

형길이 대답을 듣기로 작정했다는 듯이 다그친다. 나는 여전히 고개를 처박은 채 허발 들린 거지처럼 먹는 데에만 열중한다.

아! 라면 김이 포근하다. 따스한 공기입자가 내 안면에 부드럽게 부착되어 엷은 막을 형성한다. 그 엷은 막은 사사로운 생각들을 차단시켜줄 것만 같다. 그래, 아무 생각 않기로 하자. 아무 생각 않기로 하는 거야. 지금 미현의 시선이 내 머리 위에 머무는 것이 느껴진다. 머무는 시선이 부드럽지만 따갑다. 생각하지 않기로 하자. 생각하지 않기로.

"세 녀석이 세면대에 처박혀서 우는 꼬락서니라니. 형도 봤어야 하는 건데, 얼마나 웃겼는데요. 정말 볼 만했지."

성준이 드디어 발언권을 다시 찾았다는 듯이 마무리를 지으려 한다.

"결국 사복새가 교내로 진입했다는 얘기를 듣고 우리는 허겁지겁 쓰레기장으로 달려갔죠. 유인물을 버리려고요. 작은 주머니에 얼마나 많은 유인물이 나오는지, 말도 마세요. 내 웃겨서……."

그랬다. 성준이 말대로 우리는 허겁지겁했다. 여전히 온몸에서 흐르는 눈물과 체액으로 주체할 수 없는 상태에서도 손놀림은 빨랐다.

"상은 내가 치울게."

마지막 국물을 비우는 형길을 보고 특별히 누가 들으라는 것도 없이 미현이 말한다.

미현이 상을 들고 나가자 형이 윗목 책상 밑에 처박아두었던 비닐을 꺼낸다. 그러자 소주와 맥주 그리고 안주거리가 한 아름 쏟아져 나왔다.

"이렇게 대단한 날을 그냥 보낼 수는 없잖아."

"그럼요."

형이 나서자, 성준이 맞장구를 친다. 형과 내가 오징어를 찢고, 과자 봉투를 뜯고, 병마개를 까고, 잔을 돌리는 사이에 성준이 한숨까지 푹푹 쉬며 허허롭게 말한다.

"이제 이렇게 술 먹을 날도 얼마 남지 않았네요."

자조 섞인 어투다.

"그러고 보니 정말 얼마 안 남았네."

형길이 걱정스러운 투로 받아준다.

"그래 한 보름 남았다."

성준의 말에는 어느새 맥이 없다. 형이 무슨 말인가 하려다가 입을 오물거리며 그만두어버린다. 형은 대단한 골초다. 계속 입에 담배가 물려있고 콧구멍으로는 하얀 연기를 연신 내뿜는다. 미현

68

이 손을 닦으며 들어서더니 늘상 그렇듯 기대앉는다. 변함없이 형길은 미현과 어깨를 부딪고, 나는 그 맞은편에 앉아있다. 자리 가운데에는 너저분하게 안주거리와 술병이 널리고 우리 머리 위에는 엷은 조명이 처량하게 내리비춘다. 오늘따라 형의 안경은 더욱 무거워 보이고, 형길과 미현은 더욱 가까워 보였으며, 성준은 더욱 울긋불긋해 보인다. 그리고 나는 조금 더 의기소침해진다.

술잔이 여러 번 돌자 술이 떨어진다. 성준이 잽싸게 가게에서 술을 사온다. 가운데 술자리가 너저분하게 쌓여간다. 미현의 볼이 발그스름해진다. 서너 개의 머리카락이 미현의 미간을 가른다. 미현은 술이 들어가면 가끔 아무 의미 없이 히죽 웃곤 한다. 나는 그 모습이 몹시도 귀엽게 느껴진다. 형길도 그렇게 보이나 보다. 미현이 어린아이처럼 웃을 때면 늘 미현의 어깨를 보듬는다. 형은 보기 좋다고 한다. 그때면 나는 여지없이 씁쓰름해진다.

형이 내 술잔에 술을 따른다. 나는 거부하지 않고 받는다. 오늘 나는 술을 많이 마신다. 성준도 지지 않게 많이 마신다. 미현과 형길은 적당량 마신다. 형은 예전보다 조금 적게 마신다. 결국 매일 마시는 평균치를 오늘도 마시는 것이다.

내 술잔에 술을 가득 부은 형이 한동안 나를 물끄러미 바라본다. 나도 그 시선을 느끼지만 굳이 아는 체 하지 않으려 한다. 무엇이든 들킨다는 것이 싫기 때문이다. 비록 형이 알 리도 없지만 말이다. 그러면서도 내 마음고름이 무너질까 노심초사한다. 나는 내 자신이 의뭉스럽다고 생각한다. 그러나 그것이 괴롭다.

나를 한동안 지켜보던 형이 좌중을 훑어본다. 그리고 담배를 세 모금 뻐끔거린다. 형광등도 이제는 담배의 맵고 그윽한 맛에 중독되었으리라.

시간은 밤의 일정한 시각을 지나면 촉박하게 흐르는 것 같다. 오늘따라 형도 무척 촉박해 보인다. 형은 아까부터 무슨 말인가 하려 하지만 말을 꺼내기가 어려운 모양이다. 나는 그것을 대번에 알 수 있다. 그렇지만 재촉하지 않는 나의 성격은 좀 더 기다리라고 한다. 결국 형은 말한다.

"너희들에게 할 말이 있다."

역시다. 아마 성준이만 빼고 모두 알고 있었을지도 모른다. 형의 담배연기만큼이나 형의 말도 부연하게 들려온다.

"나도 여러 하숙집, 자취집을 전전해 보았지만 사실 이곳만큼 마음에 드는 곳이 없다."

형이 잠시 말을 멈춘다. 그러더니 새삼스럽게 방안을 휘 둘러본다. 형의 눈은 술과 담배에 찌든 기색이 역력하다. 그 눈에 방안의 초라한 모양들이 가득 담겨진다.

"지난 아현동에서는 정말 대판 싸우고 나왔는데."

"누구랑요?"

성준이 천연덕스럽게 물어본다.

"누군 누구야, 주인집이지."

성준이 고개를 끄덕인다.

"그리고 이곳에 왔을 땐 이 생활도 올 때까진 왔구나 싶더라고.

그런데 그게 아니더라. 정말 이만 한 데가 어디 있을까 싶어. 서울도 모두 내 아래 있겠다, 산이 있어 공기도 맑겠다, 지대가 높아 물난리 걱정 없겠다, 겨울이면 눈썰매장 되어 좋겠다, 사실 이만큼 좋은 데가 또 어디 있겠어."

형은 일시에 감상에 젖는다. 그러고 보면 우리들도 어느새 이곳에 온갖 잔정을 뿌리고 심어놓은 터였다. 그러자 지난여름 기성이 생각이 문득 난다.

저녁 느지막하게 술자리에 끼어든 기성은 이미 한잔 얼큰하게 걸친 후였다. 하루 종일 비가 추적추적 오는 것이 괜스레 사람 심란하게 만들던 하루였다. 예의 그런 날이면 수업이고 뭐고 상관없이 낮술을 꺾는 날이건만, 그날 우리는 무던히도 인내하여 저녁 무렵에 술잔을 기울였다. 그리고 하루 종일 보이지 않던 기성이 목구멍에 반쯤 술이 찬 채로 드르륵 그 쇳소리를 내며 이 작은 산장을 찾았다.

오만가지 인상을 쓰면서 연거푸 술을 처마시던 기성이 결국 일을 저지르고 말았다. 앉은자리에서 토사물을 쏟아내는데 좁은 방 구석을 흥건히 적실 정도의 양이었다. 자리에 있던 형, 성준 그리고 나는 정신없이 토사물들을 닦아내고 훔쳐내는데 기성이 놈은 흐흐거리며 웃음 반 울음 반으로 서있는 것이 아닌가. 그러나 일은 거기서 끝나지 않았다. 어느새 밖으로 나간 녀석은 남의 집 대문 앞에다 오줌을 시원스럽게 갈겨놓고는 서울 전망이 아스라이 보이는 난간 앞에 섰던 것이다.

"야호! 야호!"

정신없이 방 청소를 하던 우리가 허겁지겁 나가보니, 기성이 녀석은 남대문은 훤히 열어둔 채로 산山 사람마냥 입 주위에 손을 모두고 고래고래 소리를 지르는 것이 아닌가.

"이진희! 이진희! 난 널 사랑한다고, 이 미친년아! 이 미친놈이 사랑한단 말이야."

우리는 녀석의 뒤에서 어안이 벙벙한 채로 서있는데, 때마침 옆집 창문이 드르륵 열리면서 어느 아저씨의 목소리가 귀 거칠게 들렸다.

"야! 누구 왕년에 사랑 못 해본 놈 있어. 티내지 말고, 조용히 못해!"

형의 은근한 눈빛은 여전히 방 구석구석을 더듬고 있다. 이제는 내가 형의 빈 잔에 술을 따른다. 형은 자신의 술잔이 차오르는 것을 무표정하게 내려다본다.

"어제 이 집 주인아줌마가 오더라고."

형은 말을 잇는다.

"그 아줌마 하는 말씀이……."

그러면서 집 주인아줌마의 말을 전한다.

'어이 청년, 정말 미안하게 됐네. 이 지역이 재개발 지역인가 뭔가 되었어. 내 마음이야 그렇게 하고 싶진 않지만 정부에서 개발한다는 데야 내가 어쩌겠는가.'

"그러면 집을 비워야 한다는 말인가요?"

말이 채 끝나기도 전에 미현이 눈을 동그랗게 뜨며 묻는다. 형
은 대답 대신 고개만 끄덕인다.

"언제요?"

형길이 묻는다.

"아직은 시간이 있긴 해."

형이 그윽한 눈으로 술 좌중을 본다.

"언젠데요?"

성준이 급하게 다그친다.

"내년 삼월 초니까, 한 삼사 개월 남았지."

"아이고, 이 생활도 얼마 안 남았네."

성준이 한숨을 푹 내쉰다.

"네 놈이야 어차피 보름 후면 떠날 텐데 뭐가 아쉽냐?"

형길이 말한다.

"야 인마, 내 인생이 어디 군대에서 종 치냐. 나는 다시 사회로
복귀가 안 된 대?"

성준이 성난 투로 소리친다.

"야, 네 제대할 때면 내 애새끼가 손자 볼 거다."

"이 우라질 놈 보게. 그럼, 너는 군대 안 가냐?"

"야 인마, 나는 신의 아들 아니냐?"

"신의 아들 좋아하시네. 네가 신의 아들이면 나는 신 할아비다."

둘이 티격태격한다.

"그만들 둬라. 별것도 아닌 것 가지고."

내가 나선다. 형은 마냥 웃고 미현은 싫은 표정을 짓는다.

술이 웬만큼 얼큰해졌을 때 우리는 형의 집을 나선다. 밤이라 그런지 아니면 고지대라 그런지 바람이 무척 매섭다. 옷섶 사이로 냉기가 들이치더니 온 몸뚱이를 쪼그라들게 한다. 으드득 이빨이 부딪친다. 먹구름은 어느새 바람에 날려가고 엷은 반달이 우리 머리 위에 걸려 있다. 달빛에 앙상한 나뭇가지들이 처량하게 허우적거리는 모양이 그윽하게 비춰온다. 형길은 '아이 춥다'는 미현을 한 팔로 꼭 감아 안고서 우리들 뒤에 처져 내려온다.

내 옆에 선 성준은 그냥 같은 말만 되씹는다.

"이 세상도 이렇게 좀 치나 보다. 아이고, 추워. 아이고, 추워. 빌어먹을, 좋이다. 좋! 땡! 땡! 땡! 아이고, 추워."

내 볼이 땅기고 붉어진다. 꾸불꾸불한 길을 한참 내려와서야 우리는 큰길을 만난다. 몇 대의 승용차가 길가에 오밀조밀하게 주차돼 있다. 여전히 성준과 나는 앞장서고 형길과 미현은 뒤에 있다.

달이 가로등 불빛 때문에 훨씬 퇴락해 보인다. 호주머니에 두 손을 꼭 집어넣고 잔뜩 어깨를 움츠린 성준이 어깨로 나를 툭 친다. 한잔 더 하자는 신호다. 나는 고개를 절레절레 흔든다.

"싫으면 관두고."

그러더니 성준이 대뜸 뒤돌아본다.

"너희들은 어떠니? 야! 눈꼴사납게 그렇게 부둥켜안고 있지만 말고. 누구 얼어 죽든!"

"...뭘?"

미현이 쑥스러운 기색으로 되묻는다.

"술 한잔 따악 어때?"

성준이 검지를 이빨에 튕긴다.

"싫어!"

형길이 망설임 없이 대답한다.

"알았다, 알았어. 나 혼자 먹다 죽으면 그만이지."

성준이 하늘을 쳐다보며 푸념한다. 가로등 불빛을 받으며 하얀 입김이 뽀얗게 솟아오른다. 갈림길에서 우리는 멈춰 선다. 형길이 우리 맞은 편 길을 향해 손짓한다.

"우리는 여기로 갈게."

미현이 가야 할 길이다. 나는 무표정해져 버린다. 둘은 우리의 대답은 기다리지도 않고 가버린다. 나는 제자리에서 어깨를 움츠린다. 성준이 내 어깨를 툭 친다.

"가자."

나는 천천히 돌아서 간다. 이제 미현과 나는 멀어진다. 나는 또 그렇게 씁쓰름해지고 말았다.

4.

하루하루 날짜가 지나감에 따라 성준은 꽤나 초조한 모양이다. 예의 과장된 능청으로 별스럽지 않은 척했지만 술자리마다 순간순간 빠져드는 녀석의 사념을 지켜보면, 조금은 안쓰러웠다.

그러고도 한 열흘이 지나버렸다. 그 사이 두어 번 눈이 왔는데 한 번은 조금 오고 그다음 한 번은 많이 왔다.

"올겨울은 눈이 많이 와서 좋다."

미현은 늘 그렇듯 어린아이처럼 재잘거리지만,

"눈 많이 오면 좆뱅이 친다는데."

성준은 어느새 푸른 군복 속으로 한 걸음씩 한 걸음씩 빨려 들어가는 것만 같았다.

두 번째 온 눈의 여파는 미리 예상했듯이 서울을 온통 교통지옥으로 만들어버렸다. 교통 혼잡은 작은 산장으로 오르는 길목에서도 예외는 아니었다. 남아도는 연탄재를 여기저기 뿌려두긴 했지만 자연스럽게 만들어져버린 미끄럼틀을 없앨 수는 없었다.

막바지로 치닫는 선거전은 혼미해지기만 했다. 노태우 대통령 후보사퇴라는 구호는 애초에 소귀에 경 읽기였기에 전혀 기대도 안 했지만 양김 후보단일화 실패는 사람들을 신경쇠약증으로 몰아갈 기세였다. 거기다 민중대표로 백기완 후보까지 가세하자 이제는 학생 측에서도 갈기갈기 찢겨져 여러 갈래의 분파를 형성했다. 한쪽 성명에 대한 반박성명이 나오고, 또 거기에 대한 재차 반박성명이 나오는 등 혼탁한 양상을 띠었다. 이 무리도 혼탁함 속에서 허우적거리고, 저 무리도 혼탁함 속에서 허우적거리고, 혼탁하다고 다그치는 무리들도 허우적거린다.

그러면 이런 혼탁한 상황 속에서 과연 나는 어디에 있었던 것일까? 미현을 생각한다면 나는 나 스스로를 속세적 낭만주의자라고 생각했다. 데모 대열에 설 때는 투사적 기회주의자였다. 또 형 앞에서는 염세적 회의론자였으며, 성준이 앞에서는 진보적 보수주의자였다. 그리고 형길이 앞에서는 배반적인 도덕가였다. 그러고 보면, 나는 이것도 저것도 아니었다. 미현이 앞에서는 무엇이 옳고 그른지도 판단하지 못했다. 그러니 데모 대열 앞에서의 내 모습이란 어쩌면 비겁자 모습 그대로일 것이다.

나는 그렇게 좌충우돌하고 있었다. 무엇인가 해야만 한다는 의식은 있었지만, 과연 무엇을 해야만 하는가에 대한 의식은 결여되어 있었던 것이다. 집회 선두에 오롯하게 서보려 하지만, 그것도 어영부영 무엇인지 말할 수 없는 것에 떠밀려 서있는 기분이었다. 투철하기보다는 투철해야만 할 것 같은 의무감이 지배했다. 그럴 때면 가끔은 성준이 부럽기도 했다. 성준에겐 좋든 싫든 길이 하나 뚫린 듯 보였기 때문이다.

"이것도 저것도 안 되면 뭐, 군대나 가지."

우스갯소리로 내뱉는 농담짓거리라도 상황에 따라선 의미 있게 다가오는 법이다. 성준의 야살궂은 말이나 행동들이 늘 그러했다.

"군대 가기 전에 돌이나 많이 던져봐야겠다."

"네가?"

미현이 의아해하는 표정을 짓자,

"군대에서 총 못 쏜다고 구박하면 돌 하나는 잘 던진다고 해야 되잖아."

미현이 마구 웃어대자, 형길이 못마땅하다는 듯이 바라본다.

"뭐가 재미있어?"

이럴 땐 나도 성준의 가벼운 태도가 거북스럽다. 그러나 그런 나는 얼마나 무거운 것일까. 어차피 우리는 고만고만한 것 아니겠는가. 정말로 나는 철저한 역사적 의식을 갖고 그 대열 앞에 섰던 것일까. 나는 무슨 심정으로 목이 터져라 구호를 외치고 노래를 부르고 돌멩이를 던진 것인가. 또 다른 나의 분출구를 찾던 것은 아니었던가. 성준이 자기 나름대로의 분출구를 찾은 것마냥, 나도 또한 그런 자리를 빌려 응어리진 내 무언가를 폭발시켜버린 것은 아닌가?

나는 이런 나의 모습이 싫어진다. 그리고 나는 조금은 달라져야만 하지 않을까, 조급해진다. 나는 시시때때로 힘들어지고 만다. 아예 성준이처럼 속 편하게 지껄이면 한결 나아지지 않을까?

형의 대체로 무감각한 태도도 부럽다.

"음, 그럴 수도 있겠지."

술에 물탄 듯, 물에 술탄 듯한 형의 태도는, 과거에 형이 어떤 말 못할 경험을 했든 부러운 것이었다. 어려운 일일랑 그렇게 괘념하지 말고 책장 넘기듯 훌훌 넘겨버리라는 태도. 어려운 일이란 어렵게 생각하기 때문에 어려운 것이지. 쉬운 일이란 처음부터 쉽게 생각해버리기 때문에 쉬운 거라고.

아! 그러나 나에겐 어려운 일이건 쉬운 일이건 결과는 매한가지로 무거운 짐이 되고 만다. 내 머릿속 구조자체가 그런 복잡한 틀로 미리 짜여져 있는 것일까. 미현이 일만 해도 그렇다. 아니 진정한 문제는 미현이 때문이 아닐까. 모르겠다. 하여튼 나에겐 너무나 해결하기 어려운 문제로 다가오는 것이다. 미현의 곱살스러운 자태가 형길의 시선 가득히 담겨져 있는 것을 볼 때면 나는 미칠 듯한 질투심에 사로 잡혀버리고 만다.

혼돈은 끊이질 않고 얽히고설켜버린다. 매듭을 풀 수 없는 실타래마냥 해결점과는 너무 요원해졌고, 해결점 없는 실타래에 연연하여 아둥바둥하는 내 모습도 볼썽사납게만 느껴진다. 한겨울의 중간에서 기온은 눈에 띄게 급강하하고 있다. 사람 반 공기 반인 서울도 삭막하긴 마찬가지다. 이럴 땐 난 산장에 올랐다.

5.

다음 달부터는 서서히 집이나 알아봐야겠다고 형이 말한 날은 성준의 입대 하루 전이었다. 성준에게는 형의 말이 몹시 서글프게 들렸나 보다. 성준의 느낌대로 이젠 하나의 매듭을 짓고 끝낸다는 의미가 농후하게 담겨있는 말 같았다.

"마지막 잔을 들어라."

불안정한 음정까지 넣어가며 성준이 짐짓 엄숙한 분위기를 술잔 속에 가득 담고 잔을 치켜든다.

"자식 군대 유세하기는. 청승 그만 떨어. 누가 들으면 죽으러 가는 줄 알겠다."

형길이 얄밉게 받았지만, 평상시와는 다르게 성준이 기가 죽는다. 주점에서 밖으로 난 창문이 꽁꽁 얼어붙어서 성에로 피어있다. 길을 지나는 사람들의 발걸음이 뭔가를 서두르듯 빨라지고 서둘러진다. 모두가 웅크린 채로 연신 입 안의 온기를 호호 불어대거나, 마치 귀가 떨어져 나갈 것이 두려운 양 두 손으로 귀를 꼭 감싸고 있다.

"하여튼 이 추운 날 고생이겠다."

내가 걱정스럽게 성준에게 말하자, 성준이 쓴웃음을 짓는다.

"이렇게 겨울 한번 나는 것도 나쁘진 않다더라."

"그럼. 자대에서 나는 것보다야 훨씬 낫지."

이미 군대를 제대한 형이 유경험자로서 거든다.

"그러고 보면 아쉬운 게 너무 많아."

성준이 회상이라도 하듯 뿌연 천정을 멍하게 바라보며 말한다.

"막상 떠나려고 하니까, 죽으러 가는 것도 아니면서 왜 이리 마음이 심란한지. 너희들이 보기에도 내 생활이 썩 보기 좋진 않았지?"

긴 한숨을 내쉬더니 더욱 가라앉은 목소리로 성준이 말을 잇는다.

"그럴 거야. 내가 생각해도 그런데, 뭐. 어쩌면 우리 인생은 이렇게 단절감을 맛보아야지만 무언가 느껴지나 봐. 단절감 말이야. 솔직히 우리에게 어떤 목표의식이 있니, 삶의 지침이 있니? 그렇다고 삶의 의지가 있니? 그저 모두 떠밀려서 자기 의지와는 관계없이 이 자리에 서게 된 것 아니냐 말이야. 몸의 본체는 어디에 가

있는지 자기도 모른 채 껍데기만 이리저리 쓸려 다니고. 나만 그런 거니? 정말, 그런 거니? 하여튼 나만 그렇다고 해도. 그래, 어쨌든 나는 그랬어. 고등학교 3년 그리고 대학 2년 모두 말이야. 밀물에 떠밀린 듯한 기분이야. 그리고 지금은 이렇듯 썰물에 떠밀려 쓸려가고. 데모 한답시고 시위대열 앞에 서는 것도 우습고, 누가 더 심각하게 현실인식을 하는지 따지는 것도 우습고, 그렇다고 그런 행렬에 끼고는 무슨 큰 위인이나 된 것처럼 법석을 떠는 것도 우습고. 모두가 다 우스운 거라. 지금처럼 내가 주접스럽게 씨부려대는 것도 알고 보면 쓸데없고 우스운 것이기도 하고. 네가 언제 그랬지?"

그러더니 성준이 뜬금없이 나를 지목한다. 나는 순간 흠칫한다. 나는 눈짓으로 '뭐라 그랬는데?'라고 묻는다. 성준이 말을 잇는다.

"우리가 하는 것은 장난이 아니라고. 물론 그래야 할 거야. 하지만 나에겐 왜 그런 모든 것들이 장난이나 어린아이 놀이 정도로밖에는 여겨지지 않는 것일까? 너도 솔직히 느끼지 않니? 이번 선거 못 이겨. 후보 사퇴하라고 그러면 고분고분 사퇴하겠니. 단일화 해주십시오, 하면 알아 모시겠습니다, 하며 단일화 하겠냔 말이야. 누구나 알고 있다고. 하지만 모두가 거부하려 한단 말이지. 알면서 믿으려 하지 않는단 말이지. 마치 우리의 요구를 귀담아들어 줄 것 같고, 우리의 의지대로 따라줄 거 같고, 그렇기 때문에 우리의 투쟁은 더욱 가열차야 하고 진중해야 한다고. 하지만 너는 느끼지 못하니? 안 되는 건, 안 되는 거야!"

나를 보던 성준이 이젠 형길, 미현 그리고 형을 차례로 찬찬히 바라본다. 형은 그냥 술만 벌컥벌컥 들이킨다. 미현은 무슨 말인가 하려다 그만 입을 다물어버린다. 형길, 형길의 표정으로는 어떤 심사인지 나는 잘 모르겠다.

　"그래 네 말대로 나는 다분히 장난이었고, 놀이였어. 어쩌면 내가 힘들 때마다 나 자신을 풀어버리는 배출구이기도 했어. 아주 비열한 짓이겠지. 내가 그것까지 부인하는 것은 아니야. 하지만, 하지만 말이다. 그러면 거기에 모인 모든 사람들이 모두 똑같이 무거운 무게로 그 자리에 섰겠니? 나라 위해 한 목숨을 기꺼이 바쳐보겠다는 투철한 열사의 의지로 말이야. 그래, 어차피 우리들은 거기서 거긴 거야."

　성준이 입을 다물자, 잠시 침묵이 흐른다. 다른 건 몰라도 이 침묵만은 무겁게 흘렀다. 끝내 형길이 한마디 한다.

　"너무 그런 식으로 비약하지 마!"

　성준이 고개를 들어 형길을 보다가 묘한 웃음을 짓더니 고개를 숙인다. 나는 잠잠히 이 침묵의 위치를 고수한다.

　형길은 '그런 식'이라고 말했지만, 그렇다면 또 다른 식은 어떤 것일까? 그리고 비약하지 않은 무엇이 있는 건가. 아무도 말하지 않았다. 우리가 다루기에는 너무나 어려운 대상이었던가. 어쩌면 우리 자신이 성준이 만든 테두리에서 누구도 자유롭지 못하기 때문은 아니었을까.

　밖은 여전히 기온은 영하 훨씬 아래에서 맴돌면서 추락하는 데까지 추락할 기세였다. 대조적으로 우리를 둘러싼 주점의 떠들썩한 술자리는 난로의 상승작용까지 받으며 훈훈하게 데워졌다. 그러나 성준이 남긴 말꼬리는 급속하게 냉기를 발산하고 한동안 무거운 침묵을 만들어버렸다.

요 며칠 계속해서 날씨는 흐렸지만 무엇 하나 내리는 것 없이 하루하루를 넘겨왔다. 오늘도 한껏 갈증만 돋우고는 흐린 날씨 그대로 지나갈 것 같았다. 어차피 해 떨어진 뒤라 어제보다 얼마나 더 흐리고, 얼마나 더 어두워졌는지 알 도리야 없지만, 어쨌든 우리 마음만큼이나 하늘은 흐려 있을 터였다. 이런 날에는 성준이 말마따나 좆뱅이를 치든 안 치든 간에 눈이라도 한바탕 대차게 내려줬으면 했다.

다음날이 되어서도 날씨는 변함없고 기온은 내려갈 때까지 내려갈 양으로 맹위를 떨쳤다.

우리 무리는 애써 오지 말라는 성준의 간곡한 부탁을 무시한 채 춘성까지 배웅하고, 성준의 짧게 깎아 하얀 보풀이 인 민머리를 보고 왔다. 뒤돌아오는 길에 지나오면서 본 황량한 연병장은 무정한 겨울바람으로 가득 채워졌고, 되돌아오는 우리의 마음은 슬픔을 간직한 쓸쓸함으로 황량했다. 연신 뒤돌아보는 미현의 눈꼬리에 눈물이 그렇하게 맺혔다 소리도 없이 흘렀다. 그녀의 하얀 목은 어쩔 수 없이 섬약하게 떨렸다. 그리고 미현의 훌쩍훌쩍 울며 흘린 눈물을 닦아준 건 예의 형길의 손수건이었고, 일정한 발치에서 또 한번 씁쓰름해 한 건 역시 나였다.

6.

새해가 밝았다. 성준이 말마따나 안 될 것은 아무리 발악해도 안 되는가 보다. 결국 노태우는 대통령에 당선됐고 그만그만한 사정이 있는 사람들은 침통함과 깊은 패배의식 속에 침잠되고 말았다. 매사에 미적지근하던 형길도 열을 내며 분개했다. 녀석에게 이따금 다혈질적인 모습이 보이긴 했지만, 이번의 민감한 반응은 의외였다.

한편, 생각했던 것 이상으로 성준이 빠져나간 빈공간은 커서 이빨 빠진 아이 치아 사이로 쌩쌩 불어오는 바람처럼 우리 마음은 곧잘 공허해지곤 했다.

"든 자리는 티가 안 나도 난 자리는 커 보인다더니."

혼잣말처럼 중얼거리는 것을 보면 형에게도 성준의 자리가 커보였었나 보다.

어느덧 방학이 시작된 지도 한 달이 넘어섰지만, 우리는 꼬박꼬박 만나는 편이었다. 기성은 그날 그렇게 악다구니를 쓰더니 놈의 지성에 감복했는지 결국 진희는 기성에게 넘어가고 말았다. 기성이 부러 자랑하려 들 때마다 그때 일과 겹쳐져 괘씸하기도 했다. 하지만 한편으로는 기성의 치기 어린 태도가 어린아이 행동처럼 순수하게도 여겨져 마냥 밉살스럽지만은 않았다. 그러고도 일이 잘 안 풀릴 때면 곧잘 산장에 들르곤 했는데, 개 버릇 남 못 준다고 그 자지러짐에 고생은 우리가 도맡아해야 했다.

하여간 무슨 이유 때문인지는 꼭 집어 말할 수는 없어도 우리의 전체적인 분위기는 대체로 푸욱 가라앉아 있었다. 생기라고는 살갗이 쓰리도록 찬 겨울날씨에 오므라들 대로 오므라든 것 같았다. 형길과 미현의 관계도 예전만 못한 것 같았는데, 그것이 혹 나 때문은 아닌가 싶어, 내 마음은 희망 반, 죄의식 반으로 버무려져 있었다.

겨울 초입 기세만 보면 많이 올 것 같던 눈은 괜히 사람들의 열망 어린 마음 한 귀퉁이만 집적거리더니 기척 없이 사라져버리기 일쑤였다. 어느덧 사람들은 허망한 마음으로 무정한 하늘만 바라보며 교통지옥이고 나발이고 한번 눈이나 대차게 왔으면, 바라는 것이다. 그리고 그때쯤이었을 것이다.

"우리 눈 구경 가자."

형이 소주를 탁 내놓으며 말을 꺼냈다. 그 말은 예상 외의 반향을 일으켰다.

"왜 우리가 그 생각을 진작 못했을까?"

미현이 깍지 낀 손을 자기 턱에 괴며 즐거워했다. 형길도 얼굴에 생기가 돌며 씽긋 웃어보였다. 나도 고개를 끄덕였다. 그렇게 만장일치로 의사가 결정되자, 형이 술잔을 치켜들었다.

"그래 떠나는 거야!"

그렇게 해서 기성과 진희까지 가세한 우리 일행은 버스를 타고 강원도를 향해 내달렸다. 강원도는 형의 고향이기도 하거니와 아직도 형의 어머니께서 머무르고 계신 곳이기도 했다. 정확한 위치는 원통이었는데,

"아마 눈 구경은 질리도록 할 거다. 모르긴 몰라도 다신 눈 구경 가자고는 안 할걸."

형의 이 말을 증명이라도 하듯이 서울을 벗어나서 강원도에 가까워질수록 눈이 쌓인 폭이 더 두터워지고 넓어졌다. 신남을 거쳐 군축교를 어지러이 지나자 고개 하나 사이로 인제가 보였다. 버스는 인제에서 잠시 쉰 뒤 다시 달리기 시작했다. 좌측으로 인제공설운동장을 거쳐 우측으로 난 노루목을 지나칠 즈음에는, 다리 건너 갈라진 길로 가면 현리가 있다고 형이 평시와는 다르게 신이 나서 떠들었다.

"노루목은 하늘에서 보면 노루의 목 같아서 붙인 이름이란다."

버스가 조금 더 달리자,

"저 다리가 리빙스턴교야."

하며 형이 작은 다리 하나를 손가락으로 가리켰고, 우리 일동은 창밖을 내다보았다. 그 순간에도 투박스런 시골풍경은 계속해서 뒤로 물러나고 있었다.

"6·25, 그러니까 전투가 그 어느 때보다도 치열했던 시기였을 거야. 적의 기습으로 아군은 모두 퇴각하는 데 정신이 없었지. 그리고 맞닿은 곳이 이곳이었어. 그런데 불행하게도 이 강을 건널 다리가 없었던 거야. 목숨을 담보로 버틸 때까지 버텨보았겠지. 하지만 미군 소위였던 리빙스턴은 여기서 중상을 입고 끝내 전사하고 말았단다. 전쟁이 끝나고 리빙스턴의 미망인이 이곳을 찾았지. 결국 원한 어렸던 이 강을 바라보며, 그 당시 다리 하나만 있

었다면 하는 심정으로 남편의 유언에 따라 이곳에 다리를 하나 건
립했어. 그리고 미망인은 남편의 이름을 따서 다리 이름을 리빙스
턴이라 한 거야."

버스가 원통터미널에 정차했다. 우리 일행은 거기서 내려 원통
교를 건넜다.

"별로 멀지는 않아."

가방을 들쳐 메고 앞장서던 형이 뒤돌아보며 소리친다.

얼마 전에 눈이 왔는지 아직도 순백의 순결함 그대로를 간직한
눈이 인적미답인 채 쌓여있었다. 다리를 건너자 원통 시내를 마주
보고 비포장도로가 강을 따라 길게 뻗어있었다. 그 길 한편으로는
높게 솟구친 산이 겹겹이 줄지어있었고, 그 길을 따라 계속 걷다
보면 조금씩 산기슭의 윗자락으로 올라갈 수 있게 되어있었다. 그
리고 형의 집은, 그 길에서 작은 샛길을 따라 한 십 분가량 더 올
라가다 보면 어느새 없어지는 샛길 막다른 곳에 허름하게 위치하
고 있었다.

집 주변은 급하게 경사진 계곡이 강으로 빨려 들어가는 형태를
띠고 있었는데, 지금은 계곡물이 꽁꽁 얼어붙어 하나의 큰 얼음덩
어리가 그 끝을 알 수 없는 산꼭대기에서 집까지 놓여있는 것 같았
다. 지금쯤 어머니는 원통 어느 식당에 일 나가 계실 거라는 형의
말을 듣고 집에 들어섰을 때는, 역시 아무도 없었다.

"도둑놈도 보태주고 갈 만하지?"

형이 계면쩍게 말하며 방안으로 들어섰다. 대충 가방을 풀고 나

온 우리에게 형이 동네 지리를 상세히 설명해줬다.

"이 산으로 조금만 올라가면 분침호라는 것이 있단다."

형은 집을 품고 있는 거친 산자락을 가리켰다.

"분침호라는 것이 뭐냐면, 겨울용 지하방이라고 생각하면 돼. 군인들이 혹한기 훈련을 위해 가을에 땅속에 집을 지어놓은 건데, 강원도에 땅이 어는 깊이 이상 파놓고 그 위에 지붕을 얹어 놓은 거지. 이 산자락을 빙 둘러싸고 다 그게 만들어졌단다. 그리고 저 고개 보이지?"

형이 다시 원통시내에서 쭈뼛 급하게 튀어 오른 고개를 가리킨다.

"저기가 칠성고개라는 데야. 저 고개를 넘고 한참을 들어가면 나름 강원도의 라스베이거스라는 천도리가 있지. 그것도 다 옛말이라고 한다마는. 그리고 그 밑으로 난 저 도로를 계속 따라가면 설악산이고."

형의 말길을 따라 시선을 이동시키면서 우리는 차갑지만 신선한 공기를 폐 속 깊이 들이켜고 있었다. 산소통에서 막 뿜어져 나온 공기마냥 우리의 오염된 허파 속을 말끔히 씻어주는 것 같았다. 물론 귀가 에일 정도로 공기는 차가왔다. 사방으로 텅 비어있는 공간에서 불어오는 바람이라 온몸은 매서움에 몸서리쳐졌다.

우리는 3일 일정으로 이곳에 왔다. 형이 조금 불편할 거라고 미리 말은 해두었지만 서로 그런 문제들에 관해서는 일찌감치 접어둔 상태였다.

"배고프지 않니? 지금 밥은 없으니 라면이나 끓여 먹자."

어느덧 시간은 세 시를 넘어 기울고 있었고 우리는 이때까지 끼니도 제대로 때우지 못한 상태였다.

"강원도에서는 밤이 일찍 온단다."

형의 말을 증명이라도 하듯 네 시가 넘어서자 해가 뉘엿뉘엿 스러지기 시작했다. 붉은 노을이 하얀 눈에 반사되어 은은하게 물결치듯 우리의 초라한 쉼터로 퍼져 와서는 스미듯 잦아들었다. 계곡쪽에서 불어 닥치는 서슬바람이 어둠의 발걸음을 더욱 재촉하며 바지런하게 불어왔다. 산으로 이어진다는 능선의 빼곡한 나무들은 마치 바람의 전령이라도 된 것처럼 쉼 없는 숨소리를 거칠게 내뿜었다.

저녁 느지막하게 일터에서 돌아오신 형의 어머니는 예상했던 것 이상으로 늙어보였다. 심한 굴곡을 이룬 주름살이 검게 그을린 얼굴의 이곳저곳을 가로질러 놓여있었고, 거칠게 터버린 입술 사이로 까칠한 호흡을 쉰 목소리와 함께 뱉어내곤 했다. 그러면서도 쉬이 방문 받지 못한 낯섦 때문인지 우리 앞에서 안절부절못한 채 불편할 정도로 깍듯이 우리를 대했다. 마저 해줄 것도 없을 성싶은 살림에 무엇 하나 불편할 게 없이 해줄 양 바삐 움직이는 수선스러움이 나에겐 왜 그리 정겨우면서도 측은하게만 느껴졌을까.

밤이 익어버릴 대로 익어버렸다고 생각했을 때에는 고작 여덟시를 살짝 넘어섰을 뿐이었다. 부산스럽게 준비하신 애정 어린 저녁식사를 물리고 나서도 한 시간가량이 지나서였다. 단출한 술상이 뒤따르고 이것저것 이야깃거리가 올려 진 틈을 타서 나는 밖으로 나왔다.

껴입는다고 껴입었건만 추위에 온몸이 오돌오돌 떨려왔다. 그런데도 서울에서는 도저히 느낄 수 없는 따스한 무엇인가가 전해지고 있었다. 일단 맑은 하늘에 현기증을 일으킬 듯 널려있는 별들이 따스해 보였고, 지천에 깔린 눈이 달빛에 반사되어 형광처럼 반짝이는 것이 또 따스했으며, 적막 속에서 노랫가락처럼 규칙적으로 들려오는 바람소리가 따스하게 전해졌다. 그리고 손에 잡힐 듯 말 듯한 거리에서 하늘의 별들만큼이나 분간할 수 없을 정도로 반짝이는 원통의 퇴색한 불빛들이 정겹게 느껴졌다.

'휴우' 하고 긴 숨을 내쉬자 하얀 입김이 바람만 한 속도로 사라져버렸다. 그러자 서울의 육중한 무게만큼이나 이 여린 가슴에 응어리졌던 모든 힘겨움이 입김의 입자에 묻어서 바람의 속도를 타고 나로부터 멀리 사라지고 있는 것 같았다.

'아, 아' 하고 길게 기지개를 펴고 대문도 없는 길을 조금 나섰다. 눈은 좁은 골목의 폭만큼만 쓸려있었고, 길목 옆으로는 두껍게 쌓여있었다. 맨살을 드러낸 땅은 단열재를 잃어버려서인지 차가운 냉기가 그대로 전해져왔다. 나는 두 손으로 눈을 꼬옥 뭉쳤다. 그리고 하늘을 보았다. 셀 수조차 없는 별들이 눈으로 떨어질 것만 같았다. 나는 그 하늘을 향해 눈뭉치를 던졌다. 눈뭉치가 하늘 위로 날더니 완만한 곡선을 그렸다. 그리고 어둠속에 묻혀버렸는지, 하얀 눈의 빛깔에 흡수되어버렸는지 그대로 사라져버렸다. 나는 멍하게 내가 던진 눈뭉치의 도착점을 찾으며 서있었다.

그때 나를 현실로 일깨우려는 듯 딱딱한 물체가 내 등에 던져졌다. 내가 뒤돌아보자, 미현이 두 손으로 입을 가린 채 '호호'거리며 웃고 있었다. 하얀 셔츠가 형광처럼 반짝이며 흔들리고 있었다.

"아프니?"

나는 대답 대신 고개를 가로젓는다. 미현이 처음 두 발은 깡충거리더니 나머지는 조심스런 걸음으로 나에게 슬그니 다가온다. 두 팔로 팔짱을 끼며 앙가슴을 꼬옥 쥔다.

"서울보다 춥지 않니?"

미현이 나를 올려다보며 묻는다.

"그렇긴 한데, 한편으론 포근도 해."

"정말 그렇긴 하다."

"……."

"……."

미현이 하늘을 올려다본다. 턱을 지나 부드러운 굴곡을 이루며 흘러내린 목선이 하얗게 부풀어 버선코를 연상시킨다.

"추운데 왜 나왔어?"

내가 묻자,

"그냥 추운 맛 좀 보려고. 그런데 네 말대로 가만히 있어보니까 포근하다."

"그러니? 아무튼 눈이 많아서 좋다."

"정말이야."

나는 한 가닥 엷은 노랫소리를 듣는 듯 했다. 계곡 쪽에서 불어

오는 겨울 밤바람이 꽁꽁 얼어붙은 계곡물 위를 스치는 곡조 같다. 미현은 시선을 한곳에 집중시키지 못하고 사위를 죽 둘러본다. 그러더니 어느 한 점에 멈추어 잠깐 응시한 후 나를 다시 올려본다.

"우리 저 다리까지 산책 갔다 올래?"

원통교를 가리키고 있다.

"이렇게 어두운데 멀지 않겠어?"

"눈이 있잖아. 달도 있고."

나는 미현을 내려다본다. 여전히 올려다보는 미현이 씽긋 웃어 보인다. 엷은 입술이 파랗다. 그 파리한 입술이 가느다랗게 떨리며 내 대답을 기다리고 있다.

"가아자, 응?"

나는 미현의 재촉에 못이기는 척 앞장선다. 우리는 검은 실처럼 꾸불꾸불 난 길을 걷는다. 조금 뒤처졌던 미현이 폴짝 뛰더니 내 옆으로 다가와 내 팔을 낀다. 내 팔을 휘감은 미현의 팔 때문인지 온몸이 부드러워지는 것 같았다.

우리는 아무 말도 없이 그렇게 한동안 걸었다. 초라한 집에서 비치던 불빛으로부터 멀어지자, 어느덧 그 불빛도 한 점으로 박혀버린다. 우리는 칠흑의 흑과, 순백의 백 사이에 놓인 선상을 걷고 있는 것 같다. 나는 말이 없고 미현도 말이 없다. 잘려져 뉘인 옥수수 더미들이 검은색으로 칠해져 우측에 큰 짐승처럼 서있고, 그 뒤로 우람한 나무들이 숲을 이루어 펼쳐져 있다. 모두가 검은 장막에 덮인 것 같았다.

미현이 숨을 깊이 들이마시고 내뱉자 하얀 입김이 빠르게 나오더니 사라진다.

"꼭 담배연기 같지?"

"……."

"나도 가끔 담배를 피우고 싶을 때가 있어."

"……."

나는 여전히 침묵하면서도 미현의 한마디도 놓치지 않으려 귀를 쫑긋 세운다. 그러나 미현의 말이 너무 낮고 작게 들린다.

"가끔 이렇게 떠나는 게 좋은 것 같아."

"……."

"당연히 우리 것이어야 함에도 우리 것이 아닌 것에……. 닿을 수 없는 세상에 닿는 것처럼 말이야."

"……."

미현이 구체적으로 무엇에 빗대어 말하고 있는 것인지 나는 잘 모르겠다. 그러나 잔잔한 그녀의 음성이 플루트의 공기구멍을 통해 흐르는 호흡처럼 부드러워서 좋았다. 신발 사이로 눈이 묻었고 발가락은 조금 에어왔다. 그렇지만 미현은 끝내 다리까지 갈 모양이다. 들어올 때 보았던 사육장의 꿩들은 지금 조용하다. 작은 농가 하나를 스칠 때 개가 번지라도 알려주려는 듯 컹컹 짖어댔다. 그러나 그 소리마저 이 고요한 침묵의 합주곡 중 일부분이 되어 시골스런 안온함을 더해준다.

내 팔을 껴안았던 미현이 이제는 머리를 내 어깨에 살며시 기댄다. 순간 나는 당황하고 만다. 무슨 의미일까? 무슨 의미? 무슨 의미?

그때 어느 날인가 미현이 나에게 했던 말이 떠오른다.

"나는, 네가 매사를 너무 따지려드는 것이 싫더라. 무엇이든 꼼꼼하게 분석하는 게 항상 좋은 건 아니야. 가끔은 뭉뚱그려서 그저 그런가 보다 생각하라고."

지금의 미현도 그런 의미로 해석하면 될까. 그냥 뭉뚱그린 마음 같은 거. 감정에 의미를 주었는지 무게를 달았는지 하는 것이 아니라, 이 자연의 고요함과 안온함 속에 우리의 모습을 조화시키려는 그런 뭉뚱그려진 감정 말이다. 사소한 감정의 무게란 바람 속에 훌쩍 날려버리고 시골의 조용한 겨울밤에서 풍기는 잔잔함에 격정에 휩싸인 감정들을 내려놓으라는.

그렇기에 우리의 이런 모습조차도 소담한 수채화와 조화를 이루는 무격정의 일부분으로 놔두자는 것인가. 썰물로 밀려나간 갯벌에 송골송골 솟아있는 세세한 게집 같은 감정이 아니라 밀물 때 밀려온 거대한 바닷물에 뭉뚱그려져 잠긴 감정.

우리는 내리막길을 걷고 있다. 미끈하게 얼어버린 눈 때문에 걸음걸이가 조심스러워진다. 어둠 속 눈의 밝음 곁에서, 그리고 선명히 총총한 별빛 아래서 이제 원통교의 윤곽이 점점 확연해진다. 여전히 내 팔에 바싹 붙어있는 미현은 다시금 사위의 고요에 잠겨버리고 나는 갑자기 무엇인가 말해주고 싶어진다.

"내 고향이 저 아래 남쪽인 거 알지?"

"……."

나의 말머리가 엉뚱했는지 미현이 대꾸가 없다.

나는 미현의 침묵이 나의 다음 말을 재촉하는 것이라고 짐작한다.

"나는 영산강이 바로 발밑까지 오는 데에서 살았어. 영산강 하구언이 만들어지기 전까지는 마치 바다처럼 물이 밀렸다 들어오곤 했어. 썰물 때에는 끝없는 갯벌이 지평선을 이루고, 밀물 때에는 바로 발목까지 차들어 와서는 끝없는 수평선을 만들었는데, 아마도 내가 어려서 보았기 때문에 더 광활하게 느껴졌을 거야. 그런데 우스운 것은 지금처럼 다 커서야 그런 현상들이 희한해지는 거 있지. 그땐 아마도 영산강이라고 부르면서도 영산해라고 생각했던 거 같아. 나는 그때도 지금처럼 어두워진 후에 밖에 나가길 좋아했는데, 항상 그럴 때는 영산강 주위 그 광활함 곁에 섰었어. 쏴쏴 물결치는 소리가 가슴 한가운데에 머무를 때면 그렇게 편안해질 수가 없었는데 말이야."

미현은 마치 내 팔에 기대어 잠들어버린 것처럼 조용하게 입을 다물고 있었다. 그러면서도 걸음은 느릿느릿 계속 이어졌고 가느다란 숨소리는 규칙적으로 들려왔다.

"그리고 중학교에 진학하면서 서울에 왔어. 빼곡하고 촘촘한 서울에 말이야. 벽들에 둘러싸여 내 몸 하나 돌아설 수조차 없을 정도인 서울에서 나의 야행하는 버릇도 그 벽들 속에 갇혀버리고 꾸불꾸불하게 정해놓은 길 위를 걷길 강요당해 왔어. 뚫으려야 뚫을 수도 없고, 보려야 볼 수도 없는 그 막다른 정형화된 길 위에서 또 다른 길을 찾는 건 나에겐 더 없는 무리였어. 그런데 더욱 비참하고 우스운 것은 이젠 그 길들이 너무 익숙해져버려서 만약 그 길이 어느 순간에 사라져버린다면 이제는 내가 먼저 견디지 못할 거 같은 생각이 드는 거야."

우리는 원통교에 다다랐다. 그러나 또 다른 재촉 없이도 우리는 자연스럽게 왔던 길을 되짚으며 걸었다.

한동안 침묵했던 미현이 내 팔을 휘감은 두 팔에 힘을 준다. 나는 미현을 내려다본다. 그러나 내 시선을 아는지 모르는지 미현이 속삭이듯 말한다.

"우리 모두가 그런가 봐. 그렇기 때문에 네가 말한 그 정형화를 강요하는 길 위에서 벗어나려고 몸부림치고, 그 몸부림이 힘에 겨워서 모두가 힘들어하는 거 같아. 성준이도 그랬고, 형도 그런 거 같고, 그리고 형길이도, 너도 그런가 봐……. 나도 물론 그렇고."

"그래, 모두가 그래. 어떤 의미로든 간에 누구든 몸부림치는 것이겠지. 그런데 오늘 이곳에 오니까 이렇게 좋을 수가 없다. 옛날처럼 이렇게 야행이라는 것도 해보고……. 그리고 또……."

나는 다음 말을 삼켜버린다. 미현이 다음 말을 재촉할 듯도 하더니만 역시 입을 다물어버린다.

우리가 걸어 왔었던 자취들은 남겨져 있지 않았다. 바람에 쓸려 갔거나 애초에 남겨 있지도 않았는지도 모르겠다. 그리고 새롭게 걷는 이 발걸음도 어쩌면 아무런 자취도 남기지 못하고 말는지도.

또 그렇게 침묵이 흐르고 미현이 움츠러드는 것이 내 팔의 미세한 말초신경을 통해서 전해져 온다.

"추우니?"

"조금."

"괜히 나왔지?"

"아니야······. 너무 좋아."

"특히 어떤 점이?"

"이 한적함과 포근함?"

"나도······."

나는 나만 알아들을 정도로 속삭이며, 말끝을 흐린다.

그렇게 걸어가자, 우리 앞에 점이 하나 박힌 것이 보인다. 다가가자 점이 점점 커진다. 여전히 미현은 내 팔을 놓을 줄 모른다. 꽁꽁 부착되어 몸의 일부분이 된 것일까. 그랬으면 좋겠다고 나는 생각한다. 점은 점점 커지더니 사방으로 퍼져나간다.

"집이다."

미현이 나직하게 말한다. 어린 소녀처럼 귀엽게.

"형이 말한 그 분침호라는 거?"

"응?"

"한번 보고 싶지 않니?"

"보고 싶긴 해."

"거기서 살아 봤으면 좋겠어. 왠지 아늑할 것만 같아."

미현의 말에 나는 산 쪽을 본다. 집 비슷한 것은 하나도 보이지 않는다. 형의 말대로 완전히 위장을 해놓아서 그런가 보다.

우리는 이 시간이 아까운 듯 계속 굼지럭거리며 걷는다. 한 발두 발. 점점 집에 다다르고 있다. 이렇게 나의 야행이 아쉽게 끝나가고 있었다. 집 앞에서 서성이는 누군가 보인다. 불빛이 그의 등뒤에서 비춘다. 그의 역상은 거무스름하다. 그는 우리의 모습을보았을 것이다. 그러나 미현은 여전히 그 자세 그대로다. 끝내 우리는 대문도 없는 집으로 들어선다. 형길이 우리 앞에 선다.

"한동안 없어서 찾았잖아."

형길이 뾰로통해져서 말한다. 그러나 미현은 얼굴에 하얀 미소를 지으며 재미난 듯 말한다.

"재영이랑 연애 좀 하고 왔어."

"재미있었겠구나."

형길의 목소리가 꾸며져 있다. 하지만 나는 보이지 않는 쓴웃음을 짓고 만다. 여전히 미현은 우리 표현대로 형길이 거라는 것. 여전히 나는 그 주변에 위치하고 있다는 것. 그 모든 것을 미현의 심각하지 않은 '연애'라는 말 속에서 나는 확인할 수 있었다.

7.

개강을 반갑다거나 싫다거나 하는 미묘한 감정의 뒤척임 없이 나는 맞았다. 봄은 서둘러 왔다. 그동안 두어 차례 비가 왔는데, 비가 말하길 곧 봄이 온다고 속삭였다. 그리고 비가 사라지자 정말 봄이 와버렸다. 그건 신비스런 마술이다. 우린 아직도 겨울의 끝자락에 묶여 두꺼운 옷을 입고 있지만, 머지않아 벗어버릴 것이다.

산장으로 오르는 길목도 그간 많이 변해버렸다. 이주한 집들이 하나둘 늘었고, 버려진 집들 앞에는 시뻘건 페인트로 X자가 무섭게 그려져 있었다. 주인 없는 집의 대문은 너덜거리고 콘크리트는 군데군데 뭉개져 있었다.

마땅한 집을 찾지 못해 애태우던 형이 드디어 방을 구했다.

"이천동이야."

"이천동이요?"

"응, 여기서 그리 멀진 않아."

"거기도 산꼭대기예요?"

"아니, 완전 바닥……. 언제 말하지 않았던가. 나 고소공포증 환자라는 거. 그동안 말을 안 해서 그렇지 정말 혼났다고. 현기증이 핑핑 도는데……."

그리고 형은 말을 잇지 않았다. 우리는 쓴 표정만 지었다.

이사 가기 전날 짐 싼다고 아침부터 수선을 떨더니만 정말 너무도 싱겁게 한 시간 만에 모든 게 끝나버렸다.

"아니, 짐도 없는 걸 왜 이렇게 서둘러요?"

기성이 질책하자, 형이 대꾸한다.

"인마, 그래도 명색이 이산데 바쁜 척 좀 해주면 안 되냐. 어차피 이사하는 거 썰렁한 거보단 낫잖아."

"이사도 이사 나름여야 말이죠."

"자식, 짐 옮기면 이사지!"

"이것도 짐이라고."

기성이 한곳에 가지런히 쌓아둔 짐을 툭툭 찬다. 그러자 형이 때리려고 오른팔을 하늘 위로 쳐들고 기성은 두 팔을 엇지르며 '어, 어' 하며 피한다.

"아무튼 아쉽긴 아쉽다."

나는 공허하게 천정만 바라보며 긴 한숨을 내쉰다.

"다음부턴 어디서 술 마시냐?"

형길이 짐을 싼 박스 끈을 매만지며 한탄조로 말한다.

"언제 술 마실 곳 없어서 못 마시든, 돈이 없어서 못 마셨지."

"알코올 있다고 다 술인가요. 가슴으로 마셔야지 술이죠."

그러면서 형길이 자신의 가슴을 툭툭 친다.

"이제 너도 술에 대해 일가견이 생기나 보다. 인생이랑 결부시킬 줄도 알고."

"하지만 그 의미를 알 때부터 인생 조지는 거라고 하드라고요."

"그 말도 맞다."

그리고 모두가 조용해진다. 침묵은 한동안 지속되었다. 그 지속은 숙연한 분위기로까지 발전하고 만다.

그날 저녁 우리는 '인생과 술'이라는 부제 아래 산장 송별식을 위한 대작을 했다. 그러나 '인생과 술'이라는 주제는 정작 오래 유지하지 못하고 술 마시는 것에만 급급해져 평소에 먹던 평균치 이상을 홀라당 넘겨버린 채 모두가 고주망태 일보직전까지 갔다.

그리고 다음날 아침은 술에 푹 전 우리 모습처럼 질퍽하고 꿉꿉하게 시작되었다. 하늘은 짙은 쥐색 페인트로 겹겹이 덧칠한 것처럼 무겁게 머리를 내리누르는 것이 마치 쓰라린 우리 속처럼 힘겨워 보였다.

"날씨가 비 올 거 같은데, 이사할 수 있겠어요?"

아침 일찍 산장으로 들어서는 미현이 걱정스럽게 묻는다. 한참 양치질을 하던 형은 알아듣지도 못할 말로 웅얼거리는데, 고갯짓을 하는 걸 보아선 어떻게든 이사하겠다는 뜻 같다.

'그래 떠날 거 뒤돌아보지 않고 과감히 떠나버리는 게 오히려 낫지.'

밖을 내다보던 형길의 표정에도 근심스러움이 가득하다.

"빌어먹을, 가려면 빨리 연락해야겠어요."

기성이 이삿짐센터에 연락하길 종용했다.

입을 헹궈낸 형이 칫솔을 턴다.

"아무래도 그래야겠지."

"제가 갔다 올게요."

나는 공중전화 부스에서 전화를 하고 온다. 그런데 하늘은 점점 더 지상으로 가라앉고, 어둠의 농도는 그 도를 더해갔으며, 가슴을 누르는 갑갑함은 농도만큼이나 비례해서 증폭되어갔다.

"우리 갈 땐 가더라도 아침은 먹자."

아침이라 봐야 항상 그렇듯 라면이다. 우리는 라면을 아침으로 후딱 해치운다. 시간은 어느새 열 시를 넘어선다. 아직도 이삿짐

센터에서는 소식이 없다.

"너 혹시 잘못 연락한 거 아니야!"

기성이 묻는다.

"아니야, 제대로 했는데. 다시 하고 올게."

그리고서 밖으로 나갔을 때는 한 방울 두 방울 올 것이 온다. 나는 걸음을 빨리해서 갔다 온다.

"곧 온대요."

그러나 차는 한 시간이 지나도 끝내 오지 않는다. 비는 그 사이에 그 밀도를 더해가며 쏟아지더니, 마침내는 인정사정 볼 것 없이 퍼부어버린다. 길에 난 골골마다 빗물이 넘쳐나고 주인 없는 퇴거자의 집들은 을씨년스러운 초라함으로 굵은 빗줄기를 자포자기 상태로 감내하고 있었다.

기성의 '시팔' 소리가 감정을 담아서 반복적으로 새어나온다.

"빌어먹을, 차만 빨리 왔어도 진작 갔을 거 아니야."

그러나 기성과 형길의 이런 태도와는 사뭇 다르게 형은 쌓아놓은 짐 더미 위에 여유롭게 앉아 담배만 뻐끔거리며 피워댄다.

쏴쏴 빗줄기가 드세다.

"거참 시원스럽게 온다."

형이 초로의 노인네처럼 유유자적한 태도로 말한다. 계속 안절부절 못하던 미현도 마침내는 자포자기식으로 짐 위에 걸터앉는다. 나는 미현을 등지고 한밤 같은 대낮을 휩쓰는 굵은 빗줄기의 연속을, 빗물에 묻어오는 싸늘한 바람의 비린내를 맡으며 바라보고 서있었다.

 비가 잠깐 멈춘 틈을 이용해서 겨우겨우 이사를 할 수 있었다. 그 사이 재수 없게 된통 비가 오는 바람에 졸지에 비 맞은 새앙쥐처럼 되어버린 우리는, 굳어버린 가슴을 추스르고 이빨을 부딪치며 한기를 견뎌내야만 했다. 축축하게 젖어버린 신발의 거추장스러움 때문인지 행동은 몹시 무뎠고, 그래서인지 얼마 안 되는 짐을 다 옮기고 났을 때는 저녁 무렵이었다. 이천동의 첫출발이라는 대의명분도 있었건만 그날 저녁 모두가 피곤하다는 이유로 뿔뿔이 흩어졌다.

 그리고 그렇게 떠나버린 산장은 추억의 깊이와는 상관없이 우리의 생활 뒤로 물러나고 있었다. 아무튼 학교 뒤편으로 십분 거리밖에 되지 않는 그곳을 우리는, 아니 어쩌면 나만은 두 번 다시 찾아가지 않았다. 어떤 특별한 감정에 연연해서가 아니라 산장으로 가는 길목의 점점 흉측해지는 앙상한 몰골을 애써 찾아가면서까지 보고 싶지는 않아서였다. 어쩌면 도피하는 나를 발견하는 데 점점 더 익숙해져버렸기 때문일지도 몰랐다. 따지고 보면 나의 행동은 대부분 가다 말고를 반복하는 도피의 연속이었을지도 몰랐다. 그래서일까 갑자기 나는 도피라는 것의 벼랑까지 가보자는 오기도 생겼다. 그리고 급기야는 나는 아무에게도 알리지 않은 채 휴학계를 내버렸고, 머지않아 입영통지서를 받았다. 그리고 나는 계속 뇌까렸다.

"이것저것 안 되면, 군대나 가지 뭐."

갑작스런 나의 입영통지에 친구들은 아쉬움이 담긴 별별 소리를
다 했지만, 나는 그들 모두가 나의 부재를 아쉬워한다고 느꼈다.
그리고 내가 그들을 정말로 떠나야 할 때가 왔을 때, 그 친숙한 무
리 중에 또 그 애잔한 술과 함께 있던 자리에서 미현은 내게 웃으
며 말했다.

"잘 갔다 와."

8.

나는 지금 80년대 끄트머리를 가까스로 넘긴 채 90년대 중반을
넘어서고 있다. 예나 지금이나 여전히 무엇인가 해야만 한다는 강
박에 쫓기면서도 과연 무엇을 할 것인가 제대로 알지 못한 채 서있
다. 답답한 박무와 같은 무정형의 불만족만 가슴 한 귀퉁이에 묻
어둔 채로 말이다.

학교를 떠나 있었던 시간 동안 나는 최대한 단순해지려고 노력
했다. 군대라는 생활이 내게 요구했거니와 나 스스로에게 요구하
기도 했다. 단순의 끝까지 도달해보자는 것이다.

나의 단순성을 향한 첫 시도는 모든 것과의 단절이었다. 단절감
을 맛보면 무언가를 느낀다는 성준의 말을 마음속에 담아둔 것은
아니었지만 아무튼 나는 그렇게 실행했다. 나는 입대 이전과 관계

된 모든 것을 단절하고자 했다. 형, 형길, 기성 등 나를 둘러싼 모든 관계와의 단절. 그리고 미현을 생각하는 것마저도 단절하려 했다. 내 짧게 깎인 머리와 푸른 군복을 그 단절의 표상처럼 유지한 채 3년의 세월을 보냈다.

때때로 누가 어디서 어떻게 됐는지 따위의 소식이 궁금하지 않은 것은 아니었지만 내가 만든 복잡한 거미줄에서 헤어 나올 유일한 방법은 단순성을 향한 지속적인 노력, 즉 단절의 연속성만이 유효한 수단이라 여겼던 것이다. 그러나 3년이 지나고, 아니 정확히는 4년이 지난 후 내가 시도한 단순성이 사실은 철저한 도피였다는 것을 깨닫게 된 순간, 나는 그들이 무엇을 생각하고 고뇌했으며, 어떻게 해서 어느 길을 선택했는지 그들의 발자취를 더듬고 싶어졌다. 그리고 그들의 자취를 하나둘 알게 되었을 때 나는 몹시 놀라고 말았다. 내가 예상했던 대로 되거나 반대로 예상외의 결과도 있었기 때문이다.

형은 끝내 학교를 그만두고 원통으로 가버렸다. 형길은 내가 염려했던 징후대로 5월 어느 날의 데모에 연루되어 국가보안법, 집회 및 시위에 관한 법, 도로교통법 등 갖가지 법률에 저촉된 채 구속되었다. 그리고 일 년간의 옥고 후 가석방되었다고 하는데, 그 이후의 행적은 묘연했다.

기성은 대학 4년을 마친 후 방위산업체에 있다고 했다. 성준은 군대를 제대하고 얼마 지나지 않아 미국으로 유학을 떠났다고 누군가에게 들었다. 그리고 미현, 미현의 소식은 알 수가 없었다.

졸업을 한 것은 확실하지만 그녀 역시 모든 것과의 단절을 선언한 듯 했다. 형길과의 문제 때문일 거라고 아는 이들은 숙덕였지만 나는 그렇게 생각하지 않았다. 모든 것이 그녀의 복잡성 때문일 것이다. 젊다는 것이 주는 복잡성, 어디론가 자기의지대로 가야만 한다는 복잡성. 하지만 본인조차도 알 수 없는 정체성.

　나는 산장으로 이어졌던 길목을 걸어가고 있다. 두 번 다시 찾지 않을 거라 내심 다짐했던 것을 파기하기로 한 것이다. 그런데 불행히도 입구부터 몇 년 전 그 길이 아님을 알게 됐다. 모든 길과 집들이 철저하게 반듯했으며, 상상할 수도 없을 만큼의 높이로 가득 들어차있었다. 처음 출발부터 이런 변화를 예상하지 않았던 것은 아니지만, 급변한 모습에 한동안 아연해질 수밖에 없었다.
　솔직히 어느 길이 산장으로 향하던 길이었는지조차 확신할 수가 없었다. 아파트 주위로 또 다른 아파트가. 아파트만이 꽉꽉 들어찬 채 과거의 모든 것을 차단시켜버렸다. 철저한 차단은 마치 80년대와 90년대의 단절을 의미하는 것처럼 보였다. 결국 나는 90년대의 길모퉁이에 서있는 것이며, 이젠 90년대의 새로운 정형화에 순응해야 한다는 것을 의미하는 것이기도 했다.
　착잡한 심정으로 나는 계속 걸음을 재촉했다. 그리고 어느 지점에선가 나는 우뚝 선 채로 고개를 갸우뚱해야만 했다. 이 자리가 산장이 있던 자리던가? 남김없이 변해버린 모습으로 층층이 정형화된 각들이 빼곡히 들어서있었다. 그리고 나는 느꼈다. 우리는 어쩔 수 없이 저 아파트의 반듯한 사각형 안에 다시금 갇혀버렸다고.

　형을 가둔 채, 형길을 가둔 채, 성준을 가둔 채, 기성을 가둔 채. 그리고 미현을 또 나를 가둔 채.

블루_

그는 계절의 이맘때를 좋아하지 않는다. 10월말에서 11월에 걸친 늦은 가을 말이다. 시간에 따른 밤낮의 변화가 너무 또렷해, 마치 물건을 세듯 시간을 셀 수 있을 것만 같아서다. 어제 오후 5시 15분에는 해가 있었는데, 오늘은 사라진다. 그는 그 시간의 변화를 명확하게 구분할 수 있는 이맘때가 맘에 들지 않았다. 모든 것이 부지불식간에 벌어졌으면 한다. 지금 이 시간쯤이면 당연히 낮이고, 어떤 시간은 당연히 밤이어야 하지만, 이 계절에는 낮과 밤의 경계가 또렷해도 너무 뚜렷하다. 그는 이런 구분에 익숙하지 않다.

그는 정확히 저녁 7시에 자동차 시동을 걸었다. 한때는 애지중지했던 소나타였다. 어디 한 군데라도 다칠까 손세차만 했던 그의 애마는 어느 사이엔가 자동세차로 자잘한 흠집투성이가 되었다. 자동차 내부도 만만치 않았다. 시트에는 미세한 먼지들이 촘촘히 박혀있다. 발판에는 흙무더기가 군데군데 묻었다. 뒷좌석은 종이

뭉치들이 너저분하게 흩어져있고, 언제 떨어졌는지도 모를 과자 부스러기도 여기저기 짓이겨져 있다. 이런 것들이 영 신경에 거슬리지만 이렇게 방치한 것이 거의 한 달이 넘어간다.

지하주차장을 빙글 돌아 나온 그는 큰길로 들어섰다. 조금 달리는가 싶던 차는 머지않아 가다 서다를 반복했다. 왕복 10차선도로는 수많은 차량으로 가득 메워졌다. 앞 차량의 미등과 브레이크등은 열 맞춰 행진하는 붉은 등불 같았다. 등불은 가랑비 때문에 산개했고, 가랑비로 교통체증은 더욱 심했다.

그는 욕을 입에 담고 담배 한 개비를 꺼내 물었다. 창문을 열자 빗방울 몇 줄기가 들이쳤다. 그는 아랑곳하지 않고 담배연기를 내뿜었다. 연기는 낮게 깔리며 어둠속에서 사라졌다.

"여보, 오늘 점심 뭐 먹었어?"

아내가 쾌활한 톤으로 물었었다.

"왜?"

그의 목소리는 퉁명스러웠다.

"저녁 준비할 때 참고하려고."

여전히 아내는 같은 톤이었다.

"아무거나 대충 해!"

"그래도?"

"알아서 해!"

그는 신경질적으로 전화를 끊었다. 세 시간 전이었다. 막상 그렇게 전화를 끊고 나니, 마음이 편치 않았다.

그는 한 번 더 담배연기를 내뿜고, 손가락 끝으로 담배불똥을 톡톡 털어낸 후, 차창 밖으로 꽁초를 툭 던졌다. 창문을 닫자 모든 소리가 숨죽였다. 가랑비가 앞창유리를 촘촘히 덮을 때까지 기다린 후에야 와이퍼는 귀찮다는 듯이 유리창을 한 번 휘 젓고는 블루처럼 축 늘어져 누워버렸다. 블루는 지난여름에 죽은 그의 집 잡종 말티즈 녀석이었다. 그의 눈에는 그저 하얀색 강아지로 보였는데, 아들놈이 푸른색이라고 우기는 바람에 녀석의 이름은 블루가 되었다. 때마침 창문으로 비쳐 들어온 빛 때문에 녀석에게 푸른빛이 돌았음직도 했지만, 그래도 푸른색이라기에는 녀석은 너무 하얬다. 하지만 초등학교 1학년 아들과 색깔 가지고 싸울 생각은 추호도 없었다. 그것이 벌써 7년 전 일이다. 블루가 어떻게 죽었는지는 생각하기도 싫었다. 정말 바보같이 죽었기 때문이다. 그렇게 떨어져 죽을 줄이야. 바보 같은 놈.

　10차선 도로는 양방향 모두 도저히 뚫릴 기미를 보이지 않았다. 마치 포승줄에 줄줄이 끌려가는 죄수들처럼 모든 차량들이 질질 끌리듯 굴러가고 있었다. 가끔 한두 대가 의미 없이 차선변경을 해댔지만 그렇다고 속도가 더 나는 것도 아니었다. 그의 차 앞으로도 BMW가 끈질기게 깜빡이를 켜고 끼어들었다.

　"미친놈!"

　그는 훅 내뱉었지만 그뿐이었다. 낑낑거리며 겨우 들어왔던 BMW도 별 소득 없이 질질 끌려갔다. 다른 날 같으면 무의미한 차선 변경에 민감했을 그이지만, 오늘은 그런 생각조차 들지 않았다. 끼어들고 싶으면 끼어들고 빠지고 싶으면 빠지라는 식이다. 지금 이 순간 그는 전혀 다른 공간 어디쯤에 붕 떠있는 느낌이었다. 오히려 사방이 꽉 막힌 도로 위에 홀로 있는 이 좁은 공간에 영원히 머무르고 싶기도 했다. 그는 운전대 위에 오른손을 올려놓고 왼쪽 팔은 차문 턱에 걸친 채 머리를 살짝 기댔다. 오후 내내 떠나지 않는 하나의 생각으로 그의 숨은 조금 더 거칠어졌다.

"부장님, 이번 건 그냥 넘어갈 것 같지 않은데요?"

기타 6번 줄이 잘못 퉁겨졌을 때 나는 소리 같았다. 감사실 김 차장이 짐짓 근심어린 표정으로 그를 쳐다봤다. 김 차장은 능구렁이다. 절대 자기가 책임지거나 손해 볼 일은 하지 않을 인간이다. 그러기 위해 간교한 미소와 간사한 방법들을 적절히 동원한다고 그는 생각했다.

"아이, 형님!" 하며 허리 굽혀 말할 때는 무언가 부탁할 게 있어서다. 두 팔을 공손히 앞으로 모으고 허리는 꼿꼿이 편 채 "부장님!" 하고 부를 땐 이건 누군가에게 책임을 떠넘길 심산이다. 이번 대상은 그인 것이다. 너희들 속내를 내가 모를 것 같아, 그의 무표정한 얼굴은 김 차상에게 그렇게 말하고 있었다.

"쥐새끼 같은 놈!"

이런 생각에 잠겼을 때, 갑자기 빵빵대는 경적소리와 함께 상향등이 눈을 부시게 했다. 빨간 신호등은 파란색으로 방금 전 바뀌었다.

"빌어먹을!"

그는 욕설을 내뱉고 액셀레이터를 밟았다. 자동차는 신경질적인 엔진소리를 내며 내달았다. 속도를 내자 가랑비도 세차게 창문에 부딪쳤다. 마침내 소나타가 10차선 대로를 벗어나 오른쪽 왕복 6차선 도로로 빠져나오고 나서는 교통체증이 한결 덜했다. 그렇게 한동안 달려 고가도로를 타고 내려서자 아파트단지들이 도로 양옆으로 길게 줄지어 나타났다. 인적은 드물었다. 아파트는 박스에 갇힌 호롱불처럼 실내등이 제법 많이 켜져 있었다. 도로를 따라 늘어선 은행나무에 매달린 잎은 가로등 불빛과 어우러져 더욱 노랗게 물들어 있었지만, 바닥으로 떨어진 나뭇잎은 빗물에 젖어서는 죽은 시체들처럼 축 늘어져 있었다. 그중에 어떤 것들은 짓이겨진 채 갈기갈기 찢겨져 있었다.

그의 차는 커다란 동공처럼 어둡고 음습한 중앙공원을 거쳐 문화센터 건물을 스쳐 지나갔다. 네거리를 지난 후 우회전해 살짝 솟은 오르막을 거슬러 올라가자, 주변 아파트보다 조금 더 낡은 단지 하나가 나타났다. 아파트 뒤로는 보잘 것 없이 우뚝 솟은 거대한 수막산이 보였다. 비오는 저녁의 수막산은 온통 검정색으로 마치 아파트를 한입에 집어삼킬 듯 아가리를 벌리고 있어서 위압적으로 보였다.

그는 아파트 입구를 통과해 좌회전과 우회전을 반복한 후 24층 높이의 3동 건물 앞에 섰다. 아직 주차전쟁이 벌어지기 전인지 곳곳에 빈 주차공간이 있었다. 그가 선호하는 화단 옆자리도 비어있었다. 전면주차라는 팻말이 무색하게 그는 후면주차를 한 후 시동을 껐다. 여전히 비는 내리고 있었다. 내리는 양이 많지 않았지만 이미 길옆에는 작은 웅덩이들이 생겨나고 있었다. 단지는 조용했다. 그는 살짝 차문을 열고 담배 한 개비를 입에 물었다.

"휴~"

담배연기를 차문 밖으로 내뿜었다. 빗줄기는 담배연기를 적셨다. 그는 심장 깊은 곳에서 끌어올린 긴 숨을 크게 내쉬었다. 그는 정면을 바라보며 두 모금을 더 빨았다. 폐 속 깊이 들이마셨던 연기가 콧구멍을 통해 뿜어져 나왔다. 자동차 앞 유리는 빗물에 완전히 가렸다. 가끔 아파트단지를 들고나는 자동차 불빛이 그의 주변을 스치듯 비껴 지나가곤 했다. 그는 아무런 표정 없이 담배를 마저 피웠다. 마침내 필터 끝까지 다 피운 후 담배꽁초를 차문 밖으로 던졌다. 그는 조수석에서 양복상의를 집어든 채 밖으로 나왔다. 그리고 고개를 들어 24층 높이의 아파트를 올려다보았다. 아파트는 높이의 끝을 알 수 없는 오래된 성벽 같았다. 빗물이 가느다란 선을 그으며 점점이 그의 얼굴에 박혔다. 그는 빗물을 얼굴로 받았다. 빗물이 두 눈 주위에 머물다 뺨을 타고 흘러내렸다. 그는 한동안 그렇게 아파트 현관문 앞에서 서성거렸다.

대문 밖에서 남자는 어린 소년의 가냘픈 어깨를 거친 두 손으로 가볍게 움켜쥐었다. 소년은 슬프지만 말똥말똥한 눈망울로 남자를 바라봤다. 그래야 고무공처럼 튕겨오를 것 같은 슬픔을 무겁게 내리누를 수 있을 것 같았다. 소년과 눈높이를 맞추기 위해 왼 무릎을 쪼그려 앉은 남자는 한동안 말이 없었다. 그저 어린 아들의 두 눈만을 지그시 바라볼 뿐이었다. 두 입술을 다문 채 애써 짓는 미소는 슬퍼보였다. 남자는 소년을 다시 한 번 꼭 껴안고 등과 엉덩이를 토닥여주었다. 그리고 소년의 부드러운 머리카락을 쓰다듬고 쓰다듬었다. 소년의 어깨를 다시 잡은 남자는 아들의 부드럽고 하얀 두 뺨을 두 손으로 어루만지더니, 끝내 일어섰다. 그리고 남자는 뒤돌아 걸어갔다. 단 한 번도 뒤돌아보지 않고 멀어져갔다. 집안에서는 여자가 소주잔을 기울이고 있었다. 태양은 어느새 기울어 낮과 밤 경계에 매달려 있었다. 소년은 시간을 셀 수 있었다. 그냥 낮이거나 밤이었으면 좋았을 텐데, 어린 소년은 그렇게 생각했다.

그는 시선을 떨군 채 복도를 터벅터벅 걸어갔다. 엘리베이터 앞에 선 그는 상향버튼을 눌렀다. 엘리베이터 도어 위 표시등은 13을 나타내고 있었다. 그는 잠시 눈을 감은 채 숫자를 세었다. 1까지 셌을 때 표시등은 3이었다. 그는 팔짱을 끼고 기다렸다. 문이 열렸다. 아무도 없었다. 바닥에는 빗물 흔적만 남아있었다. 엘리베이터는 낡았다. 사람 손을 많이 탄 부분의 페인트는 벗겨져 있었다. 조명은 침침했다. 게시판 위에는 알림글이나 광고 전단 등이 덕지덕지 붙어있었다.

그는 21층 버튼을 눌렀다. 21층은 엘리베이터를 이용하는 모든 사람들에게 불만 있는 높이였다. 다행히 엘리베이터는 21층까지 멈추지 않고 올라갔다. 문이 열렸다. 그가 내리자 감지기가 작동하며 복도전등이 켜졌다. 그는 2103호 앞에 섰다. 몇 개의 버튼을 누르자 잘카닥 소리를 내며 문이 열렸다.

"당신 왔어요?"

부엌에 있던 아내는 앞치마로 두 손을 닦고 얼굴을 내밀며 말했다.

"성준아, 아빠한테 인사해야지."

아내가 소리쳤다.

"다녀오셨어요."

아들이 느릿느릿 걸어 나와 고개만 까딱하며 인사를 했다. 아내보다 족히 한 뼘이나 훌쩍 커버린 아들은 이마에 여드름이 드문드문 나기 시작했다. 변성기에 접어든 아들의 목소리는 빗물에 젖은 나뭇잎처럼 무거웠다.

아내가 못마땅한 표정으로 아들을 쳐다봤다. 그가 거실을 지나 안방으로 들어가자 아내가 졸졸 따라 들어왔다.

"오늘 무슨 안 좋은 일 있었어요?"

아내는 그의 옷을 받아주면서 조심스럽게 물었다. 오후 통화가 떠올라 그는 가능한 한 부드럽게 말하려고 노력했다.

"아니, 좀 피곤해서."

"오늘따라 안 좋아 보여서요."

아내는 말꼬리를 흐렸다.

아내는 받아든 옷을 안방 베란다에 걸고 탈취제를 뿌렸다. 바지를 벗다 만 그는 그런 아내의 모습을 넌지시 건너다 보았다. 시선을 의식했는지 아내가 돌아보며 물었다.

"왜요?"

"아니……."

"저녁 차릴 테니, 씻고 나오세요."

돌아서서 나가려는 아내를 그가 가볍게 끌어당겼다. 그리고 두 팔로 살포시 감싸 안았다.

"아니, 왜 그래요? 이이가 뭘 잘못 드셨나."

아내가 그의 팔에서 벗어나며 입술을 조금 오므렸다. 싫지 않은 표정에 한편으로는 의아함이 묻어 있었다. 그는 애써 미소 지으려 노력했다. 그러나 그 노력은 어색해 보였다.

"오늘따라 예뻐 보이네."

그가 말했다.

그를 올려보던 아내는 입 꼬리를 살짝 올렸다.

"확실히 뭔가 잘못 드셨어."

아내는 그렇게 단정하고 그에게서 한걸음 벗어났다.

"빨리 샤워나 하세요."

그리고 아내는 부엌으로 돌아갔다. 그는 잠시 멍하게 서있었다. 머릿속은 멍한데, 심장은 오히려 달달 볶아지는 기름처럼 자글자글 튀어 올랐다. 그는 긴 한숨을 내쉬었다.

옷을 벗고 욕실로 들어갔다. 수납장 거울에 그의 상체가 비쳤다. 그의 얼굴도 선명하게 비쳤다. 이마 양옆으로 조금씩 머리카락이 빠지고 있었지만, 아직은 크게 눈에 띌 정도는 아니었다. 반

곱슬머리가 그 빈자리를 교묘히 가려주고 있기 때문이었다.

그런데 한순간 거울 속 모습이 자신 같지 않다고 그는 생각했다. 지난 한 달 사이 그와는 다른 그가 거울 속에 남았다고 느껴졌다. 피부는 거칠고 볼살이 빠지면서 그동안 눈에 띄지 않았던 광대뼈가 도드라져 보였다. 그래서인지 하루사이 살짝 오르기 시작한 수염도 거칠어 보였다. 이런 그의 모습을 수납장 거울은 적나라하게 반사했다.

오늘도 아내는 이 거울을 열심히 닦았으리라. 이 집으로 이사 온 후 거의 9년이 흐른 뒤에도 달라진 것은 아무것도 없었다. 거울은 처음 이사 왔을 때처럼 깨끗했다. 아내는 특히 거울에 많은 신경을 썼다. 거실, 옷 방, 아들 방까지 보이는 모든 것을 깨끗이 하고 싶어 했다. 반 지하 어두침침한 생활에서 벗어난 후 다시 그런 집으로 돌아가지 않겠다는 아내의 강한 의지 표명이라고 그는 생각했다.

그런 아내가 거울을 닦기 위해 깨금발을 하고 팔을 쭉 뻗는 모습에서 그는 강한 사랑을 느끼곤 했다. 탱탱해지는 엉덩이, 볼록 튀어나오는 가슴, 하얗게 드러나는 여전히 기너린 팔은 결혼 전이나 지금이나 차이를 느끼지 못했다. 그런 아내의 허리를 휘감고 가슴에 얼굴을 묻으면 어느새 아내도 그의 입술에 입을 맞췄다. 그러나 그는 지금, 그 거울 속 모습을 바라보는 것이 너무나 힘겨웠다.

그는 수납장 거울을 외면했다. 뒤따라오는 누군가를 피하기 위한 것처럼 그는 빠르게 샤워부스로 들어갔다. 손잡이를 돌리자 샤워기 헤드에서 물이 뿜어져 나왔다. 처음 차가운 물에 온몸이 수축되더니, 온수가 나오면서 긴장이 확 풀어지는 기분이었다. 그는 사지를 축 늘어뜨린 채 따뜻한 물을 온몸으로 받아들였다. 한동안 아무 생각하지 않고 물을 그대로 받고 싶었다. 물은 그의 머리에서부터 얼굴을 타고 흘러, 몸의 구석구석을 훑으며 발끝까지 미끄러져 내려갔다. 그러나 그를 사로잡은 사념은 물처럼 흘러내리지 않았다. 오히려 하나의 생각은 여러 갈래로 갈라지며 그의 머릿속을 빙글빙글 맴돌았다. 그는 샴푸를 손에 담아 머리를 박박 문질렀다. 거품이 머리에서 부풀어 오르더니 그의 얼굴을 타고 흘러내렸다. 그는 두 눈을 감은 채 고개를 들었다. 샤워기에서 뿜어져 나온 물이 그의 얼굴을 난타했다. 그러나 갈라졌던 생각은 다시 하나로 뭉치고, 사라질듯 했던 생각은 다시 갈라져 그의 뇌리를 떠나지 않았다.

"여보, 아직 멀었어요? 국 다 식겠는데……."

아내의 외치는 소리가 욕실문, 샤워부스, 물 떨어지는 소리 등의 장애물을 타고 넘어 가녀리게 들려왔다.

그는 대답하지 않았다. 아내는 여전히 문 밖에서 기다릴 것이었다.

"빌어먹을!"

그는 특정 짓지 못할 어떤 대상에 대해 내뱉었다.

"여보!"

아내는 다시 재촉했다.

"알았어! 금방 나갈게."

그는 젖은 몸을 수건으로 닦은 후, 헤어드라이기로 머리를 말렸다. 머리 말리는 소리에 아내는 만족하며 부엌으로 되돌아갔을 것이다. 대충 머리를 말린 그는 아내가 준비해둔 옷을 챙겨 입고 식탁으로 갔다.

식탁에는 아내와 아들이 그를 기다리고 있었다. 순두부찌개에서는 하얀 김이 모락모락 피어올랐다. 가운데 접시에는 구운 소고기가 잘게 썰어져 있었고, 그 외에도 여러 밑반찬이 차려져 있었다. 식탁 위에 대롱 매달린 조각배 모양의 조명은 식탁을 더 도드라지게 만들었다. 그가 밥을 뜨자, 아내와 아들도 먹기 시작했다.

"맛이 어때요?"

첫술로 밥을 입안에 떠 넣은 후 소고기를 한 점 집어 먹자, 아내가 물었다.

"괜찮네."

그가 무덤덤하게 답했다.

"너는 어때?"

아내가 아들을 보고 물었다.

"맛있어."

아들이 아내를 보고 씩 웃으며 대답했다.

"엄마가 만든 거는 뭐든 맛있어."

아내는 흡족한 표정을 지었다. 아들은 정답을 잘 알고 있었다.

"순두부찌개도 먹어봐. 당신도."

아들은 순두부 국물을 떠서 입 바람으로 불어 식힌 후 천천히 입 속에 넣었다.

"어때?"

아내는 주인의 반응을 기다리는 고양이처럼 아들을 바라보았다. 원하는 대답을 기다리는 표정이었다.

"음, 조금 맵긴 한데, 시원해."

"엄마가 조개랑 돼지고기도 넣었거든. 식당에서 파는 것보다 몸엔 더 좋을 거야. 식당 음식은 거의 인공 조미료로 맛을 내거든."

아내는 조금 우쭐해했고, 말투에서는 나름의 자부심이 느껴졌다. 아들은 자신의 평가가 엄마에게 어떤 영향을 미칠지 잘 아는 주인 같았다. 아들도 매번 반복하는 시험과 평가의 과정, 그리고 그 결과를 알고 있었다.

그는 그런 아내와 아들의 얼굴을 천천히 둘러봤다. 그런 와중에도 그는 영상 중간에 끼어드는 방해전파가 머릿속에 들어온 것처럼 한곳에 집중할 수가 없었다.

"여보, 왜 안 드세요? 입맛이 없어요?"

"아니야."

그는 서둘러 대답했다.

"아마, 회사에서 간단히 간식을 해서 그런가봐."

그는 대충 둘러댔다.

"그래도 더 드세요."

아내는 뾰로통한 표정을 지으며 말했다. 그는 기계적으로 숟가락과 젓가락을 움직였다. 한동안 식탁 위에는 말이 없었다.

잠시 후 아내가 갑자기 기억난 듯 물었다.

"성준아, 너 시원이라고 아니?"

"응, 왜?"

"초등학교 너랑 같은 반이었지?"

"5학년 때."

"걔 못 쓰겠더라."

"왜?"

아들이 물었다.

"글쎄, 여자애가 애들 돈 뺏고 담배 피우다 걸렸대."

"걔, 6학년 때부터 담배 폈는데."

아내는 과장스럽게 놀란 표정을 지었다.

"혹시, 너도 어울린 거 아니니?"

"에이, 난 그냥 알기만 해."

"여보, 당신도 시원이 알죠? …여보!"

"응?"

"시원이라는 애요. 식사하면서 무슨 생각을 그렇게 해요?"

"아냐, 시원이라고?"

"작년엔가 그 애 부모랑 술 한잔 했었잖아요."

"그랬나?"

그는 정말 기억이 가물거리기도 했지만, 그 기억을 굳이 끄집어
낼 만큼 집중할 수가 없었다.

"부모를 보면 애를 안다고……. 피는 못 속이지."

"……."

"그때 희준이네 부부랑 같이 술 했잖아요. 그때도 술 들어가니까 사람들 입이 얼마나 추잡스럽던지. 그러니까 애들인들 제대로 되겠어요."

"……."

"아들, 천천히 먹어. 엄마가 고기 더 구워줄 테니까."

아들은 거의 밥을 비워가고 있었다. 그런데도 아내는 고기를 굽기 위해 일어났다.

"학교에서 부모 오라고 그러고, 아마 처벌을 줄 것……. 아니, 왜요? 더 안 드세요?"

고기를 굽던 아내가 뒤돌아봤다. 그는 밥을 반이나 남겨둔 채로 일어섰다.

"응, 배부르네."

지글거리는 소고기에서 진한 연기가 피워 올랐다. 그는 안방으로 들어가 양복주머니에서 담배 갑을 집어 들었다.

"바람 좀 쐬고 올게."

그는 아무렇지 않다는 듯 말했다.

그는 현관문을 나서기 전에 아내와 아들을 돌아다봤다. 순간 그들의 모습은 한 장의 퇴색한 스틸사진 같았다. 가스레인지 앞에서 고기를 굽는 아내, 젓가락을 든 채 그런 엄마를 쳐다보는 아들, 식탁 위의 갈색 조명, 피어오르는 하얀 연기, 아직 치워지지 않은 그의 밥그릇, 살짝 틀어져있는 식탁의자, 불빛에 가로질러 그어진 그림자, 불 꺼진 거실.

그는 힘없이 고개를 돌리고 집을 나와 엘리베이터 앞에 섰다. 하향버튼을 눌렀다. 엘리베이터는 3층에서 올라오고 있었다. 21층은 역시 불만이 많은 층이었다. 그는 눈을 감았다. 복도의 전등이 꺼졌다. 어둠속에서 미동도 하지 않았다. 그리고 또 숫자를 세기 시작했다. 엘리베이터는 올라오는 동안 몇 개 층을 더 거쳤다. 그가 눈을 떴을 때는 아직도 15층에 있었다. 그는 다시 눈을 감았다. 16, 17, 18… 21 눈을 뜨자 21이라는 불빛이 깜빡였다. 엘리베이터를 타고 내려가는 사이 또 몇 개 층을 거쳤다. 어린 남자 아이와 같이 탄 엄마, 할아버지, 40대 중반의 남자, 막 물건을 배달한 택배기사가 탔다. 그들 모두 1층에서 내려 황급히 사라졌다. 그는 그들 뒤를 따라 아파트 현관문을 나섰다. 이제 비는 그쳐 있었다. 비 먹은 바람은 제법 쌀쌀했다. 건물 옆에는 차양이 쳐진 자전거보관대가 있었다. 차양 때문에 자전거는 비를 피할 수 있었다. 자전거는 대부분 녹슨 채 먼지가 수북했다. 바람 빠진 타이어, 뒤틀려진 바퀴가 그대로 방치되어 있었다. 그는 차양 밑으로 들어갔다. 그리고 담배에 불을 붙였다. 붉은 불길이 피어올랐다 사라졌다. 담배를 빨고 내뱉자 연기가 피어올랐다. 그는 담배연기를 따라 시선을 옮겼다. 동시에 관자처럼 집요하게 그를 붙들어 맸던 생각이 툭하고 튀어 나왔다.

"나쁜 놈들!"

그는 혼잣말을 내뱉었다.

그룹 감사실은 그를 의심했다. 광고비를 과다 산출해 비자금을 조성하고 횡령했다는 것이다. 그는 눈만 껌뻑거릴 뿐이었다. 그 돈을 누굴 위해 어떻게 만들었는지 모르는 사람은 아무도 없을 터였다. 그런데 모두들 모른 체했다. 회사 감사부 김 차장은 책임질 누군가를 찾는 저격수였다. 그리고 경영담당 부장인 그는 그 먹잇감이었다. 사장, 부사장 그리고 임원들의 얼굴들이 스쳐 지나갔다. 잘근잘근 짓이겨 주리라, 그러나 담배연기만 나풀나풀 날아갈 뿐이었다.

차가운 날씨 탓에 온몸이 오들거렸다. 때마침 50대 중반의 아주머니가 그를 한번 흘겨보며 지나갔다. 어림 봐도 마뜩찮은 표정이었다. 그는 보란 듯이 더 담배를 뻐끔거리며 피워댔다. 아주머니는 두 손을 털 스웨터주머니에 쪼그려 넣은 채 종종걸음으로 건물 사이로 사라졌다. 그는 펑퍼짐한 아주머니의 뒷모습을 신경질적인 시선으로 따라갔다.

그는 담배 한 대를 더 피우고 집으로 들어갔다. 식탁은 깨끗했다. 설거지도 마친 상태였다. 아내는 거실에서 빨랫감을 개며 드라마를 보고 있었다. 아내의 얼굴만 봐도 드라마의 내용을 얼핏 알 수 있었다. 드라마의 전개에 따라 아내의 표정도 변했다. 아들은 거실에 없었다. 자기 방에서 숙제를 하고 있었다. 학원은 쉬는 날이었다.

"비오고 추운데 웬 담배예요?"

아내는 건성으로 핀잔하며 그를 잠깐 쳐다보더니 다시 드라마에 집중했다. 그는 대꾸 없이 작은방으로 들어갔다. 작은방 한 귀퉁이에는 책상이 있었고, 그 위에는 오래된 컴퓨터 한 대가 있었다. 그는 불도 켜지 않은 채 컴퓨터 책상의자에 걸터앉았다. 사위는 쥐 죽은 듯 조용했다. 가끔 아내의 웃음소리가 들려올 뿐이었다. 그는 가만히 눈을 감았다.

여자는 다소곳하게 앉아있었다. 한껏 멋을 부리지도 않았다. 어깨 길이의 머리카락은 뒤로 묶어 작은 귀가 드러났다. 앞으로 내린 머리카락은 여자의 눈썹 위에서 부드럽게 말려있었다. 이목구비가 뚜렷하지는 않지만 얼굴의 부드러운 곡선은 평온해 보였다. 그는 여자가 맘에 들었다.

"저는 부모님이 없어요. 아버지는 어렸을 때 떠났고, 어머니는 재작년에 돌아가셨죠."

여자는 말이 없었으나, 보일 듯 말 듯한 미묘한 미소를 짓고 있었다. 커피숍 창가 테이블에는 그들만 있었다. 태양은 아직 높게 떠 있었고 따스한 햇살은 통유리 창을 통과해 테이블을 점령하고 있었다. 모든 것이 밝게 비쳤다. 이제 막 봄이 시작되려던 참이었다.

갑자기 문이 열렸다.

"불도 안 켜고 뭐하세요?"

그는 깜짝 놀랐다. 큰 죄를 들키기라도 한듯 당황스러웠다.

"내일 회사 회의 준비 건 때문에 생각 좀 하느라고……."

그러나 애써 대수롭지 않다는 투로 말했다.

"좀 있다 나갈게. 먼저 자."

아내는 아무 소리 없이 문을 닫고 나갔다.

그리고 얼마 지나지 않아 다시 문을 열었다.

"여보, 이번 주 토요일 오전에 당신 장모랑 병원 가는 거 잊지 마요?"

"그래."

"건성으로 대답하지 말고요!"

"알았어."

아내는 문을 닫고 나갔다.

"불 꺼놓고 뭐하는 거람."

아내의 중얼거리는 소리가 작게 들렸다.

그 소리를 뒤로 하고 그는 다시 생각에 잠겼다. 눈을 떴다가 다시 감았다. 그런 와중에도 여러 경우의 수들이 혼란스럽게 뒤엉켰다. 복수심으로 시작했던 희망은 가늘어져, 결국 탈출구의 끝에는 사그라지는 검은 잿더미만 남았다. 변명, 용서, 희망, 한탄, 울분, 분노의 감정은 순서 없는 카드처럼 뒤섞여 그의 머릿속에 반복해서 던져졌다.

얼마나 지났을까? 그는 자리에서 일어났다. 안방의 불은 꺼져 있었다. 아내는 그새 들릴락 말락 코까지 골며 잠들어 있었다. 모로 누운 채 두 손은 기도하는 것처럼 자기 얼굴 앞에 겹쳐 놓고 있었다. 이불은 가슴까지 덮은 채였다. 그는 조용히 아내 옆에 걸터 앉았다. 커튼 사이로 바깥세상의 조명이 21층 높이까지도 가늘게 비집고 들어오고 있었다. 그 불빛은 아내의 헝클어진 머리를 붉게 물들였다.

그는 숨죽이며 한동안 아내를 내려다보았다. 아내의 입가에 미소가 찰나의 순간처럼 스쳤다. 이를 바라보는 그도 똑같은 반응을 보였다. 그렇게 아내를 바라보던 그는 이불을 들어 그녀의 어깨까지 조심스럽게 덮어주었다.

그리고 발뒤꿈치를 들고 소리 나지 않게 안방을 나왔다. 불 꺼진 거실에도 안방처럼 바깥세상의 옅은 불빛이 사선을 그었다. 그는 그림자만 움직이듯 아들 방으로 이동했다. 문이 닫혀져 있었다. 조용히 문을 열었다. 아들 방도 어두웠다. 침대에서 몸을 오므리고 아들이 잠들어 있었다. 반쯤 이불을 걷어찬 아들은 업어가도 모를 정도였다. 그는 침대 가장자리에 앉았다. 어둠속에서 아들의 얼굴은 높낮이의 굴곡만 보였다. 그러나 그는 아들의 얼굴을 보지 않아도 알 수 있었다.

아들은 엄마를 끔찍이 좋아하지만, 어렸을 때는 무던히도 아내를 힘들게 했었다. 단 한순간도 엄마 품을 떠나려 하지 않았다. 울음을 달고 살았다. 집 밖에서나 안에서나 항상 아내가 안고 있어야 했다. 그의 장모가 애 손 탄다고 해도 어쩔 수가 없었다. 다른 누구의 품에서도 편안하지 않았다. 그럴 때마다 절대 울지 않으리라 마음먹었던 그의 어릴 적 기억을 떨칠 수가 없었다. 그랬던 아들이 이제 조금씩 어른이 되어가고 있었다. 이제는 엄마의 자식이 아니라 친구가 되어가고 있었다. 가끔씩 그런 아들의 모습을 발견할 때마다 그는 흐뭇했다.

그는 아들의 머리를 살며시 어루만졌다. 손바닥에 이슬땀이 묻어났다. 그는 조용히 이불을 들어 아들의 어깨 위로 조심히 덮어주었다.

그리고 들어왔을 때처럼 소리 나지 않게 방을 나왔다. 이어서 수면 위를 미끄러지듯 거실을 가로질러 거실과 베란다 중간 유리문을 열었다. 슬리퍼를 신고 선 베란다에서는 냉기가 감돌았다. 베란다에는 2단 나무틀 위에 화분이 여럿 놓여있었다. 빨래스탠드에는 속옷과 양말 몇 켤레가 널려있었다. 베란다 끝 한편에는 자질구레한 잡동사니를 모아놓은 박스들이 각을 맞춰 정리되어 있었다.

그는 베란다 문을 열었다. 일순 거센 바람이 몰아쳤다. 습기를 머금은 바람은 차가우면서도 축축했다. 거기에 쌩쌩 부는 바람소리는 더욱 몸을 오싹하게 만들었다. 그는 베란다 난간을 잡고 얼굴을 내밀었다. 반 곱슬머리가 사정없이 날렸다. 멀리 크고 작은 도로의 가로등이 비행장 활주로의 유도등처럼 가로 세로 엮이어 줄지어 있었다. 수막산은 여전히 검은 아가리를 쩍 벌린 채 미동도 하지 않고 있었다. 건너편 앞 동은 엉성하게 갉아먹은 옥수수처럼, 몇 집을 제외하고는 모두 불이 꺼져 있었다.

"제가 안 그런 거 아시잖아요!"

이사는 그의 얼굴을 쳐다보지도 않고 외면했다.

"어쩔 수 있나, 자네 도장이 찍혀 있는 걸."

그게 전부였다.

바람소리를 제외하면 온 세상이 침묵하고 있었다. 가끔 단지 안으로 들어오는 차량불빛이 어둠을 일시적으로 방해할 뿐이었다. 그는 다시 고개를 내밀어 아래를 내려다보았다. 옷을 벗기 시작한 나무들이 앙상한 뼈대를 드러내고 있었다. 화단 주위에는 돌들이 빙 둘러 쳐져 촘촘한 벽을 만들었다. 그 옆으로는 자전거보관대가 보였다. 자전거보관대 정면에는 차들이 빼곡하게 주차돼 있었고 그 차들 앞에도 일렬 주차된 차들이 보였다.

지난여름 블루는 바보같이 죽었다. 신나게 장난치며 뛰어놀던 블루는 베란다 문이 열렸는지 미처 몰랐던 모양이다. 그렇게 블루는 죽었다. 21층 높이는 블루가 살아남기에는 너무 높았다. 그는 블루가 떨어졌던 그 위치를 눈으로 가늠했다. 밑에서 올려다볼 때는 끝없는 성벽 같건만, 막상 내려다본 아래는 너무나 가깝게 느껴졌다.

제대除隊_

1.

잘 다듬어진 잔디 위에서 우리는 도열하고 있었다. 우리 좌측에
는 군악대가 오열을 정확히 맞춘 채 대기하고 있었다. 우리의 정
면에는 적당한 넓이의 계단이 완만한 기울기로 있었고, 그 계단을
따라 올라가면 푸른 기와로 덮인 커다란 건물이 정확한 각을 이룬
채 서있었다. 주위를 둘러싼 소나무는 세세한 부분까지 잘 정리되
어 있어서 범상하지 않은 분위기를 자아내고 있었다. 건물 정면의
한쪽에는 두 개의 기다란 깃대가 우뚝하게 솟아있었다. 하나에는
태극기가 가을바람에 휘날렸고, 그 옆에는 별 두 개가 그려진 사
단장기가 같은 방향으로 펄럭이고 있었다. 붉은 기旗가 깃대 위에
걸려있다는 것은 머지않아 사단장이 나온다는 것을 알려주는 신호
이기도 했다. 부대 안에 사단장이 있을 때는 사단장기가 걸려있어
야 했기 때문이었다.

예행연습도 모두 끝난 상태였다. 이제 대기라는 상황만 남아있었다. 그러나 수많았던 대기명령 중에서도 이번은 더욱 짜증스러웠다. 간절히 고대했던 최종 종착지가 목전에 다다랐을 때 시간이 어느 때보다 더디게 가는 것과 같은 이치였다.

서늘한 바람이 옷섶을 가르고 들어왔다. 차가운 공기가 온몸을 휘저었다. 아직 10월이건만, 이곳의 가을은 여느 지방의 가을과는 사뭇 다르다는 것을 새삼 느꼈다. 추운 가을. 그러나 잔디는 여전히 파릇했다. 키 높이를 맞춘 일정한 길이의 잔디가 여느 연병장과 비슷한 넓이와 폭으로 깔려있었다. 잔디밭을 둘러싸고 2차선 아스팔트도로가 있었다. 도로는 사단본부의 중앙을 달렸다. 그 도로의 구석진 곳에 우리의 탑승을 기다리며 두 대의 군용버스가 천연덕스럽게 서있었다. 투박하고 볼품사나운 버스였지만 그 모습이 전혀 낯설지가 않았다. 짜증스러워하는 우리와는 대조적으로 버스는 이런 상황에 익숙해서인지 여유로워 보이기까지 했다.

언제쯤 군악대는 연주를 시작할까. 우리는 십 분을 마치 한 시간처럼 기다리고 있었다. 아니, 삼 년이라는 시간이 되풀이되는 것같이 여겨졌다. 시간이 한여름 엿가락처럼 무한히 늘어지는 것 같아서, 그 시간의 종지부는 군악대의 큰북이 둔중한 울림을 멈출 때에서야 비로소 찍힐 것만 같았다. 그런 후에야 뒤돌아볼 겨를 없이 달음질쳐온 우리의 삼 년도 완전히 사라질 것이었다. 군악대의 마지막 팡파르를 끝으로 삼 년이 남긴 모든 기억들을 망각의 상자 속에 집어넣는다면, 인내와 고통의 삼 년과 그 시간들 속의 많은 사건들도 밀봉되어 편안히 잠들 것이라 믿고 싶었다. 그리고 기억이나 추억의 사진첩에만 남기고 싶었다. 누구나 겪는 평범한 일상사로 특별한 의미부여 없이 끝낼 수 있다면 말이다. 하루 세 끼 똑같이 밥 먹고 배설했다는 것, 살다 보면 항상 있기 마련인 그런 갈등들도 존재했다는 것, 그리고 군대라는 특수한 조직에서 으레 있을 법한 구타도 심심치 않게 있었다는 식의 일반사로.

우리, 아니 당장 내가 그렇게 취급해버리고 싶어 했다. 그러나 한 가지 일만은 결코 그럴 수가 없었다. 다른 일들은 훗날 어느 술집에서 술기운을 빌려 웃고 떠들며 화제로 삼을 수 있겠지만, 그 일만은 말하기 욕구에 따라 무심히 내뱉을 수는 없는 것이었다. 화장실 뒤에서 얻어맞았던 일들은 잊어버려도 좋다. 고참들이 남긴 라면국물을 마시기 위해 비굴하게 웃어주었던 일들 또한 잊어버려도 좋다. 뙤약볕에서 완전군장에 눌려 녹초가 되도록 기었던 일들도 잊고자 한다면 잊어버려도 좋다. 참지 못해 쏟아 부었던 소변사건이건 한 시간의 정좌로 발이 저려 엎어졌던 일이건 상관없다. 그러나 그 일만은 도저히 다른 일들처럼 취급할 수 없었다.

이윽고 군악대가 악기를 들었다. 우리는 경직된 차렷 자세로 들어갔다. 연주가 시작됐다. 얼마나 기다렸던 연주인지 모른다. 살랑거리는 가을바람을 타고 음악은 조화를 이루며 신고식이 벌어지는 연병장의 구석구석을 어루만지기 시작했다. 떨어지는 낙엽 위에 음표가 쌓이고 사단장은 그 낙엽을 밟으며 드디어 나타났다. 왜 그들은 항상 이렇듯 시간의 뜸을 들이며 고개를 뻣뻣이 세우고 나타나는 것일까, 그런 불만을 가지면서도 나는 동시에 마른침을 삼켰다. 목젖이 경직됐다.

사단장이 단상 위에 올라섰다. 쩍 벌어진 가슴에 불룩하게 나온 배를 푸른 군복이 가까스로 여며주고 있었다. 당당한 풍채가 화려하고 날렵한 지휘봉으로 인해 고집스럽고 견고해 보였다. 그리고 우측에 찬 권총집은 그 모든 것의 결정체였다. 사단장이 우리 앞에 어떻게 서있게 되었는지는 궁금하지 않았다. 단지 그가 저 자리에 서있어야만 한다는 사실과 이 의식에서 그가 필수불가결한 존재라는 것만이 중요했다.

사단장 뒤에는 소령계급장을 단 강파른 장교와 멀쩡게 보이는 보충대장, 그리고 정훈장교인 듯한 껑충한 키의 중위와 또 다른 중위 한 명이 부동자세로 섰다. 그들의 어깨에는 잠시 후면 우리에게는 무의미할, 하지만 그들에게는 서로가 서로에게 등급을 매겨야 하는 목숨처럼 무거운 견장을 짊어지고 있었다.

이제 길어야 삼십 분이다. 식전에 보충대장이 강조했듯이 우리는 유종의 미를 거둘 것이다. 그리고 드디어 전역식이 시작됐다. 짧은 머리와 푸른 군복을 입고 치르는 마지막 행사이다. 중간 중간 군악대의 연주가 조미료마냥 감칠맛 나게 분위기를 고조시켜주었다. 상기해보면 그때도 그랬었다. 당시에도 지금처럼 마지막이라고 생각했었는데 실은 그것이 진정 시작이었다. 그러나 그때는 받아들일 수가 없었다. 어쩌면 지금과 똑같은 음악, 똑같은 순서였을지도 모른다. 지금보다 훨씬 그을렸을 당시의 우리는 이곳보다 훨씬 투박한 곳에 서있었다.

다만 지금과 확연히 다른 점은 당시는 추슬러진 뭉클한 감동을 안고 서있었다는 것이다. 남들과는 다른 무엇인가를 손에 불끈 쥐고 있다는, 옹골진 생각을 안고 있던 시간이었다. 그러나 알고 보면, 우리는 M16의 싸늘한 총열덮개밖에 쥐고 있지 않았었다. 그해 10월의 퇴소식에서 말이다.

드디어 퇴소식이 벌어질 연병장은 긴장감마저 감돌았다. 잊지 말아야 할 것들이 너무 많았다. 태권도, 총검술, 특히 열병은 가장 중요했다. 한 명을 제외한 255명의 서울병력은 모두가 얼굴에 강한 자신감과 의지를 담고 있었다. 우리는 잘할 것이라고 서로에게 주지시키면서 꿋꿋한 모습으로 의연하게 서있었다.

그러나 이 열과 오의 단 한 명의 열외자인 성현은 내무반 안에 틀어박혀 있어야했다. 신병교육 시작 후 4주, 그러니까 퇴소식으로부터 2주 전부터 그는 내무반에 머물러 있었다. 모든 교육 열외. 그에게 내려진 반갑지 않은 명령이었다. 한때는 우리와 함께 퇴소할 수 없다고도 했다. 사람을 십종種으로 분류하는 이곳에서는 불량품은 부담하기 싫은 짐에 불과했다.

성현이 처음 무릎의 통증을 호소하기 시작했을 때는 그것은 한낱 엄살로 치부되었다. 그가 서너 차례 더 통증에 괴로워했을 때 그들은 군기라는 만병통치약을 들고 나왔다. 그러나 군기가 약효가 없는 것을 알고 난 그들은 검은약 몇 알로 끝낼 수 있는 증상이라고 믿었다. 그들에게서 군기 다음으로 약효가 있는 것은 검정색 알약 몇 개였다. 하지만 그마저도 아무런 효과가 없자, 그들은 손을 들어버렸다. 이제 그들에겐 부상병은 십종인간으로서 감당하기 귀찮은 짐으로 전락하는 것이다. 결국 탱탱 부어오른 다리를 진정시키며 성현은 내무반에 남아, 하루 온종일을 동기들의 A급 군복의 선을 잡아주며 보내야 했다.

퇴소식에 그가 나올 수 없다는 사실을 그의 부모님은 알지 못했다. 여느 부모님들처럼 연병장에 늠름하게 서있을 것이라고 믿으며, 검게 그을려 구별되지 않는 우리의 얼굴들을 눈이 충혈되도록 뜯어보며 찾아보셨을 것이다. 사실 면회 온 거의 모든 가족들은 정작 신병의 퇴소식에는 관심이 없어 보였다. 대부분의 가족들은 복제품처럼 똑같은 장병들 중에서 마치 숨은 그림 찾듯 다른 모습 하나를 빨리 찾아내는 데에만 혈안이 되어 있는 듯했다. 숨은 그림을 찾은 가족들은 손을 흔들며 환호했다. 그럴 때면 장병들도 눈을 흘깃거리며 서로 눈맞춤을 하곤 했다.

열병식을 마지막으로 퇴소식의 모든 행사가 마무리됐다. 퇴소식이 끝나면 하룻밤 외박이 주어진다. 어쩌면 6주간 신병교육을 버텨온 힘은 가족들과의 하룻밤 외박에 대한 희망이라 해도 과언은 아니었다.

성현의 부모님은 아들이 퇴소식장에 없었다는 사실을 알게 되었다. 그리고 별로 심각하지 않다는 성현의 억지웃음 섞인 말에 성현의 어머니는 손에 꼭 쥔 손수건으로 눈가에 크렁하게 맺힌 눈물을 연신 찍어냈다. 그나마 내가 성현의 고등학교 동창이라는 것과 내일이면 가게 될 자대가 같다는 사실에 한결 위안을 받는 표정이었다. 눈물을 닦으면서도 준비해온 고기를 한 점이라도 더 먹이기 위해 성현의 입속에 꾸역꾸역 넣어주는 모습을 뒤로 하고 나는 부모님이 있는 여관으로 돌아왔다.

하룻밤 외출은 번갯불 치듯이 지나가버렸다. 단 하루의 외박은 6주간 고된 훈련이 준 보상치고는 너무 짧게 느껴졌다. 어린아이 사탕발림에 불과한 것이었다. 가족들이 면회 왔던 구불구불한 길을 따라 되돌아가려 할 때, 또 다시 남겨진 우리는 서로의 얼굴에서 짙게 그늘진 그림자만을 확인할 뿐이었다.

6주간 함께 훈련받던 동기들과도 뿔뿔이 흩어지고 난 후, 대략 30명가량이 자대배치 받아 간 부대는 신병교육대에서 멀지 않은 곳이었다. 동행 길에 오른 30명도 연대에서 각 대대로 흩어지고, 그리고 대대에서 중대로, 중대에서 소대로 떨어져 나갔다. 배치는 신속하게 이루어졌다. 성현과 나는 이상하리만치 계속해서 같은 부대로 배속되더니 결국 중대까지 함께 가게 되었다. 그 사실이 나나 성현에게는 적지 않은 위안이 되었다.

우리가 처음 맞선 2층짜리 중대건물은 메마르고 삭막해 보였다. 건물 뒤로 봉화산 한 면이 통째로 깎여 만들어진 태풍사격장은 부대의 중대 호랑이상※과 겹쳐 보이며 우리의 심장을 더욱 섬뜩하게 했다.

특히 신체적 결함을 갖고 자대까지 오게 된 성현은 나에 대한 병적인 집착이 있었다. 듬직한 체구에 적당히 부푼 근육을 가진 그가 가슴속에는 그런 연약함을 품고 있다는 사실이 믿기지 않을 정도였다. 고등학교 시절에는 막역한 사이가 아니어서 그의 모든 것을 알 수는 없었지만, 적어도 지금의 그와 비교하면 너무도 그 차이가 확연했다. 무엇이 그를 그렇게 만들었는지 당시에는 정확히 알지 못했다. 사실 그런 것을 따질 겨를도 없이 군대라는 생경한 환경은 작은 인연만으로 서로가 서로에게 의지하게 만들었다. 특히 성현에게는 더욱 그랬을 것이다.

자대에서 신병은 장난감 취급을 받기 마련이다. 소대에 배속되기 전 삼 일 동안 신병은 누구나의 구경거리가 되고 노리개가 되었다. 스무 살이라는 성년의 나이는 이곳에서는 별로 중요하지 않았다. 신병이면 누구든 어린아이로 취급되었다. 소대 병력공급 측면에서 신병은 노예로 팔려가는 흑인들, 또는 거래되는 물건 같은 존재였다. 튼튼한 신병은 어느 소대건 챙기고 싶은 양질의 자원이기 때문에 소대마다 중대장이나 인사계를 통한 힘겨루기가 벌어지곤 한다.

이런 관점에서 볼 때 성현은 이미 눈 밖에 난 가시였다. 군대 표현대로 자원으로서 활용가치가 없는 것이다. 나중에 들은 바로는 대대에서 중대로 배치될 때부터 성현에 대한 말이 많았다 했다. 어느 중대에서나 성현을 데려가기를 꺼렸고, 결국 다음 병력충원 때 제일 우선권을 갖는다는 조건으로 우리 중대로 왔다고 했다. 그러나 성현이 이런 취급을 받은 것에 대해 나나 성현에게 발언권은 없었다. 우리는 군대에서 감정 없고 말 못하는 상품이기 때문이었다.

그나마 다행인 것은 중대배치 이후 성현의 후송문제가 적극 거론되었다는 것이었다. 인사계와의 면담 때 인사계가 성현에게 한 말이었다. 그 말을 듣는 순간 성현이 끼쳐오는 안도의 감정을 내색하지 않으려 애쓰는 것이 보였다. 나는 잘됐다 싶으면서도 한편으론 그런 성현이 무척 부러웠다.

군대에서는, 당연히 되리라 믿었던 일이 얽히고설켜 상식적 이해로도 풀리지 않는 경우가 있는가 하면, 반대로 불가능해 보였던 일도 바람 타고 술술 풀려나가는 연실처럼 해결되는 경우도 부지기수였다. 인사계로부터 성현의 후송이야기를 듣는 순간에도 이런 생각이 들었다. 신병교육대에서도 성현의 후송문제가 여러 차례 거론되긴 했지만, 아무런 결론 없는 공론에 그치고 말았다. 그래서 성현의 후송은 어려운 모양이구나 하고 내심 포기하고 있던 상태였다. 그러나 다부진 작은 키에 검게 그을린 윤기가 잘잘 흐르는 인사계의 말을 들었을 때는, 왠지 꼬집어 말할 수 없는 믿음이 갔던 것이다.

중대 대기기간은 보통 3일이었다. 그리고 3일이 지나면 나머지 군생활을 하게 될 소대로 배속된다. 그제야 실제 군복무라 할 수 있는 자대생활이 시작되는 것이다. 그러나 나는 성현이 문제로 5일 동안을 중대에서 대기하게 됐다. 그렇게 5일이 지나자 내가 먼저 소대로 배치되고, 성현은 후송문제 등 여러 가지 상황을 고려

해 당분간 계속 중대에 남아있기로 결정됐다. 5일째 되는 저녁 무렵 나는 더블백을 메고 2소대 내무반 문을 열었다. 그러나 나를 기다리고 있었던 것은 호된 소대신고식이었다.

소대신고식 때 나는 어떤 자세였는지 굳이 기억하고 싶지 않았다. 모멸감이라는 고도의 인격적 가치는 일찌감치 버리고 말았다. 한 인간이 이렇게 낮아질 수 있고 또 다른 인간이 그렇게 높이 올라설 수 있다는 것을 후에나 되씹어볼 뿐이었다. 다분히 장난기 가득한 그들의 언어 농락에 따라 육체적 고통으로 나의 사명을 다해야 한다는 긴박감만이 중요했다. 내가 겁먹어하며 한 인간으로서의 나의 모든 가치를 내려놓는 모습을 보면서, 그들이 만족스러워했다는 사실도 나는 후에나 알 수 있었다. 당시 그들은 얼굴이 없었다. 단지 상급자로서의 명령만이 존재했을 뿐이었다.

그렇게 신고식이 끝나고 나는 세면장에 들어섰다. 온몸은 땀과 질펀한 물기로 흥건해 젖어있었다. 선임자인 박 일병이 나를 소리 없이 세면장으로 인도했을 때, 나는 걸레를 빨기 위해 들어오는 성현을 보고 말았다. 아마 내 누렇게 더럽혀진 러닝셔츠와 팬티만으로도 처참했던 신고식의 참상을 충분히 알려줬을 것이다. 순간 여전히 나와 동가치적으로 느끼고 있던 성현에게까지 나의 이런 초라한 모습을 보이고 싶지는 않았다. 신고식이 막 끝난 마당에 그에게마저 나를 낮추고 싶지 않았던 것이다. 나는 성현의 시선을 피했다. 성현도 초라한 모습으로 엉거주춤하게 서있는 나를 보고 싶지 않은 눈치였다. 결국 그도 아무런 소리 없이 걸레만 후다닥

빨더니 세면장을 횡하니 나가버렸다. 그런 그의 뒷모습을 보면서 내가 보이지 않는 눈물을 흘렸는지, 지금은 기억나지 않는다. 다만 나는 보이기 싫은 무언가를 감추려 했는지, 마지막 남은 자존심마저 쓸어내리려 했는지 차가운 물을 마구 내 몸뚱이에 끼얹었다. 그리고 오한이 나를 완전히 잠식해버렸다.

그러나 나의 가치는 하룻밤 사이에 본래 가야 할 높이까지 신속히 회복될 수 있었다. 이제 나는 당당한 군인이 될 수 있었던 것이다. 이제 내게는 군인으로서의 임무가 주어진 것이다. 1분대 8번 소총수. 그렇다. 내게 소총수의 직책이 주어진 것이다. 당당한 2소대 소대원으로서, 다른 소대에 대해서 나를 독립적으로 존재케 할 수 있게 되었다. 누구도 나를 신병으로서가 아니라 2소대 소대원으로서의 가치로 대하여주었다.

전 중대원집합 시 나는 누구보다도 빨리 뛰쳐나가 중대사열대 앞에 2소대의 막내로서 서있었다. 모든 단체행동에서 나는 2소대원으로서 나의 존재를 인정받았다. 그것은 최소한 다른 소대로부터 나를 지켜주는 방패가 되기도 했다.

그리고 그것은 상당히 중요한 부분이기도 했다. 특히 단체라는 개념이 생명 같은 조직체에서는 그 조직 내에 소속되어 있는지의 여부가 다른 무엇보다 중요했다. 그런 관점에서 성현은 나와는 다른 대척점에 놓이게 되었다. 그는 아무 소속도 없는 셈이었다. 같은 중대임에는 틀림없지만 소대생활이 핵심을 이루는 이곳 생활에서 소대에 배속되지 못한데다 중대요원도 아닌 상황에선, 어느 누구도 그를 보호하고 이해해줄 수는 없었다.

그는 항상 외톨이로 남아 있어야 했다. 가끔 중대본부 일을 도와주기는 했어도 그것은 일시적인 임무였다. 그는 한마디로 공중에 붕 떠있는 존재였다. 그런데다 인사계와의 면담에서 후송케이스라는 말이 나돌자 더 이상 중대원들도 성현을 같은 부대원으로 보지 않았다. 머지않아 떠나갈 사람일 뿐이었다. 성현에게 있어서 9중대는 잠시 거쳐 가는 임시정류장이겠지, 라는 생각이 중대원들 사이에 확고하게 박히자 사실상 그의 존재는 사라져버리게 되었다.

소대막내로서의 내 생활도 미처 갈피를 잡지 못하고 있었기 때문에 나도 더 이상 그에게 신경을 써줄 수가 없었다. 하루 중 그를 볼 수 있는 기회도 그다지 많지 않았다. 그런 생활의 패턴은 나조차도 성현에 대해 이제는 우리 중대원이 아닐지도 모른다고 생각하게 했다. 일단 하나라는 소속감이 사라지자 어쩐지 그와 나 사이에도 거리감이 생겨나는 것을 느낄 수 있었다. 그것은 나로부터 느낀 것이었지만, 그가 나를 대하는 것에 있어서도 석연치 않은 무언가가 있음을 느낄 수 있었다. 소속감이라는 것은 평상시와 다른 상황이 발생했을 때 더욱 강하게 부각되기 마련이다.

부대가 어수선해지기 시작한 것은 R.C.T^{연대전술훈련}를 얼마 남겨놓지 않아서였다. R.C.T는 가장 큰 훈련 중 하나로 신병으로서 내가 처음 겪게 될 훈련이기도 했다. 이런 대형훈련을 앞두고서는 전 중대원이 긴장하기 마련이다. 신경은 날카로워지고 별스럽지 않은 일에 상소리가 오고가게 된다. 이맘때면 부대 내에서 얼차려뿐만 아니라 구타도 잦아진다. 큰 훈련에 대비해서 군기를 강하게 한다는 명목에서다.

아주 작은 실수에도 집합이 걸리고 모든 일은 단체책임으로 돌아간다. 한 명의 잘못은 하급소대원 모두의 잘못이 된다. 점호시간에 나오는 고참들의 지적사항은 소대보급품 관리뿐만 아니라 군기를 담당하는 상병인 보급병을 통해 육체적인 대가로 돌아온다. 이때는 내무반 정리부터 관등성명 대는 목소리 크기에 이르기까지 모든 것이 지적사항이 된다. 특히 이등병인 나는 아직 소대가 돌아가는 흐름을 완전히 파악하지 못한 상태였기 때문에 실수가 많았고, 그 불똥은 일병급 상급자들에게 튀기 일쑤였다. 그리고 그것은 곧잘 구타로 이어지곤 했다.

구타는 상급부대에서 모르는 상태에서는 군기를 잡는 데 매우 효과적인 방법이 되지만, 알려지면 심각한 문제로 인식되었다. 공공연한 비밀인 구타가 더 이상 비밀이 아니게 될 때, 그때는 소대뿐만 아니라 중대에 이르기까지 분위기가 험악해진다.

그러한 구타사고가 우리 소대에서 발생한 것이다. 더 큰 문제는 그것이 하극상이었다는 점이었다. 하극상은 우리 소대를 특별감시소대로 만들었고, 소대분위기는 걷잡을 수 없도록 경직됐다. 특별감시대상이라고 해서 구타가 사라지는 것은 아니었다. 오히려 은밀한 장소에서 구타는 더 빈번하게 발생했다. 끝내 구타의 여파는 한 주 후 2분대 김 일병의 탈영미수사고까지 유발했다.

훈련은 다가오는데 사고가 계속 터지자 대대장이 직접 나서게 되었다. 토요일 오후 전 중대원 집합이 걸린 것이다. 열외 일 명 없이 우리 중대원은 완전군장으로 대대사열대 앞에 나와 섰다. 중대장, 인사계, 소대장, 그리고 선임하사까지 모두 예외 없이 집합되었다.

황금빛 지휘봉을 움켜 쥔 대대장이 붉으락푸르락한 얼굴로 대대사열대 위에 섰다. 몸이 불편한 성현까지 절룩거리며 대대사열대 앞에 섰다. 그러자 대대장이 성현을 중대장과 인사계가 서있는 한쪽으로 열외시켰다. 그리고 군기교육이 시작되었다.

연병장은 중대최고참부터 말단이등병까지 뛰고 기고 엎어지고 쓰러지는 등 일대 아수라장이 연출되었다. 계속되는 쪼그려 걷기, 구보, 선착순 뛰기, 좌우로 구르기, 포복 등 갖가지 얼차려가 주어지기를 한 시간가량 진행되자 너나할 것 없이 기진맥진했다. 한두 명씩 낙오병이 생겨났다. 태양도 봉화산을 간신히 넘어 헐떡거리며 태풍사격장으로 기울고 있었다.

중대원 모두 후들거리는 다리 때문에 제대로 서있을 수도 없는 지경에 이르자, 대대장은 정신교육이란 명목으로 장광설을 늘어놓고 사라졌다. 그리고 중대장의 일장연설이 이어졌다. 이런저런 과정이 끝나자 우리는 소대로 들어갈 수 있었다. 열외상태로 한쪽에 서있었던 성현도 절룩거리며 중대본부내무반으로 들어가려 했다.

그때였다. 누군가 성현을 발로 툭 걸어찼다. 푹 소리와 함께 성현은 중심을 잃고 나자빠졌다. 완전히 군장에 눌린 꼴이 되고 말았다. 간부 중에서 그 광경을 본 사람은 아무도 없었다. 간부들은 대대장실로 긴급 소집되었기 때문이었다. 다시 일어서려는 성현을 1소대 고참 한 명이 머리를 쥐어박았다. 비틀거리는 성현에게 이제는 욕이 퍼부어졌다. 이유는 간단했다. 성현은 군기교육 시간 내내 열외였다. 고참들과 전 중대원이 구를 때 그는 편안히 서 있었던 것이다. 그 이유는 중요하지 않았다. 그가 예외적 인물이 되었다는 사실이 그들에겐 받아들여지지 않았던 것이다. 중대본부소속 최 상병이 성현을 다른 사람들로부터 황급히 떨쳐놓았다. 성현은 고개를 푹 숙인 채 불편한 걸음을 끌며 행정반으로 사라졌다. 나는 고개를 돌리고 못 본 체했다. 그리고 소대내무반으로 뛰어 들어갔다. 나는 이등병이었다. 나에겐 해야 할 일이 너무 많았기 때문이었다.

그날 이후 성현에 대한 중대원들의 태도는 노골화되어 갔다. 성현은 본부내무반 밖으로 나오기도 힘들어했다. 그를 보는 사람들 대부분이 이런저런 행짜를 놓고 마음의 상처를 주는 말들을 툭툭 던지기 일쑤였다. 나는 식사시간을 제외하고는 그를 볼 수 있는 기회가 거의 없었다.

그러나 더욱 큰 문제는 성현의 후송문제가 쉽지 않다는 사실이 전 중대에 알려지고 난 뒤 발생했다. 성현의 증상이 즉각적이지 않다는 것이 걸림돌이 된 것 같았다. 부대생활하면서, 특히 보병으로 들어와서 무릎 한번 아파보지 않은 사람이 어디 있느냐는 것이 그들의 생각일지 모를 일이었다. 그에게 있어 마지막 탈출구마저 가로막혀버린 상황이 되고만 듯했다.

그런 상황에서 훈련일자는 하루하루 쉬지 않고 다가오고 있었다. 우리 중대를 포함해서 전 연대가 이 하나의 훈련을 위해서 마지막 출동태세를 준비하고 있었다. 특히 우리 중대에는 다른 중대보다 더 큰 긴장감이 감돌고 있었다. 대대장이 진두지휘한 군기교육은 예상외로 큰 여파를 남겼던 것이다. 겉으로 드러나는 구타가 한동안 사라진 것은 확실했다. 그러나 육체적 고통보다 더 고달픈 정신적 구타가 더욱 기승을 부렸다.

그리고 월요일, 드디어 출동하는 날이었다. 05시에 전 연대에 비상이 걸리고 데프콘이 발령되었다. 물자분류가 이루어지고 자기가 맡은 임무에 따라 부대 내 배치가 이루어졌다. 비상훈련은 본격적인 훈련을 위한 서막에 불과했다. 수백 킬로에 달하는 행군과 공격·방어 훈련으로 이루어진 대장정이 기다리고 있었다. 당시만 해도 그렇게 많은 역경들이 있을 줄은 꿈에도 생각하지 못했다.

오전 열 시에 우리 중대를 필두로 행군이 시작되었다. 잔류 병력은 최소화한다는 것이 부대방침이었다. 잔류 병력의 숫자도 전투력평가에 있어서 감점요인이기 때문이다. 그러나 성현은 잔류하는 것 외에는 다른 도리가 없었다.

아직 가시지 않은 11월초 양구의 싸늘한 안개를 가르며 우리는 끝없이 이어진 도로를 행군대형으로 걸었다. 희미하게 사라지는 푸른 군복들의 행군 대열은 장관을 이룬다. 구불구불한 도로 양옆을 점점이 메워가는 행군은 마치 중세 성지순례단이 순례하듯 무겁고 중후하고 엄숙한 분위기마저 깃들게 했다. 특히, 부연 안개는 이런 분위기를 더할 나위 없이 고조시켰다. 몸뚱이 하나 더 얹힌 듯 무겁게 중무장한 우리는 아무 생각 없이 앞사람의 전투화만 보고서 터벅터벅 걸어갈 뿐이었다. 마치 무아지경에 빠진 것처럼 정신과 몸이 분리된다. 몸은 그저 관성의 법칙에 맡긴다. 정신은 백지상태에 집중시킨다. 몇 시간 후에는 퉁퉁 부르틀 다리를 어루만질 것을 생각하면서.

  사단장의 연설은 간단했다. '수고했다. 사회에 나가서도 군대에서 생활했던 정신으로 살아가길 바란다. 그리고 노도부대의 자긍심을 잊지 말고 살아가길 바란다.' 그리고 몇 차례 경례가 더 이어진다. 군악대의 연주가 이어지고 우리는 투박스런 버스로 달린다. 이제 모든 것이 마지막이다. 우리는 푹신한 카펫처럼 펼쳐진 잔디 위를 사뿐히 달려간다. 버스 안은 훈훈했다. 나는 버스 뒤 창가 쪽에 앉았다. 시동을 거느라고 버스는 잠시 뜸을 들였다.
  버스가 서서히 움직이기 시작했다. 오른쪽에 있는 플라타너스가 천천히 뒤로 사라져갔다. 사난장의 모습도 사라져갔나. 버스는 깔끔하게 정리된 사단본부 내의 도로를 달리기 시작했다. 사단본부대 건물이 사라지고 수송부가 사라지고 통신대가 사라졌다. 이제 버스는 직선대로에 접어들었다. 멀리 사단위병소가 보였다. 도로 한가운데는 샐비어가 길게 심어져 중앙선 역할을 하고 있었다.
  사단위병소를 나서자마자 버스는 우회전을 하더니 양구선착장으로 달리기 시작했다. 도로변에는 늦은 타작을 기다리는 볏단들이 논 구석에 차곡차곡 쌓여있었고, 어느 논에선가 이른 아침부터 탈곡기 돌아가는 소리가 요란했다. 얼마 지나자 그 소리마저 소양강의 아침안개와 어우러져 아른하게 들렸다. 꿈속을 거닐 듯 가벼운 운치마저 느껴졌다. 이곳의 안개는 대단했다. 특히 가을안개는 몸 구석구석을 적실 듯이 축축할 뿐더러 오한마저 느끼게 했다. 동트기 전 이른 새벽녘은 안개만이 대지를 점령하고 무게를 느낄 수 없는 무게로 소리 없이 우리를 내리눌렀다. 거의 앞을 내다볼 수 없는 시계視界, 영의 상태는 중세의 스산함까지 잦아들었다.

안개는 소양강의 위력 때문이다. 소양강은 양구를 온통 안개로 덮는 원천이다. 밤새 아무도 모르게 찾아온다. 아무도 모르게. 우리는 안개에 점령당한 아침을 맞이한다. 그리고 장막 속에 숨어있던 해가 봉화산을 타고 오를 때쯤 소리 없이 찾아왔을 때처럼 그렇게 소리 없이 사라지는 것을 확인할 뿐이다.

버스는 안개에 상관없이 엔진 돌아가는 소리만을 투박하게 남겨놓으며 텅 빈 도로를 내달렸다. 버스 안에서는 근래 인기 있는 발라드풍의 가을빛 구슬픈 음악소리만 들렸다. 아무도 말하려 하지 않았다. 모두가 잘 보이지도 않는 창밖만을 주시하고 있었다. 그들 모두가 감회에 사로잡혀 있는 것 같았다. 삼 년이란 젊은 날의 삶을 얽어왔던 이 대지에서의 마지막 자취를 더듬어 보려는지, 그들 모두의 표정은 심각하기까지 했다. 다만 형체 없는 족쇄로 그렇게 짧지 않은 시간들을 어떻게 잡아둘 수 있었는지, 아무도 그 이유를 물으려 하지는 않았다. 당연한 것은 의심하지 않는 법이다.

버스는 꾸불꾸불한 도로를 이리저리 요동을 치며 무감각하게 달렸다. 본격적인 도로를 타기 시작했으니 30분이면 선착장에 다다를 것이다. 선착장에 도착하면 우리를 수송할 군용선이 대기하고 있으리라. 그날 우리를 태우고 이리로 왔던 것처럼.

멀찍이 앞섰던 일반버스가 승객들의 승하차를 위해 정차한 사이 우리의 군용버스는 그 옆을 날쌔게 통과하여 앞질렀다. 그리고 고개 하나를 어렵잖게 넘어섰다. 그러자 좌측의 산 능선을 타고 울타리가 쳐진 야트막한 부대건물이 어렴풋이 보였다. '저곳이 내 부대였던가.' 나는 속으로 웅얼거렸다. 낡았던 이층 건물, 네 개의 소대내무반, 한 개의 중대본부. 그런 건물이 있었지. 불편했던 화장실이며 그 사건 이후로 항상 기분 나쁘고 근접하기 두려웠던 창고건물도 있었고. 저 울타리 외진 곳에 처박혀 있던 11초소, 한겨울이면 눈으로 하얗게 덮인 이 양구 너머의 남서쪽 집을 바라보던 그 시간들도 있었지. 하얗던 민가에서 아침녘 뭉실뭉실 올라오는 굴뚝연기가 너무 정감 어려 더욱 슬펐던 그 시간들도 있었지. 그러나 나는 지금 그런 시간들에서 얼마나 멀리 노방쳐 나왔는가. 이제 그러한 시간들을 추억으로 묻어버릴 만큼 나는 멀리 달려왔는가?

바로 며칠 전의 일이었건만 그 시간들이 왜 이리 원거리에 존재했던 것처럼 느껴질까? 냉기가 휘몰아쳤던 2소대 내무반 잠자리의 서늘함이 아직도 이 체온 속에 한 부분으로 남아있는데, 그 시간들은 왜 이리 오래 전 일처럼 생각되는 것일까? 아예 존재하지 않았던 것은 아닐까? 내가 미처 헤아릴 수 없는 어떤 거대한 존재가, 아무도 모르게 나를 마취시켜 낯선 이 양구 땅에 잠시 내팽개쳐 버렸던 것은 아닐까? 그것도 아니면 혹시 양구의 안개가 발휘하는 묘한 최면의 힘은 아닐까? 지금 이 순간도 안개는 버스보다도 빠르게 우리를 스쳐지나가는 것만 같았다. 그리고 그 힘이 나를 압도할 것만 같았다.

드디어 창밖으로 그려진 희미한 부대의 흔적이 사라졌다. 이제 다시 이곳에 오기란 쉽지 않을 것이다. 다시는 이곳을 향하여 오줌도 안 누겠다는 말을 기어코 지킬 것이라 다짐했던 것처럼 말이다.

일주일간의 R.C.T 훈련이 내 모든 군생활을 덮어버릴 만큼 기나긴 시간처럼 느껴졌다. 그리고 마지막 복귀행군은 말 그대로 지옥행군이었다. 낙오병들이 속출했고, 발의 물집 등으로 부상병들이 늘어갔다. 군의 현대화라는 말은 책이나 영화 속에서 있는 말이고 우리는 아직도 과거 속에 살고 있었다. 속옷을 갈아입는다는 것은 꿈같은 일이었고, 세면조차도 기운이 남아 있을 때의 일이었다.

일주일간의 고된 훈련을 마치고 부대로 복귀해 들어온 시간은 22시가 다 되어서였다. 모두가 패잔병들처럼 축 처져있었다. 군장을 등에 메고 들어오는 것이 아니라, 군장에 우리가 끌려가는 모양이었다. 군장 때문에 우리의 초라한 모습은 보이지도 않을 지경이었다.

복귀행군 중 저녁시간이었다. 마음씨 좋은 이 병장이 후식으로 나온 우유를 먹으라고 내게 준 것을 나는 아껴 먹겠다고 바지주머니 속에 넣어두었는데, 행군 도중 그만 우유팩이 터지고 말았다. 한동안 우유팩이 터진 사실도 몰랐다. 어둠을 가르며 쉼 없이 이어지던 행군대열이 드디어 부대 길목을 막 통과할 무렵에서야 터진 것을 알게 됐다. 축축하고 끈끈한 물기가 나의 바지를 타고 흘러, 결국엔 덩어리져 굳어질 때까지도 알지 못했다. 그럴 정도로 정신이 없었던 것이다. 그런 와중에도 찜찜한 몸보다도 우유를 먹지 못하고 버렸다는 것만이 애석했었다.

복귀행군의 종착역인 부대막사는 불이 환하게 밝혀져 있었다. 잔류 병력을 포함해 낙오병과 부상병들이 먼저 부대에 와서 정문 길가에 도열해 있었다. 그들은 박수부대로 돌변했다. 우리는 그들의 박수를 받으며 무거운 몸을 이끌고 부대를 통과해 들어갔다.

그때 나는 그들 속에서 고개를 푹 숙이고 열성적으로, 그러나 무척 기계적으로 박수를 치는 성현을 볼 수 있었다. 내가 그의 앞을 지나치려 할 때 성현은 고개를 들었다. 성현의 얼굴에 어두운 밤보다 더 어두운 그림자가 서려있는 것을 나는 한눈에 볼 수 있었다. 내가 성현의 앞을 지나치려는 순간에 그는 무슨 말인가를 하려는 것 같았다. 그러나 아무런 말도 들을 수 없었다. 서로가 스치는 찰나의 순간은 너무 짧은 데 비해, 그가 하고자 하는 말은 너무나 많아 보였다.

복귀병력들이 각 중대사열대 앞마다 집합했을 때 박수를 쳤던 병력들이 각자의 내무반으로 뛰어갔다. 성현도 불편한 발을 이끌고 절룩거리며 뒷문으로 돌아들어가는 것이 보였다. 마치 성현이 우리를 대신해 훈련을 뛰었던 것처럼 보일 정도로 고통스런 모습이었다.

훈련 후 일주일간은 정비기간이었다. 야전삽, 모포, 텐트 할 것 없이 훈련에 사용한 모든 장비를 정비하는 시간이었다. 훈련 후 이틀이 지나서는 대대에서 회식자리를 준비했다. 힘겨웠던 훈련에 대한 보상이었다. 각 중대마다 막걸리가 돌았고 비곗살이 대부분이었지만 돼지고기도 맘껏 먹을 수 있었다. 노래하고 춤추고 떠들고 웃으며 회식이 벌어지는 연병장은 술판이 거나하게 벌어졌다. 부대에서 처음 먹어보는 술이어서인지 내게는 취기도 빨리 찾아왔다. 기분도 한껏 올라 내 몸과 세상이 따로 노는 것 같았다. 성현이 회식자리에 없다는 사실도 대수롭지 않게 여겼다. 그는 중대내무반을 지키도록 명령이 내려졌던 것이다. 이 자리에서 성현이가 낄 수 있는 공간은 없는 듯했다. 나도 그의 부재에 대해 그다지 심각하게 생각하지 않았다. 그렇게 회식이 끝나도록 나는 한번도 그의 얼굴을 보지 못했다. 이틀이 아무일 없는 듯 흘렀다.

성현을 다시 본 것은 목요일의 근무자 신고 때였다. 나는 '2소대 불침번 3번초'라고 목이 터져라 소리치고 소대로 들어왔다. 그리고 세면을 위해 세면장으로 들어갔다. 세면장 한 구석에서 성현이 추운 날씨에도 불구하고 목욕을 하고 있었다. 부대원들이 제법 쌀쌀한 날에도 차가운 물로 목욕을 하는 것을 종종 보아온 터라 그 모습이 그렇게 이상하게 여겨지진 않았다. 나는 성현에게 약간의 선웃음을 짓고 이빨을 닦기 시작했다. 나름 제법 군생활에 익숙해진 모습이었다. 세면장으로 난 창문을 통하여 밖을 쳐다보며 쉬지 않고 칫솔을 놀렸다. 바로 코앞에 버티고 있는 산의 능선을 따라 공지선이 야릇한 분위기로 눈에 들어왔다. 그때 옷을 주섬주섬 입던 성현이 나에게 슬그머니 다가왔다. 서로 대면하면 안 되는 죄수들 모양으로 은밀하기까지 했다.

"너 오늘 저녁 잠깐 시간 있니?"

여전히 은밀한 목소리였다. 나는 그의 그런 태도에 맞장구를 치듯 주위를 휘 하고 한번 둘러보았다. 경계의 대상이 될 것은 없었다. 이등병생활이라는 것이 많은 통제가 따르긴 했지만 이렇게 은밀한 대화를 나눌 정도로 억압적이지는 않았다. 다만 자기통제에서 비롯된 무의식적인 경계감이었다.

나는 입에 물고 있는 치약 때문에 제대로 대답은 못하고 고개만 끄떡였다.

"언제쯤 되겠니?"

성현의 물음에 나는 치약을 뱉어내고 물로 헹궈낸 다음에 대답했다.

"세면기 갖다놓고 와서 어때? 그런데 왜?"

"아니 그냥……. 그러면 뒤쪽 체력단련장에서 보자."

"그래."

체력단련장은 막사 바로 뒤쪽에 있었다. 여러 가지 운동기구들이 설치되어 있었고, 담소를 나눌 만한 의자도 여럿 있었기 때문에 햇볕 드는 포근한 날에는 얼마 안 되는 자유시간을 한가하게 보내기에는 안성맞춤이었다. 그러나 최근 며칠 날씨가 쌀쌀해지기 시작하면서 저녁시간대의 체력단련장은 썰렁했다. 이래저래 주변 눈치를 봐야 하는 우리가 만나기에는 좋은 장소였다. 나는 세면기를 갖다놓고 옷을 두툼하게 챙겨 입은 후 체력단련장으로 나갔다. 이미 성현은 그곳에 와 있었다. 그의 바로 옆에 있는 검은 비닐봉지가 달빛에 반짝였다. 내가 다가서자 그는 비닐 속에 있는 봉지를 뜯기 시작했다. 과자봉지였다. 비닐 안에는 여러 종류의 과자가 들어있었다. 언뜻 보기에 사병들에게 인기 최고인 닭발, 스모키 치킨도 있었다. 단단히 준비한 모양이었다.

"무슨 일 있니?"

의아한 표정과 함께 물으며 그의 옆에 앉았다.

"우리 이런 것 먹어 본 지도 오래됐잖아."

성현은 대수롭지 않다는 식으로 말하고는 어릿한 미소를 지어보였다. 그 미소는 어딘가 모르게 어색하고 무거웠다. 그가 닭발 하나를 뜯어서 내게 건넸다. 소대배치 받고 P.X에 가본 지도 너무 오래인지라 항상 배가 허한 상태였다. 나는 그가 준 것을 받아들고 허겁지겁 입 주위가 벌겋도록 먹어치웠다. 그는 과자부스러기 몇 개를 입에 대는 둥 마는 둥하더니 내가 먹는 것을 조용히 바라만 보았다. 두 개째를 입에 가져가는 순간에야 비로소 성현의 이상한 태도에 신경이 갔다. 나는 먹다말고 그를 바라보았다.

"왜 그래. 무슨 일 있니?"

"아니야. 너에게 지금까지 너무 고마워서."

"새삼스럽게 고맙긴……. 내가 뭐 특별히 해준 것도 없는데. 오히려 미안하지."

"정말 고맙고말고."

성현의 목소리는 나직했다.

"너 오늘 이상하다. 너 정말 무슨 일 있지? 솔직하게 말해봐."

"이래서 내가 뭐 사주려고 해도 되레 미안해서 못 사주겠다니까. 요즘 너 무척 바쁘잖아. 보기도 안쓰럽고. 아닌 게 아니라 이렇게 같이 시간 가져본 지도 오래되어서 어렵게 준비한 거라고."

그는 일부러 그러듯 나를 나무랐다. 나는 말문이 막히고 말았다. 이 순간 '네가 더 고생하잖아'라고 말해줄 수가 없었다. 그렇잖아도 편치 않을 그의 마음만 들춰낼 것 같아서였다. 나는 조용히 고맙다는 말만 하고 말았다. 성현은 먹는 척만 했지 내가 먹는 모습만 바라볼 뿐이었다.

이상한 생각이 들기도 했지만 나의 걱정은 더 깊이 들어가지 않았다. 그때의 나는 허기를 메우는 일차석 욕구가 더 상했기 때문이었다. 먹는 도중에 신병교육대에서부터 현재의 자대생활에 이르기까지 많은 이야기를 했다. 그는 주로 들어주는 입장이었고 나는 말하는 입장이었다. 그런 와중에도 가능하면 성현과 관련된 이야기는 피해가려 애썼다. 당연히 나의 그런 배려를 그도 알 것이었다. 그러다 R.C.T 얘기가 나왔을 때 나는 신이 나서 떠들어대었다. 특히 고생담은 나를 낮출수록 오히려 나를 높이는 효과가 있었다. 전쟁영웅은 진흙탕을 처절하게 기고 뒹구는 데에서 탄생하는 것이었다. 그는 여전히 옅은 미소를 띠운 채 나의 얘기를 들어주었다. 그가 가끔 질문도 던져줬기에 나는 더욱 신이 나서 떠들어대었다. 이야기는 성현이 준비한 작지만 나름 푸짐한 음식이 모두 바닥을 보이고서야 끝이 났다.

"그래서 이 형님이 고생하는 너에게 이렇게 음식장만을 해주는 것 아니냐."

성현은 다소 꾸민 목소리로 말했다.

"다음에는 내가 한턱낼게."

나는 마음 한편에 불편함을 느끼며 말했다. 그는 여전히 웃고 있었다. 소리 없는 웃음이 얼굴에 가득했는데 어딘지 억지스러웠다. 그래서일까 그 표정은 웃지 않을 때보다 더 어두워 보였다.

"솔직히 나는 네가 무척 부러워."

갑자기 성현은 나의 손을 꼭 잡으며 무거운 어조로 말했다. 나는 지금까지 먹었던 것이 목구멍에 턱 막힐 것만 같았다. 성현의 갑작스런 행동에 놀랐다기보다는 그의 너무도 절박한 어조 때문이었다.

"너는 성격도 밝으니까, 생활도 잘할 거야. 중대에서 듣자 하니 네가 생활 잘한다는 소문이 자자하더라."

"잘하긴 뭐."

"아니야. 이번 행군도 신병들 중에서는 네가 제일 잘했다고 하던데.”

“그렇지도 않았어.”

“하여튼 너는 잘할 거야.”

“걱정 마, 너도 잘할 수 있을 거야. 후송문제도 잘 풀릴 거고.”

그러나 이렇게 말하면서도 확신할 수는 없었다. 의당 이런 말밖에 다른 말을 찾을 수 없기 때문이었다.

나는 더욱 세게 그의 손을 움켜쥐었다. 생각보다 야들야들했다. 따뜻한 기운이 나에게로 전해져왔다. 그간 내가 성현에게 너무 무관심했던 것은 아니었나, 되돌아보게도 되었다. 남자들만이 느끼는 애틋한 감정이 서로의 손을 통해 강하게 전류하는 것만 같았다.

“너무 오래 밖에 나와 있다고 소대에서 찾겠다.”

성현이가 손을 빼면서 다급히 말했다.

“그래 들어가 봐야 되겠다. 다음에는 내가 멋지게 낼게.”

나는 특별히 다짐을 하며 말했다. 성현은 그냥 모호하게 빙긋 웃어줄 뿐이었다.

그렇게 헤어지고 몇 시간이 지났다. 일석점호가 끝나자 나는 취침준비를 했다. 하루 중에서 가상 행복한 시간이 온 것이다. 바로 잠이다. 군대 관련 꿈만 꾸지 않는다면 군대에서 나만의 소중한 시간이 취침이었다. 취침하기 전에 나의 근무 시간을 반복해서 중얼거려 보았다. 일종의 마인드컨트롤로 이렇게 중얼거리고 자야 지 근무시간에 맞춰서 쉽게 일어날 수 있었다.

하급자가 갖추어야 할 여러 가지 취침군기가 있었는데 그중에서도 야간근무시 행동이 군기를 가늠하는 중요한 잣대가 되곤 했다. 예컨대, 고참이 근무교대를 위해 깨우면 즉시 관등성명을 댈 것. 관등성명과 함께 신속히 일어날 것. 일어나는 도중 시계는 절대 보지 말 것. 시계를 본다는 것은 고참의 명령을 의심한다는 뜻으로 받아들여지기 때문이다. 그 외에도 재빠르게 환복할 것. 2인 1조 외곽 근무인 경우 상급자보다 빨리 일어나서 모든 근무준비를 마쳐야 한다는 것 등이었다.

불침번 3번초. 이것이 오늘 내가 야간근무를 서야 할 순서였다. 불침번은 단초였기 때문에 외곽근무보다 훨씬 편했다. 그런데다 혼자 근무를 설 수 있기 때문에 아무런 방해도 받지 않고 이런저런 생각들을 가지런히 할 수 있는 시간이기도 했다. 졸린 눈을 비비며 홀로 깨어있는 자신의 모습에 내가 지금 뭐하는 건지, 회의감이 종종 몰려오기도 했지만, 그것은 당시로서는 행복한 고민에 불과했다. 누구에게도 방해받지 않는 이 한 시간의 소중함을 생각한다면 말이다.

정확히 11시 45분에 내 전 근무자가 나를 깨웠다. 누가 나를 깨우든 모두가 나보다 선임자였기 때문에 각별히 기상군기가 잡혀 있어야 했다. 졸린 표정도 보이지 않게 지어야만 했다. 복장을 모두 갖추었을 때에서야 사물이 올곧이 구별되었다. 한쪽 귀퉁이 벽에 걸려있는 불그레한 취침등이 유난히 밝게 보였다. 작은 취침등 주위에는 육각형 모양의 빛이 반사되고 있었다. 근무를 서기 위해 일어날 때마다 항상 나를 맞이하는 반갑지 않은 친구였다. 전투화

를 신고 행정반으로 내려갔다. 근무교대 시 항상 행정반에 신고를
해야 했기 때문이었다.

환하게 불이 밝혀진 행정반에는 당직사관이 인사계 책상에서 꾸
벅꾸벅 졸고 있었다. 1소대3분대장인 당직하사는 머리를 앞뒤로
규칙적으로 주억거리면서도 앞에 펼쳐진 책을 읽으려고 무진 애를
쓰고 있었다. 반면에 화기소대 포 분대장인 교대장 근무자는 아예
책상에 엎어져 곯아 떨어져있었다.

내가 행정반 문을 열고 들어가자 일직하사만이 나른한 고양이
마냥 고개를 들었다.

"단결! 2소대 불침번 근무교대 했습니다."

나는 거수경례를 하고 신고를 했다.

"그래 수고해라."

일직하사는 졸린 목소리로 말했다.

"단결! 수고하십시오."

나는 행정반을 나와 바로 옆 계단을 올라 2층에 있는 소대내무
반으로 들어갔다. 전 근무자는 이미 전투화를 벗고 옷을 갈아입고
있었다. 나는 그에게 가서 소용하시만 절도 있게 경례를 붙였다.

"단결! 수고하셨습니다."

경례를 받은 그는 곧장 잠자리에 들었고 얼마 지나지 않아 새근
새근 낮은 숨소리를 내더니 이내 깊은 잠으로 곯아떨어졌다. 나는
취침등이 어두침침하게 비치는 내무반을 소리 나지 않게 가다 오다
반복했다. 취침 중인 소대원들은 특유의 잠버릇으로 잠을 자고 있

었다. 나는 여러 생각들을 교차시키며 근무시간이 빨리 가기만을 바랐다. 얼마간 시간이 지나자 쉴 새 없이 몰려드는 졸음에 나는 여러 차례 몸부림을 쳐야 했다. 취침중인 부대원 중에서 코고는 소리가 가끔 불규칙적으로 커지거나 잠꼬대하는 소리가 들리면 부지불식중 빠져든 졸음에서 깜짝 놀라며 일시적으로 벗어나곤 했다.

 그렇게 30분가량이 지났을 즈음이었다. 일직하사가 소대 문을 밀고 갑자기 들어왔다. 때마침 졸음 때문에 꾸벅거리며 서있었는데, 혹시 그가 나의 이런 모습을 보지나 않았을까 순간적으로 걱정이 들었다. 그러나 일직하사는 그런 일은 문제가 아니라는 얼굴빛이었다. 그의 얼굴에는 30분전 근무신고 때 봤던 그런 나른한 표정은 온데간데없었다. 행동도 바짝 긴장한 상태였다. 얼마나 긴장했는가는 어두침침한 소대조명에서도 대번에 알 수 있었다.

 소대로 느닷없이 들어온 일직하사는 다짜고짜 나보고 나오라고 했다. 내가 나가자 앞 소대인 3소대 불침번 근무자도 나와 있었다. 그는 우리보고 행정반으로 가있으라고 했다. 뭔가 심상치 않은 일이 발생했다는 것을 직감적으로 알 수 있었다. 행정반으로 내려갔을 땐 이미 1소대, 화기소대 불침번들도 집합해있었다. 일직사관도 교대장 근무자도 모두 일어나 있었다. 그들의 낯빛에서도 일직하사 얼굴에 비쳤던 것과 같은 긴장감이 도사리고 있었다. 뜬금없이 집합된 불침번들은 무슨 영문인지 몰라 어리둥절해 할 뿐이었다. 각 소대 불침번들을 모두 모아 놓은 것으로 보아선 특별히 내가 잘못한 것이 없다는 생각이 들었다.

잠시 후 일직하사가 행정반으로 다급히 들어왔다. 안색은 창백했다. 표정에는 허탈감이 드러나고 있었다.

"없는데요."

가쁜 숨을 몰아쉬며 들어오자마자 한 첫마디였다. 순간 누군가를 찾고 있음을 직감할 수 있었다. 이렇게 되면 3주 만에 또 하나의 사건이 터질 수 있는 상황이었다. 그렇잖아도 좋지 않은 중대 분위기가 다시 한 번 진탕에 빠질 수 있는 심각한 문제였다. 그렇다면 사라진 주인공은 누굴까.

해답은 오래 기다릴 것도 없었다. 일직사관은 우리를 불러 모았다. 나의 추측은 적중했다. 탈영이었다. 일직하사는 그 주인공이 누구인가를 조금은 떨리는 목소리로 말했다. 박성현.

그의 이름을 듣는 순간, 둔탁한 무엇에 맞은 것처럼 나의 정신은 혼미해졌다. 그러나 이런 충격은 나에게만 국한되지 않았다. 지금 이 자리에 있는 모두에게 충격적인 일이었다. 단지 그들과 내가 다른 점이 있다면, 나는 그 장본인이 성현이라는 사실 때문이었고, 그들에게 있어서는 탈영의 가능성 때문이라는 것이었다. 그러나 아직 일직사관은 탈영이라고 단정하고 있지는 않았다. 일단은 막사 주위를 수색해보자는 것이다. 혹 가까운 어딘가에 숨어 있을지도 모른다고 생각했다. 최악의 사태가 발생하지 않는다면.

일직사관과 일직하사가 두서없이 설명한 말을 모아보면 이러하였다. 그러니까 지금으로부터 약 30분 전이라고 했다. 그 시간은 내가 근무교대하고 바로 직후임에 틀림없었다. 성현이 휴지를 들고 나갔다는 것이다. 자지 않고 있던 일직하사는 화장실에 가는 것으로 생각했다. 그러나 10분이 지나고 20분이 지나도 성현은 돌아오지 않더라는 것이다. 특히 야간 유동병력을 철저히 관리해야 하는 부대에서 20분이 지나도록 돌아오지 않는다는 것은 충분히 의심이 가는 행동이었다.

일직하사는 복장이 취침상태 그대로였기 때문에 탈영이 아닐 수도 있다고 설명했다.

"너희들은 막사주위를 샅샅이 살펴보고."

당황한 일직사관은 말을 채 끝내기도 전에 전화기로 향했다. 대대 일직사령에게 보고할 모양이었다. 일직하사는 우리를 데리고 막사 뒤로 갔다. 이런 일이 있을 때마다 제일 먼저 둘러보는 곳이 화장실이었다. 화장실은 막사 뒤쪽 화기연병장 옆에 있었는데, 그곳은 오물장도 함께 붙어있는 음침한 곳이었다. 화장실 밖에는 희미한 보안등이 달려있어 화장실로 가는 길목을 어렴풋이 비춰주고 있었다. 오늘처럼 달 밝은 날에는 달빛이 보안등보다 더 환할 정도였다. 화장실은 여섯 개의 대변기가 있었고 그 맞은편에는 소변을 볼 수 있도록 칸막이 없는 재래식배수로가 길게 놓여있었다. 천장에는 작은 백열등 하나만이 짙은 어둠을 외로이 버텨내고 있었다. 우리 대대 대부분의 화장실 구조는 좀 특이한 데가 있었는데, 그것은 화장실문이 높지 않다는 것이다. 볼 일을 보기 위해 앉으면 머리 윗부분이 밖으로 삐죽 나올 정도로 문이 낮게 만들어져 있었다. 자살을 방지하기 위한 구조라고 했다. 죽고자 마음먹은 사람이 굳이 화장실에서 죽을 필요야 없다지만 부대에서는 노파심에 이렇게 화장실문을 낮춰 만든 것 같았다. 그러나 유독 우리 중대만은 화장실 문이 높아서 남의 시선을 받지 않고 볼 일을 볼 수 있게 만들어져 있었다.

일직하사는 1소대, 3소대 그리고 화기소대 불침번에게는 각각 9초소, 11초소로 올라가는 길목을 살펴보라고 하고, 나와는 화장실로 들어갔다. 으슥한 불빛이 더욱 음습한 분위기를 연출하며 등골이 오소소 돋게 만들었다. 차라리 불빛이 없었으면 좋겠다는 생각이 들 정도로 공포를 자아내는 붉은 불빛이었다. 여섯 개의 문은 미동 없이 닫혀있었다. 불길한 징조가 느껴졌다. 어느새 이마에는 땀방울이 맺히기 시작했다. 엉덩이를 잔뜩 빼고 화장실 안으로 비밀작전을 수행하는 것처럼 조심스럽게 들어섰다. 일직하사가 "박성현" 하고 낮은 목소리로 불러보았다. 그 목소리는 성현을 부른다기보다는 어떻게든 두려움을 쫓아보자는 자기다짐처럼 들렸다. 침묵이 더욱 공포스럽기 때문이었다. 대답은 없었다. 이제는 내가 다시 한 번 불러보았다. 역시 대답은 없었다. 개미 움직이는 소리하나 들리지 않았다. 바람도 숨죽이고 있었다. 오직 우리 숨소리만 확성기를 대고 쉬는 것처럼 크게 들려올 뿐이었다.

이제는 화장실문을 하나하나 열어보는 수밖에 없었다. 당연히 내가 해야 할 일이었다. 혹시 못 볼 것을 보지나 않을까 두려웠다. 일직하사는 내 뒤에 서고 나는 첫 번째 문을 살며시 두드렸다. 역시 아무런 대답도 없었다. 나는 슬그머니 문을 열었다. 안은 어두컴컴했다. 지저분하게 나뒹군 국방일보와 담배꽁초가 너저분하게 널려있었다. 나는 문을 닫고 다음 문으로 갔다. 같은 순서로 문을 열었을 때 그곳 또한 첫 번째 칸과 다를 바가 없었다. 세 번째, 네 번째 그리고 다섯 번째 문으로 다가서면서 우리는 백열등 불빛과는 점점 멀어지고 있었다. 순서가 여섯 번째 문에까지 왔을 때는 온몸이 땀으로 흠뻑 젖은 듯 무거웠다. 긴장감 두려움이 한데 어우러진 상태였다. 마지막 여섯 번째 문을 여는 순간에는 기도라도 드리고 싶을 정도였다. 누구도 말하지 않았지만 최악의 상태를 염두에 두기 마련인 것이다. 그렇기에 마지막 남은 문 앞에서는 그 정도가 더 할 수밖에 없었다. 그리고 마지막 문을 열었을 때, 나는 깊은 안도의 한숨을 쉬었다. 그것은 일직하사도 마찬가지처럼 보였다. 그의 이마에도 땀방울이 송골송골 맺혀있었다.

화장실을 나온 우리는 황급히 체력단련장으로 향했다. 일직하사는 이곳만 돌아보고 행정반으로 일단 돌아갈 심산이었다. 체력단련장도 역시 아무런 기척이 없었다. 몇 시간 전에 성현과 같이 앉아있었던 그 의자도 말끔히 치워져 있었다. 성현과 이곳에서 담소를 나눴다는 사실이 오래전 일처럼 느껴질 뿐이었다. 아니 그런 일이 있었는지조차 의심스러웠다. 주위를 꼼꼼히 둘러본 일직하사가 왔던 길을 다시 되돌아가기 위해 앞장서고 있었다. 달빛 받은 그의 그림자가 길게 뉘여 나를 향해 뻗쳤다. 나는 그림자를 밟으며 그의 뒤를 따랐다. 지금 이 시간이 꿈속 어느 곳에 놓여진 것만 같았다. 너무나 급격히 발생한 충격적 상황이 전혀 현실적이지 않았다. 몇 시간 전에 우리를 비추던 달빛과 같건만 지금 성현과 나는 완전히 상치한 상황에 놓인 것이다.

지금쯤 대대에서는 탈영신고를 했을 것이다. 특히 야간이기 때문에 그러한 조치들은 더욱 신속히 이루어졌을 것이다. 그렇게 일직하사의 뒤를 밟아가는 도중 다른 그림자가 나의 발에 밟힌 것은, 일직하사가 막사로 연결된 계단을 막 내려갈 참이었다. 약간 우측에 있는 중대창고지붕이 달빛을 받아 그림자를 우리 앞으로 짙게 드리우고 있었다. 창고지붕은 얇은 슬레이트로 촘촘히 덮여져 있었다. 슬레이트 지붕이 만드는 그림자는 자를 대고 선을 그은 것처럼 반듯하고 날카로웠다. 그리고 달빛에 비껴 생긴 그림자는 나에게로 경도되어 뻗어있었다.

창고지붕 그림자가 내 앞에 드리웠을 때 나는 순간적으로 그 그림자의 실체를 보기 위해 고개를 들었다. 그리고 그곳에서 어쩐지 심상치 않아 보이는 물체를 발견했다. 더 자세히 보기 위해 미간을 찡그려 가며 눈을 가운데로 모아 보았지만 그만 한 거리에서는 물체의 윤곽을 명확히 알 수가 없었다. 나는 물체를 확인하기 위해 장고에 다가갔다. 일직하사는 어느새 여나문 개 되는 계단을 다 내려선 후였다. 창고는 길보다 약간 낮은 위치에 있었기 때문에 낮은 둔덕을 내려서야 했다. 나는 둔덕 쪽으로 조금 더 다가갔다. 순간 그 자리에 나는 그만 곤추서고 말았다. 핏줄이 한곳에 몰리고 모든 신경이 한순간에 꽁꽁 얼어붙은 것만 같았다. 더 이상 다가가지 않아도 되었다. 우리가 찾고자 한 것이 그곳에 있었기 때문이었다.

나는 아무런 말도 할 수 없었다. 순간적으로 입이 딱딱하게 굳어졌다. 오직 단말마의 짧은 신음만이 새어나올 뿐이었다. 도저히 상상할 수도 없었던 일이 일어난 것이었다. 갑자기 무릎에 힘이 쫙 빠지는 것을 느꼈다. 땀이 드센 한기에 얼어가는 것인지 아니면 식은땀이 흐르는 것인지 구분할 수 없을 정도로 오한이 찾아왔다. 나는 그 자리에 무릎을 꿇고 푹 주저앉고 말았다.

창고지붕 한 귀퉁이에 성현이가 축 늘어져 있었던 것이다. 성현은 더 이상 서고자 하는 의지 없이 중간치 굵기의 통신줄에 자신의 몸을 맡긴 채 매달려 있었다. 작은 흔들림도 없이 축 늘어진 채였다. 그 육중한 몸을 통신줄이 버텨내고 있었다.

내가 다시 정신이 든 것은 따라오지 않는 나를 데리러왔던 일직하사가 그 광경을 보고 지른 외마디 비명을 듣고서였다. 그는 나를 거들떠보지도 않고 중대막사로 황급히 뛰어갔다. 그리고 그가 다시 돌아왔을 때는 일직사령, 일직사관 그리고 각 소대 불침번들도 섞여있었다. 그때 나는 어느 정도 정신을 가다듬고 대롱대롱 매달려 있는 성현에게 한발 한발 다가서고 있었다. 아직도 그는 살아있는 것만 같았다. 두 눈을 곱게 감고 두 작은 코로는 새근거리는 숨소리를 내는 것만 같았다. 축 늘어진 두 팔은 몇 시간 전에 그랬던 것처럼 두꺼운 손을 내밀어 나의 손을 잡아줄 것만 같았다. 그리고 금방이라도 두 발로 나에게 다가설 것만 같았다. 나의 두 눈에서는 나도 모르게 눈물이 흘러내렸다. 나의 본능은 모든 것을 되돌려 놓을 수 없음을 이미 알고 있었던 것이다.

　내가 그의 허리를 잡으려 할 때 누군가 성현의 몸뚱이를 들어올렸다. 그리고 다른 누군가는 그의 목에서 검은 통신줄을 벗겨냈다. 죽음의 줄로부터 풀려난 성현은 차가운 땅바닥에 반듯하게 뉘어졌다. 누군가 그의 목에 손을 갖다 대었다. 그리고 고개를 저었다. 그 고갯짓은 한 가닥 기대를 무지르고 생명의 끝을 공인하는 것으로 엄숙함을 띠고 있었다.

　다음부터의 일은 정신없이 돌아갔다. 나도 모르는 사이에 누군가 내 등에 성현을 업혔다. 일직사령은 의무중대로 시체를 옮기라고 했다. 나는 정신없이 뛰기 시작했다. 의무중대로 데리고 가면 그를 살릴지도 모른다는 생각을 한 것도 아니면서 있는 힘을 뛰었다. 성현이의 두 팔은 이젠 내 목을 두르고 내 앞에서 허우적거렸다. 내가 뛸 때마다 그의 얼굴은 내 목덜미를 중심으로 좌우로 사정없이 흔들렸다. 아직도 그의 따스한 피가 살아 있는 듯한 착각이 들었다. 지금이라도 살아나서 나의 목을 옥죄어올 것만 같았다. 그리고 그의 두툼한 입으로 나의 이름을 부르며 잠깐 멈추어 달라고 애원할 것만 같았다. 내 등에 죽음을 싫어지고 간다는 사실이 말로 표현할 수 없을 정도로 공포스러웠다. 더욱이 나를 의무중대로 보낸 사람들은 한 사람도 나를 뒤따라오지 않고 있었다. 평상시 5분 거리밖에 되지 않았던 의무중대가 굽이굽이 고개를 넘는 것만큼 멀게만 느껴졌다. 의무중대까지는 도저히 도착할 수 없을 것만 같았다. 그런데다 앉을 의지를 잃어버린 시체의 무게는 예상외로 무거웠다. 달빛이 터준 유일한 길목은 좀처럼 가늠할 수 없도록 울퉁불퉁하기만 했다. 몇 번이나 넘어질 뻔했다.

겨우 의무중대에 도착했을 때는 이미 의무중대장이 대기하고 있었다. 내가 뛰어오는 사이 중대로부터 연락이 도달했던 것이다. 그들은 성현을 업은 나를 진찰실로 안내했다. 내가 성현을 진찰대 위에 올려놓자 의무중대장이 시체 앞에 다가섰다. 나는 한 발짝 뒤로 물러섰다. 나는, 이미 성현의 죽음을 알고 있었지만 그 자리를 물러날 수 없었다. 나의 몸은 땀으로 흥건히 젖어있었다. 이마에 송골송골 맺혔던 땀이 볼을 타고 흘러내렸다. 누군가 나에게 수건을 건네줄 때 비로소 내가 얼마나 젖었는지 알 수 있었다. 땀을 닦고 나자 의무중대장이 나보고 중대로 돌아가도 좋다고 했다.

중대로 돌아왔을 때 중대는 발칵 뒤집혀 있었다. 얼마 지나지 않아 중대장이 부대로 허겁지겁 복귀하고, 뒤이어 인사계도 핏발이 곤두선 채로 도착했다. 각 소대장은 말할 것도 없고 대대장, 연대 일직사령, 심지어 사단헌병대장도 긴급출동을 했다. 성현이 줄에 매달린 지 한 시간도 걸리지 않아 수많은 지프차들이 줄을 이어 대대연병장으로 들어왔다. 나는 그 사이 이리저리 불려 다녀야했다. 했던 말을 하고 또 하고, 계속 반복해야만 했다. 제일 처음 목격한 사람이 나였기 때문이었다. 당시 일직사관, 일직하사도 예외는 아니었다.

한 시간 반이 지나자 5/4톤 트럭이 중대사열대 앞에 멈췄다. 그리고 취침 중이던 화기소대병력 열맷 명을 차출하더니 출동준비를 내렸다. 모포를 싸고 매트리스를 챙기고 식기도 준비했다. 사단보급대로 긴급 출동하는 것이었다. 새벽 세 시가 다가오자 모든 준비를 마친 병력들은 사단보급대로 출발했다. 사단보급대에는 빈소가 마련 되어있었는데 말이 빈소지 시체 임시보관소 같은 초라하기 짝이 없는 곳이었다. 출동병력들은 그곳에서 장례절차가 끝날 때까지 시체를 지킬 뿐만 아니라 시체에서 흘러나오는 진물도 훔치는 등의 일을 해야 했다.

어떻게 날이 샜는지 알 수 없었다. 나는 충격의 크기를 채 가늠하기도 전에 계속해서 이리저리 불려 다니느라 무척 피곤했다. 성현의 죽음으로 슬퍼할 시간적 여유를 주지 않았다. 그러다 성현의 부모님이 오신 그날 오후에서야 나는 비로소 성현이의 죽음을 현실적으로 받아들일 수 있게 되었다. 나를 부둥켜안은 채 성현의 어머니는 하염없이 우셨고, 그 눈물을 따라 나도 울었다. 가끔씩 정신줄을 놓고 우시는 어머니를 감싸 안아주어야 할 당사자가 성현이 아니라 바로 나라는 사실이 가슴 에이게 다가왔다.

어머니가 어느 정도 진정되자 우리는 사고가 났던 창고로 갔다. 창고는 그날 새벽에 있던 그 상태로 보존되어 있었다. 상부명령에 따라 아무도 손대지 못하게 했었다. 어두워서 보지 못했던 것들이 무심하게 밝은 태양 아래서 또렷이 보였다. 그가 신고 나갔던 슬리퍼는 앞코를 맞춘 채 가지런히 놓여있었고 목숨을 앗아간 통신줄은 그 모양 그대로 무정한 공간 속에서 미동 없이 매달려 있었다. 성현을 앗아간 죽음이 하나의 줄과 한 짝의 슬리퍼만 남겨놓은 채 사라졌다는 것이 너무 허망하고 믿기지 않았다.

현장검증이 끝나고 또 하루가 지났다. 이제 부검과 장례식만 남아 있었다. 장례식을 위해서 나팔수가 왔고 공포탄이 준비되었다. 장례식 모든 참석자들은 가슴에 검은 리본을 달고 손에는 하얀 장갑을 끼었다. 나는 중대 유일한 동기로서 조사를 낭독해야만 했다.

장례식 거행에 앞서 부검이 이루어졌다. 성현의 사인을 명확히 밝히기 위한 절차였다. 이로써 성현은 두 번 죽는 꼴이 되고 말았다. 부검이 행해진 장소는 너무나 초라해 마지막으로 세상과 이별하는 망자를 보내기에는 비참하기 짝이 없을 정도였다. 채 서넛 평도 안 될 듯한 빈소 뒤 야외에는 기다란 테이블이 놓여있었다. 테이블 뒤로는 야트막한 산이 있어 자연스럽게 방벽 역할을 했다. 부검은 오래 걸리지 않았다. 장례식이 거행될 준비가 되자 나팔수가 애틋한 진혼곡을 불었다. 진혼곡의 선율은 굽이굽이 연이어진 고샅을 타고 스며들었다. 참석자들은 침통하고 숙연해졌다.

나의 조사가 마이크를 타고 퍼지고 그 사이 어머니는 연신 눈물을 찍어냈다. 이젠 목 놓아 울 힘도 없어 보였다. 자리에 참석했다는 것이 신기할 정도였다. 공포탄이 하늘로 총성을 날리고 모든 것이 끝나자 관이 대기하고 있던 군용앰뷸런스에 실렸다. 이제 세 번째로 죽게 되는 신남으로 이동할 것이다. 그곳에서 성현이의 육신은 한줌 재로 남기 위해 뜨거운 불길 속으로 들어갈 것이다. 끝내 어머니는 관이 차 속으로 사라지는 것을 미처 보지 못하고 쓰러지고 말았다.

2

성현은 유서 한 장 남기지 않고 떠났다. 중대본부에 남아있던 그의 유품이 어떻게 치워졌는지 나는 알지 못했다. 모든 일이 수습국면으로 접어들고 냉정이 시간보다 일찍 찾아왔을 때 나는 그의 죽음을 되작여보았다. 그리고 그때서야 그가 유서 한 장 남기지 않았다는 것을 새삼 깨달았다.

그가 남긴 허망함이란 공백은 내가 여전히 이등병이라는 사실을 인식하도록 고참들이 요구함으로써 썩은 상처가 상흔이 되듯 아물어갔다. 비록 상처가 영원히 사라지지 않을 흉터를 남겼더라도 당시에는 억압적이 생활이 치유할 수 없어 보였던 공허를 메우는 데에는 더 없는 특효를 발휘했다. 그렇게 성현이 남긴 여파는 한 달이 채 지나지 않아서 사라졌다. 이젠 중대도 소대도, 그리고 겉으론 나도 제 궤도에 오를 수 있었다. 그렇게 시간이 흘렀던 것이다.

겨울이 지나고 나는 일병을 달았다. 봄을 지나치고 여름이 왔을 때에는 누구도 성현이라는 존재를 마음에 두고 있지 않았다. 모두가 그 일을 단순한 사고사 정도로 치부하고 있있던 것이다. 나도 예외가 아니었다. 어쩌면 그런 과거를 들추기에는 우리의 하루하루가 너무 촉박하게 돌아갔는지도 몰랐다. 훈련은 또 다른 훈련의 꼬리를 물고 이어졌으니까 말이다. 신병시절 새까맣게 높아보였던 고참들도 하나둘 속속 부대를 떠나갔다.

여름도 말기로 들어서고 더위도 한낮에만 기승을 부릴 만큼 사그라져 갈 즈음 또 한 명이 제대를 기다리고 있었다. 나도 머지않아 상병을 달 것이고 그러면 내가 자대배치 받은 지도 어느덧 일년째가 될 터였다. 제대 예정자는 중대본부 소속인 최 병장이었는데 제대를 이틀 남짓 남기고 나를 P.X로 불렀다. 서로 막역하지는 않았지만 그렇다고 서먹한 사이도 아니었다. 그래서 이런 부름이 특별히 이상하지는 않았다. 그런데 자리에 앉자마자 그가 내게 던진 첫마디는 나로 하여금 성현을 다시 생각하게 만들었다.

"가끔 박성현이 생각하니?"

"……."

나는 대답하지 않았다. 솔직히 당황스러웠다. '생각하니?'라는 물음이 너무나 의외였기 때문이었다. 그래서 대답하지 않았다기보다는 대답하지 못했다가 어울리는 심정이었다. 최 병장은 나를 쳐다보았다. 그 시선의 의미는 모호했다. 당연히 생각하겠지를 기대하는 것인지, 아니면 그렇지 않은 나를 질책하는 것인지 알 수가 없었다.

그리고 그가 이어 꺼낸 말머리는 시간을 사건당일로 뜬금없이 돌려놓는 것이었다.

"성현이 유서를 남기지 않은 것은 확실해."

그는 가슴깊이 묻혀있던 오랜 앙금을 털어내듯이 강한 어조로 말을 꺼냈다. 그러나 조금은 심각한 척 과장하는 그의 태도에 비해 나는 그를 미적지근하게 대하고 있었다.

종종 성현의 사건이 화제에 오를 때마다, 그 사건은 하나의 오락적인 이야기 거리로밖에는 취급받지 못했고 사람들의 그런 태도에 난 신물이 날 정도였다. 그런 상황에서 최 병장이 그를 화제에 올리려 하자 내심 반항기가 발동했고, 그의 말에 애써 관심을 보이고 싶지 않았던 것이다.

그러나 막상 그가 이야기를 진행하자 나의 평온했던 감정의 너울이 서서히 일었고 나의 호기심은 한껏 자극받기 시작했다.

"그러나 그가 쓰던 일기는 그의 관물함 구석에서 발견되었지. 나는 성현이 일기를 쓴다는 것을 이미 알았기 때문에 그가 죽었다는 말을 듣자마자 사물함을 먼저 뒤졌던 거야."

"그때가 언제쯤이었습니까?"

나는 갑자기 돌변한 태도로 다그치듯 물었다. 하지만 그는 나의 이런 태도변화에 전혀 개의치 않는 것 같았다. 어쩌면 그는 이런 태도변화를 내심 바라고 있는 것 같기도 했다. 나의 태도변화를 통해서 남들이 모르는 중요한 정보를 자신이 알고 있다는 것에 으쓱해하고, 한편으로는 날 자극한 것을 만족스러워하는 것 같기도 했다.

"대대장이 사고소식을 듣고 막 온 시간이었으니까, 한 1시 20분 정도 되었던 것 같았어. 나는 아무도 모르게 교관실로 갔었지. 마침 아무도 없더군. 일기는 그가 바로 죽기 전까지 거의 하루도 빼먹지 않고 쓰여 있었어. 나는 가능한 빠르게 일기장을 넘겼지. 그런데 일기를 읽어가면서 나는 놀라지 않을 수 없었어. 잘못하면 이 일기가 큰일을 낼 지도 모르겠다는 생각이 들더군. 그래서 나는 아무도 모르게 인사계님을 불렀지. 인사계님도 그 내용을 보고 한참을 고심하더니 일단 아무도 모르게 나보고 가지고 있으라고 하더군. 나는 내 군장 깊숙이 그것을 쑤셔 넣어두었어. 날이 밝자 인사계님이 나를 부르더니 일기장을 오물장에 가서 태워버리라고 하질 않겠어."

"그래서 그것을 태워버리셨나요?"

"물론 흔적 없이 완전히 태워 버렸어."

"그 안에 무슨 내용이 들어 있었기에……."

그는 내 질문은 무시한 채 P.X를 한 번 휘 둘러보았다. 계속해서 사병들이 드나들었다. 서로 밀치고 떠밀며 장난치는 패거리가 있는가 하면, 의자에 비스듬히 걸터앉아 큰 소리로 마구 떠들어대는 패거리, 서로 앞 다투어 주문을 하려고 신경을 곤두세운 패거리 등 시골장터를 연상하게 할 만큼 P.X 안은 소란스러웠다.

은밀한 이야기를 나누기에는 이렇게 시끄러운 것이 더욱 좋다는 생각이 들었는지 그는 다시 나를 건너다 보았다. 그러나 한껏 죄었던 표정은 아까와는 다르게 말캉하게 변해있었다. 마치 일기내용에는 중요하지 않은 것들로만 가득 채워져 있었다는 듯이. 그것은 그가 한 말에서도 느낄 수 있었다.

"아주 일상적인 내용이었지. 너무나 일상적인 것이었어."

"일상적인 것이요?"

나는 허탈했다.

"그렇다면 그것이 왜 문제가 된다는 것입니까? 그리고 그렇게 일상적인 것이었다면 왜 그렇게 서두르면서 태워버려야 했고 또 지금에 와서 저에게 왜 이런 얘기를 하는지 모르겠습니다."

나는 쉬지 않고 연달아 질문을 던졌다. 최 병장의 이런 행동이 마뜩찮으면서도 궁금했다.

그는 잠시 뜸을 들이더니, 말을 이어갔다.

"문제는 그 일기가 철저히 일상적이었다는 데 있었어. 성현이 보낸 단 한순간까지도 거의 알 수 있을 정도로 상세하게 기록해 놓았더군."

그는 자세를 고쳐 잡으며 몸을 내 앞으로 잔뜩 수그렸다. 자세만큼이나 목소리 톤도 은밀해졌다.

"마지막 날 너와 체력단련장에서 나누었던 이야기들도 그 일기를 통해 알았지. 그런데 생각해보라고 일기장이 노출되었을 때를. 꼭 본의는 아니었더라도 우리가 성현에게 했었던 사소한 일들이 성현을 자살하도록 자극하는 데 일조했다면 그 사건이 그렇게 쉽게 끝날 수 있었겠나. 아마도 우리 중대원 중 절반 이상은 사단헌병대에 불려가서 취조를 당했을 거야."

그리고 그는 잠시 경계하는 눈빛으로 사위를 둘러본 후 이어 말했다.

"일기 속에는 몇 날 몇 시에 누구로부터 어느 부위를 몇 대 맞았다는 것까지 상세하게 나와 있는데 누가 성하게 지금까지 남아 있었겠냐고. 만약 그 일기가 사단헌병대에 들어갔다면 지금처럼 우리 중대는 남아 있지 못했을 거야. 당시 분위기로 봐선 과거 7중대처럼 중대가 해체되지는 않았겠지만 그 여파가 얼마나 컸을지는 불을 보듯 뻔하지. 위아래 할 것 없이 다른 곳으로 배속되고 그러면 부대가 산산조각 났겠지. 일기를 태우는 순간까지도 나는 그 자식을 욕하지 않을 수 없었어."

그는 숙였던 허리를 다시 세웠다.

"왜 저에게 이런 이야기를 해주시는 건지 모르겠습니다."

나는 그의 어투에 갑자기 적의가 발동했다. 성현을 그렇게 다루었던 것도 사실 그들이 벌인 폭력의 일종이었다. 그랬으면서 그를 욕한다는 것을 나는 도저히 납득할 수가 없었다. 그는 나의 적의를 눈치 챘는지 한동안 나를 쳐다보았다. 그의 얼굴에는 화 나있는 것인지 아니면 나를 비웃는 것인지 가늠 못할 기묘하고 내밀한 표정이 떠올라있었다.

마침내 그는 원래의 표정으로 바꾸고 말을 이어갔다.

"그래, 당시에는 녀석이 그렇게 미울 수가 없더군. 그러나 어느 순간 생각이 달라졌어. 우선 왜 녀석이 그렇게 낱낱이 일기를 썼을까 궁금해지기 시작하더군. 우리를 엿 먹이려고 녀석이 일기를 쓴 것 같지는 않아 보였어. 만약 엿 먹일 생각이었다면 유서를 썼겠지. 하지만 너도 알겠지만 성현은 유서를 남기지 않았어. 가장 쉬운 보복수단인데 말이지. 그래서 한동안 그의 일기에 숨은 의도에 대해 고민해봤지."

최 병장은 한손으로 턱을 괴었다.

"그리고 이제야 내 나름대로 뭔가가 정리되더군. 지금 이렇게 너에게 말해주는 것도, 네가 알지 못하는 그동안의 나의 고뇌를 말해주고 싶었고, 그런 후라야 나의 죄책감도 조금은 덜어질 것 같아서지."

"고뇌?"

"그래, 고뇌."

그는 맞바로 내말을 받았다.

"내가 일기를 태우면서 말은 안 했지만 마치 내가 그를 두 번 죽이는 것 같은 망상이 들 정도였지. 일기내용이 너무나 생생했기 때문이었는지도 몰라. 정말 일기가 살아있는 것만 같았으니까. 한 장 한 장 태울 때마다 녀석의 사지를 하나하나 조각내서 불속에 처넣는 기분, 네가 그 감정을 이해할지 모르겠다만 그것은 두고두고 나를 괴롭혔어. 나만 죄인이 된 듯한 기분이 되고 말았단 말이지."

이때 최 병장은 다시 그때의 감정이 되살아났는지 잠깐 몸서리를 쳤던 것 같다.

"그리고 단 한순간도 그의 일기를 잊을 수가 없었어. 마치 일기 속의 내용이 살아 일어나 내 앞에서 다시 벌어질 것만 같았으니까. 그 망상은 끊임없이 나를 괴롭혔어. 나 혼자서 이 모든 일들을 담아 두었다가는 내가 정말 이상해지지 않을까 두렵기도 했고. 그래서 내가 이곳을 떠나야 할 때쯤 여기서 입었던 모든 일들도 이곳에 다 벗어버리고 가야겠다는 생각이 들더군. 그래야 나의 마음도 좀 편안해질 것 같았고 말이지. 그래서 벼르고 벼르다 이제야 너에게 말하는 거야. 이제 내가 이곳을 떠날 날도 얼마 남지 않았으니까, 빨리 벗어버려야지 않겠어?"

그는 잠깐 옹색하게 웃었다. 그러나 나는 웃을 수 없었다.

나는 한동안 그의 말을 곱씹어본 후 물었다.

"그렇다면 성현의 일기를 통해 정리되었다는 것은 무엇이었습니까?"

그러나 최 병장은 나의 이런 물음에 신경을 쓰지 않는 눈치였다. 어차피 물음과 관계없이 진행될 답변이었기 때문이었다. 흡사 그것이 그가 벗겠다고 다짐한 불편한 옷인 것처럼.

"그 일기가 우리를 엿 먹이려고 쓴 것은 아닐지도 모른다는 생각이 들기 시작하면서부터 나는 그가 살아있을 당시의 행동들을 하나하나 떠올리려고 무진 애를 썼지. 그것은 정말 지난한 과정이었다. 모르는 사람들은 그게 뭐 대단한가 싶겠지만, 정말 쉽지 않았어. 혹시 녀석의 행동에 내가 억지스러운 의미를 부여하는 것은 아닌가 우려도 됐고. 그래서 난 성현의 행동과 일기의 내용을 가감없이 객관적으로 살펴보고 싶었지. 그런 과정을 통해 내가 내린 결론은 녀석은 삶에 대해 누구보다 강한 애착을 가지고 있었다는 거야."

그는 잠시 목소리를 가다듬었다.

"그는 사소한 것 하나도 허투루 잃어버리고 싶지 않아했어. 그렇기에 일기를 통해서 자신이 놓치고 싶지 않은, 일상에 대한 기록으로 남기려했던 것 같아. 복수의 수단으로서가 아니라. 어쩌면 자신이 소외받고 있다는 사실이 그런 욕구를 더 불러일으켰는지도 모를 일이지. 하여튼 그는 일기를 통해서라도 우리 중대원들과 함께 어우러져 소속되어 살아가는 감정을 느끼려 했던 것 같아. 같이 울고 웃고 떠들고 욕하고 뒹구는 데서 오는 소속감.

그러나 그것은 역시 무리일 수밖에 없었지. 특히 이런 집단에서 사고한다는 것, 더군다나 상상이라는 자기마취는 절대 금물이지. 이래라 하면 이럴 수 있는 능력이 있어야 하고, 저래라 하면 저럴 수 있는 능력이 있어야 하니까.

그것은 그것을 하고자 하느냐의 여부를 묻는 것이 아니라, 육체적으로 그런 명령들을 따를 수 있는 능력이 있는가를 요구하니까. 너도 알다시피 성현은 육체적 조건 상 그런 명령들을 수행할 수 없었어. 그런 명령들을 수행할 수 없다면, 이 집단에 소속되기 어렵다는 것을 너도 겪어봐서 알거야. 더군다나 그가 처한 상황이 개선될 가능성은 하나도 보이지 않았고 말이야. 결국 그의 마지막 선택은 어쩌면 당연한 귀결이었는지도 모르지."

그는 말을 그쳤다. 우리가 P.X를 나올 때까지 그는 아무 말도 하지 않았고 나도 그러했다.

그는 나에게 이런저런 말을 하면서 그가 뜻한 바대로 마음의 짐을 덜고 나름 속이 후련했는지조차 말해주지 않았다. 그는 이곳을 떠나면 모든 사실들을 잊을 수 있으리라 믿었는데 정말 그랬을지조차 나는 알 수 없었다. 다만 확실한 것은 그가 부대를 떠나가면서 나를 바라보는 시선이 그렇게 밝지 못했다는 것이다.

그러나 최 병장이 나에게 들려준 얘기는 다른 각도에서 다시 한

번 성현을 생각하게 했다. 그것은 예전에 내가 그를 생각하면 항상 떠올렸던 그런 류의 면면이 아니었다. 그만한 일로 죽었어야 했나, 라고 항상 반문하던 나였다. 군대는 인생에 있어서 잠깐 거쳐 가는 작은 늪 정도로 생각했지, 영원히 잠겨버릴 강물이라고는 생각하지 않았었다. 그런데 그렇게 빠져 잠겨버린 성현을 생각하면 오히려 나는 그에 대해 철저히 냉담하려 노력했다. 어쩌면 그래야 내 마음이 더 편하기도 했다. 그렇게 해서라도 내가 견딜 이유를 찾고 싶었다.

그러나 최 병장의 말은 성현에 대해 그동안 해오던 생각을 바꾸어놓았다. 성현의 질긴 생명력을 깨닫게 된 것이었다. 죽음으로 피어나는 질긴 생명력을 연상하면서 나는 수시로 놀라기도 했다. 그것은 이상하지만 거부할 수 없는 것이었다.

그렇게 시간이 흘렀다. 이제는 내가 이곳을 떠나야 할 때가 온 것이다. 최 병장이 남기고 간 짐을 내가 다시 졌다고는 말하고 싶지 않다. 나는 최소한 최 병장이 겪었다는 그런 고통, 고뇌, 죄의식 속에서 허우적거리지는 않았으니까. 나는 수시로 성현의 일을 잊어버렸고 또 내가 편리할 때 그의 일을 떠올렸으니까. 그러나 내가 이곳을 떠나야 할 때 파충류가 허물을 벗듯 나도 허울만 남은 무거운 짐을 벗어던지고 싶었다.

너나없이 어울려 살고 싶을 때 그렇게 살 수 없도록 우리 서로에게 스스로 부여한 계급들. 그것은 눈에 보이는 계급이든 그렇지 않든 중요하지 않다. 이런 계급들을 나는 이제 이곳에 벗어두고 가고 싶은 것이다. 최 병장이 나와 같은 의미로 이곳에 자신의 짐을 벗어버렸는지는 알 수 없다. 그러나 그것이 무슨 대수겠는가. 어차피 떠나면서 모두가 자기만의 짐들을 벗어두고 가는 것이 아닌가 말이다. 그래서 나도 이러한 짐을 벗어버리고픈 것이다. 내가 벗어버린 짐이 내가 그토록 바라던 사회에 더 막중한 무게로 있더라도 상관하진 않겠다. 진정 중요한 것은 오직 한번이라도 나 자신이 내 뜻대로 그 짐을 벗어버렸다는 사실이 중요하기 때문이다.

실개천이 우리의 좌측으로 흐르고 있었다. 코스모스는 길가에 줄지어 살랑거렸다. 안개 속에서 너울거리는 코스모스는 우리에게 작별인사를 고하는 것 같았다. 우측 높은 산은 안개에 가려 그 높이를 가늠하기 어려웠다. 주요 작전지역이었기에 밥 먹듯 오르던 산이었건만 이제는 이 산도 정중히 안녕을 말하고 있었다. 이제 직선대로를 지나면 양구선착장이 눈에 들어올 것이다.

수송버스가 우측으로 돌자 검문소가 눈에 들어오고 그 검문소 너머에 양구선착장이 보였다. 선착장을 끼고 돌아 새로 난 길은 춘천 가는 육로라고 하는데 아직 그 길은 우리에게 생소했다. 검문소에서 잠시 멈췄던 버스는 이내 선착장 입구에 정차했다.

전역자들이 버스에서 내리기 시작했다. 밖의 공기는 소양강의 차가운 강물과 만나 파닥거리며 살아있는 듯 선선하다 못해 싸늘하기까지 했다. 우리를 휘감은 공기를 폐 속 깊이 힘껏 들여 마시자 세포 하나하나가 저마다 구멍을 열었고 몸이 붕 뜨는 느낌이었다.

우리는 선착장으로 내려가 군용선을 타기 위해 대기하고 있었다. 나는 소양강 물줄기를 바라보며 돌아서있었다. 철재로 된 난간은 차가웠다. 대기와 맞닿은 소양강 표면은 쉴 새 없이 안개를 낳고 안개는 막 알에서 깨어난 올챙이처럼 호기심에 찬 듯 대기의 이곳저곳을 휘젓고 다녔다. 해저 깊은 곳에 끊이지 않고 물을 내뿜는 비밀스런 미지의 작은 샘처럼, 양구를 휘감는 안개의 비밀이 바로 이곳에 있는 것 같았다. 물 표면에서 생성된 구름인 듯한, 혹은 안개인 듯한 짙은 흰색의 무리는 소양강 구석마다 긴 여운을 남기고 하늘로 유유히 사라져갔다.

한참 시동만 걸고 있는 군용선에는 아직 탑승명령이 내려지지 않았다. 정말 투박하게 생긴 군용선은 기동성이란 아예 제쳐둔 것처럼 둔중하고 무뎌 보였다. 분명히 우리가 처음 양구에 왔을 때의 바로 그 군용선이리라. 군용선이 얄밉게 칭얼대고 있을 때 한편에서는 날쌘 일반선과 쾌속정이 드나들었다. 쾌속정은 군용선에게 뽐내듯 날선 소리를 자랑했다. 쾌속정을 타면 소양강댐까지 40분 정도면 충분히 갈 수 있는 거리였다.

20분가량이 지났다.

이제 한번 걷히기 시작한 안개는 쫓기듯 꼬리를 감추며 사라져갔다. 깊은 골짜기와 높은 봉우리를 짚으며 바둥바둥 올라왔던 태양은 땀을 뻘뻘 흘리며 조금씩 모습을 드러내기 시작했다. 그때마다 소양강의 신비도 한꺼풀씩 벗겨졌다.

경쟁하듯 치솟은 산봉우리, 황량하고 스산한 호숫가, 드문드문 보이는 인적, 이것이 태양이 신비를 벗긴 양구의 모습이다. 가끔 낚시꾼들이 눈에 띄었다가 소리도 없이 사라졌다.

잠시 후 군용선 선미에 매달린 병장 한 명이 전역자들은 모두 탑승하라고 소리쳤다. 계속 엔진만 데우던 배가 이제 모든 준비를 마친 모양이었다. 인근 가게에서 기웃거리거나 화장실에 들어갔던 전역병들이 일제히 뛰쳐나왔다. 우리는 조심스럽게 선착장을 걸어나와 배에 올라탔다. 배 안에는 선실이 내무반 침실처럼 만들어져 있었다. 역시 이곳에 처음 들어올 때와 달라진 것은 하나도 없었다. 단지 그때는 들어왔고 지금은 나간다는 것이 다를 뿐.

나는 선실 침상의 맨 구석진 곳으로 갔다. 그리고 전투화를 벗고 침상 위에 올라서서는 한쪽에 등을 기대어 앉았다. 배가 움직이기 시작했다. 방향을 틀기 위해서 배는 커다란 원을 그리며 선회하기 시작했다. 거센 물거품은 포말이 되어 사라졌다. 군용선은 긴 파흔을 남기며 양구선착장과도 조금씩 멀어졌다.

이때, 전역자 중 한 명이 환호성과 함께 박수를 치자 모두가 동조의 박수를 쳐댔다. 그 환호성에는 3년간의 미련은 전혀 남아있지 않은 것처럼 보였다. 얼마 지나지 않아 군용선의 토해내는 듯한 엔진소리가 우리의 아우성을 삼켜버리더니 규칙적인 가락만을 반복했다. 가만히 그 소리를 듣고 있자니 슬그머니 잠으로 빨려들 것만 같았다. 두꺼운 작은 사각 창문으로 단조로운 풍경이 이어지고 있었다. 지면을 접어 세로로 세워 놓은 듯한 산들과 잔잔한 소양강이 접해있는 곳은 거의 직각에 가까웠다. 그리고 그 접점 인근에는 잡다한 쓰레기 등 부유물이 정처 없이 떠다니고 있었다.

아니나 다를까 나는 깜빡 잠이 들고 말았다. 그리고 얼마나 지났을까. 누군가 '와' 하는 소리에 나는 설핏 들었던 잠에서 깨고 말았다. 나는 순간 깜짝 놀랐다. 나를 둘러싼 모든 것이 생경하게 보였다. 그리고 그 짧은 순간 나는 9중대 2조대 어딘가에 놓인 것 같았다. 어리둥절한 표정으로 주변을 둘러보았다. 너무나 다행이었다. 지금 이 순간이 꿈이 아니었던 것이다. 꿈과 현실의 경계에서 나는 빠르게 현실의 동아줄을 움켜잡았다.

군무원인 듯한 사람이 우리 앞에 당당히 서있었다. 그의 손에는 조그만 종이 뭉치들이 들려 있었다. 자세히 보지 않아도 제대증이라는 것을 쉽게 알 수 있었다. 군무원은 히죽 웃더니 한 명씩 이름을 불렀다. 호명될 때마다 저마다 무엇이 그리 급한지 허둥지둥 뛰어갔다. 그리고 내 이름이 호명되자 나 역시 예외는 아니었다.

그러나 막상 제대증을 손에 들자 아무런 감회도 생기지 않았다. 손바닥만 한 제대증은 우리가 보낸 시간들에 비하면 너무나 초라했다. 수없이 보아온 나의 이름과 군번, 주민등록번호가 전부였다. 누가 이 안에 우리의 젊음이 억압된 채 봉인돼 있다고 믿을 수 있겠는가. 나는 피식 웃지 않을 수 없었다. 제대증을 주머니에 넣고 밖을 바라보았다. 드디어 소양강댐이 보였다.

군용선은 소양강댐선착장에 접안하기 위해 속도를 줄였다. 최근 가뭄 때문인지 소양강댐은 그저 큰 저수지라는 생각밖에 들지 않았다. 군용선에서 내리자 밝은 눈이 부실 정도로 환했다. 빛은 산의 언저리에서 댐 가장자리까지 길게 사선을 긋고 있었다. 여기서는 포근한 가을이었다. 댐을 둘러싼 산자락에는 듬성듬성 단풍이 붉게 물들어있었다.

배에서 하선하는 순간 나는 이제 자유인임을 느낄 수 있었다. 나는 눈치 보지 않고 버스를 타기 위해 선착장과 연결된 인도를 걸어 올라갔다. 대부분이 노인들인 관광객들이 관광버스에서 내리고 있었다. 그들 머리에는 하나같이 노랑, 파랑의 챙 있는 모자가 얹혀있었다. 설렘 가득한 얼굴표정도 판박이처럼 똑같았다. 길가에는 사진사가 사진을 찍으라고 호객하고 조금 더 지나서는 고무대야에 담긴 소라, 더덕, 칡 등이 잔득 널린 채 팔리기만을 기다리고 있었다.

길가 오른쪽 벽에는 올림픽 금메달리스트의 얼굴들이 벽화마냥 조소되어 있었다. 나와 같이 했던 일행 몇이 커다란 다방으로 들어갔다. 그리고 커피를 시키고 한참 이런저런 군대얘기로 시간을 보낸 후 다른 전역병들이 대부분 빠지고 한산할 쯤에서야 밖으로 나왔다. 그때 우리 앞에 60트럭 여러 대가 도착하는 것이 보였다. 족히 여섯 대는 되어 보였다. 트럭이 서자 푸른 군복을 입은 병력들이 일사분란하게 내리기 시작했다. 그들의 손에는 세면백이 들려있었다. 첫 눈에도 신병들임을 알 수 있었다. 이들이 우리를 대신하리라.

차량에서 내린 신병들은 낯설고 긴장한 낯빛을 감추지 못하고 열을 맞추었다. 아직 그들에게는 줄에 대한 여유로움이 없어보였다. 잠깐 우왕좌왕한 후에야 줄이 맞추어졌다. 병장과 상병 몇 명이 그들을 인솔하고 있었다. 1군 사령부 마크가 달려있는 사람들이었다.

어딘가 맞지 않는 듯한 펑퍼짐한 군복, 물들지 않은 하얀 두피, 갈피를 잡지 못하는 시선, 모든 것이 어리숙해 보이는 신병들에게는 아직 부대마크도 계급장도 없었다. 그들은 현재 어디에도 소속되어 있지 않은 계급 없는 병력인 것이다.

그들이 발을 맞추어 우리가 타고 왔던 군용선에 타기 위해 내려갈 때였다. 택시 한 대가 그들 옆을 졸졸 따르며 느리게 달리는 것이 보였다. 그러더니 잠시 후 창문이 내려지자 볼이 두툼하고 얼굴에 기름기가 자글자글한 운전기사가 고개를 밖으로 배꼼이 내밀었다. 그리고는 장난기가 다분한 웃음을 짓더니, 한마디 내뱉었다.

"서울 가요, 서울 가!"

그리고선 택시는 언제 그랬냐는 듯이 그들 옆을 쌩하고 빠르게 지나쳐 갔다. 그 소리를 들은 주위 사람들이 모두 깔깔거리고 웃었다. 신병들조차 몇 명은 키득키득 웃는 것이 보였다. 그러나 나는 왠지 쓴웃음만 나올 뿐이었다. 그리고 지금 웃던 신병들도 머지않아 나의 쓴웃음의 의미를 알겠지 싶었다. 그렇게 멀어져 가는 신병들을 바라보며 나는 텁텁한 마음으로 춘천행 버스를 기다렸다.

지호장군의 한밤_

1.

학교에서 힘든 하루를 보내고 집에 왔을 때에는 이미 지호의 몸은 세상 모든 숙제를 짊어진 것처럼 피곤했습니다. 하필 학교에서 늘 주던 간식이 오늘은 나오지 않아서 배도 고팠습니다. 저녁마다 가야 하는 공부방도 부담 백배였습니다. 그래서 지호는 괜스레 짜증이 나기 시작했습니다.

집에 오자마자 텔레비전을 켰습니다. 도라에몽을 보며 진구는 좋겠다는 생각이 들었습니다. 도라에몽은 지호가 제일 좋아하는 만화 프로그램입니다. 매일 그렇긴 하지만 특히 오늘따라 진구가 더 부러웠습니다. 진구가 도라에몽에게 부탁만 하면, 마음 착한 도라에몽은 그의 배주머니에서 신기한 물건들을 마술처럼 끄집어 냈기 때문입니다.

지호는 도라에몽의 힘을 빌려 세상에 아무도 없고 자기만 있었으면 좋겠다는 생각을 했습니다. 그러면 학교에 안 가도 되고, 공부방도 갈 필요가 없겠죠. 당연히 형이나 엄마, 아빠의 방해 없이 텔레비전을 마음대로 볼 수도 있을 것입니다.

그러나 이건 희망사항일 뿐입니다. 조금 있으면 호진 형이 올 것이고, 그러면 텔레비전 리모컨을 가지고 서로 한바탕 싸울 것입니다. 엄마는 당연히 호진 형과 나를 혼내겠지. 여기까지 생각이 미치자 지호는 점점 화가 났습니다.

그래서 정말 형과 엄마와 마주쳤을 때는 더 크게 화를 냈습니다. 그리고 저녁에 공부방을 가면서는 대문을 쾅 하고 닫아버렸습니다. 공부방에서도 선생님 말은 절대 듣지 말아야지 단단히 마음먹었고, 그래서 선생님도 그런 지호 때문에 무척 화가 났습니다.

집에 다시 왔을 때에는 아빠가 퇴근한 후였습니다.

'흥, 아빠도 필요 없어!' 지호는 아빠하고도 한바탕할 생각이었습니다. 아빠를 화나게 하는 것은 어렵지 않습니다. 아빠가 좋아하는 프로야구 중계를 못 보게 하고 아빠가 불러도 대답도 안 하고 방을 이리저리 어지럽히기만 하면 되니까요.

지호의 생각은 그대로 적중했습니다. 지호의 계획대로 아빠는 크게 화를 냈으니까요. 그렇지만 지호의 마음이 편하지는 않았습니다. 아빠가 화를 낼수록 지호의 마음은 반대로 통쾌해질 것이라고 생각했습니다. 그러나 통쾌하기는커녕 오히려 점점 더 짜증이 났습니다. 그래서 더 많이 신경질을 부렸습니다.

아빠는 이놈, 하며 큰소리를 쳤습니다. 아빠가 화를 낼 때는 정말 무섭습니다. 그러면 지호는 줄줄 눈물을 흘립니다. 그러면 신기하게도 눈물과 함께 화도 흘러내립니다. 아빠는 지호의 눈물에 약합니다. 지호도 이것을 너무나 잘 알고 있습니다. 화가 나면 아빠한테 혼나서 울어야지 바란 것도 아니면서, 늘 결과는 이렇게 끝나곤 합니다. 오늘도 지호의 짜증은 눈물과 함께 사라졌습니다.

너무나 힘든 하루를 보낸 지호는 아빠 옆에 눕습니다. 그러면 아빠는 지호의 등을 어루만지면서 재미있는 이야기보따리를 풀어 놓습니다. 아빠의 이야기는 항상 같은 등장인물과 내용이지만 들을 때마다 새롭고 흥미진진합니다. 그렇게 듣다 보면 지호는 아빠의 이야기 속으로 날아가 슬슬 잠에 빠져 듭니다.

오늘도 아빠는 똑같은 이야기를 들려줍니다.

"옛날 옛적에 우리 지호장군이 살고 있었어요. 어느 날 지호장군이 잠에서 깨어났는데, 같이 잠자던 엄마, 아빠, 형이 자리에 없는 거예요. 그래서 지호장군은 어리둥절해 밖을 내다보았어요. 밖엔 엄청난 눈이 내리고 있었어요. 바람이 얼마나 세게 부는지 엄청나게 큰 나무의 허리가 휘청거릴 정도였어요······."

지호는 지호장군이 주인공인 아빠의 구수한 옛날이야기를 들으며 어느새 잠이 들었습니다.

2

얼마나 잠을 잔 것일까요. 살짝 열린 창문 때문인지 지호는 몸이 추워지기 시작했습니다. '왜 엄마는 창문을 꼭 안 닫고 잔담.' 지호는 다리 밑에 둘둘 말린 이불을 목까지 끌어올렸습니다. 그런데 이불이 너무 쉽게 당겨졌습니다. 이불은 항상 호진 형의 발에 눌려 있었기 때문에 쉽게 당겨지지 않았었습니다. 지호는 아무래도 이상해서 힘겹게 실눈을 뜨고 옆을 보았습니다.

그런데 옆에 누워 있어야 할 형이 보이지 않았습니다.

'화장실에 갔나?'

창문은 그대로 닫힌 채로였습니다. 지호가 추웠던 것은 창문이 열렸기 때문이 아니라 호진 형의 체온이 없었기 때문이었습니다. 방안은 여전히 어두웠습니다.

"형아!"

지호는 나직이 형을 불러보았습니다. 그러나 대답이 없었습니다.

"형아!"

이젠 더 크게 불러보았습니다. 그래도 형은 대답이 없었습니다.

'도대체 어디 갔지?'

지호는 몸을 일으켜 방안을 둘러보았습니다. 어둠에 아직 눈이 익지 않아서 사물이 잘 보이지 않았습니다. 눈을 두어 번 비비고 서야 점차 방안의 윤곽들이 눈에 들어왔습니다. 지호가 잠이 들기 전과 변한 것은 아무것도 없었습니다. 다만 같이 잠들어 있어야 할 호진 형만 보이지 않았습니다.

지호는 잠깐 잠들기 전을 떠올려 보았습니다. 분명 아빠의 옛날 이야기를 들으며 잠이 들었던 것 같습니다. 아빠는 자기를 이 방에 뉘었을 것이고, 형은 늘 그렇듯 자기 옆에서 잠들었을 것입니다.

"형아!"

지호는 다시 한 번 형을 불러보았습니다. 그러나 지호의 외침에 아무런 대꾸도 없었습니다. 지호의 외침은 마치 방안의 어둠이 다 먹어치우는 것 같았습니다.

지호는 천천히 몸을 일으켜 엄마, 아빠가 주무시는 방으로 가보았습니다.

"엄마!"

이젠 엄마를 불러보았습니다. 그런데 엄마도 대답이 없었습니다. 잠이 깊이 들으셨나, 라고 지호는 생각했습니다. 지호는 안방 문을 열어보았습니다. 엄마, 아빠가 주무시는 안방도 지호 방처럼 어두웠습니다. 그런데 이상한 일이었습니다.

안방이 비록 어두웠지만 얼핏 보아도 인기척이 느껴지지 않았습니다. 지호는 갑자기 걱정이 되기 시작했습니다. 지호는 안방의 침대를 더듬어보았습니다. 지호의 막연한 불안감은 현실이 되고 말았습니다. 엄마와 아빠가 없었습니다.

순간 지호의 눈에 눈물이 그렁그렁 맺히기 시작했습니다.

'다들 어디 가신 거지?'

처음에는 화가 났지만 이젠 걱정이 됐습니다. 텔레비전에서 본

만화영화에서도 가끔 엄마, 아빠가 사라지는 내용들이 나옵니다. 하지만 그런 일은 만화영화에서나 일어나는 일이었습니다. 그런 일이 지호 자신에게 일어나리라고는 꿈에도 생각해보지 않았습니다.

지호는 급한 마음에 집안 이곳저곳을 뒤져보기 시작했습니다. 거실부터 베란다, 화장실, 장롱 속, 소파 밑, 심지어는 책상서랍까지 열어보았습니다. 그러나 어디에도 형은 물론 엄마, 아빠의 그림자조차 찾을 수가 없었습니다.

"으앙~!"

지호는 참았던 눈물을 끝내 쏟아내고 말았습니다. 한번 울음이 터지자 목소리도 더 커졌습니다. 그러면서 셋이 자기를 놀래 주려고 볼래 숨은 것 같다는 생각에 처음보다 더 세게 울었습니다.

하지만 아무리 울어도 가족들은 나타나지 않았습니다. 주저앉아 울던 지호는 손등으로 눈물을 닦고 창문으로 가보았습니다. 창문을 통해 밖을 내다본 지호는 깜짝 놀랐습니다. 아침이 온 것 같았기 때문입니다. 하지만 사실 아침이 온 것이 아니라 하얀 눈이 내려 밤이 아침처럼 환하게 보였을 뿐이었습니다. 검은 하늘에서 내리는 눈은 마치 하얀 광선이 쏟아지는 것처럼 보였습니다.

가족들이 집에 없다면 분명 집 밖에 있을 것이라고 지호는 생각했습니다. '혹시 자기만 빼놓고 눈싸움을 할지도 모를 일이지.' 지호는 대충 옷을 찾아 입고 집 밖으로 나왔습니다.

밖에는 눈만 오는 것이 아니었습니다. 바람도 몹시 불어 금방이라도 꽁꽁 얼어붙을 것만 같았습니다. 가로등 옆에 있는 큰 나무는 마치 허리가 부러질 정도로 휘청거리고 있었습니다.

그런데 이런 풍경이 지호에게 전혀 생소하지가 않았습니다. 순간 지호의 머리를 스치는 것이 있었습니다. 그래 아빠가 늘 들려주던 이야기! 아빠가 들려주던 이야기를 다시 끄집어내려고 지호는 모든 정신을 집중했습니다.

"옛날 옛날에 우리 지호장군이 살고 있었어요. 어느 날 지호장군이 잠에서 깨어났는데, 같이 잠자던 엄마, 아빠, 형이 자리에 없는 거예요. 그래서 지호장군은 어리둥절해 밖을 내다보았어요. 밖은 엄청난 눈이 내리고 있었어요. 바람은 얼마나 세게 부는지 엄청나게 큰 나무의 허리가 휘청거릴 정도였어요……."

아빠의 옛날이야기와 똑같은 일이 벌어지고 있었습니다. '에이, 아닐 거야. 그건 아빠가 꾸며낸 이야기라고.' 이렇게 지호는 생각하면서도, 아빠가 이야기를 들려줄 때마다 지호가 머릿속에 그렸던 풍경과 지금의 상황이 너무나 똑같아 어리둥절할 뿐이었습니다.

'혹시 내가 지금 꿈을 꾸고 있는 걸까?'

지호는 자신의 볼을 세게 꼬집어보았습니다.

"아야!"

꿈은 아니었습니다.

'그런데 아빠 이야기 속에서 나는 장군이었는데…….'

생각이 여기에 미치는 순간, 지호의 몸은 무거워지고 뼛속을 에

일 듯한 추위도 한결 나아졌습니다. 지호는 가로등 불빛에 비친 자신의 그림자를 보았습니다. 그런데 그 그림자는 지호의 처음 모습이 아니었습니다. 아빠의 이야기 속 장군처럼 지호는 갑옷을 입고 옆에는 큰 칼을 차고 있었습니다. 등에는 화살과 둥근 방패가 달려있었습니다.

'이게 어찌된 일이지?'

지호가 놀란 것은 이뿐만이 아니었습니다. 성냥갑처럼 덕지덕지 붙어있던 아파트가 갑자기 자취도 없이 사라져버렸습니다. 세상은 온통 검은 하늘과 하얀 눈뿐이었습니다. 지호는 뒤를 돌아다보았습니다. 지호의 집도 사라지고 없었습니다. 유일한 불빛이었던 가로등도, 바람에 휘청거리던 큰 나무도 사라졌습니다. 이젠 세상 모든 불빛이 사라져버렸습니다. 그런데 이상하게도 지호는 전혀 어둡다는 것을 느끼지 못했습니다. 마치 지호의 눈이 어둠에서 잘 볼 수 있도록 적응했거나, 어둠에 대한 두려움이 어느 순간 사라져버렸기 때문인 듯 했습니다.

하지만 없어져버린 가족들 생각에 지호는 점점 더 걱정이 커졌습니다. 그렇지만 눈물이 나지는 않았습니다. 눈물을 흘리는 것보다 보고 싶은 엄마, 아빠, 형을 찾아야겠다는 용기가 더 많이 솟아났기 때문이었습니다.

3.

어둠속에서 두 개의 불빛이 반짝거리고 있었습니다. 처음에는 하얀 눈인지 불빛인지 구별할 수가 없었습니다. 그러나 자세히 들여다보니 그것은 랜턴 불빛처럼 눈보다 훨씬 밝게 반짝거렸습니다.

지호는 불빛이 반짝거리는 곳으로 걸어가 보았습니다. 그러자 불빛은 지호가 걸어간 거리만큼 뒤로 물러났습니다. 지호가 다시 다가가자 또 그 거리만큼 불빛은 물러났습니다. 그렇다고 더 멀리 달아나지도 않았습니다.

'나보고 따라 오라고 하는 건가?'

지호는 참 이상하다고 생각했습니다. 지호는 불빛이 지나간 눈 위를 살펴보았습니다.

눈 위에는 울퉁불퉁한 큰 원 주위에 네 개의 작은 점이 박힌 발자국이 일렬로 찍혀 있었습니다. 고양이군, 지호는 이제 더 빠르게 불빛과 발자국을 따라 달려갔습니다.

한참을 그렇게 달려갔지만 도저히 불빛을 따라 잡을 수가 없었습니다. 쫓아가면 정확히 그 거리만큼 멀어졌으니까요. 가쁜 숨이 목에 차오를 정도였습니다. 이때 지호는 아빠의 옛날이야기를 다시 떠올려보았습니다.

'아빠가 뭐라고 말했더라? 맞아, 아빠가 그랬지!'

지호는 제자리에 서서 화살통에서 화살을 하나 꺼내들었습니다. 그리고 활대에 화살을 얹고 크게 시위를 당겨 하늘 높이 쏘아

올렸습니다. 그러자 화살은 펑펑 내리는 눈과 어둠을 뚫고 하늘 높이 힘차게 솟아 올라갔습니다. 쉬익. 화살은 끝내 점이 되어 사라졌습니다. 지호는 마음속으로 숫자를 헤아려보았습니다.

1초, 2초, 3초…….

눈에 보이지는 않지만 화살이 큰 원을 그리며 날아가고 있었습니다.

화살이 불빛 부근에 도달했을 즈음,

'야옹!'

불빛에서 고양이의 거친 울음소리가 들렸습니다.

"명중이다!"

지호는 자기도 모르게 소리쳤습니다.

그때였습니다. '펑' 하는 소리와 함께 뻥튀기 아저씨의 마술처럼 조그만 불빛에서 커다란 섬광과 함께 하얀 연기가 솟아올랐습니다. 그리고 하얀 연기 사이로 고양이가 나타났습니다.

그런데 고양이는 지호가 상상했던 조그맣고 귀여운 모습이 아니었습니다. 고양이는 지호보다도 훨씬 컸습니다. 그리고 연기가 하늘로 올라가는 높이만큼 고양이도 커져가고 있었습니다. 어느새 고양이는 지호보다도 아빠보다도 훨씬 더 커져버렸습니다. 고양이는 멈출 줄 모르고 커졌습니다. 엄청나게 커진 고양이는 이제 집채만 해졌습니다. 지호는 겁에 질려 뒷걸음질을 쳤습니다. 고양이는 지호를 무섭게 내려다보았습니다.

야옹 하는 소리도 귀여운 고양이 울음소리가 아니었습니다. 마치 천둥이 치는 것처럼 크고 무서웠습니다.

　이때 아빠의 이야기가 또 떠올랐습니다.

　"…고양이가 엄청 커졌지만 우리 지호장군은 조금도 무섭지 않았어요. 뒷발로 우뚝 선 고양이가 무시무시한 발톱을 세우고 앞발을 휘두르며 공격해왔어요. 그렇지만 우리 지호장군은 요리조리 날쌔게 피하더니 등 뒤에서 방패를 꺼냈어요. 그리고 방패를 바닥에 놓고 올라타자 방패는 우주선처럼 하늘로 날아올랐지요……."

　아빠의 이야기처럼 집채만 한 고양이는 지호를 향해 무시무시하게 공격해왔습니다. '만약 저렇게 휘두르는 고양이의 발에 한 대 맞기라도 한다면…….' 상상만 해도 끔찍한 일이었습니다. 아빠의 이야기에서는 고양이가 앞발로만 공격한다고 했지만 실제 고양이는 앞발 뒷발 가리지 않고 공격해왔습니다. 이리저리 정신없이 피하느라 지호의 온몸은 땀과 눈으로 뒤범벅이 되었습니다. 온몸이 눈을 뒤집어써서 그런지 마치 눈사람 같았습니다.

　무차별적으로 공격하는 고양이를 피하던 지호는 고양이의 가랑이 사이로 몸을 날려 고양이의 뒤로 잽싸게 이동했습니다. 그리고 등 뒤에서 방패를 꺼내 바닥에 놓고 올라타자 정말 아빠의 이야기처럼 방패는 하늘로 붕 떠오르기 시작했습니다. 아마 아라비안나이트에 나오는 양탄자보다 방패가 더 부드럽게 날아올랐을 것입니다. 방패 위에 올라선 지호의 움직임은 흔들림 없이 자연스러였습니다. 지호는 발로 힘을 조절하며 자유자재로 방패를 조정할 수 있었습니다. 마치 오래전부터 그 방패에 탔던 것처럼 말이죠. 이제 지호는 엄청 큰 고양이의 눈높이까지 올라갔습니다. 지호가 하늘 높이 오르자 고양이가 당황하기 시작했습니다. 지호는 허리에서 큰 칼을 빼 들었습니다. 고양이도 앞발을 높이 들며 번득이는 발톱을 치켜세웠습니다. 고양이의 배 부근까지 내려왔던 지호는 다시 힘차게 솟아오르며 하늘을 가를 듯이 칼을 휘둘렀습니다. 그러나 고양이는 오른발 발톱으로 지호의 칼을 받아쳤습니다. 순간 기우뚱해진 지호는 하마터면 바닥에 고꾸라질 뻔했습니다. 그러나 방패는 보통 방패가 아니었습니다. 지호가 중심을 잃을 때면 방패가 알아서 중심을 유지시켰습니다.

'오호, 이거 괜찮은데!'

그러나 지호가 방심하기에는 아직 일렀습니다. 고양이는 이제 더욱 거세게 공격을 해왔습니다. 사정없이 휘두르는 발톱에 거의 얼굴이 할퀼 뻔도 했고, 지호의 몸집보다 열배는 더 넓적한 발에 짓밟힐 뻔도 했습니다. 한번은, 고양이의 뒤쪽을 공격하기 위해 고양이의 겨드랑이 사이로 빠져나가는 찰나에 어느새 돌진해온 고양이의 꼬리에 일격을 당하기도 했습니다. 바닥으로 고꾸라지면서 방패에서 떨어져 나갔을 때는 이젠 정말 죽는구나, 라는 생각이 들었습니다. 그러나 방패는 어느새 지호 옆에 붕 떠 있었습니다. 지호가 방패에 가까스로 올라타자마자 방패는 다시 힘을 내 하늘로 올라갔습니다.

계속 수세에 몰리던 지호는 칼을 칼집에 넣고 화살을 하나 뽑아들었습니다. 그리고 고양이의 눈을 향해 힘껏 화살을 쏘았습니다. 첫 발은 고양이의 앞발을 맞고 허무하게 튕겨져 나갔습니다. 두 번째 화살은 다행히 고양이의 앞발을 피해 오른쪽 눈에 명중했습니다.

"성공이다!"

지호가 두 팔을 뻗으며 소리를 질렀습니다. 그러나 지호의 환호성도 잠시, 두 번째 화살도 고양이의 눈을 맞고 튕겨나가고 말았습니다. 고양이는 통증을 조금 느꼈을 뿐입니다. 사실 지호의 화살은 오히려 고양이를 더욱 자극했습니다. 고양이는 지호를 더욱 거칠게 몰았고, 지호는 다시 고양이의 공격을 피하느라 정신을 차릴 수가 없었습니다.

이리저리 피하면서도 지호는 고양이의 약점을 찾으려고 노력했습니다.

'분명 아빠의 이야기 속에 힌트가 있을 텐데.'

그러나 고양이의 공격이 너무나 집요했기 때문에 좀처럼 정신을 집중할 수가 없었습니다. 고양이가 휘두르는 앞발을 피해 고양이 가슴을 타고 수직으로 오르던 지호는 그만 칼처럼 뾰족하게 튀어나온 고양이의 코털에 부딪히고 말았습니다. 고양이의 코털은 마치 콘크리트로 만든 기둥처럼 딱딱했습니다. 고양이의 코털에 부딪혀 튕겨져 나온 지호에게 갑자기 아빠의 이야기가 떠올랐습니다.

"…계속해서 고양이의 약점을 찾던 지호장군은 큰 칼을 휘둘러

고양이의 코털 하나를 내리쳤어요…….”

'그래, 코털이 약점이야. 왜 그걸 진작 생각하지 못했지!'

다시 큰 칼을 뽑아든 지호는 이젠 고양이의 얼굴을 향해 돌진했습니다. 갑작스런 반격에 고양이의 공격은 주춤하더니 조금씩 뒤로 물러나기 시작했습니다. 지호는 여세를 몰아 칼을 강하게 휘두르며 공격을 계속했습니다. 그러나 고양이의 코털을 공격하기란 쉽지 않았습니다. 고양이도 이미 자기의 약점을 알고 있는 듯 철저하게 방어를 했기 때문입니다. 지호는 다른 공격방향을 찾아야겠다고 생각했습니다. 지호는 고양이와 멀어지며 하늘 높이 올라갔습니다. 숨도 고를 겸 고양이를 공격할 방향도 찾을 겸 해서였습니다. 갑자기 사라진 지호를 찾기 위해 고양이는 사정없이 몸을 움직였습니다. 빙빙 돌던 고양이의 뒷모습이 보일 때였습니다.

'바로 이때다!'

지호는 빈틈을 놓치지 않고 재빠르게 고양이의 뒤쪽으로 다가갔습니다. 그리고 머리 위를 타고 얼굴 앞으로 빠르게 내려가면서 코털을 향해 칼을 힘차게 내리쳤습니다.

“파-악!”

엄청난 소리가 온 세상에 메아리쳤습니다. 칼을 잡은 지호의 손은 심한 떨림으로 몹시 저려왔습니다. 그러나 이보다 더 큰 소리는 고양이의 울음소리였습니다.

세상 하늘과 땅이 울릴 만큼 고양이의 울음소리는 엄청나게 컸

습니다. 부러져 나간 고양이의 코털은 위잉 소리를 내며 눈 내리
는 어둠속을 갈라 저 멀리 눈 속에 내리꽂혔습니다. 방향감각을
잃은 집채만 한 고양이는 몸을 가누지 못하고 휘청거렸습니다. 앞
발은 자기의 머리를 쥐여 잡고 고통에 괴로워하더니 조금씩 한쪽
으로 기울어졌습니다. 고양이 턱 밑에 있던 지호는 이젠 휘청거리
는 고양이를 피해야만 했습니다. 엄청난 고양이에게 깔리는 날이
면, 두 번 다시 엄마, 아빠, 형을 볼 수는 없을 것 같았습니다. 앞
발을 마구 휘두르며 휘청거리는 고양이에게서 가까스로 벗어난 지
호는 하늘 높이 올라가 괴로워하는 고양이의 모습을 지켜볼 수가
있었습니다.

'쿵~!'

한참을 휘청거리던 고양이는 끝내 옆으로 넘어지고 말았습니
다. 고양이는 마지막으로 처절한 울음소리를 토해냈습니다. 그러
더니 신기하게 몸이 줄어들기 시작했습니다. 지호는 바닥으로 내
려와 몸이 줄어드는 고양이를 바짝 긴장한 채로 지켜보았습니다.

마침내 보통 크기로 변한 고양이는 다시 한 번 일어서려고 애를
썼습니다. 하지만 똑바로 일어서기도 전에 반대방향으로 넘어지
고 말았습니다.

그런데 이제는 고양이의 털색깔이 변하기 시작했습니다. 검정
과 하얀색으로 알록달록했던 털은 회색으로 변해갔습니다. 보드
랍던 털도 바늘처럼 까칠해졌습니다. 몸의 크기는 더욱 작아졌습
니다. 둥그렇던 입은 앞으로 삐죽 튀어나오더니 두 개의 이빨을

날카롭게 드러냈습니다. 조그맣던 꼬리는 지렁이처럼 가늘게 늘어났습니다. 고양이는 영락없는 회색 쥐로 변했습니다.

놀란 지호는 쥐를 잡으려고 칼을 머리 위로 치켜들었습니다. 그러나 회색 쥐는 사태를 파악했는지 눈을 헤치고 빠르게 도망가 버렸습니다. 뒤를 쫓으려던 지호는 그만 포기해버렸습니다.

지호는 한동안 멍하게 회색 쥐가 사라진 곳을 바라보았습니다. 여전히 눈은 내렸고 이제는 지호의 무릎 높이까지 쌓였습니다. 바람은 쉬지 않고 불었습니다. 세상은 온통 검고 흰색으로만 채워질 뿐이었습니다.

순간 지호가 들고 있던 긴 칼이 사라져버렸습니다. 이어서 방패도, 화살도, 갑옷도 모두 없어져버렸습니다. 처음 지호가 집에서 나왔던 그 복장으로 돌아가 버렸습니다. 그러나 춥지는 않았습니다.

지호는 지금 일어난 모든 일들이 믿기지 않았습니다. 사라진 가족들, 사라진 집들, 엄청나게 큰 고양이와의 처절한 싸움, 쥐가 되어 달아난 고양이. 거기다 '도대체 엄마, 아빠, 호진 형은 어디에 있는 거지?' 싸우느라 잠시 잊었던 가족들의 얼굴이 하나둘씩 떠올랐습니다.

다시 눈물이 쏟아질 것만 같았습니다. 하지만 지호는 참기로 했습니다. 약해지면 안 된다고 마음먹었기 때문입니다.

'이젠 사랑하는 가족을 본격적으로 찾아나서야 할 때야!' 지호는 주먹을 불끈 쥐고 다짐했습니다.

४।

이제 눈은 그쳤습니다. 세상은 온통 검은 하늘과 하얀 눈이 맞닿아있을 뿐이었습니다. 하느님이 세상을 창조하기 전의 모습이 이랬을 거라고 지호는 생각했습니다. 혼자 남겨진 지호는 발로 눈을 툭툭 쳐보았습니다. 눈이 조금 흩어졌습니다. 다음에는 세게 쳐보았습니다. 쌓인 눈은 발이 걷어 찬 모양으로 움푹 파였습니다. 다시 고개를 든 지호는 주변을 휘 둘러보았습니다. 여전히 검은 어둠과 하얀 눈뿐이었습니다. 온 세상은 정적 그 자체였습니다. 지호는 다시 슬퍼졌습니다. 슬퍼지는 것이 싫어 눈을 뭉쳐 하늘 높이 던져보았습니다. 얇은 유리로 된 검은 하늘이 눈에 맞아 깨지기를 바랐습니다. 그러나 눈은 둥근 포물선을 그리더니 저만치에서 소리 없이 떨어질 뿐이었습니다.

"형아."

지호는 울음 가득한 목소리로 형을 나직이 불러보았습니다. 지호의 부름은 메아리도 없이 사라졌습니다. 그리고 다시 정적이 찾아왔습니다.

"엄마."

마찬가지였습니다.

"아빠."

역시 공허한 속삭임일 뿐이었습니다.

지호는 '형아, 엄마, 아빠'를 반복해서 속으로 불러보았습니다.

그러나 아무런 대답도 들리지 않았습니다. 지호는 힘없이 쪼그려 앉았습니다. 하얀 눈이 더 하얗게 보였습니다.

지호는 두 손으로 눈을 뭉쳐 무심히 굴려보았습니다. 눈은 눈 위를 데구루루 구르더니 더 커진 눈이 되었습니다. 지호는 커진 눈을 다시 굴려보았습니다. 눈은 눈 위를 또 구르더니 아까보다 더 커졌습니다. 또 한 번 굴리자 눈은 더 커졌습니다. 지호의 얼굴 에서 미소가 피어났습니다.

무슨 생각으로 기분이 좋아졌는지, 이제 지호는 본격적으로 눈을 굴렸습니다. 어느새 지호의 이마에는 땀방울이 맺히기 시작했습니다. 눈 위는 도로처럼 길이 만들어졌습니다. 지호는 눈을 공 처럼 둥글게 만들었습니다. 세 개는 크게, 다른 세 개는 조금 작게 만들었습니다. 그렇게 여섯 개를 만들고 지호는 흡족한 미소를 지었습니다. 그리고는 큰 눈 위에 작은 눈을 끙끙대며 있는 힘을 다 해 얹었습니다. 한 개, 두 개, 세 개…….

마침내 세 개의 눈사람은 지호를 보고 나란히 서있게 됐습니다. 지호는 손가락으로 눈사람 위에 얼굴을 그려 넣었습니다. 엄마 얼굴을 그리고, 아빠 얼굴을 그렸습니다. 마지막으로 형의 얼굴을 그렸습니다. 형의 입이 활짝 웃고 있었습니다.

그러자 형의 웃는 얼굴이 정말 너무 보고 싶어졌습니다.

'형아 같이 놀자.'

지호는 눈사람 형을 보고 속삭였습니다.

눈사람 형이 마치 살아 움직일 것만 같았습니다.

'그래, 지호야. 우리 뭐하고 놀까?'

눈사람이 말을 거는 것 같았습니다. 지호의 얼굴이 환해지면서 말했습니다.

"로봇놀이 할까? 전쟁놀이는 어때? 아니면, 음……. 그래, 형이 좋아하는 야구놀이하자. 농구도 좋아. 맞아, 그러고 보니까 항상 내 욕심만 부렸잖아. 이젠 형이 하고 싶은 거로 하자. 나도 야구도 좋아하고 농구도 좋아해. 사실 형이 좋아하는 거는 나도 좋아 한다고……. 야구할까?"

지호는 눈사람 형이 정말 살아 있는 것처럼 말을 걸었습니다. 하지만 눈사람은 그저 환하게 웃을 뿐이었습니다. 대답을 하지도, 눈을 껌뻑이지도, 고개를 끄떡이지도 않았습니다.

지호는 실망감에 털썩 주저앉았습니다.

"아, 형은 지금 '말하지 않고 웃기' 놀이를 하고 싶은 거구나. 그래 그것도 좋아. 그럼, 얼마나 재미있다고. 나도 '말하지 않고 웃기' 놀이 좋아해."

지호는 고개를 들어 검은 하늘을 바라보았습니다. 검은 하늘이 이슬에 맺혀 둥글게 보였습니다.

5.

그대로 제자리에 주저앉아 있을 수만은 없었습니다. 지호는 길을 나서기로 마음먹었습니다. 눈사람 엄마와 아빠, 형을 놔두고 가는 것이 마음에 걸렸지만 어쩔 수 없는 일이었습니다. 진짜 가족을 만나기 위해서는 눈사람을 잠시 잊어야했습니다.

"안녕 엄마. 안녕 아빠. 안녕 형아."

지호는 눈사람에게 마지막 인사를 했습니다.

"진짜 엄마, 아빠, 형을 찾으면 꼭 다시 올게."

지호는 환하게 웃는 눈사람 가족을 뒤로 하고 무겁게 발을 뗐습니다. 한참을 걸어가 뒤돌아보았지만 눈사람 가족은 조금도 움직이지 않고 그대로 서있었습니다. 다시는 뒤돌아보지 않으리라 단단히 마음먹고 지호는 씩씩하게 어둠속을 헤쳐 나갔습니다.

얼마나 걸어갔을까요. 이젠 몸도 무거워지고 다리도 아파왔습니다. 어디서 좀 쉬었으면 하는 마음이 간절했습니다. 지호의 바람을 들어준 것일까요. 저 멀리 동굴 비슷한 것이 보였습니다. 처음에는 동굴이라는 생각도 못했습니다. 단지 검은 하늘보다 더 진한 검정색이 둥그렇게 칠해져 있었으니까요. 지호가 어둠보다 더 검은 원에 가까이 다가가서야 그것이 동굴인지 알 수 있었습니다.

지호는 지친 몸을 거의 끌다시피 해서 겨우 동굴 입구에 도착했습니다. 눈 위를 걸어왔기 때문에 지호의 옷은 흠뻑 젖어있었습니다. 춥지는 않았습니다. 다만 따뜻한 곳에서 옷을 말리고 싶었습니다. 그리고 이제는 하얀 눈도 지긋지긋해질 참이었습니다.

동굴 안에는 하얀 눈이 없었습니다. 불빛도 하얀 눈도 없는 동굴은 칠흑처럼 어두웠습니다. 하지만 지호는 어둠속에서도 사물을 볼 수 있는 놀라운 시력을 가지고 있었습니다. 어떻게 그런 능력이 생겼는지는 본인도 알 수 없었습니다.

동굴 입구에서 지호는 한참을 망설였습니다. 두려움이 엄습해 왔기 때문입니다. 작은 불빛조차도 허용하지 않는 동굴은 끝도 없이 이어져 있었습니다. 하지만 지호가 선택할 수 있는 길은 딱 두 가지밖에 없었습니다. 들어가느냐, 마느냐. 들어가지 않는다는 것은 지금처럼 밖에 머문다는 것인데, 지호는 그러고 싶지 않았습니다. 그래서 지호는 동굴 안으로 들어가기로 마음먹었습니다.

지호는 조심스럽게 발을 떼려고 했습니다. 그런데 마치 동굴 속 저 어딘가에 누군가 있는 것처럼 느껴졌습니다. 지호는 엉덩이를 뒤로 쏙 빼고 동굴에게 말을 걸어보았습니다.

"누구 계세요?"

그러자 신기하게도 동굴이 대꾸를 해왔습니다. 하지만 정확히 그 소리가 무슨 말인지 알아들을 수가 없었습니다. 그저 우-웅 거리는 소리로만 들렸습니다.

"제 말 들리세요?"

그러자 동굴은 또 우-웅 거리는 소리로 대꾸를 해왔습니다. 그 대꾸 소리는 멀리 사라지지만 멈추지는 않는 것 같았습니다. 마치 누군가가 동굴 저 반대편까지 말을 전달하는 것처럼 들렸습니다.

"저는 지호라고 하거든요."

지호는 좀 더 귀를 쫑긋 세워보았습니다. 무슨 말인지 구별할 수 있을 것 같은 소리가 동굴 속에서 들렸습니다. 이번에도 소리는 동굴 속으로 계속해서 빨려 들어가고 있었습니다. 빨려 들어가는 소리를 잡으려고 지호는 머리를 동굴 속으로 더 디밀어 보았습니다. 그러자 동굴이 전하는 소리가 미세하게 들려왔습니다.

그 소리는 '저는 지호라고 하거든요', '저는 지호라고 하거든요'가 반복적으로 메아리치는 것이었습니다. 그것은 결국 지호의 목소리였습니다.

지호는 동굴 속에 아무도 없을지도 모른다는 생각이 들었습니다. 그래서 조금은 마음을 놓고 동굴 속으로 들어갔습니다. 동굴 안은 바깥보다 훨씬 훈훈하고 포근했습니다. 지호는 동굴 속이 두렵기도 했지만 엄마의 품처럼 따뜻해서 좋았습니다.

포근한 느낌에 지호는 아무 생각 없이 동굴 속으로 걸어 들어갔습니다. 동굴은 구불구불 끝도 없이 이어졌습니다.

'혹시 미로가 아닐까? 미로면 나중에 어떻게 나가지?'

여기에 생각이 미치자, 자기가 동굴 속으로 너무 많이 들어왔다는 것을 알게 됐습니다. 지호는 뒤를 돌아보았습니다. 이미 동굴 입구가 보이지 않은 지는 오래되었습니다. 이제 앞이나 뒤나 어둡기는 마찬가지였습니다. 그래서 어디가 앞이고 뒤인지 구별할 수조차 없었습니다.

그런데 지호가 뒤를 돌아다 본 데는 또 다른 이유가 있어서이기도 했습니다. 어느 때부터인지, 지호의 뒤를 계속 뒤쫓아 오는 무엇인가 있다는 느낌이 들었기 때문이었습니다. 지호가 한 발짝 움직일 때마다 그 녀석도 한 발짝 움직이는 것 같았습니다. 지호가 뒤를 돌아다보면 살짝 숨었다가, 다시 움직이면 또 따라 오는 것 같았습니다. 애써 신경을 안 쓰려고 걷다 보면, 어느새 녀석은 지호의 뒤통수에 와 있는 것 같았습니다. 그래서 뒤를 돌아보면 역시 뒤에는 아무도 없었습니다.

그런데 문제는 누군가 지호의 뒤를 쫓고 있다고 생각하자 마음속의 두려움도 점점 커진다는 데 있었습니다. 지호의 마음속에 뿌리를 내린 두려움의 나무가 점점 자라 지호를 삼켜버릴 정도로 커져가는 것 같았습니다.

두려움은 지호의 발걸음을 점점 빨라지게 했고, 그럴수록 심장 박동수도 더 빨라지고, 두려움도 더 커졌습니다. 마침내 지호는 거의 뛰다시피 걷고 있었습니다. 이마에는 땀방울이 송골송골 맺혔습니다. 머지않아 숨도 턱턱 막혀왔습니다.

'아무것도 아니야.'라고 말하면서도 사실은 '분명 무엇인가가 있어.'라고 지호는 믿어가고 있었습니다.

지호는 뛰기 시작했습니다. 이상한 기분은 윙윙거리는 소리로 변해 들려왔습니다. 소리는 점점 더 커져왔습니다. 지호는 더 빨리 뛰었습니다. 하지만 소리는 더 커질 뿐이었습니다. 지호가 뛰는 속도와 소리는 비례하고 있었습니다.

한참을 뛰다말고 마침내 그 자리에 털썩 주저앉아버렸습니다. 숨이 가빴습니다. 온몸은 땀범벅이 되었습니다. 머리도 아파왔습니다. 지호는 잔득 몸을 웅크리고 손으로 머리를 움켜잡았습니다.

"저리 가, 저리 가란 말이야!"

지호의 외침은 동굴 속에 퍼져갔습니다. '저리 가, 저리 가란 말이야!', '저리 가, 저리 가란 말이야!'

그런데 이상한 일이었습니다. 지호가 외치는 소리 사이로 다른 소리도 묻혀서 들려왔습니다. 그 소리는 너무나 익숙한 소리였습니다. 나직하고 부드러운 목소리였습니다. 지호가 잠들 때마다 항상 듣던 목소리였습니다. 그것은 아빠의 목소리였습니다. 정확히는 아빠의 옛날이야기였습니다. 지호는 고개를 들어 주변을 둘러보았습니다. 아빠의 목소리를 들으려고 귀를 쫑긋 세웠습니다. 그러자 조금씩 아빠의 목소리가 분명하게 들려왔습니다.

"…머리가 두 개 달린 괴물은 지호장군 몸에 매달려 떨어질 줄 몰랐어요. 지호를 더 괴롭게 하는 것은 머리 두 개가 서로 자기 얘기만 하고 고집을 피우면서 계속 떠들어댔던 거예요. 지호장군은 견딜 수가 없었어요. 그래서 지호장군은 주문을 외기 시작했어요. 지호장군이 주문을 외자……."

'머리 두 개 달린 괴물이라고?'

지호는 몸에 달라붙은 괴물을 털어내 버리려는 듯이 몸을 손으로 사정없이 쓸어냈습니다. 그랬더니 정말 손에 물컹한 무엇인가가 잡혔습니다. 그것은 젤리 같기도 하고 물찬 풍선 같기도 했습니다. 손에 잡힐 듯 했던 그것은 스르르 손아귀를 벗어나 빠져나가버렸습니다. 다시 손으로 몸을 닦자 똑같은 물질이 손에 잡혔습니다. 좀 전처럼 그 물질도 지호의 손에서 벗어났습니다. 지호는 이제 본격적으로 손으로 몸을 닦기 시작했습니다. 그러자 지호의 귀에 외마디 비명소리가 들렸습니다.

'누구지?'

지호가 고개를 들자 어둠속에서 어둠보다 더 검은 이상한 형체가 보였습니다. 그것은 만화영화에서 봤던 유령과 비슷한 모습이었습니다. 물풍선처럼 흐물흐물한 형체는 몸통은 하나인데 머리는 두 개였습니다. 하지만 발은 없었습니다. 마치 붓으로 큰 획을 그어 내린 것처럼 몸통 밑은 불분명했습니다.

"넌, 누구니?"

지호가 용기를 내어 물었습니다.

머리가 두 개 달린 괴물은 뚱한 표정으로 서로의 얼굴을 바라보았습니다. 한동안 대꾸를 하지 않았습니다. 그러더니,

"나의 이름은 '용기'다!"

한참을 머뭇거린 후에야 유령 같은 형체의 왼쪽 머리가 대답했습니다.

그러자 오른쪽 머리가 버럭 화를 내며 소리를 질렀습니다.

"아니야, 나의 이름은 '두려움'이다!"

"용기? 두려움? 무슨 이름이 그래? 글쎄, 이름이 뭐냐니까?"

지호는 두려웠지만 용기를 내어 다시 물었습니다.

그러자 왼쪽 머리가 대답했습니다.

"내 진짜 이름은 '용기'야."

오른쪽 머리도 지지 않고 대답했습니다.

"내 진짜 이름은 '두려움'이야."

왼쪽 머리가 소리를 질렀습니다.

"용기라니까!"

오른쪽 머리도 지지 않고 소리를 질렀습니다.

"두려움이라니까!"

"아니야, 용기야!!"

"아니야, 두려움이야!!"

"용기야!!!"

"두려움이야!!!"

"용기!!!!"

"두려움!!!!"

두 개의 머리는 서로를 향해 악을 썼습니다. 그 소리가 얼마나 컸던지 동굴이 흔들리면서 곧 무너져 내릴 것만 같았습니다. 지호의 고막도 터져버릴 것만 같았습니다. 지호는 귀를 손으로 틀어막았습니다. 그런 와중에도 두 개의 머리는 서로를 향해 소리를 질러댔습니다.

참다못해 이젠 지호가 소리를 질렀습니다.

"그만, 조용히 해!"

그러자 아기울음이 순식간에 그치듯 두 개의 머리도 깜짝 놀라며 소리 지르기를 멈췄습니다.

왼쪽머리가 기특하다는 듯이 말했습니다.

"네, 목소리도 만만치 않은데, 네 이름은 뭐지?"

"난, 지호야"

오른쪽 머리가 젠체하며 말했습니다.

"그래도 나보단 목소리가 크지 않을 걸?"

"흥!"

아니나 다를까, 왼쪽 머리가 콧방귀를 뀌었습니다.

오른쪽 머리가 못마땅하다는 듯이 말했습니다.

"사실을 인정해야지!"

"사실?"

"그래, 사실!"

다시 두 개의 머리는 서로를 잡아먹을 듯이 째려보았습니다.

"그럼, 사실을 알려주지!"

왼쪽 머리가 말하더니, "아악!" 하고 소리를 질렀습니다.

동굴이 다시 흔들렸습니다. 위에서 흙부스러기 떨어지는 소리가 들릴 정도였습니다.

"흥, 고작 그 정도냐!"

오른쪽 머리는 말이 끝나기 무섭게, "아아악!" 하고 소리를 질렀습니다. 앞서 지른 왼쪽 머리의 소리보다도 더 컸습니다. 동굴은 더 크게 흔들렸습니다. 흙부스러기는 더 많이 떨어졌습니다.

하지만 왼쪽 머리도 지지 않았습니다.

"내 소리가 더 크다고. 아아아악!"

그러자 오른쪽 머리도 소리를 쳤습니다.

"고작 그 정도야? 아아아아악!"

이젠 동굴 속은 왼쪽 머리와 오른쪽 머리가 내지르는 소리로 가득 찼습니다. 소리가 얼마나 크고 날카롭던지 동굴이 곧 무너질 것만 같았습니다. 지호는 고막이 터질 것 같아 다시 귀를 두 손으로 꼭 막아야만 했습니다. 참다못한 지호가 소리를 질렀습니다.

"그만, 조용히 해에에에!"

역시 두 머리는 소리 지르기를 뚝 그쳤습니다.

오른쪽 머리가 말했습니다.

"와우, 너도 대단한데"

지호는 어깨가 으쓱해졌습니다. 그러면서 가족들에게 소리 질렀던 일이 떠올랐습니다. 엄마, 아빠의 심정이 이해가 갔습니다. '얼마나 시끄러웠을까.'

지호가 다시 물었습니다.

"그러니까, 너희 이름은 용기이면서 두려움이라는 거지?"

두 머리는 뚱한 표정으로 서로를 바라보았습니다.

"용기이면서 두려움? 그거 괜찮은데."

왼쪽 머리가 말했습니다.

"용기이면서 두려움? 그건 별로야."

오른쪽 머리가 삐딱하게 말했습니다.

"괜찮다니까!"

"별로거든!"

"괜찮아!!"

"별로야!!"

"괜찮!!!"

"별로!!!"

둘은 다시 소리를 지르기 시작했습니다. 이제 동굴은 더 심하게 흔들렸습니다. 처음에는 흙이 떨어지는 소리가 들리더니, 조금 지나자 돌이 떨어지는 소리가 들렸습니다. 지호는 두 손으로 귀를 틀어막으면서 주위를 둘러보았습니다. 두 머리는 이젠 무슨 뜻인지도 모를 말로 목이 터져라 악을 썼습니다. 얼마나 악을 써댔는지 어둠보다 더 검은 얼굴이 빨갛게 달아오를 정도였습니다.

"제발, 그만해!"

지호도 소리를 질렀습니다. 하지만 이번 소리는 두 머리의 악다구니에 묻혀버렸습니다. 동굴은 지진이 난 것처럼 점점 더 흔들렸습니다. 위에서 떨어지는 흙의 양도, 돌의 양도 더 많아졌습니다.

"제발, 그만해!"

하지만 지호의 말은 소용이 없었습니다. 두 머리는 동굴 속을 이리저리 휘젓고 날면서 소리를 질러댔습니다. 그럴수록 두 머리의 볼은 더 빨갛게 달아올랐습니다. 조금 있자 바위가 무너지는 소리가 들렸습니다.

'이거 큰일인데.'

이제 두 머리는 지호의 존재조차 신경 쓰지 않는 것 같았습니다. 지호는 어떻게든 그들을 멈추게 할 방법을 찾아야만 했습니다.

'어떻게 하지?'

동굴은 거세게 흔들렸고 쿵쾅거리며 천장은 무너져 내리기 시작했습니다. 하지만 두 머리는 좀처럼 멈출 생각이 없는 것 같았습니다. 오히려 세상을 찢어버릴 듯한 소리는 더 커지기만 할 뿐이었습니다.

지호는 동굴을 벗어나기 위해 들어왔던 길로 되돌아가보았습니다. 그러나 그 길은 이미 무너져 내린 바위로 막혀 있었습니다. 방향을 돌려 동굴 안으로 더 들어가 보았습니다. 하지만 동굴 안도 천장이 무너져 내리며 바위가 쏟아지고 있었습니다. 잘못했다가는 바위에 깔려 죽을 판이었습니다.

'어떻게 하지? 어떻게 하지?'

위기를 헤쳐 나갈 궁리를 하던 지호는 번득 아빠의 말이 다시 생각났습니다.

'그래, 주문이야, 주문! 그런데 주문이 뭐지?'

지호는 이리저리 머리를 쥐어짜보았지만 좀처럼 마땅한 주문이 떠오르지 않았습니다.

'혹시 이건 아닐까?'

지호는 생각나는 대로 말했습니다.

"엄마, 아빠 죄송해요. 다음부터는 부모님 말 잘 듣고, 공부도 열심히 하고……."

그러나 두 머리가 지르는 소리도, 동굴이 무너져 내리는 것도 멈추지 않았습니다.

'그럼, 이거는 어떨까?'

"하나님 우리가 지은 죄를 사하여주시고, 그러면 다음부터는 죄를 짓지 않고……."

하지만 그것도 소용이 없었습니다. 두 머리는 심지어 이제 바위 속을 넘나들며 소리를 질렀고, 그럴 때면 바위가 산산조각이 나기까지 했습니다.

'아, 도대체 뭐지?'

"아빠, 주문이 뭐예요? 제발 알려주세요. 아빠, 알려주세요, 네?"

지호는 눈을 꼭 감으며 간절히 기도를 드렸습니다.

"아빠, 제발. 아빠, 제발."

지호는 더욱 간절히 기도를 드렸습니다. 그랬더니 신기하게도 지호의 감은 눈앞으로 하얀 글씨가 쏟아져 내려왔습니다.

지호가 눈을 뜨자 글씨들은 사라져버렸습니다. 다시 눈을 감았습니다. 하얀 글씨가 좀 전처럼 위에서 아래로 떨어졌습니다.

지호는 글씨를 읽으려고 안간힘을 썼습니다. 하지만 글씨가 너무 빨리 지나가버렸습니다.

'이럴 줄 알았으면, 한글공부 열심히 해두는 건데'

지호는 공부를 열심히 하지 않은 것이 후회됐습니다. 그러나 어쩔 수 없는 일이었습니다. 다시 정신을 집중해서 글씨를 읽어야 했습니다. 위에서 내려오던 글씨는 바닥에서 사라졌고 다시 같은 글씨가 위에서 내려오기를 반복했습니다. 정신만 집중하면 충분히 읽을 수 있을 것 같았습니다. 그러나 시간이 촉박했습니다. 두 머리가 소리를 지르며 집중을 방해했고, 동굴은 더 심각하게 무너져 내리고 있었기 때문이었습니다.

　지호는 한 자 한 자 또박또박 읽기 시작했습니다.

　"사"

　"라 밑에 이응, 랑"

　"하"

　"느 밑에 니은, 는"

　'아, 〈사랑하는〉이구나.'

　지호는 용기가 샘솟기 시작했습니다. 하지만 시간이 없었습니다. 지호는 다시 눈을 감고 정신을 집중했습니다.

　"우리 가"

　"조 밑에 기역, 족"

　지호는 이렇게 글씨를 읽어나갔습니다. 그리고 앞에 글자를 잊지 않기 위해 앞에 단어를 붙여서 반복해 읽었습니다. 이제 동굴 천장에서 떨어지는 돌은 지호의 머리 위로도 떨어지고 있었습니다. 두 머리는 여전히 눈에 보이지 않을 정도로 빠르게 움직이며 소리를 질러댔습니다.

　"사랑하는… 우리… 가족의… 힘으로……."

　"…이 모든… 고난과 역경을…….."

　"…이겨나가게…….."

　"해."

　"주."

　"세."

"요."

그런데 아무런 변화도 일어나지 않았습니다. 두 머리는 여전히 난리를 쳐댔고, 동굴은 완전히 무너지기 일보직전이었습니다.

지호는 두려웠습니다.

'혹시 내가 놓친 글자가 있나?'

지호는 다시 눈이 아프도록 꼭 감고 정신을 집중했습니다. 글자는 한 자씩 빗물처럼 쏟아졌습니다. '사랑하는 우리 가족의 힘으로 이 모든 고난과 역경을 이겨나가게 해주세요.' 분명히 글자는 이렇게 내려왔습니다. 아무리 찾아도 다른 글자는 보이지 않았습니다.

그때였습니다. 마지막 글자 '요'의 뒤를 이어 조그마한 글자가 스치듯 보였습니다. 글자는 한글이 아니었습니다. 지호는 눈을 가운데로 모아 더 집중했습니다. 그러자 글자의 형태가 살짝 보였습니다. 글자는 이렇게 쓰여 있었습니다.

'$\times 2$'

'이게 무슨 뜻이지?'

지호는 어리둥절했습니다.

'무슨 암호일까? 시간이 없는데 큰일이네'

지호는 그동안 공부했던 내용을 되짚어보았습니다. 분명 한글은 아니었습니다.

'그러면 수학? 맞아, 수학!'

지호는 번득 수학시간에 들었던 곱하기 기호가 생각났습니다.

'곱하기에 숫자 2니까……. 아, 두 번 반복하라는 거구나!'

지호는 너무 기뻤습니다.

지호는 빠르게 흘러내려간 글자를 두 번 반복해서 읽었습니다.

"사랑하는 우리가족의 힘으로 이 모든 고난과 역경을 이겨나가게 해주세요."

"사랑하는 우리가족의 힘으로 이 모든 고난과 역경을 이겨나가게 해주세요."

그리고 눈을 떴습니다. 갑자기 믿지 못할 일이 벌어졌습니다. 순간 모든 것이 정지되어버렸습니다. 주변을 두리번거리자 떨어지던 돌들과 흙들이 천장에 매달린 모빌처럼 공중에 그대로 멈춰져 있었습니다. 지호는 정지된 3차원 세계에 들어온 것 같았습니다. 지호는 머리를 들었습니다.

'쿵!'

"아야!"

지호의 바로 머리 위에는 엄청나게 큰 바위가 그대로 멈춰져있었습니다. 하마타면 주문을 다 외기도 전에 바위에 깔려 죽을 뻔했다는 생각에 온몸이 오싹해졌습니다. 바위를 피해 기어 나온 지호는 두 머리가 어디에 있는지 찾아보았습니다. 여기지기 둘러뵈도 두 머리의 흔적은 찾을 수가 없었습니다.

지호는 공중에 매달린 바위, 돌, 흙을 피해 동굴입구방향으로 걸어갔습니다. 시간이 멈춰버린 동굴 안은 너무나 조용해 지호의 걷는 소리가 크게 들릴 정도였습니다. 예상했던 대로 동굴입구방향은 무너진 바위로 막혀있었습니다.

그런데 무너진 오른쪽 바위 위에 희한한 무엇인가가 매달려있었습니다. 가까이 다가가자 그것이 무엇인지 알 수 있게 됐습니다. 두 머리가 서로에게 막 소리를 지르려는 것처럼 잔뜩 입을 벌린 상태로 굳어있었습니다. 게다가 몸의 반은 바위에 깔린 채였습니다. 바위를 막 통과하려는 순간에 시간이 멈춰버린 것이었습니다.

지호는 고거, 쌤통이라는 생각과 안됐다는 생각이 교차했습니다.

그러나 이런 생각조차도 갑자기 몰려 온 피곤함에 흐물흐물해져 버렸습니다. 너무나 졸렸기 때문입니다. 지호는 짧은 시간에 너무 많은 일들을 겪었습니다. 마치 이 시간이 영원히 지속될 것처럼 보였습니다. 지호는 그냥 이대로 자고 싶어졌습니다. 지호는 제자리에 푹 주저앉았습니다. 눈꺼풀이 무거웠습니다. 지호는 앉은 자세 그대로 순식간에 잠이 들었습니다. 집처럼 푹신한 침대에 누운 것처럼 잠이 들었습니다. 동굴 안은 엄마의 품처럼 따뜻했습니다.

6.

서늘한 바람이 불어왔습니다. 지호는 몸을 한 번 뒤척였습니다. 다시 바람이 불어와 지호의 얼굴을 간질였습니다. 지호는 반대쪽으로 몸을 틀었습니다. 바람도 포기하지 않았습니다. 이제는 지호의 콧구멍을 간질였습니다. 지호는 귀찮다는 듯이 팔을 휘저었습니다. 그런데 지호의 팔을 가볍게 스치는 것이 있었습니다. 지호는 얼굴을 찡그린 채로 한쪽 눈을 떠보았습니다. 지호를 간지럽게 한 것은 부드럽게 불어오는 바람만이 아니었습니다. 머리 위 햇빛도 지호의 온몸을 간지럽게 하고 있었습니다.

지호는 깜짝 놀라 몸을 일으켰습니다. 어두운 동굴이라고 생각했는데 동굴은 온데간데없었습니다. 대신 빨주노초파남보 온갖 빛깔의 꽃들이 지평선 너머까지 넓게 펼쳐져있었습니다. 무릎보다 더 많이 쌓였던 하얀 눈도 한입에 초콜릿 먹어치우듯 사라졌습니다. 어둠은 사라지고 밝은 태양이 세상을 비추고 있었습니다. 지호가 누워 있던 곳은 이불처럼 푹신하고 푸른 풀밭 위였습니다.

'방금 내 팔을 스친 것은 무엇일까?'

지호는 주위를 둘러보았습니다. 그러자 한 마리 나비가 노란 꽃 위에서 살짝 날아올랐습니다. 나비는 하늘 높이 오르더니 하얀 꽃 위에 사뿐히 앉았습니다. 그리고 다시 날아올라 지호의 눈앞에서 멈췄습니다. 나비는 날개를 퍼덕였는데 전혀 힘들지 않은 것처럼 부드러웠습니다. 지호는 나비를 잡으려고 팔을 뻗었습니다. 그러나 나비는 잡히지 않고 저만치 앞에서 춤을 추듯 날갯짓을 했습니다. 그러던 나비는 다시 지호에게 날아와 또 눈앞에서 퍼덕였습니다.

"알았어, 따라갈 테니 길을 안내해줘!"

지호는 나비 잡기를 포기하고 나비의 의도에 따르기로 했습니다. 나비도 지호의 말을 알아들은 것처럼 앞장서서 갔습니다. 나비는 지호와 일정한 간격을 유지한 채 앞장서 날아갔습니다. 지호는 꽃밭을 헤치며 걸어갔습니다. 지호가 꽃길을 지나쳐 갈 때마다 길옆에는 여러 종류의 곤충들이 도열해 길을 내주었습니다.

장수풍뎅이, 사슴벌레, 벌, 베짱이, 메뚜기, 딱정벌레, 잠자리 들이 눈에 들어왔습니다. 지호가 지나쳐가는 순간에는 열심히 일하던 개미도, 집을 짓던 거미도 잠시 하던 일을 멈췄습니다. 지호는 그들 모두에게 살짝 미소 지어주었습니다. 곤충들도 지호에게 미소 짓는 것 같았습니다.

한동안 앞서가던 나비가 갑자기 멈춰 섰습니다. 지호도 제자리에 멈췄습니다. 앞서 날기를 멈춘 나비는 일정한 공간을 유지한 채 유영하듯 계속 맴돌았습니다. 그러자 신비롭게도 흩어져 있던 꽃들이 한데 뭉쳐져 점점 커지고 굵어지더니 커다랗고 튼튼한 나무로 변하기 시작했습니다. 나무는 덩치를 키우며 점점 더 커졌습니다. 나무줄기는 사방으로 뻗쳐나가 순식간에 하늘을 거의 덮을 정도로 울창해졌습니다. 나무밑동은 점점 커져 지호가 서있는 자리까지 뻗어왔습니다. 지호는 주춤주춤 뒤로 물러났습니다. 지호 열 명이 팔을 뻗어도 나무를 다 안을 수 없을 정도로 커지고서야 나무는 자라기를 멈췄습니다. 나비는 이미 사라진 후였습니다.

지호는 호기심에 나무 주위를 둘러보았습니다. 나무의 위아래를 살펴보던 지호는 나무를 톡톡 두들겨보았습니다. 그런데 나무 속이 텅 빈 것 같은 울림소리가 났습니다.

'통통.'

'이상하네?'

지호는 다시 나무를 두들겨보았습니다. 같은 소리가 들렸습니다.

'그렇다면 분명 어딘가에 들어가는 입구가 있을 텐데.'

지호는 더 꼼꼼하게 나무를 살펴보았습니다. 잘 살펴보자 나무 한쪽에 지호 손가락만한 구멍이 있었습니다. 지호는 한쪽 눈을 찡 긋 감고 안을 들여다보았습니다. 그러나 아무것도 보이지 않았습니다. 지호는 검지를 구멍에 집어넣어보았습니다.

그때였습니다. 지호의 몸이 구멍 속으로 쑥 빨려 들어갔습니다. 너무나 순식간에 일어난 일이었습니다. 엄청난 속도였습니다. 굵고 얇은 선들이 교차하고 엇갈리며 지호 옆을 스쳐지나갔습니다. 그 선들은 나무의 나이테였습니다. 나이테는 끊어지지 않고 이어 졌습니다. 끝이 없을 것 같은 울퉁불퉁한 나이테를 거치고 나서야 지호는 바닥으로 '쿵' 하고 떨어졌습니다.

떨어진 충격에 정신이 멍했습니다. 지호는 머리를 부여잡으며 일어났습니다. 충격 때문인지 주변 사물이 눈에 잘 들어오지 않았습니다. 그런데 흐릿하게 보이는 주위가 눈에 너무 익숙했습니다. 눈을 찡그리며 지호는 사방을 둘러보았습니다. 벽에는 텔레비전 이 걸려있었고, 거실 중간에는 책상이 놓여있었습니다. 한쪽 구석 에는 에어컨이 있었고 벽장은 책들도 가득 채워져 있었습니다.

언제인지 기억나지도 않을 정도로 오래전에 공부했던 책들도 책 상 위에 너저분하게 펼쳐져 있었습니다. 몽당연필도 지우개 옆에 얌전히 뉘여 있었습니다. 한동안 주위를 훑어보던 지호는 창문으로 가보았습니다. 밖은 어두웠고 하얀 눈이 내리고 있었습니다. 가로등은 희미하게 주위를 비추고 있었습니다.

갑자기 이상한 생각이 들어 안방으로 뛰어가 보았습니다. 그리고 침대 위를 더듬었습니다. 엄마, 아빠가 잠들어 있었습니다. 지호의 눈에 눈물이 왈칵 흘러내렸습니다. 지호는 '어-엉' 울려다가 꿀꺽꿀꺽 울음을 겨우 삼켰습니다. 대신 눈물로 범벅이 된 얼굴에 미소가 피어올랐습니다. 지호는 엄마의 머리카락을 가만히 어루만져보았습니다. 세상 어느 것보다도 부드러웠습니다.

지호는 아빠의 얼굴을 내려다보았습니다. 아빠는 조그만 소리로 코를 골고 계셨습니다.

'아빠, 정말 고마워요.'

지호는 속으로 생각했습니다. 지호는 아빠의 꺼칠한 뺨에 입을 맞췄습니다. 지호의 뽀뽀에 아빠는 몸을 조금 뒤척였습니다. 그러나 깨어나지는 않았습니다.

엄마, 아빠를 번갈아 보던 지호는 갑자기 솟아오른 생각에 작은방으로 뛰어갔습니다. 호진 형이 이불을 깔고 갈지자로 길게 뻗은 채로 자고 있었습니다. 지호는 터져 나오려는 웃음을 손으로 겨우 막았습니다.

'울다 웃으면 엉덩이에 뿔난다는데.'

뿔이 난다고 하더라도 지호는 전혀 개의치 않을 것 같았습니다. 호진 형이 있어 너무나 좋았기 때문입니다. 지호는 형 밑에서 이불을 겨우 끄집어내 형 위에 살짝 덮어주었습니다. 형이 좋은 꿈을 꾸는지 잠결에 살짝 웃었습니다. 지호도 살짝 웃어주었습니다.

그리고 지호는 호진 형 옆에 가만히 누웠습니다. 그리고 형을 자기의 두 팔로 꼭 껴안았습니다. 다시 잠든다 하더라도 형이 도망가지 못하게 위해서였습니다.

처음에는 잠드는 것이 두려워 잠을 잘 수 없을 것 같았습니다. 그러나 그건 마음뿐이었습니다. 몸이 얼마나 피곤했는지 눈을 감자마자 그대로 잠이 들어버렸습니다. 너무나 따뜻했습니다. 그러나 형을 안은 두 팔은 절대 풀지 않았습니다.

부고訃告_

1-1.

　언제부터인지 한동안 몸이 흔들렸던 것 같다. 진수는 눈을 힘겹고 가늘게 떴다. 속은 메스꺼웠고 머릿속은 대못이 박힌 듯 지끈거렸다. 넷 에움은 여전히 어두웠다. 눈을 뜨고서도 한동안 자신이 집에 있는 것조차 깨닫지 못했다.

　진수의 몸을 흔든 것은 아내였다. 아내 역시 완전히 잠에서 깬 것은 아니었다. 평소와 다르게 여전히 누워있는 진수를 보고 아내가 나선 것이다. 이미 여러 번 진수의 몸을 흔들었던 듯 아내는 좀 더 거칠게 진수의 몸을 흔들었다.

　"출근 안 해? 어서 일어나."

　새벽잠에 잠긴 아내의 목소리는 박무처럼 몽롱하고 무거웠다. 진수는 헝클어진 머리를 부여잡고 침대 끝에 겨우 걸터앉았다. 방은 어두웠다. 커튼 사이로 보이는 밖은 아직 동이 트기 전이었다.

게슴츠레 뜬 눈으로 휴대폰을 찾았다. 다섯 시 이십 분. 평소보다 이십 분이나 늦었다. 진수의 입은 지난 밤 갖은 술과 느끼한 안주가 버무려져 부패하고 역겨운 냄새로 가득 차있었다.

진수는 무겁게 내리깔리는 눈꺼풀 사이로 지난밤 일을 더듬으려 애썼다. 하지만 그 기억은 한 움큼씩 빠지는 자신의 머리카락이 남긴 빈자리마냥 듬성드뭇했다.

'혹시 실수하지는 않았겠지?'

짙은 고통 속에서도 걱정이 엄습해왔다.

지금 시절에 한 번의 실수는, 가파른 절벽에서 안전망 없는 인생의 바닥으로 떨어지는 것과 같은데. 이런 생각과, 지난밤 단편적인 기억만 산재한 현재 상황이 겹치면서 진수는 자신도 모르게 '시팔' 소리를 훅 하고 내뱉었다.

이 소리를 들었을까?

"여보, 왜 그래?"

아직 잠에서 덜 깬 아내가 걱정스레 물었다.

"아냐, 더 주무셔."

대수롭지 않다는 듯 말하고 진수는 힘겹게 몸을 일으켜 욕실로 들어갔다. 하지만 진수의 머릿속은 깨져오는 아픔 속에서 지난밤의 퍼즐을 맞추느라 복잡하기만 했다.

'신 팀장, 요즘 실적이 좋은가봐. 영, 얼굴보기가 힘들어.', '죄송합니다. 자주 찾아뵀어야 했는데.', '뭐, 우리야 큰 손도 아닌데, 허허.'

진수가 부여잡은 한 가닥 기억의 단편은, 술자리 대화가 이렇게 싸늘하게 시작됐다는 것이다. 그리고 술잔이 여러 순배 돌았다. 폭탄주와 날술이 오갔다. 안주로 빈속을 채울 겨를도 없었다.

'요즘 회사마다 구조조정 한다는데, 그쪽은 괜찮아?', '네? 아, 예. 저희는 아직…….', '역시 좋은 회사야, 잘 붙어있으라고. 신 팀장네만큼 괜찮은 회사도 없잖아.', '저희도 딱히 좋은 건 아니죠.', '그래? 아직 고생을 덜한 모양이야, 허허.'

이런 식의, 걱정을 가장한 비아냥거림들이 진수의 속을 뒤집어 놓고 있을 때는 그는 절대로 정신 줄을 놓아서는 안 된다고 다짐 하던 즈음이었다. 하지만 한껏 거드름을 피우며 입술 끝에 담배를 꼬나물고, 한손으로 술을 따르던 고 부장의 모습이 아니꼽다고 생 각하는 시점에서 기억이 가물거렸다. 얇은 철판이 파도마냥 흔들 리며 윙윙거릴 때처럼 주위 사물들이 정체모를 이명과 함께 점차 흐무러지기 시작했다.

진수는 더욱 강하게 샤워기 물을 틀었다. 정수리에 굵은 물줄기 가 쏟아져 내렸다. '그리고 무슨 말을 나눴더라?' 진수는 기억을 되살리려 머리를 더욱 세차게 문질러보았다. 입에서는 평소답지 않게 욕지거리가 반복됐다. 벌써 이번 달 들어서만 세 번째다. 한 창때 마시던 주량의 절반 수준에서 기억들이 산산조각 난 것이.

출근 후에도 진수는 한참을 망설였다. 그리고 아홉 시가 조금 넘어서 잔뜩 부담감을 안은 채 고 부장에게 전화를 걸었다. 안부를 물으면서 한편으로는 기억 저편에서 헤맸던 지난밤 자신의 모습을 유추해볼 요량이었다. 다행히 고 부장은 숙취로 속이 쓰리다는 말 이외에 다른 말은 없었다. 정말 아무런 일도 없었던 것이거나, 적어도 고 부장의 기억도 무의식 저편에 있었을지도 모를 일이었다. 무슨 일이 있었다면 괴팍한 고 부장이 가만히 있지는 않았을 것이기 때문이다. 진수는 안도의 한숨을 내쉬며 십년 묵은 체증이 한순간에 날아가는 듯한 기분을 느꼈다. 그런 자신을 보며 진수는 생각했다. 언제부터 자신의 일상이 이렇듯 위험한 외줄을 타고 있는 것인지? 그저 이 시절을 탓할 수밖에 없는 노릇이었다.

그렇게 한시름 놓으며 시작된 오전 업무는 평소처럼 시, 분, 초를 쪼개고 다투며 돌아가기 시작했다.

몇 개월간 지속된 계약관련 가격제안서를 제출해야 했고, 월 실적달성현황과 부진사유·개선방향에 대한 보고서도 작성해야 했으며, 비용 관련 집행내역서 제출, 제안서 업데이트 등 눈 코 뜰 새 없이 오전을 보내고서야 겨우 점심 겸 해장을 할 수 있었다. 그리고 나서도 온몸은 소금에 절여진 것처럼 축 처졌다. 남은 오후 시간의 시작은 무너져 내리는 무게만큼이나 더디고 힘겨웠다.

그리고 진수의 휴대폰으로 한 통의 문자가 온 것은 오후 두 시가 조금 넘어서였다. 업체방문을 위해 막 사무실을 나서려던 참이었다. 거래처 담당부장의 어머님이 돌아가셨다는 부고訃告 문자였다. 장례식장은 부산이었다. 진수는 문자를 다시 한 번 확인해보았다.

보낸이 박찬홍. 모친상. 빈소 부산의료원 특1호실. 발인 9월 20일.

진수에게 덜렁 던져진 문자는 채 오십 자도 되지 않는 검은 글씨 몇 개였다. 순간 어제 먹은 술이 확 올라올 것만 같았다. 술에 절었던 몸은 더욱 무겁게 내려앉았다. 서울서 부산까지, 갑자기 짜증이 밀려왔다. 얼굴만 비췄다 온다 해도 늦은 밤에야 서울에 도착할 터였다. 술 마신 다음날은 웬만하면 쉬어줘야 하는 것이 요즘 진수의 몸 상태였다. 이제는 오십을 눈앞에 둔 진수로서는 스스로도 그럴 만한 나이라고 생각하고 있었다. 그런데 부산까지.

답답했다. 내일이 발인이기 때문에 하루를 미룰 수도 없었다. 게다가 상주喪主는 그냥 지나칠 수 없는 속칭 '절대 갑甲'에 해당하는 사람이었다. 이미 결론은 정해졌음에도 핑계거리를 찾는 진수의 마음은 탈출구 없는 미로를 한동안 헤매는 심정이었다.

마침내 진수는 사무실의자에 털썩 주저앉았다. 그냥 갔다 오고 말자. 쓸데없는 고민을 계속해봤자 어차피 결론은 하나니까. 진수는 서랍에서 부의賻儀봉투를 꺼냈다. 요즘은 부의봉투를 가장 먼저 발견한다. 부의봉투 밑 어딘가에 결혼봉투가 있을 것이다. 진수는 봉투 뒷면에 소속과 이름을 정성스럽게 썼다.

그리고 찾아 온 또 다른 고민. 오만 원을 넣어야 하나, 십만 원을 넣어야 하나? 역시 늘 하는 고민이었다. 그 사람과 난 친한가? 모르겠다. 그렇다면 그 사람과 나의 사업적인 관계는? 두말할 것도 없다. 절대 갑이다. 내가 십만 원을 넣으면 그 사람은 나에게 진심으로 고마워할까? 절대 그럴 인간이 아니다. 이제 생각을 바꿔본다. 오만 원을 넣으면 그 사람에게 나는 밉보일까? 충분히 그럴 가능성이 크다. 십만 원을 넣으면 적어도 찍히지는 않을 것이다. 그래, 잘 보이는 것보다 더 무서운 것이 밉보이는 것이지. 이런 생각에 도달하자, 진수는 아깝지만 봉투에 십만 원을 넣기로 마음먹었다. 십만 원을 채워 넣은 후 진수는 양복 오른쪽 안주머니에 봉투를 빠르게 집어넣었다. 조금이라도 늦으면 오만 원을 뺄 것 같은 충동에 휩싸일 것 같았다.

질끈 눈을 감은 진수는 인터넷으로 부산행 KTX를 예약했다. 이것도 돈이다. 점점 돈에 대한 미련에 부아가 치밀어 올랐다. 문자 하나에 들어가는 돈이 이만저만 큰 것이 아니었다. 이 돈을 아끼려고 얼마나 애썼던 진수던가. 돼지고기, 소고기가 몇 인분인가. 골프도 한 라운딩 했을 비용이 문자 하나에 홀러덩 날아가 버리는 것이다. 한숨을 깊게 내쉬고 감정을 조절해본다. 그리고 자리에서 힘겹게 일어섰다.

거래처를 들렀다 서울역으로 가면 얼추 시간이 맞을 것 같았다. 절대 갑이기 때문에 장례식장에 가는 사람들은 많겠지만, 진수는 굳이 그들과 동행하고 싶지 않았다. 원래 내성적인데다 남들과 어울리는 자리가 영 마뜩찮아서다. 어차피 이렇게 써야 할 시간과 돈이라면 가는 길에서라도 혼자만의 시간을 갖고 싶었기 때문이었다.

서울역에 도착한 진수는 조문용 검정색 넥타이를 깜박했다는 것을 알았다. '빌어먹을.'

이리저리 헤매다 허름한 가게에서 넥타이를 오천 원에 샀다. 넥타이를 가방에 대충 쑤셔 넣고 시계를 보았다. 진수가 타야 할 부산행 열차는 승차시간까지 이십분의 여유가 있었다.

진수는 잠시라도 앉아 있으려고 주변을 휘 둘러보았다. 서울역 대합실에는 온갖 군상의 인간들이 섞여있었다. 대형 TV 앞에 놓인 긴 의자에는 다양한 사람들이 옹기종기 앉아있었다. 진수는 무덤덤한 표정으로 앉을 자리를 찾아보았다. 어떤 사람 옆에는 앉아도 되는지, 어떤 사람과는 스쳐서도 안 되는지 굳이 내색하지 않아도 알 수 있었다. 노숙자들은 스치기만 해도 벌레들이 스멀스멀 진수의 옷으로 옮겨 붙고 불쾌한 냄새를 배게 할 것만 같았다. 하지만 그런 티를 내서는 절대 안 되었다. 마치 아무렇지도 않다는 듯이 행동하면서도 그런 인간들은 피해야만 했다. 저들도 태어나는 순간에는 때 하나 묻지 않은 몸뚱이였을 텐데. 진수는 머리를 흔들었다. 진수의 심신이 그렇게 너그러운 생각을 할 만큼 여유롭지 않았다.

상대적으로 의자와 주변이 깨끗한 곳을 골라 앉은 진수는 턱을 괴고 잠시 눈을 삼았다. 피곤이 놀려왔기 때문이다. 머리는 여전히 무거웠고, 몸은 축 처졌다. 그런데 그 순간 어젯밤의 기억 하나가 번쩍 하며 스치듯 떠올랐다. 어느 지하 어두운 룸, 형형색색 돌아가는 불빛, 퀴퀴한 냄새, 술과 안주로 어수선한 테이블, 질퍽한 공기. 진수는 때마침 마이크를 잡은 채 노래를 부르고, 고 부장은 노래에 맞춰 거의 나체에 가까운 아가씨의 잘록한 허리를 부둥켜

안고 춤을 추고 있었다.

진수는 눈을 떴다. 흐릿한 영상도 사라졌다. 이때 노숙자 한 명이 진수 옆에 와 앉으려고 했다. 진수는 급하게 시계를 보았다. 그리고 벌떡 자리에서 일어섰다. 마치 열차시간을 깜박해 급하다는 듯이. 진수는 칠 번 플랫폼으로 빠르게 걸어갔다.

2-1.

윤씨는 이제 신선한 살아있는 공기를 마시고 싶었다. 그녀와 그녀 밖의 모든 것을 아무런 무게감 없이 유구하게 연결해주었던 그 공기를 호흡하고 싶었다. 너무나 당연하다고 생각해왔던 것들을 당연한 것처럼 누리고 싶었다. 하지만 그 당연했던 것이 어느 순간 너무도 간절한 존재가 돼버리고 만 것이다.

언제인지 정확히는 모르겠지만 갑자기 정신이 몽롱해졌던 것 같다. 그리고 무한의 시간이 흐른 후, 약하고 가는 빛이 윤씨의 안구를 간질였다. 간신히 눈을 떴을 때는 산소마스크가 그녀와 세상을 단절시키고 있었다. 어느새 삶과 죽음에 대한 판단은 그녀 옆에 놓인 심전계心電計에 그려지는 가느다란 선의 파동과 낯선 기계음에 맡겨진 채였다. 그녀의 삶을 묵묵히 지탱시켜주던 그녀의 심장이 이제 그녀를 놓아주려 하는 것처럼 보였다. 이제 윤씨의 목숨은 스스로가 감지하는 것이 아니라 얽히고설킨 선들과 이름도 모를 기계들에 의존하고 있었다.

윤씨는 모든 것을 체념했다. 사실 그러한 체념은 자신보다 그녀를 둘러싼 가족들의 얼굴에서 이미 오래전에 시작됐음을 알 수 있었다. 생명에 대한 간절함이라든가 상황에 대한 걱정마저도 삼켜버릴 정도로 무미건조한 표정에서 윤씨는 그것을 알 수 있었다.

윤씨는 더 이상 그 생명을 유지하고 싶지 않았다. 자신도 통제할 수 없는 몸뚱이가 이 세상을 어서 사뿐히 놓아주길 바랄 뿐이었다. 하지만 몸뚱이는 아직도 세상에 대한 미련이 많은가 보다. 그녀의 의지, 가족들의 건조한 표정보다도 더 질긴 것이 그녀의 몸뚱이 같았다.

언제가 낮이고 밤인지, 계절은 어떻게 바뀌었는지, 얼마나 시간이 지났는지 알 수가 없었다. 오랜 어둠과 침묵의 시간이 지나 눈을 뜨면 낮이고 밤이었다. 다만 커튼 사이로 어느 날은 환한 풍경이, 어느 날은 부연 불빛만이 점점이 비출 뿐이었다. 가끔 보였다사라지는 아들의 모습을 보면서 '저 녀석이 내 아들이었던가?' 하며 자신 스스로도 의아해지곤 했다. 가끔 정신이 맑은 날은 아들의 어릴 적 모습이 손에 잡힐 듯 선명하게 떠올랐다가도, 어떤 날은 아예 그 윤곽마저도 그릴 수 없곤 했다.

시간도 뒤죽박죽이었다. 과거의 일들이 마치 일상을 접어놓은 영화나 드라마처럼 떠오르곤 했다. 기억은 시간의 흐름이 아니라 사진첩 사진들이 듬성듬성 꽂혀있듯 사건 단위의 단편적인 것들이었다.

시골 어귀의 모습이 떠올랐다. 그리 높지 않은 산과 작은 개울, 낮은 고개를 넘어오면 보이는 당산나무와 작은 정자, 계절의 변화에 따라 스스로 폈다 지는 꼬불꼬불한 길가 꽃들, 파전처럼 널려 있는 논과 밭, 꼬부랑길 좁은 터에 자리 잡은 조막만한 초가집들, 어느 집 싸리나무 울타리에 던져진 찌그러진 개밥그릇에 코를 박은 고양이, 지지리도 못난 똥개 녀석, 그 놈과 한바탕 신경전을 치른 씨암탉과 노란병아리들, 하루 종일 무언가를 씹어대는 외양간의 두 살배기 누런 소, 그리고 뭉게구름과 지친 태양.

여느 시골아버지들처럼 술을 좋아하시던 아버지의 거친 숨소리가 어렴풋이 느껴질 때는 윤씨의 거친 호흡 속에서도 엷은 미소가 떠올랐다. 아마도 운명의 날을 기다리는 가족들은 결코 발견할 수 없는 미소리라.

윤씨 아버지는 더 나은 것도 모자랄 것도 없는 그저 그런 농사꾼이었다. 남들보다 더 부지런하지도 게으르지도 않으면서 한평생 계촌부락에서 태어나 마을 산등성이 작은 묘지로 사라지신 그런 분이셨다. 그런 아버지에게도 윤씨는 남다른 딸이었으리라.

세 명의 아들을 낳은 후 마지막이라 생각했던 딸을 홍역으로 잃었다. 앳되고 여린 딸을 거적때기에 씌어 뒷동산 이팝나무 옆 양지바른, 차마 무덤이라 할 수 없는 곳에 눈물과 함께 묻었다. 그후 이 년이 지나서 얻은 막내딸이 윤씨였다. 그래서인지 아버지는 어린 윤씨를 더욱 금이야 옥이야 했다. 거친 얼굴과 수염으로 어린 윤씨의 얼굴을 사랑스럽게 비비던 그 촉감이 되살아나는 것 같았다.

또 다시 수면상태로 빠져드는 윤씨 얼굴에 그녀만이 감지할 수 있는 미세한 미소가 조용한 호수의 잔물결처럼 번졌다. 윤씨의 의식이 다시 돌아왔을 때는 가는 실눈 사이로 빗물이 창문을 토도독 때리고 줄줄이 흘러내리는 것이 보였다. 비상구를 알리는 조명만 아릿하게 비치는 병실에 윤씨만이 힘겨운 눈꺼풀을 들어 움직이고 있었다. 어차피 시간의 개념이 무너진 윤씨에게 밤낮의 경계는 중요하지는 않았다. 규칙적으로 들리는 작은 기계음과 빗소리만 병실에 가득했다.

1-2.

KTX 열차가 서울역을 떠난 지 얼마 지나지 않아 진수는 스르르 잠이 들었다. 요즘 들어 의자에 엉덩이만 붙이면 졸음이 쏟아지는 일이 부쩍 늘었다. 거기다 오늘 하루를 제치기로 마음먹으니 오히려 심신은 편안해지는 것 같았다. 열차의 덜컹거리는 소리조차도 꿈결 속 자장가처럼 들려왔다. 아닌 게 아니라, 최근 들어 짧지만 이런 감정을 누릴 여유조차 없었던 진수였다.

계속된 경기불황으로 시장상황이 악화되면서 마케터인 진수의 부담도 가중되고 있었다. 실적 체크가 매일 이루어지며 하루하루가 살얼음판을 걷는 기분이었다. 오늘 좋았다고 내일 괜찮은 것이 아니었다. 또 올해 잘했다고 내년이 괜찮은 것도 아니었다. 시장 상황은 점점 어려워지는데 목표는 매월, 매분기, 매년 늘어나기만 하고 부담은 승수를 더해 무거워지고 있었다.

그렇다고 쉽게 회사를 때려치우고 나올 수도 없었다. 직급이 올라가고 나이를 먹을수록 운신의 폭은 점점 좁아지기 마련이다. 대리, 과장일 때에는 욱한 충동만으로 회사를 옮겨 탈 수 있지만, 나이 먹은 팀장으로서는 능력이 있어도 쉽지 않은 것이 이직이었다. 동아줄이 낡고 위험해도 그것이라도 잡고 버텨야 할 처지가 된 것이다. 그런데다 시장상황이라도 괜찮으면 좋으련만, 시장 분위기는 더 안 좋은 상태로 흘러가고 있었다. 고 부장이 언급했듯이 경쟁회사에서는 구조조정에 들어갈 것이라는 소문이 흉흉히 퍼지고 있었다. 여파는 점차 몰려올 것이다. 진수가 속한 회사는 그런대로 나은 편이지만 무풍지대가 아니기는 마찬가지다.

이런 상황에서 묵묵히 참고 일하는 것이 어느 때보다 중요하다는 것을 진수는 잘 알고 있었다. 작은 빌미도 제공해서는 안 된다. 비굴할지라도 윗사람한테 절대 찍혀서는 안 된다. 먹이사슬처럼 이런 관계는 부장에게, 담당 본부장에게, 상무에게, 전무에게, 그리고 사장에게로 엮여있었다.

자신에 대한 외부사람들의 평가도 무시할 수 없는 부분이었다. '절대 갑'의 존재는 판매실적에 매우 큰 영향을 줄 뿐만 아니라, 진수에 대한 평판에도 영향을 주기 마련이다. 당연히 그들에 대한 관리는 매우 중요한 업무 중 하나이다. 이런 때에는 이렇듯 얼굴 한번 비추고 부의금을 내는 일이 단순한 인사치레보다 더 중요한 의미를 갖는다는 사실을 진수는 잘 알고 있었다.

자신이 나태해지려 하거나 정해진 선에서 조금이라도 벗어나고 자 하는 충동이 생길 때면 으레 진수의 머릿속엔 아내와 아이들의 얼굴이 더욱 애틋하게 떠오르곤 했다. 그런 점에서 지금 달리는 KTX는 부산행이면서도 그의 인생행이나 다름없었다.

잠시 잠들었던 진수는 깜짝 놀라며 눈을 떴다. 그리고 생뚱맞은 표정으로 주변을 두리번거렸다. '맞아, 내가 지금 KTX 안에 있는 거지.' 깊은 잠의 통로를 거쳐 미지의 출구로 불쑥 튕겨져 나온 것 같은 생각이 순간 들었던 것이다. 자세를 고쳐 잡은 진수는 여전 히 KTX 안에 있다는 사실에 안도의 숨을 내쉬었다.

동대구역을 지난 열차는 속도를 내고 있었다. 차창 밖으로는 도 시와 농촌의 모습이 슬라이드 사진처럼 교차되어 지나가고 있었 다. 사진은 사진 그 자체의 크기보다도 열차의 속도에 따라 길어 지기도 짧아지기도 했다. 도시라고는 해도 상가건물 몇 채와 여러 개의 아파트단지를 지나면 끝이었다. 시골도 산등성이 몇 개와 그 사이 논밭을 휘돌아 가면 끝이었다. 이렇게 사진처럼 스쳐보면 차 창 밖 사람들이 무슨 걱정이 있겠는가 싶다. 그러나 찰나로 지나 치는 도시, 그 안에서도 진수 못지않은 전쟁터에서 살아가는 같은 치열한 삶이 있을 것이다. 한가롭게 보이는 농촌풍경도 가까이 들 여다보면 엄청난 갈등 속에서 상처를 내고 봉합하며 치유하는 삶이 있을 것이다.

진수는 다시 눈을 감았다. 가능한 한 질긴 잡념에서 벗어나고 싶었기에 진수는 귀에 이어폰을 꽂고 음악을 듣기 시작했다. 노래 순서는 무작위였다. 록과 발라드, 7080세대 음악이 섞여 나오던 중, 노래 한 곡이 진수의 귀에 꽂히고 가슴에 박혔다. 〈타는 목마름으로〉였다.

내 머리는 너를 잊은 지 오래
내 발길도 너를 잊은 지 너무도 오래
오직 하나 타는 가슴속
목마름에 기억이 내 이름을 남몰래 쓴다
타는 목마름으로 타는 목마름으로
민주주의여 만세

음악이 한순간 진수를 들어 올려 학창시절 치열했던 시위현장 한복판에 던져놓는 것 같았다. 최루탄이 난무하고, 함성이 격렬하고, 깃발이 바람에 나부끼고, 화염병이 하늘을 가르고, 스크럼을 짜고 찢어지고, 쫓는 자의 몽둥이가 거세지고, 쫓기는 자의 저항이 처절하고. 그리고 해거름 가을석양이 조용히 건물사이로 넘어가는 황혼녘의 중심에 진수가 서있었다.

최루탄으로 쓰라린 눈코로는 눈물콧물이 사정없이 흘러내렸고, 수건으로 입을 가린 목구멍에서는 마른기침이 연신 쏟아져 나왔고, 온몸은 땀으로 흠뻑 젖어있었다. 그러면서도 독재타도! 민주쟁취! 함성은 더 가열하게 뿜어져 나왔다. 그땐 그랬었다.

진수는 꽉 조여 오는 넥타이를 조금 풀었다. 한결 숨쉬기가 편해졌다. 진수는 노래 듣기 모드를 한곡 반복으로 바꿨다. 〈타는 목마름으로〉가 다시 살아났다. 진수는 오직 음악 속으로만 빠져들고 싶었다.

2-2.

"혜순아, 니 집에 기냥 가나? 쪼매만 놀다 가자."

또 한 장의 사진이 윤씨 기억을 아주 먼 과거 소학교시절로 거슬러 올라가게 했다. 그때가 4학년이었는지, 5학년이었는지는 기억이 가물가물했다. 순영이 집으로 가려던 혜순을 붙잡았다. 혜순은 하늘을 올려다보았다. 태양은 소태산 위에서 아직 밝았다.

"글까?"

"내치 그칸 것도 아닌데."

"거자?"

순영은 잠깐 망설이던 혜순의 손을 낚아채고 운동장을 빙 두른 느티나무 아래로 뛰어갔다. 그곳에는 한 무리의 아이들이 옹기종기 모여 놀고 있었다.

윤씨 집에서 학교까지는 십리 길도 족히 넘어, 낮은 고개 두 개와 꼬불꼬불한 논과 밭 사이를 어린 윤씨 걸음으로는 거의 시간 반 이상 걸어야 했다. 그래서 윤씨의 아버지는 학교에서 파하면 해 떨어지기 전에 집에 와야 한다고 몇 번이고 신신당부하고는 했다. 그래도 마음이 안 놓이는 날에는 마을 초입 고갯마루에서 책보자기를 둘러매고 오는 귀여운 막내딸을 기다릴 때가 부지기수였다. 총총걸음으로 걸어오는 막내딸의 모습이 저만치서 보일 때면 아버지는 딸의 이름을 부르며 달려갔고, 막내딸도 기우뚱거리며 뛰어와 부둥켜안고 서로의 뺨을 비벼대는 모습이 영락없는 오랜 이별 후의 가족상봉과 같았다.

그런데 여느 때 같았으면 동무들의 유혹을 뿌리치고 냉큼 집으로 달려왔을 혜순이 그날만은 순영의 말에 쉬이 넘어가고 말았다. 아직 해가 길었고, 바람은 살랑살랑 시원했고, 집에 간들 딱히 할 것도 없었다는 것이 나름 이유였을 것이다.

동무들과 공기놀이 하다 금방 싫증이 나자 깨끔질 놀이를 했다. 이 역시도 싫증이 나자 학교 뒷산에서 뜯어온 풀로 풀싸움도 하고, 학교 전체를 놀이터 삼아 숨바꼭질도 하다 보니 어느새 해는 소태산 뒤로 뉘엿뉘엿 넘어가고 있었다.

시간이 이렇게 빨리 흐를 줄 혜순은 상상도 못했다. 그리고 얼마 지나지 않아 소태산 뒤로 넘어가는 듯 했던 태양은 무엇인가에 급하게 쫓기는 양 휑하니 빠른 걸음으로 사라져버리고 말았다. 그러자 하늘에서 무거운 물건이 쿵 하고 내려앉듯이 어둠이 찾아왔다.

"순영아 대애 놀았능갑다."

그제 서야 순영도 걱정이 되었던지,

"걸키, 우짜꼬?"

순영네 집은 학교에서 그다지 멀지 않았기 때문에 내심 혜순이가 걱정이 되었던 것이다. 혜순의 얼굴은 금방 울상이 되고 말았다.

"언자 부리내키 가면 되지 않컨나?

순영의 말이 끝나기 무섭게 혜순은 책보자기를 들쳐 메고 집으로 달음박질을 치기 시작했다.

"단디 가그래이!" 멀리서 순영이 소리치는 모습이 보였다.

혜순은 헉헉거리며 열심히 달리기 시작했다. 그러나 어린아이 달음박로로는 멀어져가는 시간과 뒤쫓아 오는 어둠을 당해낼 재간이 없었다. 어느새 이마와 콧잔등엔 땀방울이 송골송골 맺히는데 구불구불 돌아가는 논밭 샛길은 끝 간 데를 모를 지경이었다. 숨이 목까지 차올랐다. 한낮에는 그렇게도 평화롭고 착하게만 보였던 산과 들, 나무, 풀들이 어둠이 내리자 모두가 벌떡 일어나 혜순에게 검은 마수를 뻗칠 것만 같았다.

아직도 고개를 하나 더 넘어야 하는데, 혜순은 금방이라도 눈물이 터질 것만 같았다. 하지만 달음박질을 늦출 수가 없었다. 게다가 둘째 고갯마루 옆 조그만 논물 대는 웅덩이서 장씨 할아범이 빠져죽은 지 채 일 년도 지나지 않았다. 아직도 그 망령이 주변 어디서 헤맬지도 모를 일이었다. 곱게 죽지 못한 사람들은 구천과 이승 어딘가에서 귀신으로 떠돈다는데. 이런 생각에 다른 무서운 생각들이 겹겹이 쌓이면서 혜순의 마음은 극도로 조급해졌다. 그런데 두 다리는 마음만큼 빨리 달리지를 못하고 있었다.

그때였을 거다. 누군가 혜순의 발목을 낚아챘다고 느낀 것은.

혜순은 악 소리도 내지 못하고 앞으로 꽈당 굴러 넘어졌다. 작은 돌부리에 손바닥과 무릎이 긁히며 상처위로 핏방울이 몽글몽글 맺히는 것이 보였다. 하지만 아픈 것을 느낄 사이도 없었다. 큼직한 그림자 하나가 혜순에게 빠르게 다가오는 것이 아닌가. 정말 장씨 할아범의 망령일지도 모를 일이었다. 혜순은 넘어진 채로 뒷걸음쳤다. 그러나 마음만 앞섰을 뿐이었다. 검은 그림자는 더 빠르게 다가왔다. 그리고 그림자가 거의 혜순을 잡을 찰나였다. 동시에 혜순은 꾹 참아왔던 눈물을 펑하고 터뜨리고 말았다. 눈물이 검은 때로 얼룩진 두 뺨을 타고 주르륵 흘러내렸다.

"혜순아!"

오, 아버지였다.

"울 망내이 개안나? 마이 다쳤나? 어대 보자."

아버지는 혜순의 대답은 기다리지도 않은 채, 막내딸을 꼬옥 끌어안았다. 그리고 두 뺨에 흐르는 눈물을 거친 두 손으로 부드럽게 닦아주고 먼지 묻은 옷을 빠르게 털어주었다. 혜순은 무엇이 그렇게 서글펐는지, 울음을 참지 못하고 연신 훌쩍거리고 있었다.

"거라이까내 핵교 파하면 해딱 집으로 오라지 안 하나!"

아버지는 어린 막내딸을 혼내면서도 마음 한편으로는 막내딸이 안쓰러워 꼭꼭 껴안고 달래었다. 집으로 돌아오는 길은 아버지의 따스한 등에 업힌 채였다. 규칙적으로 오르내리는 아버지의 등에 온몸을 기대면서 혜순은 세상 무엇보다 따스한 아버지를 느꼈다.
이제 어둠은 완전히 내렸다. 주변 사물들은 원근감을 상실한 채
농도를 달리한 검은 형체로만 보일 뿐이었다. 하늘과 맞닿은 산의
공지선은 다른 공지선과 만나 길게 늘어져 있었다.

"아부지, 다암부텀 안 그럴끼요."

혜순은 조용히 아버지 귀에 대고 속삭였다. 등에 업혔지만 혜순
은 아버지의 엷은 미소를 느낄 수 있었다. 그리고 혜순은 잠에 빠
져들었다.

비상구 유도등만 빛나고 있는 병실, 윤씨의 감긴 두 눈이 조금
흔들렸다. 입 꼬리에는 보일 듯 말 듯한 미소가 사르르 흐르고 있
었다.

1-3.

흐르는 노래 중간에 문자 알림음이 잠깐 끼어들었다 사라졌다.
선잠과 음악감상 사이를 넘나들던 진수는 무겁게 눈을 떴다. 비좁
은 좌석에서 엉기적거리며 몸을 곧추세운 후 휴대폰 문자를 확인
했다.

'내일 오전 회의시간에 진성물산 클레임 처리건 본부장님에게
보고하시랍니다. 부산 잘 다녀오십시오, 팀장님. 최 과장 드림'

진수의 가슴이 다시 답답해져왔다. 지난 몇 개월 동안 진수의 머리를 짓누르고 있던 사안이었다. 아직 특별한 해결책도 없는 건이었다. 기존에 어떤 자료를 만들어 두었는지 생각해보았다. 무슨 자료를 어떻게 수정해서 본부장에게 보고해야 한담.

진수는 빠르게 스쳐가는 차창 밖을 무심히 내다봤다. 풍경이 무미건조하게 휙휙 스쳐지나갔다. '조금 있으면 밀양인가?'

진수는 깊은 한숨을 쉬며 머리를 의자등받이에 기대고 눈을 감아 보았다. 가슴이 답답했다.

2-3.

"네가 나올 때까지 기다릴 거야."

사내는 허름한 하숙집 대문 앞에서 고집을 부리고 있었다.

혜순은 사람 창피하게 막무가내로 고집을 부리는 사내가 밉기도 했지만, 한편으로는 그런 사내가 자신의 마음속에 조금씩 들어오고 있음에 흠칫 놀라기도 했다.

시골에서는 꿈도 꾸지 못할 대학을, 그것도 여자의 몸으로 서울까지 올라왔을 때에는 오직 공부만이 그녀의 목표였다. 어렵게 농사짓는 부모님 생각하면 아무리 생각해도 혜순에게 대학진학은 언감생심이었건만, 아버지와 오빠들의 격려와 지원은 혜순에게 큰 힘이자 용기였다.

이런 상황을 모르는지 아니면 애써 모르는 척 하는 건지, 학과 선배랍시고 막무가내로 들이대는 이 사내는 혜순이 좋다고 벌써 몇 개월째 졸졸 따라다니고 있었다. 서울 부잣집 둘째아들인데다, 생긴 것도 멀쑥한 사내가 뭐가 아쉬워, 가진 것 하나 없고 시골서 올라 온 자기를 졸졸 따라다니는지 혜순은 도통 알 길이 없었다. 그저 사내의 젊은 날의 치기어린 행동이라 생각하고 싶었다. 그런 데 그런 사내가 지금 대문 앞 가로등 아래에서 축 처진 어깨로 두 시간 넘게 서있었다.

　윤씨의 호흡은 거칠었지만 투사된 영상은 선명했다. 또한 사진 은 퇴색했지만 오십 년을 뛰어넘은 기억만은 지금에도 또렷했다.
　날씨는 조금씩 쌀쌀해지는 가을초입이었을 게다. 그래서일까, 하숙집 앞에 걸려있던 가로등 불빛은 차가운 공기의 가는 입자에 반사되어 더욱 은은하고 을씨년스러웠다. 그리고 하얀색 여름용 남방차림의 사내는 더 춥고 애잔해보였다.
　그런 사내를 더 오래 세워둘 수 없었던 것이 그녀의 천성이었나 보다. 처음에는 그저 이웃에 창피스러워 선배를 쫓아버리려 대문 을 열고 나갔던 것이었는데, 사내는 돌연 그녀의 어깨를 바락 움 켜쥐고 가타부타 따질 겨를 없이 그녀에게 입맞춤을 해버렸다. 어 쩌면 그 순간이 윤씨가 그 사내를 받아들였던 순간이 아니었을까.
　하지만 그 만남은 서로가 대학을 졸업하고 생활전선에 들어서 면서 조금씩 허물어졌다. 너무 조급히 쌓인 기억은 망각의 시간이 황급히 찾아오는 것처럼, 이르게 시작한 사랑은 조금씩 무너지는 시간밖에 남지 않은 것 같았다. 그 사람이 일본으로 떠나고 결국 서로 연락이 뜸해지면서 누가 먼저랄 것도 없이 둘의 관계는 파도에 쓸려가는 모래성처럼 허물어졌다. 사랑의 애틋함이랄까, 아쉬움이랄까, 그런 감정의 물결도 모래알갱이 속으로 빨려들 듯 스며들며 자취 없이 사라졌다.

윤씨의 숨이 한 번 더 가쁘게 차올랐다. 시간은 단말마적인 그녀의 호흡처럼 끊겼다 이어지고, 이어지다 끊기기를 반복했다.

윤씨의 남편은 거래처 대리로 참으로 말쑥한 차림에 인상 좋은 사람이었다. 매주 한 번씩은 꼬박꼬박 사무실을 방문했는데, 그때마다 작은 간식거리를 잊지 않았다. 마케터라는 것이 얼굴장사라고 하는데 그 역시 그랬다. 그러던 어느 날 그는 그녀의 책상 위에 아무도 모르게 검은깨와 조가 듬뿍 담긴 호밀빵 하나와 편지 한 장을 올려놓았다. 편지는 고이 접혀 손바닥보다 작았다.
퇴근시간에 맞춰 기다리겠다고 꾹꾹 눌러 적은 손글씨는 미세하게 떨려 있었다. 윤씨의 행동은 그 시간을 염두에 두지 않았지만 마음은 그 시간을 기다렸었다. 윤씨는 애써 퇴근시간에 맞춰 사무실을 나섰고, 예상대로 그는 빌딩 한 귀퉁이에서 그녀를 기다리고 있었다. 약간 놀란 척했지만 이것이 그와 연애의 시작임을 그녀는 알고 있었다. 그리고 결혼 전에는 몸을 허락하지 않는다는 생각은, 연애기간은 짧게 결혼은 서둘러했던 나름 이유였다.

남편은 처음 만남부터 마지막 순간까지도 부드럽고 착했으며 성실했다. 어쩌면 죽음의 문턱에서도 그렇게 자상할 수 있는지. 임종순간에 의연함을 보였던 아버지처럼 남편도 무척이나 의연했다. 남편과 결혼하고 머지않아 윤씨는 회사를 그만두고 집안 살림에만 전념했다. 그녀의 젊은 몸과 마음은 커다란 문제없는 결혼생활을 이어갔다.

윤씨의 숨이 조금 더 가빠졌다. 그녀의 호흡만큼이나 기억 속 단편적인 사진들도 주마등처럼 가쁘게 스쳐지나갔다. 이젠 얼마 남지 않은 시간에 영상기도 촉박했다. 영상 속 사진들은 여전히 시간개념을 무시했다.

첫째 아이를 낳고 기뻐하고 즐거웠던 모습부터, 아이가 소년이 되고 청년이 되는 모습들이 뒤죽박죽 떠올랐다 사라졌다. 남편이 부산으로 발령을 받고, 내내 부산에서 직장생활을 하는 동안 두 아이를 더 낳았다. 그런 삶 가운데 좋은 일, 나쁜 일, 슬픈 일, 기쁜 일, 행복한 일, 불행한 일 등 누구나 겪어야 하는 일들 역시 그녀를 피해가지 않았다.

그럼에도 뒤돌아보면 커다란 삶의 굴곡 없이 살아 온 인생이었다. 그녀는 그런 그녀에게 감사했다. 아버지의 죽음이라든가, 십년 전 암으로 남편을 떠나보냈을 때의 견딜 수 없는 상실감이라든가, 교통사고로 둘째 아이를 잃었을 때의 주체할 수 없었던 슬픔에도 불구하고 그녀는 그녀의 삶에 감사했다.

어느 하나 소중하지 않은 것 없는 삶의 기억들이었다. 결국 삶이라는 것이 '그렇게 시작해 이렇게 끝나는구나'라는 생각에 일상적인 말로는 표현 못할 묘한 감정이 일렁이기도 했다. 자신은 여전히 십대의 어린 소녀라고 생각했는데, 몸은 어느새 칠십대 노인이 되어 인생의 마지막 순간에 누워 있다고 느꼈다. 삶이란 정말 이렇듯 한순간인 것을.

서울로 올라오라는 큰아들의 성화에도 부산이 좋다고 고집 피우던 그녀는 결국 남편이 먼저 떠난 부산에서 병을 얻고 이렇게 마지막에 이르고 있었다.

지금은 밤일까, 새벽일까. 밖은 여전히 어두웠다. 가습기에서 하얀 김은 모락모락 피어오르고, 인생의 마지막을 동행할 기계음만 병실 가득 남아있었다. 윤씨의 숨이 거칠어지자 임종의 순간을 지켜보던 기계음이 가팔라지고 빨라졌다. 그리고 한순간이었다.

1-4.

부산역은 이른 어둠이 내려앉고 있었다. 진수는 역 앞 택시 승강장에서 택시를 타고 부산의료원으로 향했다. 거칠고 바쁜 부산의 도로를 진수는 무심히 바라보았다. 부산은 흡사 홍콩 같다는 생각이 들었다. 그러면서도 서울로 올라갈 KTX 시간, 열차 시간에 맞추려면 언제쯤 일어나야 하나, 상주인 '절대 갑'과 맞절 후 무슨 말을 해야 하나 등의 복잡한 생각들로 머릿속은 복잡했다. 이런저런 생각에 빠져있는 동안 택시는 어느새 장례식장에 도착했다.

특1호실에는 조화들이 양옆으로 빼곡히 줄지어있었다. 입구부터 사람들이 바글바글 모여 떠드는 모습들이 보였다. 진수는 먼저 문상을 마친 사람들을 둘러보았다. 줄지어 놓인 테이블 위에 몇몇 아는 업계사람들이 이미 식사와 술을 나누고 있었다. 그중 아는 동기가 손을 들어 그를 반겼다. 오년 전 회사를 옮긴 경쟁자이자 동업자였다. 가볍게 손을 들어 맞인사를 한 진수는 빈소로 들어갔다.

다소 초췌한 표정의 '절대 갑'이 상주로 서있었다. '절대 갑'과 짧게 눈을 맞춘 진수는, 향에 불을 붙여 향로에 꽂고 두어 발 물러나 영정사진을 올려다보았다. 곱게 차려입은 사진 속 여인은 차분하고 고운 자태를 보이고 있었다. 정면을 응시하고 있는 표정에서는 죽음의 어두운 그림자라고는 찾아볼 수가 없었다. 오히려 진수 자신보다 편안하고 잔잔한 미소가 온화해 보였다.

진수는 숨을 고른 후 첫 번째 절을 올렸다. 양복 윗옷이 좀 당겨 절하는 자세가 불편했다. 왼손이 오른손 위인지, 오른손이 왼손 위인지 잘 몰라 두 손을 살짝 벌린 채로 절을 했다. 그리고 한동안 뜸을 들였다. 이래야 진정으로 고인을 위하는 것 같다는 생각이 언뜻 들어서다. 기우뚱거리지 않게 몸을 일으킨 진수는 몸의 균형을 잡고 추스른 후 다시 두 번째 절을 하기 위해 무릎을 꿇었다. 바짓단이 조금 조여 불편했다. 이번에는 처음보다 시간을 좀 더 끌었다. 이 모습을 '절대 갑'이 내려다볼 것이었다. 진정 애석한 마음으로 고인을 보내고 있음을 잘 보여줘야 했다.

진수는 조심스럽게 일어났다. 그리고 상주와 맞절을 하고 얼굴을 마주 보고 섰다. 가능한 한 위로의 표정이 자연스럽게 나타날 수 있도록 노력했다. 이제 열차에서 준비했던 위로의 말을 건넬 차례였다. 그런데 말이 시작할 무렵 하필 목이 턱 막히더니 목소리가 갈라져 작게 웅얼거리고 말았다.

"켁켁……. 저……. 마음이……."

이때, '절대 갑'이 진수의 손을 맞잡고는,

"먼 곳까지 찾아주셔서 고맙습니다." 하더니, 진수를 식사가 준비된 접객실로 일방적으로 밀어붙였다. 진수는 제대로 된 대꾸도 하지 못한 채, '네, 네.' 하고 멋쩍은 표정이 되어서 앞서 손인사를 나눴던 동기가 있던 자리로 가야 했다. 속으로는 자신이 진심으로 애도하고 있음을 알려야 했는데, 그러지 못한 것을 못내 아쉬워하면서 말이다.

동기 녀석은 이 마음을 아는지 모르는지 밥 먼저 해야지, 여기요, 식사 한 사람분이요, 술 한잔 해라, 우리 얼마만이냐, 부산 오랜만이다, 요즘 어떠냐, 난 죽겠다, 정 부장이 많이 도와주냐, 박 실장 쪽 사람들은 왜 그러냐, 우리 대리 때가 좋았지, 김 팀장은 잘 있냐, 승현이는 이번에 완전히 아웃 됐더라 등등으로 떠들어대는데, 진수는 여전히 마음이 편치를 못했다.

0.

진수는 그렇게 부고봉투를 무사히 전하고 늦은 막차로 서울행 KTX를 탔다. 윤씨는 이 세상의 여러 지인들과, 평생 단 한번도 보지도 알지도 못했던 이들과 영원히 이별했다.

일탈된 고립_

1.

컴퓨터의 자판소리가 희미한 점이 되어 사라져가고 있었다. 그를 둘러싼 정물화 속 모든 사물들이 안개에 물들어 흐물흐물 사라져가는 것 같았다. 그를 다그치던 초점 없는 사내의 위협적인 목소리도, 누런빛으로 불안하게 대롱대롱 매달린 형광등도, 상처투성이 80년대식 철제책상도, 그리고 연일 끼니를 거른 하이에나처럼 들러붙던 그 플래시와 마이크들도 점점 그의 의식 저편으로 사라져갔다. 지그시 눈을 감은 채 힘없이 반복되는 '네' 소리에 채찍을 맞은 듯, 자판의 토닥거림도 말발굽소리를 내며 사라져갔다.

그리고 이렇듯 멍한 상태가 지속될수록 이상하리만큼 그의 마음도 안정을 되찾는 것 같았다. 어디가 처음이고 어디가 끝인지 모를 회전목마처럼 빙글빙글 돌던 사건의 연속들, 천 피스 퍼즐을 보고 어디에 무엇을 놓아야 할지 몰라 손만 하염없이 공중에 매달아득었던 그런 방황은 이제 서서히 가라앉기 시작했다. '1' 다음에 '2'가 오고, 'ㄱ' 다음에 'ㄴ'이 오는 의심의 여지없는 서로간의 약속과 당연한 순리를 어느 샌가 그는 놓쳐가고 있었던 것이다.

어렸을 적 언젠가, 그는 하늘에 걸린 하나의 점을 뚫어지게 올려다본 적이 있었다. 한 어린아이의 손에서 스멀스멀 흘러나온 풍선 하나가 하늘로 하염없이 올라가고 있었다. 그리고 그의 초점도 풍선을 따라 올라갔다. 오월의 검붉은 태양이 풍선 주위에 어른거릴수록 푸른 하늘은 점점 더 빠른 속도로 풍선을 끌어올리고 풍선은 작은 점으로 사라져갔다. 이것을 따라 그의 시선도 제어할 수 없는 속도로 빨려 들어갔다. 그렇게 끝도 없이 사라져가는 것을 지켜보던 그는 일순 뒤로 넘어가고 말았다. 빙글빙글 돌아가는 하늘이 그를 덮쳤던 것이다. 그때도 사람들이 무슨 큰일이나 난 것처럼 뛰어와 그의 어린 몸뚱이를 잡고 아우성을 쳤던 것을, 그는 의식 한편에 담아두고 있었다.

그가 뒤로 넘어간 적은 그때뿐만이 아니었다. 어느 날은 졸졸졸 흐르는 실개천 한 방울 물에 포위되어 넘어갔으며, 어느 날은 시계추 같던 놀이터 그네에서 넘어갔으며, 어떤 날은 아예 작은 모래알에도 넘어갔다. 작은 하나의 점은 그 점을 둘러싼 무수히 많은 큰 점들을 마치 블랙홀처럼 엄청난 중력으로 빨아들이고 넘어가게 했다.

여전히 자판은 모든 일이 그에게서 비롯됐고, 그에 의해 이루어졌으며, 그에 의한 결과임을 확실히 다짐받으려는 듯 물었던 질문을 다시 되묻곤 했다. 그러나 그는 그러한 질문과는 상관없이 지금까지 벌어졌던 모든 일이 무언가 잘못되었다는 것을 주위의 사물과 교차되어 오는 또 다른 영상 속에서 점차 인식해가고 있었다.

생전 처음 보는 낯선 사내, 거무칙칙한 배불뚝이 컴퓨터, 무표정한 철제책상은 그렇다 치더라도, 한번도 상상해보지 못한 장면에 놓인 어정쩡한 이 모습은 또 무엇인가. 이 냉랭한 기운은 무엇 때문이지. 어떻게 내가 여기에 덩그러니 놓이게 되고만 것일까. 그러한 인식은 깜빡이는 전등불처럼, 그의 골수 깊숙이 침투해 한순간 그를 몸서리치게 만들고 사라졌다가 다시 들어오기를 반복했다.

그는 잠깐 동안, 창문을 부둥켜안은 녹슨 철조망 사이로 어른거리는 단풍나무를 바라봤다. 참, 붉다.

자판을 두드리던 사내도 그의 시선을 따라 창문 밖을 무표정하게 잠깐 내다봤다. 하지만 어제와 같은 오늘에 무신경해진 자판은 그를 다시 쳐다봤다. 그는 여전히 넋을 잃고 바깥풍경을 바라보고 있었다. 이제 자판의 표정은 짜증 섞인 얼굴로 조금씩 일그러지고 있었다.

"글쎄 다시 묻겠는데, 그러니까 그 시간이 저녁 여넓 시경이 맞아?"

그는 느린 동작으로 재생되는 비디오처럼 천천히 고개를 돌려 자판의 얼굴을 쳐다보았다. 왜, 저 부류의 사람들은 시간이라는 것에 이토록 집착하는 것일까.

2

편의점 옆 좁은 골목은 거북스러우리만치 어두침침했다. 기껏
해야 어른 두 사람이 서로 어깨를 부딪치지 않고 지날 수 있을 정
도의 좁은 통로였다. 골목 안 꺾이는 부분에는 세월의 상처를 고
스란히 담은 전봇대 하나가 약간 기운 채 덩그러니 서있었다. 행
선지를 종잡을 수 없는 전깃줄은 스러지는 전봇대를 붙들어 매듯
얽히고설켜있었다. 전봇대의 중간쯤에는 묵은 시간의 때로 점철
된 보안등이 역시 덩그러니 걸쳐져 힘겹게 그림자를 드리우고 있
었다. 애당초 없어야 할 위치에 부자연스럽게 들어선 것마냥 보안
등은 외톨박이였다. 하지만 부자연스러운 것은 비단 보안등만은
아니었다. 그날 밤, 골목 초입에 서성거리던 그 역시도 부자연스
런 장소와 시간 속에서 부자연스럽기는 마찬가지였다.

그러나 골목을 빠져나와 도로에 면한 길은 외진 골목과는 사뭇
다른 모습을 띠었다. 즐비하게 늘어선 학원건물들 사이로 갖은 술
집이며, 음식점, 카페 등이 촘촘히 들어서있었다. 현란한 불빛은
낮과 밤의 경계를 무디게 하고 있었다. 그러고 보면, 이제는 어느
지역엘 가든 자신만이 세상의 중심이라고 아우성치는 것 같다. 한
때는 변두리 후미진 작은 동네였을 이곳 역시 구석구석 휘청거리
는 네온사인으로 나름 중심임을 주장하고 있는 것이 아닌가. 애초
에 이곳이 주택가였는지, 학원가였는지, 아니면 유흥가였는지는
상관하지 않다. 처음부터 유흥가에 주택이나 학원이 잘못 들어선

건지, 주택가에 유흥주점이 잘못 들어선 건지 그것은 중요하지 않다. 어차피 이렇게 보나 저렇게 보나 그들이 중심이라고 외치며, 그런저런 불만을 간직한 채 서로를 버무리며 그렇게들 살아갈 것이기 때문이다.

마치 지하에서는 반라의 여자를 낀 채 폭탄주를 돌리고, 지상 일층에서는 지하의 사내들이 아버지의 이름으로 아이들을 위해 빵을 사고, 이층에서는 머리를 볶는 아내들이 경쟁하듯 남편험담을 늘어놓고, 또 그 위층에서는 공부에 지친 아이들이 반쯤 감긴 눈으로 영어단어를 중얼거리고, 그리고 맨 위층에서는 이 모든 것을 보살피고 주관하는 듯 붉은 십자가 밑에서 기도를 드리는, 이 모든 것이 한 건물 안에서 조화를 이루며 각기 살아가는 것과 같이 말이다.

그는 이렇듯 조화롭지 못할 것 같은 조화 속 한복판에 서있었다. 하루도 거르지 않고 한 달은 입었음직한 회색양복은 이제 잔주름만 엉켜있었다. 연보라빛 와이셔츠 맨 위 단추는 풀려있었고, 줄무늬넥타이는 헐겁게 그의 목에 걸쳐있었다. 그의 입에는 강소주 냄새가 진하게 배어있었다. 그리고 두 손은 바지수머니 속을 연신 주물럭거렸다.

그는 다시 한번 시계를 들여다보았다. 막 밤 아홉 시를 넘어서고 있었다. 오랜 인내의 시간이 막바지로 치닫고 있음을 의미했다. 이미 아홉 시가 주는 의미가 사라졌음에도, 아홉 시의 강박관념에 시달렸던 어렸을 적처럼, 지금 이 순간에도 그는 아홉 시에 매달렸다. 아홉 시를 기준으로 항상 아이들은 잠들어야 하고, 어른들은 아홉 시 뉴스 앞에 붙들려있어야 하는 의무감은 이젠 사라졌는데도 말이다.

그는 편의점 옆 좁은 골목어귀에 이제 한 시간 넘게 서있는 셈이다. 그러면서도 그는 그 시간이 늦었다거나 지루하다는 것을 전혀 느끼지 못했다. 그도 그럴 것이 늦었다는 생각이 들지 않은 것은 이미 우리 시대가 밤의 시간을 연장시켰기 때문이며, 지루하지 않은 것은 그에게 주어졌던 시간과 그에게 주어질 시간이 주머니 속 소주팩에 버무려져 흠뻑 취해 있었기 때문이었다.

앞으로 삼십 분. 그는 길 건너편 선일학원 간판불빛이 선명한 육층 건물을 뚫어지게 쳐다봤다. 정확히 아홉 시 반이 되면 편의점으로 몰려들 한 떼의 학생들과 함께 삼십 남짓한 사내가 나올 것이다. 그리고 그는 건물 뒤편 주차장으로 향할 것이고, 항상 자신의 애인처럼 애지중지하는 렉서스에 올라탈 것이다. 그녀의 말마따나 그 사내는 한 치의 오차도 없이 움직여줄 것임을 그는 확신하고 있었다.

그는 다시 시계를 들여다보았다. 분침이 육이라는 숫자에 다가갈수록 그의 가슴은 더욱 두근거렸다. 그것은 떨린다기보다는 일종의 설렘에 가까운 두근거림이었다.

서른셋의 설렘. 그는 한 번 후 하고 긴 숨을 쉬었다. 한 번도 자각하지 못한 나이 서른셋. 그를 둘러싼 주변에서 확인하고 다그쳐야만 의식할 수 있었던 그 나이를 이제야 자각하는 것이다. '서른

세 해만에 나는 내가 진정으로 해야 할 것을 하는 거야'라는 식으로 말이다.

언젠가,

"저도 이제 서른셋입니다."

그가 부장에게 자신의 나이를 확인시켜주려는 순간에도 그것이 무엇을 의미하는지 정확히 몰랐었다. 발화점을 넘는 순간 확 타오르는 불꽃처럼 그가 갑자기 불끈 일어서며 부장에게 대들었을 때, 사무실은 마치 찬물을 끼얹은 듯 침묵에 빠졌다. 그러나 그 순간 사무실이 침묵에 빠진 이유마저도 평소의 그답지 않은 용기 때문이 아니라, 그의 엉뚱하기 이를 데 없는 주장 때문이었다. 사무실은, 부장이 그의 말이 얼마나 엉뚱한 것이었나를 확인시켜준 후에야 본연의 모습으로 돌아갈 수 있었다.

"그래, 서른셋이 어쨌다는 건데?"

'서른셋이 어쨌다는 건데', 이만큼 그에게 확실한 대답은 없었다.

그러나 그렇게 처참히 무너졌던, 어차피 그 자신도 명확히 규정지을 수 없었던 서른셋의 의미를 지금 이 순간 그는 확인하려는 것이다. 그것은 그의 의지였다.

그는 마지막 남은 소주를 입에 털어 넣었다. 그리고 반대편 주머니에 처박혀있던 오징어 한 조각을 입에 물었다. 질겅질겅 씹어대는 동안에도 학원정문에서 한시도 시선을 떼지 않았다.

아홉시 반이 가까워지고 있었다. 그는 두 번째 소주팩도 처음 버렸던 소주팩 옆에 던져버렸다. 그리고 바로 위 횡단보도로 향했다. 신호등은 기다렸다는 듯이 파란불로 바뀌었다. 좋은 징조의 파란불이라고 그는 생각했다.

횡단보도를 건너 학원건물 모퉁이 주차장으로 가는 길옆에서 그는 잠시 멈춰 섰다. 이제 편의점이 그의 건너편에서 보였다. 편의점 내부는 건너편에서 더욱 잘 보였다. 시큰둥하게 일하는 아르바이트 청년의 모습이 또렷하게 보였다. 버릇처럼 청년은 편의점 밖을 내다보곤 했다. 그러다 그의 눈과 마주친 것일까, 청년은 다급하게 시선을 거뒀다.

그가 다시 도금 벗겨진 시계를 보았다. 이제 막 아홉 시 이십칠분을 넘어서고 있었다. 그는 등 뒤 허리춤을 만져보았다. 플라스틱 손잡이의 부드러운 감촉이 느껴졌다. 그는 학원전용 주차장으로 들어서면서 이미 준비한 검정색 가죽장갑을 양복 안주머니에서 꺼내 끼었다. 주차장은 길 건너편 골목길처럼 음울한 보안등 불빛 아래 어슴푸레했다. 대략 여섯 대 정도 주차할 수 있는 공간에 세 대의 차량이 자리를 차지하고 있었다. 그중 그녀가 말했던 렉서스는 주차장 안쪽 가장 후미진 곳에 주차되어 있었다. 그는 잘됐다는 생각을 했다. 직감적으로 그가 어디에 위치해야 하는가를 지시한 셈이었기 때문이다. 그는 렉서스에 가려 한층 더 어둡게 보이는 주차장 뒤쪽에 섰다. 머리 위에는 널빤지로 된 차양용 지붕이 엉성하고 낮게 드리워져있었다. 보수공사를 하고 남은 듯 벽돌들도 한 귀퉁이에 어수선히 쌓여있었다.

예상했던 대로 얼마 지나지 않아 학원건물 안에서 우당탕거리며 학생들의 떠드는 소리가 들려왔다. 학원수업 삼교시가 끝난 것이다. 학생들의 떠드는 소리만큼이나 그의 심장도 급하게 박동하기 시작했다. 설렘으로 기다렸던 시간이 맥박 뛰듯 달려오고 있었다. 이런 경우를 대비해서 그렇게 많은 술을 쏟아 부었건만 결정적인 순간에 술은 오히려 각성제로 작용하는 듯했다. 그러나 그러한 긴장도 지금 상황에선 여유 있는 셈에 지나지 않았다. 중요한 것은 하나에서 열까지 틀리지 않고 숫자를 또박또박 헤아리는 것이 아니라, 얼마나 열에 빨리 도달하느냐에 있는 것이다.

바로 그때였다. 희뿌연 실루엣 하나가 건물 옆을 스치는 것이 보였다. 그리고 중키의, 스쳐봐도 단단해 보이는 체구의 사내가 주차장으로 들어서고 있었다. 그 움직임은 주차장 내부구조를 이미 꿰뚫고 있는 듯이 거침없어 보였다. 흐릿한 보안등 밑에 그 움직임은 그저 큼직한 회색그림자처럼 보였다. 그림자는 두 대의 차량을 지나 예상한 대로 렉서스로 다가오고 있었다. 그림자의 움직임에 맞춰 그도 렉서스 뒤로 바싹 다가갔다. 그림자는 렉서스를 향해 자동키를 들이댔다. 렉서스는 딸꾹거리며 반응했다.

그는 그 반응 속도만큼이나 빠르게, 그러나 소리 없이 그림자에 다가섰다. 수십 수백 번도 넘게 머릿속에서 그렸던, 그래서 지금의 행동마저도 그 수도 없이 그렸던 영상의 하나인 것처럼, 그는 오른쪽 뒤편에서 금속성 쇳덩이를 재빠르게 꺼내들었다. 동시에 그림자가 무표정하게 그를 향해 뒤돌아보았다. 그는 그 무표정에 답변하듯 날카로운 금속을 그림자의 가슴에 빠르게 꽂아 넣었다.

그러자 그림자는 이제 그림자가 아니었다. 뜨거운 피가 소용돌이치며 그림자의 온몸을 휘감고 돌아, 말없이 차가운 금속에 몰리기 시작했다. 그림자의 눈이 갑자기 커지는가 싶더니 그의 다른 핏덩이처럼 심하게 일그러지기 시작했다. 그림자의 입이 심하게 뒤틀리며 무언가를 내뱉고자 했을 때, 그의 검은 가죽장갑은 그림자의 입을 틀어막아 버렸다. 아무런 고통의 소리도, 변명의 소지도 허락하지 않으려는 듯이. 그리고 그의 오른손은 마지막 운명의 선고를 내리듯, 그림자의 모든 삶을 난도질했다. 그림자가 스펀지처럼 푸석해질 때까지.

3.

자판 소리가 잠시 멈췄다. 잠시 숨을 돌리는가 싶더니 뿌연 담배연기를 내뿜기 시작했다. 몽글몽글 피어오르던 연기꽃을 입바람으로 훅 흩어버린 후 두 번의 헛기침. 다시 담배를 입가로 꼬나문 자판의 눈초리는 사팔뜨기 같다. 이러한 일련의 과정은 정형화된 것처럼 자연스럽게 진행되었다. 삐딱한 녀석들을 다루기위해서는 스스로도 삐딱해야 한다는 당연한 논리가 있는 듯했다.

"이제야 술술 이야기가 풀릴 것 같군."

자판은 내심 한고비는 넘겼다는 듯이 한층 부드러워졌다. 그러면서도 여전히 잔뜩 움켜쥔 위압의 고리를 완전히 풀어놓을 태세는 아닌 듯했다.

타다닥!

"그런데 이유가 뭐야?"

자판은 이제 본격적으로 본론에 들어가자는 듯 팔을 걷어붙였
다. 하지만 그는 아직 자판만큼의 속도를 따라가지 못하고 있었
다. 오히려 선명하게 도드라져 보일 듯했던 그를 둘러싼 사태의
전말이 자판의 물음에 다시금 사그라지고 있었다.

이유가 뭐냐고? 그것은 하나의 점으로 빨려 들어가 순간 쓰러
지는 것과 같은 현상이지. 왜 한 점에 빨려 들어가냐고 묻는다면?
그는 그 대답을 찾을 수 없었다. 왜냐하면 그것은 자기도 모르는
그 어떤 힘에 이끌리는 것이었기 때문이었다.

그럼에도 굳이 다그치듯 왜 죽였냐고 묻는다면, 당연히 죽어야
할 또 죽어줘야 할 존재였다, 라고 말할 수밖에 없으니까. 하지만
그는 말할 수 없었다.

저도 이제 서른셋입니다, 라고 그가 부장에게 자신의 나이를 확
인시켜주려 했던 순간에도 그것이 무엇을 의미하는지 몰랐던 것
처럼 말이다. 그렇게 처참히 무너졌던, 어차피 자신도 명확히 규
정지을 수 없었던 서른셋의 의미만큼이나 규정하기 어려운 살인의
이유를 자판은 그에게 묻는 것이다. 그것은 살인 이상의 무엇인가
가 도사리고 있는 듯했기 때문이기도 했다.

한동안 엄청난 인내력을 가지고 대답을 기다릴 수 있다는 듯이
보였던 자판은 다시 담배를 신경질적으로 꼬나물었다.

"좋아, 그러면 다시 처음으로 돌아가자고."

자판은 아슬아슬하게 들러붙어있던 담뱃재가 책상 위로 떨어질 즈음 다시 물었다.

"피해자와 당신은 어떤 관계지?"

그러나 그는 대답 대신 지그시 눈을 감았다. 현실이 묽은 어둠 속으로 허물어져갔다. 그러자 그 빈자리에 뚜렷하지 않은 하나의 형상이 나타나기 시작했다. 형상과 배경 간의 모호한 구분으로 인해 정확히 그 모습이 보이지는 않았다. 형상이 배경 앞에 있는 것인지, 아니면 백색면사포 같은 배경 뒤에 숨어있는 것인지조차 구분하기 어려웠다. 하지만 그 형상이 그녀라는 것만은 알 수 있었다. 왜냐하면 형상은 언제나 그에게 그런 모습으로 존재했기 때문이다. 그리고 그는 그녀를 위해서라고 말했던가.

"그녀?" 자판은 필터 끝까지 거의 타들어간 담배를 재떨이에 짓이겨 끄더니 예의 그 사팔뜨기 같은 눈초리로 그를 쳐다보며 물었다. 그는 엄청난 무게에 눌린 것처럼 머리를 무릎 사이에 처박았다. 그는 다시 눈을 감았다. 여러 개의 화면이 유영하듯 그에게 흘러들어왔다.

4.

문명의 이기는 오래도록 견고하게 유지해왔던 시공의 벽을, 언어의 벽을 단숨에 허물어버렸다. 시간적 공간적 수고 없이도 한 존재가 또 다른 존재 속에 스스럼없이 들어가고 나올 수 있게 된 것이다. 이제 존재와 존재의 관계는 수많은 선들로 얽히고설키어 너무나 우연스럽게 자리 잡게 됐다. 어제는 전혀 상상도 못했을 '그'라는, 또는 '그녀'라는 존재가 너무도 당연히 서로의 옆 빈자리에 걸터앉게 된 것이다. 그리고는 마치 십년지기 친구보다 더 자연스런 말투와 언어로 서로의 귀에 속삭이고 화답하는 것이다. 눌변이나 어눌한 표정 따위는 이젠 서로를 만나는 데 있어 아무런 걸림돌이 되지 않는다. 아주 작은 용기, 아니 호기심만 있으면 관계를 옭아왔던 모든 장벽은 한낱 점성 잃은 모래알에 불과했다.

그럼에도 그에게 있어 그 작은 용기나마 내는 것조차 그의 어눌한 인생만큼이나 극복하기 쉬운 일은 아니었다. 익명성이 주는 용기와 익명성이 주는 자유로움에도 불구하고 그가 무수히 얽혀있는 존재들 속에 들어간다는 것은 그의 삶과 여전히 동떨어진 것처럼 보였다. 직장에 적응하지 못하고 결국 대기발령을 받았다거나, 집으로부터 소외받고 아내의 관심 밖으로 밀려난 사실 이전부터 구석으로 내몰려왔던 삶은 그를 호락호락 놓아주지 않았다.

물론 엄청난 벽이라고 여겼던 것도 알고 보면 한낱 얇은 모조지에 불과한 경우가 많았지만 말이다. 사실 우리가 그 이면의 세상을 모른 채 너머의 세상이 끝없이 추락하는 절벽 같은 세상이라고 상상한다면 한낱 모조지도 엄청난 두께의 벽으로 인식될 것이다. 따지고 보면 그에게 있어서도 얇은 모조지가 그의 모든 어눌한 삶을 단단히 옭아매고 있었던 것이나 다름없었다.

그러나 흥미로운 것은, 사람에게는 자신의 의지가 절연된 채 한 곳으로 몰리면 몰릴수록 이상하게 또 다른 의지가 자생하는 묘한 기질이 있다는 것이다. 그리고 이렇게 자생한 의지가 엄청난 벽처럼 여겨졌던 모조지에 살짝 구멍을 내고 그 이면의 세계를 발견한 순간, 자신도 억제할 수 없는 엄청난 속도로 그 세계로 빨려 들어간다.

그가 그녀를 만난 건 그렇게 내몰려가는 휘둘림 속에서 빼꼼히 비집고 나온 가느다란 한줄기 일탈의 빛이었다. 일단 그가 익명의 불특정한 만남에 대한 두려움을 극복한 이후, 지금까지 살아온 삶과는 전혀 다른 삶을 만들어갈 수 있다는 사실에 점차 희열을 느끼기 시작했다. 서른세 해 동안 살아오면서 뜨겁게 달구어진 주홍글씨 같은 붉은 낙인이 찍힌 삶이 아닌 전혀 새로운 '그'라는 존재를 가질 수 있었다는 것이다. 만약 새로운 변신이 실패한다면 또 다른 변신을 꾀할 수 있는 기회도 마르지 않는 샘물처럼 제공됐을 것이다.

그는 접속된 만남을 통해서 자유의 한 부분을 만끽하는 자신을 발견했으며, 소심한 성격 때문에 항상 한두 발짝 멀찍한 곳에서 맺어졌던 대인관계도 쉽게 극복할 수 있을 듯이 보였다.

처음 저축추진역이라는 문책성 인사발령을 받았을 때, 그를 대하는 어색한 주위의 눈초리에 괴로워했던 것도 잠시였다. 사무실 구석 한 귀퉁이에 버려진 듯 덩그러니 놓여있는 책상을 보았을 때

밀려왔던 자괴감도 잠시, 얼마간 시간이 지나자 주위의 간섭 없이도 자신만의 공간과 시간을 가질 수 있다는 안도감이 커지기 시작했다. 현실의 고립은 더 넓은 불특정 시공과의 무한한 접촉을 의미했던 것이다.

집에서 아내의 간섭도 일정기간 뿐이었다. 항상 구석진 방에 처박혀 컴퓨터와 씨름하는 그를 아내는 일찌감치 포기했었다. 처음에는 일 때문에 그러려니 했었지만 얼마 지나지 않아 일 때문이 아니라는 사실을 아내는 눈치 챘다. 그리고 시간이 지나자 아내는 그의 그러한 태도에 더 편안해지는 듯이 보였다. 이제 그의 아내도 그녀만의 시간 안에서 부유할 수 있었기 때문이었다.

저축추진역으로 발령을 받은 후 사나흘은 으레 그렇듯 이래저래 부서분위기를 살피고, 자신을 바라보는 일종의 동정 어린 경멸의 눈초리를 인내하면서 지나가버렸다. 책상 위에 황량하게 놓여있는 컴퓨터 주위를, 오래전 구입한 후 목차부분만 들쳐보고 두 번 다시 거들떠보지 않은 두꺼운 전문서적들로 장식하자 한결 여유가 생기는 듯했다. 특히 모니터가 부서사람들에게 보이지 않도록 책꽂이를 옮겼을 때는 편안함과 안정감마저 느낄 수 있었다.

다른 사람들이 자신을 비웃고 조롱하든 상관할 바가 아니었다. 아무에게도 간섭받지 않고 자신의 세계를 탐닉할 수 있다면 '냉장고' 따위의 인사발령이라든가 사회, 친구, 가정으로부터의 내침도 기꺼이 즐길 수 있을 것 같았다.

인사발령을 받고 첫 주를 그 나름대로의 탐색기간으로 보낸 후,

그는 서서히 자신만을 위해 준비된 인터넷세상으로 들어가기 시작했다. 으레 방문하는 몇 개의 채팅방을 이리저리 둘러보다 보면 어느새 하루 일과가 끝났다. 출근하면서 잠시 눈인사만 나눴던 부서원들에게 그저 특별히 모나지만 않게 한다면 더 이상 거추장스러울 것도 없었다.

그러던 중 그가 그녀를 만난 것은 평상시처럼 여러 개의 채팅방을 탐색하다 우연하게 들른 어느 공개방에서였다. 그녀를 포함해 세 명이 이미 십 분정도 채팅을 하고 있던 터라 그가 그 방에 들어갔을 때에는 서로 간에 통성명은 끝나있었다. 그가 입장하자마자 마치 기다렸다는 듯이 그를 환영하는 말이 글로 변형되어 수다스럽게 띄워졌다. 처음 그는 그녀와 통상적이고 시답지 않은 이야기를 한 시간가량 주고받다가 나와 버렸다.

그는 다음날도 그 채팅 사이트에 찾아들었다. 이미 모든 채팅방이 차있었기 때문에 그는 대기방에 머물러야 했다. 대기방에서 누가 접속되어있는가를 뒤져보다가 전날 보았던 그녀의 이름이 눈에 띄었다. 잠시 후 방에 여유가 생기자 대기번호가 앞섰던 그녀가 공개방으로 입장했으며, 그도 그녀가 들어간 방으로 따라 들어갔다. 전날과 같이 그를 환영하는 메시지가 사방에서 날아들었다. 그녀도 아는 체를 해왔다. 어제 혹시 들어오지 않았느냐고 물어보았고, 그는 일부러 무관심한 투로 그렇다고 글을 올리자 상대방 쪽에서 반갑다며 좀 과장된 글자모양을 올렸다. 그러자 같은 방의 나머지 사람들이 마치 둘이 무슨 관계라도 되는 것 마냥 조금은 음탕한 말을 올렸다.

그렇게 시작된 그녀와의 보이지 않는 만남은 상당히 의례적인 것으로 시작됐다. 그들은 자주 공개된 방에서 만났고 무의미한 대화를 나눴다. 그러던 어느 날 그에게 그녀로부터 단둘이서만 대화를 할 수 있는 귓속말메시지가 날아왔다. 그가 승인버튼을 누르자, 주로 이 시간에 들어 오냐고 그녀가 대뜸 물었다. 그가 그렇다고 대답하자, 그러면 자기와 둘만의 비공개방을 만드는 거는 어떻겠냐고 제의해왔다. 항상 먼저 들어온 사람이 먼저 비공개방을 만들어 놓자는 것이었다. 그는 깊이 생각할 겨를도 없이 그러자고 대답했다.

그런 후 그녀는 자신을 소개했다. 그녀는 스물셋의 대학 3학년생인데, 1년 재수를 했고 지난해에는 어학연수 겸 1년을 쉬었기 때문에 이미 졸업했거나 4학년인 동기 여학생들보다 조금 늦은 편이라고 했다.

그녀에 대한 소개가 끝나자 그가 자신을 소개했다. 나이는 서른셋이라고 전했다. 대학을 졸업하자마자 증권사에 입사한 후 지금까지 이런저런 부서를 옮겨 다니다, 지금은 본사에서 지축추진역으로 근무하고 있다고 말했다. 그녀는 본사에 있으면 상당히 끗발 있겠다고 물어봤고, 그는 대충 얼버무리며 꼭 그렇지는 않다고 했다. 그는 그들 세상에서 속칭 '냉장고'라고 불리는 저축추진역의 진짜 의미에 대해서는 이야기하지 않았다. 그가 저축추진역으로 발령을 받기 전, 적어도 회사에서만큼은 용납 못할 금융 사고를 저지르고 대기발령을 받았다는 사실도 이야기하지 않았다. 물론 그는 4년 전에 결혼하고 세 살 된 딸아이의 아버지라는 사실에 대해서도 이야기하지 않았으며, 아버지의 성화에 못 이겨 떠밀리다시피 선 본 자리에서 가타부타 아무런 의사표현도 하지 않았기 때문에 결혼하게 된 사실도 이야기하지 않았다.

더 나아가 증권회사에 취직할 때 먼 친척의 도움이 있었다는 사실과 거슬러 올라가 무기력했던 대학생활과 고등학교, 중학교 때의 샌님 같은 학창시절 등에 대해서도 이야기하지 않았다.

그 모든 것에 대해서 그녀는 애써 물어보지 않았으며, 그 또한 나서서 이야기하지 않았다. 그도 그녀에게 그녀가 밝힌 이상의 내용에 대해선 물어보지 않았다. 그와 그녀 모두 현재의 만남만이 중요했기 때문이었다.

그래서 그가 처음 그녀를 만난 것은 우연한 일인 동시에 필연적 만남이었다. 어차피 그녀가 아니더라도 보이지 않는 선들을 통해 익명의 '그녀'는 무수히 존재하고 있었기 때문이다. 그가 그녀를 만난 것도 무수히 많은 '그녀'들 중의 단지 그녀일 따름이었다. 특정 시간대에 그와 그녀가 접속되었을 뿐인 것이다.

그러나 막상 그렇게 접속이 지속되자 그는 여러 가지 생각으로 마음이 복잡해져버렸다. 비공개방을 만들자는 그녀의 숨겨진 의도는 과연 무엇일까. 혹시 자신에게 다른 무엇인가를 바라는 것은 아닐까. 세간에 오르내리는 그렇고 그런 불법적인 윤락을 목표로 하는 것은 아닐까. 그의 머릿속은 하루 종일 이런저런 가능성으로 복잡하기만 했다. 그러나 한편으로는 지금까지 느껴보지 못했던 설렘이라든가 무언지 확실히 말로 표현할 수 없는 기대감으로 인해 신경이 바짝바짝 서는 기분 좋은 긴장감을 느끼기도 했다.

그렇게 시작된 그녀와의 만남은 마치 연인을 만나는 것처럼 지속됐다. 그리고 급기야는 그녀와 단 하루도 대화를 나누지 않으면 심한 조급증과 불안감에 시달려야 했다. 항상 정해진 시간에 그는 그녀를 기다렸다. 조금이라도 그녀와 접속할 수 없는 상황에 처했을 때에는 심한 불평정한 상태에 놓이곤 했다. 오전에 그녀와 접속이 안 됐을 경우, 그는 저녁이든 밤이든 그녀와의 접속을 시도했다. 메일을 보내기도 하고 메신저를 날리기도 했다. 그러면 그녀는 대부분 아무렇지도 않게 그의 안달을 받아주곤 했다.

그렇게 그는 그녀와의 접속을 근 한 달 동안 거의 하루도 거른 적이 없었다. 그럼에도 그는 자신조차도 주체할 수 없을 만큼 심한 목마름에 안달이 나곤 했다. 그는 그녀가 일방적으로 설정한 단 한 시간만의 접속으로는 만족할 수가 없었다. 그러나 다른 방법이 있는 것도 아니었다.

비공개방을 통해 그녀와의 만남이 시속되던 어느 날 그녀에게 직접 만나는 것은 어떻겠냐고 용기 내어 물은 적이 있었다. 그러나 그녀는 단호하게 그의 제의를 거절했다. 그 이유를 물었을 때, 이유를 말해줄 수는 없지만 정 원한다면 자신의 사진은 보내줄 수 있다고 했다. 그리고 이메일로 그녀의 사진을 받아 보았을 때, 그는 사진 속의 얼굴이 그가 줄곧 상상하던 모습임에 놀라지 않을 수 없었다.

솔직히 그는 처음에 그녀 쪽에서 먼저 만나자고 하면 어떻게 해야 할지 내심 걱정하곤 했었다. 자신은 결혼한 유부남인데다, 딸아이까지 둔 처지가 아닌가. 그리고 지금 상황이 좋은 것은 아니지만, 어떻든 대형증권사에 몸을 담고 있고, 학교도 큰 부대낌 없이 정규코스를 밟아왔으며, 부모님 모두 남부러울 것 없는 중산층의 신분을 유지해온 누가 봐도 겉으로 드러난 것은 일탈의 여지없는 다복한 삶을 살아온 그의 모습이 아닌가.

그런데도 그녀가 비공개방에서 일정한 시간에 만나자고 했을 때 그저 그런 불륜을 염두에 두고 제의한 것이 아닐까 추측하면서도 선뜻 그녀의 제의에 동의를 했던 것이다. 그러나 막상 비공개방을 통해 접한 그녀의 태도는 그의 추측을 일시에 허물어버렸다. 그것이 한편으로는 그를 안심시켰으면서도, 다른 한편으로는 그를 가슴 설레게 부추겨왔던 기대를 완전히 저버리게 한 것이기도 했다. 그는 그녀와 대화를 하면서 스물세 살의 풋풋함을 직접 만지는 것과 같은 감정을 느낄 수 있었다. 직접 목소리를 듣는 것은 아니지만 화면을 통해 올라오는 글자의 모양을 통해 마치 직접 그녀의 깜찍한 목소리를 듣고 표정을 보는 것 같은 착각에 빠졌다. 그러면서 그는 그녀의 모습을 나름대로 만들어가고 있었다. 어깨선을 찰랑거리며 스치고 내려간 윤기 있는 머릿결이며, 선명한 눈썹 밑에 숨겨진 듯 깊은 눈과 기다란 속눈썹, 아미 사이를 매끈하게 가르며 오르는 오똑한 콧날과 그 아래 가녀리게 누운 입술을 상상했다.

그가 더 안달하기 시작한 데는 이러한 그녀를 누군가 뺏어갈 것만 같은 강박 때문이었다. 이제 그가 만들어 놓은 상상 속의 그녀는 실제로 존재하는 형상이었고, 그녀와 대화를 지속할수록 그것은 더욱 실체화되어 갔다. 그리고 이제 그녀는 오로지 그의 소유여야만 했다.

물론 심저에 고요히 잠들어 있던 자신의 또 다른 모습을 발견해 나감에 따라, 여전히 현실에 갇혀있는 그의 존재가 더욱 대조적으로 확대되기도 했다. 그리고 그것을 인식하는 매 순간마다 불현듯 찾아드는 불안감은 병적으로 심화되는 듯했다. 특히 그 자신이 한 가정의 가장이라는 사실은 더욱 강하게 그를 현실로부터 이탈하게 했다. 그는 현실의 제약요건들은 순수한 사랑으로 모두 극복할 수 있다고 확신하기 시작했다. 어쩌면 현실이 주는 장애물은 순수한 사랑을 더욱 순수하게 만드는 아름다운 장식품에 불과한지도 모를 일이었다.

그런 그의 가슴에 불을 지른 것은 그녀가 사진을 보내고서부터였다. 그 사진은 그가 상상해왔던 그녀에 대한 모든 것의 실체였으며, 그 실체를 직접 접하자 그는 그녀에 대한 생각으로 단 한순간도 마음을 놓을 수가 없었다.

그녀와 약속된 시간이 아닌 경우에도 그는 수시로 채팅방에서 그녀의 흔적을 찾으려 애썼으며, 그녀가 보낸 메일이 있지나 않은지 하염없이 자신의 메일을 뒤져보곤 했다. 그러나 그녀는 일정한 거리를 두고 항상 그만큼의 위치에서 자신의 얘기만 할 뿐이었다. 오늘은 몇 시에 일어났으며, 아침반찬은 무엇이었는지, 오늘은 무엇을 할 것인지, 머리를 이렇게 잘라볼까 저렇게 잘라볼까 고민 중이라느니, 블리치를 했으면 하는데 어떤 색을 어떻게 해야 좋을지 모르겠다느니, 민소매 옷을 샀는데 팔뚝이 너무 가는 것도 걱정이라느니, 자신이 가지고 있는 하얀 블라우스는 가슴이 너무 파여 불안하다느니, 치마를 샀는데 허리가 너무 꽉 죄여 숨쉬기가 곤란하다느니 등 그녀는 그녀 주변에서 일어나는 모든 일들을 시시콜콜하게 스스럼없이 늘어놓았다. 그러나 그뿐이었다. 그녀와의 대화에서는 더 이상의 접근이라든가 후퇴도 없었다. 항상 그러한 일과를 글로 보고 머릿속으로 상상할 뿐이었다. 그는 그것이 점점 불만스러웠다. 한번도 그녀에게 내색하지는 않았지만, 그는 자신만의 그녀에게 다가가고 싶었던 것이다.

5.

그러던 그와 그녀의 관계선線에 변화가 생겼다. 근 한 달째 그녀를 만날 수 없었던 것이다. 늘 가던 그곳에서 그녀의 이름 비슷한 그 무엇도 찾을 수가 없었다. 하루 이틀은 조바심이 극에 달했다. 그러나 이후부터는 걱정이 되기 시작했다. 그동안의 시간을 되돌려보며 혹시 실수한 것이 있었는지, 잘못됐다면 무엇이 잘못됐는지를 들추어보기도 했다. 그러기를 근 한 달, 그녀로부터 긴 장문의 편지가 날아든 것은 전혀 예상치 못한 시간이었다. 시계 바늘은 막 오후 두 시를 가리키고 있었다. 편지가 왔음을 알리는 표시가 언제부터인가 17인치 모니터 한 귀퉁이에서 절박하게 깜박이고 있었다.

사무실 밖은 뜨거운 태양으로 녹아나고 있었다. 살아있는 모든 삶의 의욕을 가리가리 찢어놓을 것 같은 오후 두 시였다. 마치 죽은 것들조차 죽은 채로 허물어트릴 기세였다. 오전 내내 본부장과의 감동 없는 격정에 시달린 후에 맞은 오후였다.

이제 그는 자괴감이라는 감정조차도 무감각해져버릴 정도로 맥이 빠져 있었다. 처음 본부장과의 면담에서는 죄스러움과 수치스러움에 어찌할 바를 몰랐었다. 마치 학창시절 학생과에 처음 불려 갔을 때처럼 말이다. 그러나 그것도 면역이 생겨버렸다. 늘 녹음기처럼 반복되는 본부장의 훈계도 이젠 평범한 일상이 되어버린 것이다. 그는 허기도 잊어버린 자신의 위벽에 감사하며 사무실 한 귀퉁이 외떨어진 그의 책상으로 돌아왔다.

언제부터 깜빡인 것일까. 요즘에는 해직통보를 아무도 모르게 이메일을 통해 한다는데. 기실 이젠 그러한 소문과 관련된 비밀스런 위협도 무의미하게 날아드는 수많은 스팸메일과 다를 바 없을 것 같았다. 그는 메일 확인버튼을 눌렀다. 그러자 낯익은 그녀의 이름이 발신인 칸에 나타났다. 그는 그녀의 메일을 보자, 불현듯 본부장에 대한 울화가 치밀었고, 그녀에 대한 애틋한 감정이 이와 겹치며 가슴은 한없이 끓어오르기 시작했다. 거의 한 달 이상 그의 애간장을 태우다 온 연락이었기에 그 정도는 더욱 클 수밖에 없었다. 혹시 자신을 목 놓아 기다리다 그의 부재를 확인한 그녀가 체념하고 가버린 것은 아닐는지, 또 그러한 서운함에 의미심장한 마지막 편지만을 남겨놓은 것은 아닐는지. 온갖 미혹한 사념들은 짧은 시간에 복잡하게 뒤섞이더니 일순 두려움이 되어 그를 엄습했다.

한편으론 어느 누구도 보상할 수 없는 귀중한 시간을 본부장이 가리 틀어버린 것 같아 치밀어 오르는 울화를 간신히 눌러야만 했다. 다급한 마음에 메일의 제목조차 확인할 겨를 없이 메일의 열림 버튼을 눌렀다. 그러자 빼곡히 박혀있는 검은 활자들이 눈에 선명하게 들어왔다.

그는 순간 만감이 교차하는 것을 느낄 수 있었다. '어디서부터 이야기를 해야 할지 모르겠습니다.'로 시작한 그녀의 글은 평소와는 다른 어조로 매우 잔잔하게 이어졌다. 그는 단 한 글자도 그 의미를 놓치지 않기 위해 조심스럽게 읽어 내려가기 시작했다. 하지만 머지않아 그 속도는 거침없이 빨라졌다. 이미 메일 속의 글자는 살아 일어나 그 앞에서 빨리 따라 오라고 손짓하는 것만 같았다.

얼마 전 학원에서 중고등학생들에게 영어를 가르치는 아르바이트를 할 기회가 생겼어요. 조금 늦게 끝나는 것이 문제이긴 했지만, 휴학하면서 나름대로 괜찮은 수입을 거둘 수 있다는 점에서 저에겐 무척 좋은 기회였죠. 학원에는 학원장의 동생이라는 사람이 수학을 가르치면서 실장으로 행정적인 일까지 도맡아 하고 있었어요.

그는 마치 운동선수처럼 탄탄한 몸과 균형 잡힌 몸매를 가지고 있어 어느 여자에게든 첫눈에 호감을 주는 사람이었죠. 사실 저도 그를 처음 보았을 때는 그의 잘생긴 얼굴과 훤칠한 몸매가 눈에 먼저 들어왔으니까요. 하지만 저는 동시에 보이지 않는 곳에서 풍겨져 나오는, 뭐라 말로 표현할 수 없는 어떤 불안감을 느꼈어요. 본능적으로만 느껴지는 정확히 알 수 없는 이상한 기류와 같은 거 있잖아요. 항상 입술 끝에 달고 다니는, 그래서 자연스럽게 보일 법한 미소마저도 저에겐 왠지 음흉스럽게만 보였거든요.

그는 길게 숨을 내쉬었다. 우선 그는, 그녀가 휴학을 했다는 것과 학원강사 아르바이트를 얻었다는 사실을 그에게 진작 얘기하지 않은 것에 무척 실망했다. 그것은 그가 그녀에게 다가간 거리만큼 그녀는 그에게 다가와 있지 않았다는 것을 다시 확인하는 순간이었기 때문이다.

그리고 그러한 낙담은 근원을 알 수 없는 불안감으로 꿈틀거리며 부풀어 올랐다. 그녀가 그에게 다가와 있지 않았다는 사실은 그녀 옆에 또 다른 존재가 도사리고 있을 가능성을 뜻했고, 그 자체만으로 찾아오는 불안감이었다.

그녀는 첫 출근에 대한 감상과 아이들에 대한 이야기, 실장이 자신을 바라보는 기분 이상하도록 끈적끈적한 눈빛 등에 대해서 이야기했다. 그리고 출근 두 번째 주에는 실장이 직접 나서서 다른 선생님들과 환영회식을 가졌다고 했으며, 그 회식 자리에서 실장은 의도적으로 그녀 옆에 앉았다고 했다. 실장은 평소와는 다르게 친절과 유머를 보였고, 다른 선생님들도 진심으로 재미있어했는지, 아니면 가식적으로 웃어줬었는지는 모르겠지만 그런대로 특별히 술 취한 사람들 없이 웃으면서 일차를 마쳤다고 했다. 이차는 호프집에서 간단히 하자는 실장의 조금은 완강한 주장에, 남편이 기다리고 있다는 영어선생님과 몸이 안 좋다는 과학선생님 두 분을 제외하고 그녀를 포함 도합 다섯 명만이 이차를 갔다는 이야기를 했다. 그리고 역시 그 자리에서도 실장은 그녀 옆자리에 앉았으나, 일차에서만큼 그녀에 대해서 특별히 신경을 쓰지는 않았으며, 그녀도 그게 좀 더 편한 것 같은 생각에 일차에서처럼 조심스럽던 마음은 잠시 접어두고 조금 과하게 술을 마셨다고 했다. 물론 그렇다고 해서 정신을 잃거나 몸을 못 가눌 정도는 아니고 그저 기분이 좋아지고 말수도 평소보다 조금 많아지는 정도였지 대학에서처럼 술이 조금 과해지면 몰려드는 졸음에 친구들이 고생 꽤나 했던 정도는 아니었다고 했다.

그렇게 이차를 마쳤을 때는 시간이 금세 새벽 한 시를 훌쩍 넘어서고 말았으며, 다른 사람들은 그 시간에 이미 익숙해서인지 서로를 챙길 겨를도 없이 자연스럽게 그들의 집으로 흩어졌다고 했다. 그녀가 어떻게 가야 할지 잠깐 망설이는 동안 실장이 대리운전을 부를 테니 자신의 차로 가자고 하는 것을 그녀는 괜찮다고 하고 택시를 잡았다고 했다. 그때, 실장이 그녀의 주머니에 택시비 하라며 돈을 움켜 넣어주면서 예의 미소 띤 표정으로 저녁으로 갚으라고 했으며, 앞에 멈춰선 택시 앞에서 실랑이하기도 뭣해서 그러겠다고 말하고 돈을 받아들어 택시를 타고 집으로 향했다고 말했다.

그러나 아무 생각 없이 받았던 그 택시비가 실장과 또 다른 연결고리로 다가올 줄은 그때는 미처 상상도 못했다고 하는 부분까지 읽고 고개를 들었을 때, 그는 자신이 잠시 전혀 다른 시공 속에 놓인 것 같은 착각이 들었다.

그 앞에는 언제 왔는지 입사 2년차인 김 주임이 뻣뻣이 서있었다. 얼굴에는 잔뜩 불만 섞인 표정으로 '어디에 그렇게 정신을 빼놓고 있는지' 캐묻는 듯했다. 그 자신도 잠시 상황판단이 안 돼, '왜?'라고 물었을 때는 여전히 시간은 붉게 타는 오후 두 시를 오래 넘기지 않은 때였다. 그는 오래전에 이미 무인도 외딴섬에 던져져 있었고, 그 섬으로부터 그다지 멀지 않은 육지 사람들은 하루 중 가장 바쁜 시간을 보내고 있었다.

"며칠 전에 부장님이 말씀하신 월간실적자료 어떻게 됐나 싶어서요?"

김 주임은 매우 짜증 섞인 목소리로 말했다. 마치 직급에 밀리지 않으면 여기까지 오지도 않았을 것이라는 듯 인상을 구기며, 대답을 재촉하고 있었다.

"아직 안 됐는데…….."

말 굳은 그의 대답이 채 끝나기도 전에 김 주임은 이미 그럴 줄

알았으며, 그러잖아도 그런 대답이 나오길 잔뜩 기대하고 준비해
둔 말이 있다는 듯 쏘아붙였다.

"자꾸 이러시면 안 되죠, 대리님이 늦어지면 저는 어떡하라고
요. 괜히 저까지 욕 얻어먹잖아요. 그리고 이번이 한두 번도 아니
고……."

그는 또 다시 이어질 부하직원의 푸념을 거두고자 손사래를 쳤다.

"알았다니까, 퇴근 전까지 작성해줄게."

김 주임은 내심 못 미더워하는 표정으로 휙 돌아서서 그의 일터로
사라져갔다. 그는 김 주임이 사라져간 뒤꽁무니를 한동안 무심히
바라보다 깊은 한숨을 내쉬었다. 마치 모든 것을 날려버릴 듯이.

그러곤 그는 다시 그녀가 보내준 메일을 읽기 시작했다.

　다음날이 되어서도 언제 그랬냐는 듯이 실장은 저를 대했
어요. 그저 잘 들어갔냐고 안부만 물었을 뿐 한 이틀은 너댓
번 마주쳤는데도 특별한 눈길 한번 주지 않더군요. 그런데
회식이 있은 지 정확히 3일 후, 그러니까 금요일이었어요.

1교시가 끝나고 어둠이 서서히 내려앉을 즈음 실장이 잠시 그녀
를 보자고 하더니, 수업 끝나고 특별한 일이 없으면 저녁이나 같
이 하자고 하면서 지난번 택시비를 갚으라는 말도 힘주어 덧붙였
다고 했다. 그녀는 금요일은 수업이 두 시간밖에 없는 데다 엉겁
결에 받은 택시비도 마치 큰 빚을 진 것 마냥 마음에 걸려 그러자

고 대답했으며, 실장은 자신이 자주 가는 좋은 곳이 있다고 했다.

　실장과 함께 간 곳은 간단한 저녁식사라고 생각했던 그녀의 예상과는 딴판인 고급 레스토랑이었다고 했다. 실장이 평소에 종종 찾는 곳인지 정장차림으로 말끔하게 빼입은 종업원들은 지나치다 싶을 정도로 반갑게 그들을 맞았다고 했다. 지배인처럼 보이는 사십대 중반의 말쑥한 사내는 그들을 구석 작은 방으로 안내했으며, 그곳에는 사전에 예약이라도 해둔 것처럼 이미 깔끔하게 세팅이 되어있었다고 했다. 실장은 자신이 추천하는 특별요리가 있으며, 자기가 시키는 대로만 하면 절대 후회는 하지 않을 거라고 했다. 그래서 그녀 자신도 특별히 생각해둔 것도 없었기에 실장이 시키는 대로 따라 시켰다고 했다. 게다가 주문한 음식과 잘 어울리는 술도 있으니 술 한 잔과 곁들이면 좋다고도 해서, 역시 실장의 추천대로 술도 곁들이게 됐다고 했다. 처음 술은 매끈하게 빠진 잔에 포도주가 삼분의 이가량 채워져 들어왔는데, 첫맛이 조금 시큼하긴 했지만 향긋한 냄새가 코를 찌르며 식도를 타고 넘어가는 것이 그렇게 나쁘지만은 않았다고 했다. 그렇게 두 잔을 다 비웠을 때는 의외로 취기가 빨리 전신을 타고 오는 것을 느꼈으며, 실장이 추가로 두어 잔을 더 권해 마셨을 때는 머리가 아찔해질 정도였다고 했다. 그러면서 술 때문인지 머릿속은 둔감해지고, 서서히 졸음도 몰려왔다고 했다.

　그의 글을 읽어 내려가는 속도가 점점 빨라지고 있었다. 모든 신경들이 곤두섰으며, 그녀가 써 내려간 한 자 한 자가 마치 살아 일어나 움직이며 그의 목을 죄어오는 듯했다. 그리고 그녀가 예감했던 불안이 그에게로 전이되어 전신을 휘감는 것 같았다.

이제 모니터 너머 그를 둘러싼, 부장과 차장, 대리, 사원이라는 직급을 어깨 위에 짊어진 이들의 세상은 회색 어둠으로 사라져 갔다. 오직 컴퓨터 속 끔벅이는 활자만이 어둠속 유일한 조명처럼 확대되어 다가왔다. 그리고 확대되어 오는 그 조명 속에서 실장이라는 작자의 능글맞은 인상과 표정이 낱낱이 그 불빛 아래 확연히 드러나는 것처럼 느껴졌다. 한편으론 소택지의 짙은 안개가 세상을 소리 없이 점령하는 것처럼 실장의 간악한 손아귀가 그녀를 점점 점령해가는 불안감에 초조해졌다.

실장은 학원과 관련된 일과 학생들과 선생님들에 대한 이야기에서부터 자신의 포부라든가 살아온 이야기들을 두서 없이 쏟아내고 있었는데, 술이 들어가고 시간이 갈수록 저에게는 마치 주술사의 주문처럼 아득히 들려오기 시작했어요. 그리고 실장의 모습이 깊은 어둠속으로 갑자기 사라져 버렸다고, 세상이 순간 잠들었다고 느끼는 순간 어느 따스한 손길이 내 어깨를 지긋이 감싸고 뜨거운 그 무엇이 내 입술 위에 무겁게 포개져오는 것을 느꼈어요.

따가운 아침 햇살이 커튼 사이 창문 틈을 뚫고 그녀의 눈을 간질였을 때에서야 그녀는 깨질 듯한 머리를 감싸고 일어날 수 있었다고 했다. 그녀는 침대 위에 누워있었고, 침대 밑에는 아무렇게나 던져진 옷들이 어수선하게 널브러져 있었다고 했다. 그녀는 몽롱한 정신을 하나하나 가다듬으며 주위를 둘러보면서 무언가 일이 크게 잘못되었음을 확인할 수 있었다고 했다. 그녀는 완전히 벌거벗겨진 상태였으며, 그녀 옆에는 역시 아무 것도 걸치지 않은 실장이 엎어져 누워있었다고 했다. 순간 피가 거꾸로 솟구치고 온몸은 강한 경련으로 아찔해지지 않을 수 없었다고 했다.

그녀는 정신없이 여관을 쫓기듯 빠져나왔으며, 집으로 돌아와서도 심한 충격에서 한동안 벗어나지 못한 채 멍한 상태로 방구석에 처박혀 있었다고 했다. 실장은 그날 저녁 늦게 그녀의 휴대폰으로 아무런 일도 없었다는 듯이 전화를 걸어와, 일어나 보니 자기 혼자만 남게 됐다고 핀잔까지 주었다고 했다. 또 그날 있었던 일은 신경 쓰지 말고 학원에나 잘 나오라고 제법 당부하는 투로 말했으며, 만에 하나 오해라도 할까 싶기도 하고 기념으로 간직할 요량으로 사진 몇 장을 남겨놨다고까지 웃음 섞인 협박을 아무렇지도 않게 던지고는 전화를 끊었다고 했다. 실장의 간교한 협박은 그 후로도 계속됐으며, 그 일 이후 학원을 그만두려던 그녀를 집요하게 잡아두게끔 했다고 했다. 그리고 그녀가 단단히 마음을 다잡고 다시 학원에 나갔을 때는 실장의 태도가 더 노골적으로 변해 이젠 대놓고 그녀를 요구하기 시작했다고 했다.

하지만 저로서는 어쩔 수가 없었어요. 실장은 제가 거부하면 할수록 더 노골적으로 행동했으니까요. 이젠 제가 지금까지 어떤 삶을 살아왔고 어떤 삶을 살아야 할지를 놓쳐가고 있는 것 같아요. 마치 저에겐 과거도 없었고, 미래도 없는 것처럼요. 현재만이 영원히 지속될 것 같은 괴로움에 힘겹답니다. 사람들을 만나는 것도 두렵고, 그렇다고 아무도 만나지 않는 것도 두렵습니다. 언제 어디서든 실장이 바로 제 눈앞에 느닷없이 나타날 것만 같거든요.

그 일이 있은 지도 벌써 두 달이 지났어요. 그리고 지금은 거의 자포자기 상태로 학원에 나가지 않기로 했고, 휴대폰도 꺼놓은 상태랍니다. 그렇게 일주일이 지났어요. 그런데도 어디선가 실장의 손아귀가 점점 내 삶의 다른 부분을 갉아먹고 들어오는 것 같아 괴롭기만 하답니다.

그녀는 무너져가는 자신의 심경과, 가능하다면 실장을 죽이고 싶다는 마음까지 솔직하게 토로했다. 그리고 마지막으로 학원의 위치와 실장의 인상착의 등에 대해 덧붙이며 편지를 마쳤다.

그는 한동안 붕 뜬 상태에서 헤어날 수가 없었다. 편지를 끝까지 읽고서도 그는 마치 무엇인가에 홀린 듯이 모니터만을 뚫어지게 쳐다보고 있었다. 처음의 막연한 초조감은 이젠 본 적도 없는 실장에 대한 증오감으로 증폭되어 갔다. 뜨거운 오후 두 시와 같은 일상의 무기력과 무능력 따위로 그에게 닥쳐온 현실에 침묵할 수는 없었다. 심하게 박동치는 맥박과 이리저리 전신을 휘감으며 요동치는 모세혈관들은 그가 그녀를 위해 무엇인가 해야만 한다고 말하고 있었기 때문이었다.

이제 그에게 있어 중요한 것은 자신을 주저앉혀 영원히 침묵시키려는 건조하기 이를 데 없는 조직이라는 이름의 가면이 아니라, 그의 심장 한가운데에서 끝없이 살아 박동치는 현실에 있었다. 그래서 현재 그의 존재는 육지로부터 동떨어진 외딴섬에 처박혀 있는 것이 아니라, 멀리 그녀와 실장의 세상 속으로 깊숙이 들어가 있었던 것이다.

6.

기나긴 장마와 북태평양 고기압의 찌는 듯한 무더위, 그리고 또 두 번의 태풍이 휩쓸고 지나간 시간의 흔적 위엔, 뭉실뭉실 피어오른 구름 사이로 푸른 가을하늘이 맑은 수정처럼 열려 있을 것 같았다. 그는 그런 그림을 꼭 감은 두 눈 위에 그리고 있었다. 서너 개의 형광등만이 어둠을 쫓는 유치장 한 귀퉁이에 잔뜩 웅크리고 앉아 상상하고 그림을 그렸다. 하지만 그것은 오롯이 상상일 뿐이었다.

계절은 그 절정을 맛 본 후에는 시간보다도 더 빠르게 다음 계절로 달음질치는 것일까. 그의 상상과는 다르게 그가 머뭇거리는 시간은, 여전히 오랜 장마와 폭풍 그리고 한여름의 폭염에서 완전히 헤어나지 못하고 있는데 말이다.

오히려 그는 시간을 거슬러 그가 현실이라 믿어 의심치 않았던 과거를 현재의 유치장 한 귀퉁이라는 현실 속에서 되뇌어보고 있었다. 그녀와의 우연한 만남에서부터 그녀의 일상이라는 늪 속 깊숙이 빨려 들어가는 자신. 그러면서도 그녀를 실제로 한번도 만난 적이 없다는 사실과 그녀로 인한 살인이 어떻게 연결될 수 있는지.

청명한 가을을 기다리는 늦여름의 강렬한 바람을 등진 채, 빛바랜 형광등의 검은 불빛 아래 유치장 한 귀퉁이의 자신은 또 무엇인지. 한 차례 폭풍우가 무섭게 휩쓸고 지나간 것일까.

그는 두려워지기 시작했다. 현실이 현실로 각인되는 순간마다 그는 진한 몸서리를 쳤다. 주체할 수 없는 두려움의 전율이 구석구석을 핥고 지나가는 것을 느꼈다. 아귀가 맞지 않는 톱니바퀴, 어디서부터 어긋나기 시작한 것일까. 그는 갑자기 그녀를 한번만이라도 보아야겠다는 생각에 이르렀다. 가족들의 면회조차 완강히 거부했던 그였다.

그는 자신을 피의자라 부르며 진술조서와 피의자신문조서를 작성했던 자판 속의 담당형사에게 그녀를 한번 봤으면 좋겠다고 했다. 담당형사는 그를 한편으로는 한심하다는 듯이, 다른 한편으로는 애처로운 연민의 정으로 조서를 처리했었다. 마지막 증거자료 확보에 여념이 없어보이던 담당형사는 한결 부드러워진 말투로 그러마고 했다.

그는 구속의적부심사도 신청하지 않았다. 그가 어디에 있건 그는 스스로에게 구속되어 있었기 때문이었다. 굳이 어느 공간에 있는 것과는 상관없이 그는 그 자신 속에 칩거해있었던 것이다. 가끔 밖으로 나올라 하면 두려움이 그를 엄습해왔기 때문이기도 했다. 담당형사는 일주일 후면 그를 검찰에 송치한다고 했다. 구속된 지 나흘이 지나서, 담당형사는 그를 수사과의 작은 방으로 안내했다. 커다란 유리를 통해 안이 투명하게 들여다보이는 방안에는 두 개의 책상이 옆으로 나란히 붙어있었다. 책상 위에는 그를 다그치던 것과 같은 기종의 컴퓨터 한 대가 무감각하게 놓여있었다. 책상 앞에는 철제의자 세 개가 있었다. 포승으로 묶이고 두 손에 수갑이 채워진 채로 그는 작은 방으로 조심스럽게 들어섰다. 그를 안내했던 담당형사는 책상컴퓨터 앞에 앉았다. 그가 멈칫 하며 서있자, 그는 눈으로 의자 하나를 가리켰다. 의자 세 개 중 이미 의자 하나에는 노란색 물을 들인 헝클어진 단발머리의 여자가 가녀린 어깨를 잔뜩 웅크린 채, 등을 돌린 자세로 앉아있었다. 가로무늬 민소매 상의와 펑퍼짐한 남색 반바지, 뒤창이 닳아버린 슬리퍼에서 풍기는 그녀의 첫 인상은 급하게 쫓기 듯 뛰쳐나온 것처럼 어수선해보였다.

그는 그녀를 차마 직접 보지 못하고 주저하는 걸음으로 가서는 담당형사가 눈짓했던 의자에 앉았다. 그녀와 그의 사이에는 이제 빈 철제의자 하나만이 덩그러니 놓여있었다. 그러나 그 공간은 그녀와 나눴던 근접할 수 없었던 수많은 모니터 대화 속 거리보다 멀게만 느껴졌다. 그녀와 나누었던 수많은 말들과 일상들, 그들만이 간직했다고 믿었던 비밀스런 교감들, 마치 오래전부터 서로의 삶에 중요한 일부분처럼 자리 잡은 듯했던 동질감은 지금 이 자리에서는 무정형의 아지랑이처럼 흐물흐물 사라져가고 있었다.

담당형사는 컴퓨터자판을 작은 방 전체가 공명되도록 탁! 탁! 탁! 쳐댔다. 동시에 그녀의 훌쩍거리는 소리가 자판소리와 엇박자를 내며 들려왔다. 담당형사는 책상서랍 속에서 티슈박스를 꺼내 들이밀었다. 그러자 그녀의 가늘고 앳된 손이 티슈를 뽑으려고 천천히 움직였다. 그러면서 그녀의 잔약한 어깨도 울먹거리며 따라 움직였다. 이때 그는 그녀의 옆모습을 보았다. 촌스런 화장으로 감추려했지만 도저히 감출 수 없는, 열다섯이 갓 넘은 듯한 앳된 얼굴이 눈물 먹은 화장기로 뒤범벅이 되어있었다. 그 얼굴에는 스물셋이 풍겨야 할 풋풋한 성숙미는 어디에도 없었다. 수많은 시간을 사진 속 얼굴과 모습으로 형상화했던 이미지는 처음부터 존재하지 않았거나 있었던들 결코 잡을 수 없는 신기루처럼 사라졌다.

순간 그는 마치 스냅사진에 낚인 영상처럼 고정되고 말았다. 과거도 현재도 미래도 모두 이 한 장의 스냅사진 속에 고착되어버린 듯, 아무런 말도 할 수 없고 생각도 할 수 없는 상태가 그를 옴짝달싹 못하게 잡아두고 있었다.

그녀의 소리를 죽인 콧물 묻은 흐느낌 소리도, 담당형사의 냉정한 자판소리도 그리고 서랍 여는 소리도, 그 앞으로 던져진 서류뭉치 소리도 그의 의식 저편에서 하염없이 맴돌 뿐이었다.

그리고 담당형사의 둔탁한 목소리도 아득한 메아리 되어 한 점으로 묻혀갔다.

"학원강사 얘기, 이거 인터넷에서 떠도는…….."

7.

그는 그녀와 애초에 만나지 않았을지도 모른다. 그녀와 대화도
처음부터 존재치 않았을지도 모른다. 그리고 단지 그녀 때문에 실
장을 죽이지 않았을지도 모른다.

어쩌면 그는 그 안의 그를 만났고, 그녀를 만났고, 그를 죽였을
지도 모를 일이다.

바리케이드_

아침은 항상 엄마의 재촉 속에서 밝아왔다. 몇 번의 괴성에 가까운 고성으로 나의 미적거리는 나태함을 탓하면서 말이다. 잠결에 취해 몽롱한 상태의 나에게 엄마의 잔소리는 환청처럼 자꾸만 나의 귓가를 맴돈다.

"알았어요."

하면서, 다시 잠자리로 쓰러지는 나를 엄마가 가까스로 제 위치시키기를 서너 차례. 그리고 나서야 나는 잠자리에서 겨우 일어날 수 있었다.

"형은 벌써 일어나서 학교 가려고 하는데 너는 뭐 하는 거니? 빨리 세수하고 밥 먹을 준비하고. 책가방은 다 쌌지? 아이고, 이 녀석 오늘도 지각하려고 작정을 했니! 준비물은 챙겼어? 내 그럴 줄 알았어."

어찌 보면 엄마가 학교 가는 여학생처럼 더 난리고 걱정이었다. 그러면 그럴수록 나의 동작은 굼벵이처럼 더 처지고 꿈지럭거리게 되었다.

"빨리빨리 준비 못해!"

고등학교 1학년인 형이 짐짓 어른흉내를 내며 내 머리에 꿀밤을 먹인다.

"왜 때려!"

나의 고함소리에도 아랑곳하지 않고 형은 식탁에 앉았다. 나는 고양이 세수마냥 얼굴에 두어 번 물을 끼얹고 자리에 앉았다. 이 때를 놓칠세라 엄마가 열심히 상을 차리면서 한마디 한다.

"목에 때 봐. 다시 칼칼하게 씻고 안 올래!"

"다 씻었어요."

기어들어가는 목소리로 내가 대답을 하자 아빠가 내 편을 들어준다.

"내일부터는 아빠가 직접 검사할 테니까, 잘해야 한다. 알았어?"

"네."

"니가 퍽이나 잘하겠다."

형이 못마땅하다는 듯이 핀잔을 준다. 어느새 형의 밥그릇은 반이나 비어가고 있었다. 내가 꼼지락거리며 겨우 다섯 숟가락질을 하고 있을 때에는 형은 이미 식사를 마치고 텔레비전 앞에 잠시 섰다. 아침뉴스 시간이었다. 형이 갑자기 텔레비전 볼륨을 높였다.

"아빠, 이것 좀 보세요."

형이 다급히 아빠를 불렀다.

식사 중이던 아빠도 형의 갑작스런 부름에 텔레비전 앞에 섰다.

분명 내 귀에도 '관악산'이라는 친숙한 단어가 아나운서의 다듬어진 목소리를 통해 들려왔다. 그러나 그 뒤 소식은 불분명했다. 나도 숟가락을 놓고 아빠 뒤에 가서 섰다.

"다들 밥 안 먹고 뭐 하는 거예요!"

우리 뒤에서 엄마가 재촉하는 소리가 들려왔다.

"탈영했대요."

형이 아빠를 올려보며 방금 들은 뉴스를 확인하려 했다. 아빠는 고개만 두어 번 끄덕이더니 이내 식탁으로 돌아갔다. 나는 아직도 무슨 영문인지 몰라,

"관악산으로?"

"그래."

형이 귀찮다는 듯이 대답했다.

"그럼 근처네."

나는 혼잣말을 했다. 화면에서는 이미 무슨 얘긴지도 모르겠는 경제 뉴스를 전하고 있었다. 난 텔레비전을 뚫어지게 보다가 다시 물었다.

"그런데 탈영이 뭐야?"

그러자 형이 퍽이나 한심하다는 시선으로 나를 째려보더니,

"그러고도 니가 중학생이냐. 창피한 줄이나 알아라."

"글쎄 탈영이 뭔데?"

귀찮아하며 형이 대답했다.

"군인이 군대생활하기 싫다고 밖으로 도망쳐 나오는 거야."

"그러면 잡히면 어떻게 되는데?"

"그걸 내가 어떻게 알아? 내가 뭐 군대 갔다 왔냐! 그냥 죽겠지."

형은 무작스럽게 말을 툭 뱉더니 책가방을 들고 집을 나섰다. 나는 다시 식탁에 앉으면서 아빠에게 물었다.

"아빠는 군대생활 했으니까 아실 거 아니에요?"

"뭘?"

"탈영해서 잡히면 어떻게 되냐고요?"

"인마 쓸데없는 거 신경 쓰지 말고, 밥 먹고 학교나 가."

나는 아빠의 말에는 아랑곳 않고 숟가락질을 멈춘 채 골몰히 생각하기 시작했다.

"아마 잡히면 총살당할 거야……. 그죠 아빠?"

"얘가 못하는 소리가 없어!"

그제야 자리에 앉으며 엄마가 흉측하다는 표정으로 나무랐다.

"영화에서도 총살하는 것 봤다고요."

"빨리 밥 먹고 학교 안 갈거니!"

엄마가 더 이상 못 참겠다는 듯이 버럭 소리를 질렀다.

나는 학교로 가는 내내 관악산으로 도망쳤다는 얼굴도 이름도 모르는 두 명의 탈영병 생각으로 머릿속이 가득 찼다. 일단 한번 상상의 똬리를 틀면 좀처럼 헤어 나오지 못하는 버릇이 발동한 것이다.

비록 탈영한 두 명의 인상착의나 이름 따위의 정보를 갖고 있지 않았지만, 지금껏 영화나 드라마를 통해 본 것만으로도 그들의 모습을 충분히 짐작하고도 남음이 있었다. 그들은 분명히 영화 속 인물들처럼 용감하고 민첩하며 얼굴 한두 군데에는 적어도 칼자국 이상의 흉터가 있을 것임에 틀림없었다. 그렇지 않고서야 텔레비전 뉴스 같은 데 나올 턱이 없기 때문이다. 일단 그렇게 생각하자 어느새 그들은 평범한 사람들과는 사뭇 다른, 무언가 범상하지 않은 영웅적이고 극적인 인물같이 느껴졌고, 믿음이 생겼다.

이글거리는 표범의 눈처럼 검은 위장 속에 표독스럽게 번뜩이는 눈빛, 보는 것만으로 움찔거릴 높이에서의 상상을 초월할 듯 절도 있는 수직낙하, 빗발치는 총알세례를 아스라이 피해 도는 민첩한 몸동작, 그들은 분명 이러한 모습일 것이다.

학교에 도착했을 때는 미지의 세계에서 온 두 인물에 대한 이야기가 뜨거운 화제로 이미 후끈 달아올라 있었다. 그들이 인근 관악산으로 사라졌다는 사실 하나만으로도 온갖 호기심이 발동했다. 삼삼오오 모여서 떠들어 대는 친구들은 내가 생각했던 것 이상으로 거창한 영화를 만들고 있었다. 친구들이 가진 정보는 내가 가진 정보와 비교하면 상대도 안될 만큼 풍부했다. 주워들은 어른들의 경험을 바탕으로 내린 분석은 적절한 상상력까지 곁들어져 현실감과 개연성까지 갖추고 있었다. 그런 가운데 나를 포함해 상당수의 친구들은 탈영이라는 영웅적인 행동에 기대 이상으로 매료되었다. 그럼에도 그들에게 닥쳐올 운명에 대해 우리가 내린 공통된 결론은 굉장히 우울한 것이었다.

"두 명 계급이 뭔지 아니?"

"뭔데?"

"이등병하고 일병이래."

"이등병하고 일병? 그럼 누가 더 대장이야?"

"참내 한심하긴, 산수도 못 하냐! 2하고 1하고 어떤 수가 더 크냐."

"아, 그렇겠구나."

다른 친구가 끼어든다.

"그 사람들 총도 갖고 있겠지?"

"당연하지!"

"수류탄도 있어?"

"그렇지 않을까?"

"그럼 엄청난 총격전이 벌어지겠는데."

또 다른 친구가 끼어든다.

"군대도 출동하겠지?"

"그러면 볼 만하겠는데."

"분명 두 명 다 죽을 거야."

나는 대화를 뒤로 하고 교실 창문을 통해 희뿌옇게 보이는 관악산을 바라보았다. 옅은 안개 때문인지 아니면 서울의 탁한 공기때문인지 관악산은 실제 거리보다 훨씬 멀어보였다. 험준하게 뾰족 솟은 산봉우리는 우후죽순 무질서한 건물들 뒤에서 이질적인 풍경이었다.

오늘 뉴스만 아니었더라면 존재조차도 인식하지 못할 뻔했다. 관악산은 항상 거기에 있었지만, 나에게 늘 있었던 것은 아니었기 때문이다. 그저 인근 학교의 교가마다 빠지지 않고 이름을 올리는 정도의 산이었다고나 할까.

그런데 그 산이 오늘은 특별해 보였다. 저 산 어딘가에 생사를 건 두 생명체가 필사의 산악을 할지도 모른다는 생각은 어쩐지 낯설게만 다가왔다. 친구들의 마지막 결론처럼 두 명의 탈영병은 지금 죽음의 문턱을 기웃거리고 있을 것이다. 나는 묘한 흥분에 휩싸이고 말았다. 죽음의 화염 속으로 돌진하는 그들의 용맹성이 끝내 허무하게 불타버릴 것이라는 생각에 이르자, 그들이 잡히지 않기를 간절히 바라는 연민의 정이 꿈틀거렸다. 생명이 한순간에 사라져버린다는 것은 어린 나에게도 미망함이며 공허함이었다.

그러나 이런 흥분도 수업이 시작되면서 이내 시들해졌다. 국어시간의 따분함은 선생님이 눈치 채지 못할 은밀한 장난으로 날려버려야 했고, 수학시간의 공포감은 선생님의 날카로운 시선을 필사적으로 피하는 것이 급선무였다. 그것은 비단 나뿐만이 아니었다. 탈영병의 생사와 관련해 신중하고 진지했던 창호 녀석은 예의 셋째 시간이 다 끝나기 전에 도시락을 비우는 평상시의 모습으로 놀아가 버렸다. 자기 삼촌의 군대생활까지 끌어들이며 거들먹거렸던 형식은 보통 때처럼 눈살 찌푸리게 하는 거친 장난을 오늘도 빠짐없이 재탕하고 있었다. 영어시간에 숙제를 해오지 않았다는 이유로 몽둥이찜질을 당한 윤수는 선생님에게 갖은 엄살을 부리더니 우리에게는 씩 하고 웃는 것까지 평시와 다를 것이 없었다. 명식이도 현우도 모두가 마찬가지였다.

이렇듯 우리들의 관심사는 한곳에 오래 머물지 못하고 물 위를 스치고 지나가는 그림자 위 구름처럼 마구 바뀌며 흘러가는 것이었다. 오전수업이 시작하기 전 내내 진지한 관심사였던 두 탈영병에 대한 화제는 오후 들어서는 우리의 뇌리 속에서 조각 나 떠나버린 듯했다.

먼발치서 아름아름한 관악산도 한낮의 열기에서 뿜어져 나오는 이글거림과 운동장에서 구르며 뛰노는 아이들의 흙먼지로 그 기세가 꺾이더니 마침내는 흐물흐물 고개를 떨구었다. 그래서일까, 관악산 어딘가에서 생사의 외줄을 탈지도 모를 두 탈영병의 존재도 관악산과 함께 사그라지는 듯했다.

오후의 체육시간은 정말 짜증나는 시간이었다. 그리고 체육시간에 연이은 한문시간은 더 괴로웠다. 우리는 너나없이 꾸벅꾸벅 고개를 처박았고 머리 위로는 두보의 시구가 자장가로 날아다녔으며 고사성어는 그 박자를 맞추어주었다. 어느덧 지겹던 7교시가 끝날 때쯤에야 우리의 눈은 다시 초롱초롱해질 수 있었다.

광우와 명식이 자전거를 빌려 타자고 제안을 해왔다. 나는 질정없이 망설이다 같이 놀기로 마음을 먹었다. 사실 윤수랑 현우가 먼저 탁구를 하자고 했었는데, 현우랑 탁구를 하면 항상 열불이 나서 제 분에 무너지는 것이 한두 번이 아니었다. 이길 듯 이길 듯 하다가도 막판에 이상하게 마음만큼 잘 먹히지 않아 늘 화가 나고, 결국 그 기에 못 이겨 지기 일쑤였다.

어차피 부아만 돋울 것을 뭐 하러 치냐 싶어 오늘은 광우, 명식이랑 자전거나 씽씽 타는 것이 나을 듯싶었다.

모든 수업이 끝나고 시골장터마냥 시끌벅적하던 교실은 담임이 종례를 하러 들어오면서 순식간에 조용해졌다. 코가 낮아 얼룩안경을 코끝에 아슬하게 대롱대롱 걸친 담임이 공포의 몽둥이를 다이어리노트에 톡톡 치면서 탁자 앞에 섰다.

우리는 침묵한다. 반장이 반사적으로 일어서서는 '차렷, 경례!' 한다. 담임이 고개를 까딱한다. 그리고 반장, 부반장이 공책 한 권씩을 담임에게 건네준다. 우리는 모두 알고 있다. 저 공책이 무엇인지를. 담임은 노트에 적힌 대로 호명을 할 것이고 불려나간 녀석들은 매타작을 당해야 한다.

어느 날 담임은 반장과 부반장에게 공책 한 권씩을 손수 나눠주었다. 그러면서 하루에 적어도 2명 이상은 간단한 사유와 함께 공책에 이름을 적으라고 명령했다. 실질적으로 그것은 두 사람에게 엄청난 특권을 부여한 것이었다. 그때부터 그들은 우리를 향해 가혹한 감시의 눈초리로 온 신경을 곤두세우기 시작했다. 처음 그 특권은 대단한 것이었다. 그들의 공책에 오르지 않기 위해 간사하게 아부하는 축, 애초에 그늘의 시선이 닿지 않도록 병적으로 피하는 축, 차라리 반장 부반장과 대놓고 싸우려는 반항기 다분한 축들도 있었다.

"시발 남자 새끼가 쩨쩨하게 노트 가지고 그러지 말고 우리 맞장 뜨자고!"

"꼬우면 선생님에게 직접 말해. 나도 이거 선생님이 하라고 해서 하는 거니까."

하지만 하루가 멀다 하고 벌어지던 이런 다툼도 시간이 지나자 흐지부지되고 말았다. 그것은 담임이 만들어 놓은 감시체제가 없어졌기 때문이 아니라, 우리가 그러한 구속에 완전히 적응한 나머지 아무것도 아닌 것처럼 익숙해져버렸기 때문이었다.

"까짓것 한 대 맞고 말자."

이런 식이었다.

이제 우리는 공책에 이름이 오르는 것에 그다지 신경을 쓰지 않게 되었다. 종례시간마다 경례하고, 공책이 담임에게 건네지고, 이름이 불리고, 심드렁하게 나가고, 그리고 볼기짝 몇 대 맞고 들어오는 것이 자연스러운 과정이 되어버렸다. 여전히 변하지 않은 것은 반장과 부반장의 혈안이 된 서슬 무딘 감시망뿐이었다.

오늘도 이 모든 순서가 끝난 상태였다. 그러나 담임은 여기서 종례를 마칠 생각이 없는 듯이 보였다. 담임은 우리를 한 번 쭉 둘러보더니,

"여러분도 뉴스를 들어서 대충 알 거예요."

그리고 잠시 뜸을 들였다.

학생들이 웅성거리기 시작했다. 담임의 뉴스라는 말에 서로 엇비슷한 짐작의 실타래를 풀어놓았기 때문이었다.

"자자, 조용!"

담임은 막대기로 교탁을 탁! 탁! 두드렸다. 일순 조용해졌다.

"군인 두 명이 탈영한 거는 알고 있지? 아침에 관악산으로 도망

갔던 탈영병들이 이 근처까지 내려와, 오후에 하천 건너 여관에서 지금 인질극을 벌이고 있어서…….."

담임의 말이 다시 이어지기도 전에 교실 안엔 더 큰 소동이 일었다.

"조용히 안 해!"

담임은 다시 교탁을 두드렸다. 웅성거림은 갑자기 볼륨을 낮춘 라디오처럼 수그러졌다.

"그래서 여러분에게 긴급교무회의 결정을 전달해주려고 한다."

담임은 교무회의 내용을 찾느라 재차 말을 멈췄다. 이때다 싶어 학생들은 다시 수런거리더니 얼마 지나지 않아 아예 와자하게 떠들어대기 시작했다.

사실 반나절 만에 탈영병들은 우리에게서 잊힌 존재가 되어있었다. 두 탈영병에게 서정적 동정심이든 서사적 영웅심이든 그것이 뭐든 간에 우리가 가졌던 감정의 쪼가리들은 하루 일과와 함께 사라졌었다. 그런데 두 탈영병은 우리가 일상의 쳇바퀴에서 돌고 있는 사이에 슬그머니 우리 발끝까지 다가온 것이다. 꺼질 듯했던 묘한 흥분이 되살아났다. 그것은 일종의 희열에 가까웠다. 드라마나 영화에서만 관람했던 꾸며진 삶과 죽음의 무감각한 처절함이 아닌 바로 우리 코앞에서 벌어질 수 있다는 현실인 것이다.

"조용! 조용!"

탁자를 두드리며 담임이 소리를 지르자 다시 조용해졌다.

"그래서 오늘은 하천 건너편에 사는 학생들은 매우 위험해요.

지금부터 선생님이 하천을 경계로 건너편 학생과 아닌 학생 간에
짝을 지어줄 테니까, 사태가 완전히 끝날 때까지는 하천을 건너지
말고 하천 이편에 있는 학생의 집에 있다가 가도록. 무슨 말인지
알겠지?"

"네!"

학생들이 일제히 대답했다.

담임은 하천을 사이로 학생을 두 편으로 나누어 일일이 짝을 지
어주었다.

"선생님이 노파심에 다시 말하겠는데 절대 사태가 끝날 때까지
는 하천을 건너려 하지 말고 괜히 구경한답시고 하천 근처에 얼씬
거리지 않도록 하고. 짝의 집으로 간 사람은 집에서 걱정하지 않
도록 꼭 전화하도록 한다."

종례가 끝나고 담임이 나가자 교실은 다시 시장통이 되었다. 광
우가 나에게 다가왔다.

"너 어떻게 할래?"

"뭐?"

"자전거 타는 거 말이야."

"타자며?"

"그런데 너랑 나랑 집말이야."

광우와 나의 집은 하천 건너 쪽에 있었다. 담임이 짝지어준 내
짝은 형준으로, 행동이나 말투가 조금 계집애 같아서 잘 어울려
지내지 않던 친구였다. 광우는 다행히 자전거를 같이 타기로 한

명식과 짝이 되어서 별반 문제가 없었다.

"뭐 어때, 하천 안 건너고 이쪽에서 자전거 타다가 들어가면 되지. 그건 그렇고 우리 저쪽 건물에나 가보자."

내가 가리킨 곳은 하천 쪽으로 방향이 난 학교건물이었다. 학교는 조금 높은 곳에 위치해 있어서 혹 그 인질극이 벌어지고 있다는 여관을 볼 수도 있지 않을까라는 생각에서였다. 광우가 고개를 끄덕였고 언제 와있었는지 명식도 공감했다. 우리 셋이 책가방을 챙기고 막 떠나려는 순간이었다. 형준이 나를 불러 세웠다.

"너 나랑 우리 집에 가기로 되어 있잖아."

나는 조금 엉거주춤하며,

"나 자전거 타다 가려고 하는데."

"그런데 선생님이……."

"걱정 마. 하천 안 건너고 자전거 타면 되니까."

"그러면 집에는 언제 가려고?"

어느새 형준은 시큰둥해져 있었다. 나는 아예 어른이나 된 듯이 형준에게 다가섰다. 항상 형준과 얘기를 할 때면 내가 한참 어른이 된 듯한 우월감을 느끼곤 했다.

"한 두어 시간 놀다 갈게."

"너 우리 집 모르잖아."

"괜찮아. 못 찾으면 그냥 우리 집으로 가면 되니까."

"그런데 선생님이……."

"아이, 괜찮다니까."

형준이 고개를 푹 숙인 채로 한동안 망설이다 물었다.

"그러면 나도 같이 놀다 가면 안 돼?"

나는 광우와 명식을 쳐다보았다. 그들은 승낙의 고갯짓을 해보였다.

"그러면 그러든가."

우리는 하천 방향으로 등을 튼 건물로 뛰어갔다. 주로 고학년 교실이 있는 건물이었다. 그곳에는 이미 다른 학생들이 몰려와있었다. 모두가 창문 밖을 보려고 아등바등하고 있었다. 나는 다른 창문으로 가서 밖을 보았지만 크고 작은 건물들에 가려 여관건물은 보이지 않았다. 여관이 보이는 최적지는 학생들이 몰려있는 그 작은 창문임에 틀림없었다. 그러나 창문에는 껌 딱지처럼 학생들이 몰려있어 도저히 끼어들 수가 없었다. 발 돋음으로 보려 해도 턱도 없었다. 그때였다. 복도 끝에서 남자선생님이 버럭 소리를 질렀다.

"야 이놈들, 거기서 뭐 하는 거야!"

우리는 일제히 소리 난 방향으로 고개를 돌렸다.

"자식들 죽으려고 환장을 했나. 모두 저리 가지 못해!"

우리는 정말 죽지 않으려는 듯이 뿔뿔이 흩어졌다. 나와 다른 셋도 복도 반대 끝으로 가서 그 창문 쪽을 바라보았다. 버럭 소리를 질렀던 남자선생은 창문을 그냥 지나치지 않고 앞에 서더니 우리가 했던 냥으로 창문을 한참 내다보다 피식 웃고는 사라졌다. 우리는 이때다 싶어 그 창문에 일착으로 도착하여 밖을 내다보았다. 그러나 우리가 기대했던 것과는 다르게 여관건물은 온전히 눈에 들어오지 않았다. 옆쪽으로 삐죽 튀어 나온 여관 건물 하나가 눈에 들어오긴 했다. 하지만 인질극이 벌어지고 있는 여관이라기에는 말할 수 없을 정도로 차분해 보였다.

사실 하천 건너편에 인접해 있는 건물들은 대부분 여관 아니면 식당들이었기 때문에 딱히 그 건물이 바로 그 여관이라고 말할 수도 없었다. 결국 우리는 실망감을 안고 학교를 나왔다. 그리고 늘상 가던 자전거방으로 달려갔다. 주인할아버지에게 가방과 함께 학생번호, 집 주소, 전화번호를 남기고 두 시간 동안 자전거를 빌렸다. 우리는 각자 자전거를 끌고 나왔다. 그리고 누가 먼저랄 것도 없이 앞서거니 뒤서거니 하며 좁은 골목길을 달리기 시작했다. 날쌘 다람쥐처럼 속도도 줄이지 않고 아슬아슬하게 사람 사이를 요리조리 빠져나가며 쌩쌩 달렸다.

거리에 인적이 드물다 싶으면,

"저기 전봇대까지 시합이다!"

말이 끝나기 무섭게 우리는 냅다 페달을 밟았다. 그리고는 위험할 정도로 속력을 냈다. 순위가 결정되고 꼴찌가 콜라를 사오면 우리는 숨이 막히도록 병 주둥이를 입에 물고 벌컥벌컥 들이켰다. 적당히 목을 축이고 우리는 다시 내달랐다. 속도를 높이자 옷 속으로 비집고 들어온 공기가 요동쳤다. 옷은 풍선처럼 부풀어 올랐다. 쾌감이 펄럭였다. 우리는 그렇게 한참을 돌고 돌았다. 석양이 건물사이에 끼기 시작했다. 그리고 얼마 지나지 않아, 좁은 골목

길을 벗어나 8차선 남부순환도로에 맞닿았다.

도로는 텅 비어 있었다. 무서운 속도로 달려야 할 차들이 보이지 않았다. 대신 도로가에 정차되어 있는 몇몇 차들만 드문드문 보였다. 아무것도 다니지 않았다. 우리는 자전거를 타고 도로로 나서며 서로의 얼굴을 쳐다보았다.

"차량통제 하나봐."

"탈영병 때문에?"

"그렇겠지."

"우리 저쪽에 가볼래?"

나는 손짓으로 도로의 둔덕 너머 하천 방향을 가리켰다.

"그러자."

광우가 맞장구를 쳤다.

"좋아."

내가 먼저 치고 나갔다. 뒤를 광우, 명식이 따라 붙었다. 잠깐 망설이던 형준도 뒤따랐다. 우리는 있는 힘껏, 힘닿는 대로 페달을 밟았다. 전에는 상상도 할 수 없었던 속도가 자전거에 붙기 시작했다. 바람이 우리의 얼굴을 거칠게 때렸다. 등 뒤로 넘어가는 석양의 거대한 두 손이 우리의 등을 힘껏 밀어주는 것 같았다. 실제보다 몇 배는 길게 늘어진 그림자가 우리보다 앞서서 우리를 유혹했다. 8차선의 넓은 도로가 완전히 우리의 것이 되어버렸다.

8차선 도로에서 우리는 자유로웠다. 도로는 우리들에게 금지된 길이었다. 차량이외 일체 접근금지. 사람은 횡단보도. 만약 어길

시 벌금. 그렇지 않으면 사망. 부모님들은 지겹지도 않은 듯이 늘 말하지. 차 조심해라. 길 건널 때 조심하고. 횡단보도 아니면 건너지 말고. 도로는 위험하단다.

그런데 우리는 지금 이 금지된 도로를 달리고 있는 것이다. 누구에게도 방해받지 않고 벌금도 없이 말이다. 도로에 잘못 접근 시 사망이라고? 그런 것은 지금은 없었다. 명식이 '와' 하며 소리를 지르자, 난데없이 형준이 지지 않으려는 듯이 더 크게 '와' 하고 소리를 내질렀다. 광우와 나도 뒤따라 크게 웃고서는 소리를 질렀다. 길 가던 사람들이 우리를 힐끔 쳐다보았다. 길옆에 가지런한 버드나무들이 머리칼을 열심히 뒤로 넘기고 있었다. 고개를 힘겹게 오른 자전거는 내리막길에서 더욱 속도가 붙었다. 더 이상 페달을 밟지 않아도 제 속도로 자전거는 굴러 내려갔다. 완만하게 기울어진 내리막길에는 아무런 방해물도 없었다. 하얀 점선차선이 속도가 붙으면서 실선처럼 보였다.

그때였다. 나를 제치고 앞서 달리던 형준이 갑자기 자전거의 브레이크를 잡았다. 뒤따르던 나머지 셋도 일제히 브레이크를 잡았다. 날카로운 마찰음과 함께 자전거가 살짝 뒤틀렸다. 우리는 한발을 땅에 디디고 섰다. 저만치 앞에 노란색과 검정색이 연이어 칠해진 바리케이드가 가로막고 촘촘히 설치되어 있었다. 그리고 그 양옆으로 군인들이 좌우 경계총을 한 채로 꿈쩍도 하지 않고 서 있었다. 바리케이드 너머에는 군경들이 분주히 움직이는 것이 보였다. 바리케이드로부터 육칠십 미터 전방에 있는 다리에는 군인

둘이 다리난간을 은폐물 삼아 여기서는 보이지 않는 목표물을 향해 누워 쏴 자세를 취하고 있었다. 무전기 송수신 음성과 지지직거리는 잡음소리가 바리케이드 넘어서까지 들려왔다.

그러나 이런 팽팽한 긴장감에도 불구하고 내게서 보이는 바리케이드 너머 움직임은 그저 브라운관 속 영상 같았다. 그냥 그것뿐이어서 그랬나보다. 전쟁영화에서처럼 총소리도 들리지 않았고 아우성도 없었다. 거기에 비하면 그저 조용했을 뿐이었다. 기울어가는 초여름 태양이 모든 것을 단조롭게 만드는 것 같았다. 군인들끼리 주고받는 욕지거리도 간헐적으로 들려왔지만 그것 역시 일상과 좀 다른 정도의 풍경 같았다.

"서로 같은 부대 군인들일까?"

형준이 바리케이드 너머를 바라보며 누가 들으란 것도 없이 물었다.

"설마."

내가 대답했다. 서로 아는 사람들끼리는 죽이지 않을 것 같아서였다.

"……"

다른 친구들도 확신을 하지 못하는 눈치였다.

우리는 바리케이드에는 미처 다가가지 못하고 도로 중간에 멈춰서있었다. 누가 말하지 않아도 이 이상 가서는 안 된다는 것을 알고 있었기 때문이었다. 우리 위치에서 하천 건너편 여관은 보이지 않았다. 아마도 바리케이드 너머에는 어린 우리가 알지 못하는 세상이 분명히 있을 것이었다. 그것은 어쩌면 생의 경계선 어디쯤일 것이다.

바리케이드가 그곳과 우리를 차단해주는 것이 너무 고마웠다. 우리가 이곳까지 신나게 달려왔던 것도 바리케이드 덕분이었다. 또한 저 너머 세상으로 넘어가지 않게 한 것도 바리케이드였다.

"우리 다시 돌아가자."

명식이 말에 우리는 자전거를 돌렸다. 내리막길은 이제 오르막이었다. 우리는 힘겹게 속력을 붙이기 시작했다. 자전거는 기우는 태양을 가슴으로 안고 달리고 있었다. 눈이 부셔왔다. 되돌아가는 길은 힘이 들었다. 고개를 넘고 평지를 한참을 달릴 때 누군가 소리를 질렀다.

"야, 너희들 저리로 나가지 못해!"

멀리서 들려오는 목소리는 귀에 대고 소리치는 것처럼 쩌렁쩌렁했다. 소리친 사람은 경찰이었다. 우리는 도로 밖으로 나왔다. 처음처럼 큰 골목 작은 골목을 넘나들며 달렸다. 조금씩 힘이 들고 지겨워지기 시작했다. 마침내 우리는 탈영병과 대치 중인 군인들이 잘 보이는 둔덕 높은 골목에 자전거를 기대어 놓고 길바닥 위에 풀썩 주저앉았다. 멀리 군인들과 교각, 그리고 문제의 여관이 어릿하게 보였다. 많은 군용차량과 경찰차들이 하천과 다리 주변을 빙 둘러싸고 있는 것도 보였다. 군인들은 두세 명씩 무리지어 움직이고 있었다. 허리를 펴며 걷던 군인들은 다리 부근에서는 몸을 잔뜩 구부린 채 민첩하게 움직였다. 그때 군인 한 명이 소총을 어깨에 맨 채로 빠르게 다리를 건너는 것이 보였다. 곧이어 탕! 하며 총소리가 뒤따라 들렸다.

내 생에 처음 듣는 총소리였다. 그런데 소리의 크기는 기대했던 것보다 빈약했다. 오히려 가냘팠다. 저걸로 사람을 죽일 수 있단 말인가. 나는 의아스럽기까지 했다. 그럼에도 총성은 브라운관에 갇혔던 영상을 깨기에는 충분했다. 비현실적이었던 현재의 상황이 실제로 벌어지고 있음을 일깨우는 총소리였다.

그때였다. 명식이 갑자기 형준의 목을 낚아채더니 손가락으로 총 모양을 만들고선 형준의 머리에 겨누며 물러섰다.

"한 명이라도 움직이면 죽여 버린다!"

그러자 미리 각본을 짜두기라도 한 것처럼 광우가 엎드리더니 역시 손으로 총 흉내를 내면서 명식을 겨누었다.

"인질을 풀어주면 목숨만은 살려주겠다!"

광우가 소리쳤다.

처음엔 당황했던 형준도 재미가 붙었는지 한 술 더 뜨기 시작했다.

"제발 목숨만 살려주세요. 저는……. 저는……. 결혼한 지도 얼마 안 되었구요."

"자식 조용히 하지 못해! 한 번만 더 떠들면 아예 입을 봉해 버리겠어."

그러면서 명식의 주먹이 형준의 머리를 쳤다.

"아야, 아파."

형준이 볼멘소리를 냈다.

"알았어. 다음엔 천천히 칠게."

광우가 총을 겨누는 자세로 일어나서 옆으로 조금 이동하자 명식도 형준의 목을 조이며 같이 따라 움직였다.

"어차피 너는 독 안에 든 쥐다. 빨리 항복하고 인질을 풀어줘라."

광우는 정말인 것처럼 짐짓 목소리에 힘까지 넣어가며 긴장감을 불어 넣었다.

"어차피 죽은 목숨이라면 나만 혼자 죽을 수는 없다. 내가 얼마나 악랄한 놈인지 모르는 것 같은데 본때를 보여주고야 말겠다."

명식이 단호하게 말했다. 질질 끌려 다니던 형준이 켁켁거렸다.

그때 한줄기 바람이 휙 불었다. 전봇대의 복잡하게 뒤엉킨 전깃줄이 그네처럼 흔들렸다. 그 위로 하늘이 걸려 있었다. 어스름이 오긴 전 붉게 물든 하늘. 나는 고개를 들어 하늘을 보았다. 빨강빛, 주홍빛, 그리고 검붉은 구름 조금. 하늘은 평화로워보였다. 명식은 계속해서 구역질하듯 우웩 소리를 내는 형준을 거칠게 다루고 있었고, 광우는 명식과의 대치상황을 극적으로 이끌 기세였다.

나는 하늘과 친구들을 번갈아 보았다. 이상하게 묘한 기분이 들었다. 갑자기 모는 게 시들해졌다.

"나 갈래."

그러자 그들은 하던 장난을 그만두고 나를 의아하다는 시선으로 바라보았다.

"왜?"

명식이 물었다.

"그냥."

"아직 30분이나 남았는데."

광우가 두 시간을 빌린 자전거를 가리키며 말했다.

"너 우리 집에 가야 되잖아."

형준이 끼어들었다.

"아냐, 빙 돌면 갈 수 있을 거야."

"그래도 선생님이⋯⋯."

"나 간다."

나는 그들의 뒷말은 무시하고 천천히 자전거에 올라탔다. 뒤에서 녀석들의 장난은 다시 이어졌다. '피융, 피융' 하는 소리, '으악' 하며 죽는 소리. 나는 누가 총을 쐈고, 누가 죽었는지 확인하지 않았다.

나는 자전거를 되돌려 주고, 여관으로부터 가능한 한 멀리 빙 돌아가기로 마음먹었다. 관악산에서 발원한 시냇물은 구불구불 여러 동네를 거치며 생활하수와 더해지고 이곳에서는 제법 넓은 하천을 만들고 있었다. 하천은 탈영병과 대치중인 여관과 남부순환도로 밑에서는 일직선으로 쭉 뻗어오다 점차 폭이 좁아진 후 부드러운 곡선으로 휘어져 흘렀다. 물이 마른 요즘에는 방죽 밑 하천 주변에 모래공터가 생겨 아이들의 야구장이 되기도 축구장이 되기도 했다.

멀리 여관이 보였다. 여관에서 떨어진 경계 밖으로 군용차량과 경찰차량이 산재해 있고 은폐물 틈틈이 거총을 한 군인들의 모습이 보였다. 나는 방죽 밑으로 내려갔다. 정적이 감도는 사이를 하천이 가르며 달려오고 있었다. 정적 때문에 물소리가 더 요란하게 들렸다. 잿빛 하천을 가로질러 징검다리가 놓여있었다. 징검다리는 비뚤배뚤했다. 징검다리에 물이 부딪치며 하얀 거품이 일었다.

하천을 건너려면 바리케이드로 차단된 남부순환도로와 이 징검다리를 통하는 수밖에 없었다. 나의 어림짐작으로는 이 정도 거리면 사정권에서는 벗어나지 않을까 싶었다. 나는 가방 손잡이를 단단히 쥐었다. 손잡이를 움켜쥔 손아귀에서 땀이 살짝 배어나왔다.

여관 쪽을 쳐다보았다. 여전히 잠잠했다. 움직임만 있었지 소리는 없었다. 넓적한 큰 돌이 울퉁불퉁하게 놓여 진 징검다리를 다시 확인했다. 나는 잠깐 망설였다. 막상 건너려고 하니 긴장감으로 온몸이 팽팽히 당겨왔다. 침을 한번 꿀꺽 삼켰다. 나는 가방을 오른손으로 갈마쥐었다. 그리고 두어 번 뒷발질을 하고 징검다리를 향해 달려가기 시작했다. 징검다리는 열서너 개 정도 되는 돌덩어리를 놓은 것이었다. 평평한 것들, 울퉁불퉁한 것들이 섞여있었다. 나는 있는 힘을 다해 뛰었다. 그리고 하나를 건너고 두 개를 건너고 세 개째를 건넜다. 달리는 속도 때문에 돌 사이의 간격이 좁혀져 오는 것처럼 보였다. 이제 열 개만 더 건너뛰면 되었다. 그리고 몇 개를 더 건너뛰었다.

그러나 그 순간이었다. 내 생에 두 번째 총성을 들은 것은. 나는 제자리에 멈춘 채 순간적으로 몸을 잔뜩 웅크렸다. 그런데 이상하게도 두 번째 총소리는 처음 들었던 것보다 훨씬 생생했다. 검붉은 하늘을 찢어버릴 듯 날카롭게 솟구쳤다. 총성은 움직이는 모든 것을 정지시켜버리는 것 같았다. 비린내 나는 하천의 역겨운 냄새가 잔뜩 웅크린 내 전신을 휘감았다. 나는 옴짝달싹 않고 기다렸다. 사오 초가량이 지났다. 그러나 아무 일도 일어나지 않았다. 귀를 움켜 막았던 두 손을 슬그머니 풀고, 다시 몸을 일으켰다. 이제 몇 개 남지 않았다. 나는 훨씬 다급해진 조바심으로 나머지 징검다리를 건너기 시작했다. 그리고 징검다리를 거의 건넜을 때 세 번째 총성이 울렸다. 마지막 총성은 나를 뒤돌아보지 않고 앞으로 내달리게 만들었다. 나는 허겁지겁 방죽을 달려 올라갔다. 땀이 얼굴을 타고 주르륵 흘렀다. 나는 헉헉거리며 잠시 숨을 고른 다음 쫓기듯 집을 향해 뛰어갔다.

집에 도착하자마자 가방을 거실에 팽개치고 내 방으로 쏙 들어갔다. 그리고 방구석에 웅크린 채 털썩 주저앉았다. 아직 어둠이 찾아들지 않은 내 방은 희부연 했다. 나는 한동안을 그렇게 앉아 있었다. 나는 눈을 감았다. 그런데 마지막에 들었던 총성은 멈추지 않고 내 머릿속에서 공명하고 있었다. 불투명한 창문 유리를 통해 비껴들어오는 검붉은 석양처럼 내 작은 방에 울려 퍼졌다.

얼마나 시간이 지났을까. 어둠이 깔리면서 차츰 내 방도 어두워지기 시작했다. 나는 여전히 잔뜩 쪼그린 채였다. 그리고 얼마 지나지 않아 스르르 몸이 옆으로 기울며, 그대로 잠이 들었다. 너무 피곤했다. 그리고 꿈을 꾸었다. 꿈은 각색되지 않은 어릴 적 기억 같았다.

짙은 안개를 뚫고 개 한 마리가 뛰어온다. 날쌘 호랑이 같다고 이름 붙여준 비호였다. 비호가 반갑다는 듯이 멍멍 짖어대며, 깡충깡충 뛰면서 내 바지 자락 사이를 넘나든다. 나도 비호를 잡으려 빙글빙글 돈다. 그러면서 세상이 돌고, 안개도 거세게 휘돈다. 나는 겨우 두 손으로 비호를 잡아든다. 비호가 나를 본다. 노려본다. 갑자기 다정했던 이빨이 날카롭게 번뜩인다. 그러더니 양쪽 입 꼬리가 치켜 올라가며 소리를 긁어내듯 으르렁거린다. 송곳니가 비수처럼 솟아나온다. 나는 겁에 질린다. 안개 어디선가 비호의 뒷다리를 잡고 끌어당기는 것 같다. 비호의 몸이 늘어진다. 안개 때문에 그 정체가 보이지 않는다. 안개에 잠겨 비호의 하반신이 사라진다. 나는 비호의 앞다리를 잡고 놓지 않으려 한다. 안개는 늪 같다. 나와 늪은 팽팽하다. 으르렁거리던 비호는 이제 애잔한 신음소리를 낸다. 그리고 한순간 쑥 안개 속으로 사라진다. 그렇게 비호는 사라진다.

나는 깜짝 놀라 눈을 떴다. 여전히 내 방이었다. 불투명한 창문에는 석양의 잔흔이 아직 남아있었다. 나는 미지의 다른 세상에 온 것처럼 잠시 혼란스러웠다. 잠든 시간은 길지 않은 것 같았다. 오히려 꿈이 너무 선명해 내가 잠이 든 것일까 의심스러웠다. 그러나 꿈에서 깨자 불현듯 찾아온 공허함만 는적거리며 남아있는 것 같았다. 비호가 갑자기 보고 싶어졌다. 비호는 사라졌고, 다리 밑 어디에서 맞아 죽었다고들 했다.

엄마의 저녁 먹으라는 소리에 방을 나갔을 때는 7시를 막 넘어서려던 참이었다.

"아버지는 늦으신다니까 너희들 먼저 먹어라."

언제 들어 왔는지 형은 식탁에 먼저 앉아있었다. 내가 자리에 앉자 텔레비전에서 막 7시 뉴스가 나오기 시작했다. 나는 반사적으로 자리를 박차고 일어나 텔레비전 앞에 앉았다. 형도 뒤따라 내 옆에 앉았다. 모르긴 해도 형네 학교에서도 탈영병 사건이 화제의 중심이었을 것이다. 뉴스는 역시 탈영병 소식을 긴급뉴스로 제일 먼저 방송했다. 뉴스가 계속되는 동안 형은 '내 저럴 줄 알았다.', '뭐 하러 도망쳐 나오냐.', '죽어도 싸지.' 등의 말을 쏟아내며 계속 비아냥거리는 어조로 종알거렸다.

"제발 조용히 좀 해봐!"

내가 소리를 지르자, 형이 삐딱하게 나를 쳐다보더니 머리를 콕 친다.

"왜 때려!"

내가 눈을 부릅뜨고 형을 보자,

"이게 어디서 큰 소리야."

형은 다시 꿀밤을 먹였다.

"너희들은 만나기만 하면 왜들 그 모양이야."

엄마가 참다못해 나섰다.

"형이 자꾸 때리잖아요."

나는 신경질적으로 식탁에 가서 앉았다. 나는 속이 상했다. 그러나 그것은 형 때문만은 아니었다. 살아주기를 바랐나보다. 나는 나도 잘 모를 기분에 사로잡히고 말았다.

사실 한번도 본 적 없고 볼 일도 없는 사람들이었는데. 마음 한 구석에서는 왠지 큰 빚을 진 듯한 이상야릇한 기분이 들었다. '도로에서 자전거를 타지 말아야 했는데' 괜한 자책감이 퍼져왔다.

나는 저녁도 먹는 둥 마는 둥 하고는 다시 내 방으로 들어가 버렸다. 그리고 불도 켜지 않은 채 방 한 구석에 웅크리고 앉았다. 특별히 무슨 생각을 하는 것도 아니었는데 기분이 좋지 않았다. 괜히 신경질만 났다. 엄마가 평소와는 다른 내 태도에 야단 반 걱정 반을 해주었다. 엄마의 걱정스런 관심에도 아랑곳없이 고집스럽게 웅크리고 있던 나는, 결국 그 자리에 거꾸러져 잠이 들고 말았다. 무척 피곤했다.

잠결에 아빠가 집으로 들어오는 소리가 들렸다. 거실에서 달그락거리는 소리도 들렸다. 나는 얇은 막으로 덮여진 수면상태를 유지했다. 얇은 살얼음판이 깨지지 않게 가족들의 대화소리가 초여름 산들바람처럼 들려왔다. 그리고 다시 깊은 잠으로 빠져들 즈음 아빠가 내 방에 들어오더니, 불편하게 누워 있는 나를 안고 이부자리에 소심스럽게 뉘였다. 나는 일어날까 하다 그냥 누워있기로 했다. 아빠는 거칠한 얼굴로 내 얼굴을 몇 번 비비더니 일어서 방문을 닫고 나갔다. 그러나 방문은 완전히 닫히지 않고 빠끔히 열렸다. 열린 문틈 사이로 불빛이 비집고 들어왔고, 불빛은 내 얼굴 위에 옹색하게 얹혔다. 나는 등을 돌려 불빛을 피했다. 그러나 문틈 사이로 들어오는 9시 뉴스방송멘트는 등 돌린 내 두 귀에도 정확히 들려왔다.

　두 탈영병은 죽었다. 인질들은 모두 무사히 풀려났다. 그런 후 그들은 죽었다. 한 명이 먼저 자기 동료의 머리에 총을 겨누고 방아쇠를 당겼다. 두 번째 총성 때였다. 그 한 명은 자신의 턱에 총구를 겨누었다. 개머리판을 방바닥에 대고 두 무릎으로 총열을 걸쳤다. 가는 작대기를 방아쇠에 걸쳐 넣었다. 방아쇠에 정확히 걸렸다. 흔들리는 오른손을 살짝 밀자 방아쇠가 짧게 딸깍거렸다. 이어진 세 번째 총성이었다. 그는 그렇게 스스로 목숨을 끊었다. 그때 나는 달렸다. 숨을 헉헉거리면서 말이다.

　아빠가 열린 방문을 마저 닫았다. 얼마 지나지 않아 나는 정말로 깊은 잠에 빠져들었다.

나, 그리고 수정과 〈그녀〉_

1.

 안개가 짙게 내려앉거나, 낙엽 태우는 연기가 사방을 휘젓거나, 탁할 정도로 하얀 김이 서리는, 그렇지 않으면 커다란 유리창에 두꺼운 성에라도 끼는 날이면 나는 늘 어릴 적 생각이 떠오르곤 했다. 흐릿하고 뿌연 현상들이 내 주위에서 벌어지기만 하면 나는 일종의 최면상태에 빨려들고는 했다. 나는 그렇게 곧잘 혼미해졌고, 막다른 어딘가에 홀로 던져진 듯 했으며, 세상이 나와 상관없이 어지럽게 빙빙 돌아간다고 느꼈다. 그 너머 훤하게 트인 어딘가를 나는 상상하지 못했다.

지금 여기 호프집은 온통 뿌옇다. 담배연기가 머리 위에서 자욱하다. 테이블에 놓인 각종 안주, 넥타이를 풀어헤친 샐러리맨들, 알코올이 차오른 화장기 짙은 여자들, 두 손 가득 술잔을 나르는 종업원들의 분주한 움직임, 모든 것에서 모락모락 김이 오르고 뿌예지고 탁해지고 혼미해진다. 귀청이 찢어질 것 같은 음악소리는 한치 앞도 내다볼 수 없는 안개와 같다. 안개는 사람을 흥분하게 만든다. 자신의 정체성은 잃은 채 무의미하게 배설한 자취만 남긴다. 그들의 입술은 쉴 줄을 모르고 목청은 높이를 더하고 동작은 충분히 과장되어있다. 안개가 걷히면 그들은 후회할지도 모른다. 그럼에도 지금의 그들은 예외 없이 안개에 취해있다.

그러나 수정과 나는 침묵하고 있다. 무거운 침묵이었다. 이 혼돈에 대한 명백한 반란이었다. 수정은 무거운 침묵을 느닷없이 툭 던져버렸다. 이것은 지금까지의 수정이 아니었다. 예전의 수정이 아니었다. 우리 앞에 놓인 침묵의 낭떠러지에 그녀의 말은 사그라지지 않고 쉼 없이 메아리쳤다.

"저의 동정을 드리겠어요."

이 얼마나 놀라운 반전인가. 웃고 울고 장난치듯 토라지던 그런 수정이 아니었다. 예기像期의 장막을 단번에 젖히고 갑자기 다른 존재로 지금 내 앞에 앉아버린 것이다. 동시에 난 미망에 빠져버

326

렸다.

수정은 '저를 가지세요.', '저와 밤을 같이해요.', '저와 함께 잠을
자요.' 따위로 표현하지 않았다. 오히려 이런 표현들이었다면, 나
는 수정의 말을 으레 그랬던 것처럼 가볍게 훌훌 털어버렸을지도
모른다. 적어도 지금처럼 이렇듯 침묵의 메아리에 침잠되지는 않
았을 것이다. 그런데 수정은 작은 두 입술로 〈동정〉이라고 말했다.
내 귀에 선명함을 새기듯 〈동정〉이라는 단어를 아주 또렷하게 말했
던 것이다. 새순이 막 돋기 시작하는 순수성, 오랜 시간 단 한순간
을 위해 오랜 기간 간직했던 아름답고 소중한, 그 무엇이었다.

맥주잔을 입에 대려던 순간이었다. 나는 거기서 멈춰버렸다. 정
지화면처럼 말이다. 나의 시선은 수정에게 고정됐다. 그 정지된
시간 위에 수정은 미끄럼을 타듯 부드럽고 느리게 고개를 숙였다.
일부러 내 시선을 피하려는 것 같지는 않았다. 반대로 자신의 말
을 단단히 동여매려는 의지를 표현하는 것 같았다. 하지만 나는,
그 단호함에 대해 '지금 무슨 의미인줄이나 아니?'라고 다시 묻고
있었다.

왁자하던 음악이 갑자기 멈췄다. 음악이 빠져버린 호프집은 하
얗고 앙상한 자작나무가 이룬 숲 같다. 생경함이 나의 혈류를 타
고 전기처럼 퍼져왔다. 수정은 침을 삼켰다. 그 움직임이 그녀의
희고 긴 목을 따라 선명하게 드러났다. 그 가녀린 목을 나의 혀가

축축하게 핥는다. 질척거린다.

나는 잔인하게 아무 말도 하지 않는다. 사실 어떤 대답이라도 해야 하지만 마땅한 말을 찾지 못한다. 오히려 침묵을 통해 수정의 다음 말을 재촉하는 꼴이다. 그러나 수정도 말이 없다. 수정의 곱고 가느다란 머리카락이 그녀의 얼굴을 비껴 가리고 있을 뿐이었다.

그러고 보니 수정의 길고 탐스러웠던 머리카락은 온데간데없고 짧은 단발이 그녀의 머리 위에 다소곳하다. 무심하게도 나는 이제야 그 사실을 알아차린다. 그것도 이 어색한 순간에 말이다. 어쩌면 수정의 〈동정〉과 그녀의 단발머리와는 농밀한 연관관계가 있는 것은 아닐까.

나는 들었던 맥주잔을 어색하게 내려놓았다. 날카로운 음악이 다시 뿌연 담배연기를 뚫고 들려왔다. 천장과 잇닿은 벽에 환풍기 여러 개가 줄지어 있었다. 환풍기 소리는 들리지 않았지만, 근력을 다해 돌아가고 있었다. 내가 시선을 돌리자 수정이 고개를 들었다. 얼굴을 가렸던 머리카락이 귀 옆으로 물러났다. 뒤 머리카락의 끝선이 수정의 어깨 언저리에 스쳤다. 수정은 눈을 들어 나를 보았는데 눈망울에는 반쯤 눈물이 차오르고 있었다. 눈물은 많은 것을 말하기도 감추기도 하는 것 같았다. 눈물의 의미를 파악하는 것은 쉽지 않은 일이었다. 다만 어떤 의미든 그것은 진실일 것이었다.

이때, 나는 또다시 〈그녀〉의 얼굴을 떠올리고 말았다. 이것은 내겐 하나의 공식이 되어버린 지 오래였다. 흡사 〈그녀〉가 수정이 대신 내 맞은편에 앉아있는 것 같은 착각이 드는 것이다. 헌데 이 착각은 너무나 강렬했기 때문에 현실의 변경에서 구분하기란 어려웠다. 그럼에도 수정은 〈그녀〉가 아니었다.

아, 정말 〈그녀〉가 내 앞에 실제로 존재한다면. 그리고 동정을 내어놓겠다는 말이 수정이 아닌 〈그녀〉의 아늑한 목소리로 전해진 것이었다면. 안개에 의한 최면처럼 나는 또 뇌까리고 있었다. 그 생각은 찰거머리처럼 나에게 늘 들러붙고 떨어질 줄 몰랐다.

수정의 모습은 오늘따라 〈그녀〉와 너무 흡사해 보였다. 의도적이 아니고서는 이렇듯 똑같이 연출해낼 수는 없었을 것이다. 하지만 따지고 보면 수정을 통해 〈그녀〉를 연상한다는 것이 결코 우연은 아니었다. 수정과 나와의 관계가 지속할 수 있었던 오로지 한 가지 이유는 수정이 〈그녀〉와 너무도 닮았기 때문이었다. 이 또한 수정도 너무나 잘 알고 있었다. 그래서 그 사실에 성내고 슬퍼하고 그리곤 울고 토라졌었던 수정이었다. 그러고는 다시 나를 용서하고 달래고, 나에게 애원했었다.

수정을 처음 만났을 때 그녀의 머리카락은 〈그녀〉보다 조금 더 길었었다. 그러나 내가 〈그녀〉에 대해 말했을 때 수정은 머리를 마구 기르기 시작했다. 수정은 질투심이 특별히 강한 여자는 아니었지만, 자기로 인해 다른 누군가로 연상되는 여자임을 받아들일 정도는 아니었다.

수정은 머리를 기르는 것으로 만족하지 않았다. 〈그녀〉가 생머리였다는 것을 알고는 자신의 머리카락을 염색이나 파머 등 다양한 형태로 변형시켰는가 하면, 〈그녀〉의 화장기 없는 얼굴에는 진한 화장으로 대응했다. 어느 날은 귓불이 떨어져 나갈 정도로 큰 귀걸이를 매단다거나 목을 죄일 듯한 화려한 목걸이를 거는 등 어떻게든 자신으로부터 〈그녀〉의 체취를 없애기 위한 수정의 노력은 부단했다.

그러나 오늘은 순종하도록 길들여진 한 마리 작은 새 같았다. 모든 것을 내려놓거나 체념한 듯한 모습이었다. 치렁치렁했던 긴 머리를 잘라버린 단발머리, 어쩐지 수정으로서의 그녀를 잘라버린 듯했다. 그랬기에 수정은 애처로워 보였고, 나는 피할 수 없는 죄스러움을 느끼고 말았다. 지금 이 순간만이라도 뇌리 속 〈그녀〉의 모습을 지워버려야겠다. 나는 눈치 채이지 않으려는 허망한 다짐을 해본다. 그러나 수정의 표정은 이러한 나의 다짐조차 훤히 들여다보는 것 같았다.

수정의 목소리는 한결 다듬어지고 정결했으며 동시에 몹시도 무거웠다.

"오늘이에요. 오빠의 소원처럼 말이에요."

수정은 오늘 분명히 변했고, 나는 여전히 갈피를 잡지 못하고 있었다.

"나는 한 번도 소원한다고 말하지 않았다."

그래서 나의 말은 궁색하기까지 했다.

"물론 저에 대해서는 그랬겠죠."

"…무슨 뜻이지?"

수정의 시선이 내려가더니 두 손으로 모둠은 맥주잔에 머물렀다. 대화 사이에 빈공간이 다시 끼어들었다. 수정은 대답을 주저한다기보다는 또 다른 자기 확신을 찾는 것 같았다.

옆 테이블에 앉았던 젊은 남자 둘이 자리를 떴다. 기다렸다는 듯 여종업원이 테이블을 치우는 사이 수정은 맥주를 깊게 들이켰다. 여종업원이 테이블을 치우며 팔을 움직일 때마다, 마치 기계적으로 연결된 듯한 그녀의 엉덩이가 살랑거렸다. 그때마다 종업원의 푸른 치맛자락도 함께 너울거렸다. 푸른 치맛자락의 흔들림 속에 감춰진 세계는 매우 유혹적이었다. 나는 그 푸른 세상에 가끔 유혹되곤 했었다.

두 손 가득 빈 잔들을 들고 사라지는 여종업원의 엉덩이에서 눈을 떼고 수정을 보았다. 그녀는 어느새 나를 바라보고 있었다. 그리고 기다렸다는 듯이 말했다.

"오늘은 제가 아니에요."

수정이 또렷이 나를 쳐다보았다.

"오늘은 제가 아니에요."

수정은 같은 말을 반복했다.

그 어조는 처음 것보다는 한결 낮은 것이었지만 배 이상으로 강한 의지가 담겨있었다. 이제 수정이 나를 빤히 바라보고 있었고 나는 내 차례가 되었다는 듯이 고개를 숙였다. 맥주가 잔 안에서 맴돌았다. 공기방울들이 풍선처럼 올라와 퐁퐁 터지며 흔적 없이 사라졌다.

"오빠가 한번도 저를 사랑하지 않았다는 사실을 알아요. 지난 2년간 말이에요. 여전히 그 여자 생각뿐이죠. 희연이라는 그 여자 말이에요."

수정의 입에서 〈그녀〉의 이름이 맥주방울처럼 방울져 올라왔다. 순간 나는 오싹해진다. 어디서든 〈그녀〉의 이름만 들어도 나는 긴장했다. 그런데 수정의 입을 통해 〈그녀〉의 이름이 '그 여자'와 함께 불렸다. 이상한 일이었다. 생전 처음 들어 보는 것처럼 〈그녀〉와 희연이가 조합되지 않는 것이다.

"지금까지 오빠에게 있어서 저는 한번도 수정이 아니었어요. 항상 그 여자의 분신에 불과했죠. 어떻게 한번도 본 적 없는 희연이라는 사람이 저를 통해 다시 태어날 수 있는지 도무지 납득할 수 없었어요. 그것이 얼마나 슬픈 일인지 오빠는 알 수 없을 거예요.

그러나 이젠 애써 피하지 않기로 했어요. 그래요……. 어차피……. 그렇게 될 수밖에 없는 걸요. 오빠 말마따나 운명이라면……. 이렇게 행동해야 하는 나 또한 운명일 거예요.

참, 운명이라는 것은 편리한 도구인 것 같아요. 설명되지 않는 것을 가장 편리하게 이해시키는 게 운명이라는 것이죠. 상대방을 이해시킬 수 없을 때도 운명. 나 스스로를 이해시킬 때도 운명. 운명이라는 것만 갖다 대면 모든 것이 손쉬워져요.

한 사람을 사랑하고 또 그만큼 사랑받는다는 것이 이렇게 힘들다는 것. 그 또한 사랑의 다른 이름이고 운명이라면……. 그렇게 받아들여야지요. 오빠가 그 운명이 진실이라고 말했던 것처럼. 진실로 받아들일게요."

수정의 목소리는 처음에는 맑다가 조금 격앙되더니 감정의 골을 건너서는 체념한 듯 잦아들었다.

"그리고 그 희연이라는 여자……."

수정은 말을 이었다. 그리고 수정은 더 나아갔다.

그러면 그럴수록 그 목소리에 섞여 들려오는 희연이라는 단어는 점점 나의 내부 깊숙이 침투해 들어왔다. 산산이 부셔졌던 희연이라는 단어는 미세한 공기입자와 결합해 내 귀와 콧구멍, 눈, 입 그리고 나의 전신 모든 숨구멍을 통해 들어와서는 하나의 커다란 생명체를 만들고 있었다. 가녀리고 섬세한 편린들의 만남이 희연의 손과 발, 그리고 눈과 코와 귀를 만들면서 놀라운 실체를 탄생시키고 있었던 것이다.

희연의 몸이 형성되는 사이 내 머릿속에선 〈그녀〉의 이름이 끊임없이 공명하더니 하나의 정신세계를 만들고는 어느새 희연의 머릿속으로 들어가 완전한 영혼을 가진 하나의 생명체를 만들었다.

한줌 바람이 휭 하니 불어 마지막 남은 낙엽 하나 떨치고 미안하고 부끄러운 듯이 사라졌다. 잿빛구름이 머리맡에서 출렁거릴 때는 비가 올 것만 같았다. 그리고 희연은 스쳐간 한줌 바람처럼 사라진다는 것, 나는 그 낙엽이 된다는 것, 우리 사이엔 철 지난 장대비만 내린다는 것을 예감했었다. 11월말의 바람과 비는 그래서 더욱 애잔하다.

나는 멀어져가는 희연의 뒷모습만 멀뚱히 바라보았다. 그녀의 단발머리는 잡힐 듯 잡히지 않는 스산한 잔상만 남기고 떠났다. 떠나는 그녀의 푸른 치마 밑 가녀린 하얀 다리는 너무나 단호했다.

그녀가 다시 뒤돌아 봐주기를 주술을 읊조리듯 간절히 바랐었다. 그러나 그녀는 단 한번도 결코 뒤돌아보지 않을 것을 알았다.

"오빠가 이렇게 이해해주니 정말 고마워요."

"…아니야."

그러나 '아니야'는 허물어졌다. 나는 잊음이라는 것에 그렇게 관대하지 못했다. 희연의 거부와 나의 수긍은 내 심연 더 깊은 골수 속에 침전하고 말았다. 그래서 원형의 침전물이 되었다. 그리고 시간으로도 어찌할 수 없는 사무침이 되었다.

그런데 사무침의 본질은 과연 무엇일까. 희연이 자체일까? 희연을 바라보는 나 자신일까? 희연이 남긴 자취일까? 자취의 사라짐을 초조해하는 나의 마음일까? 아니면 이 모든 것일까? 명료한 답은 없었다. 중요한 것은 그 원인이 무엇이든 희연이 남긴 모든 것들이 슬프다는 사실뿐이었다.

계절과 음악. 바람, 눈과 비. 이외에도 너무도 많다. 그녀와 같이 했던 여행과 산행, 공원 걷기, 영화와 연극들. 작은 손동작, 눈웃음, 들썩이는 어깨선, 살짝 드러난 쇄골. 그녀의 모든 체취. 그녀와 함께했던 모든 것이 슬펐다. 심지어 그녀가 감기에 콜록거릴 때조차도 너무 사랑스러워 앙증맞은 두 입술을 깨물어주고 싶을 지경이었다는 것도 슬펐고, 그녀의 섬섬한 하얀 두 손과 가녀려서 작은 바람의 일렁임에도 잔약하게 떨릴 그녀의 어깨를 두 팔로 으깨듯이 안아주고 싶다는 것도 슬펐다.

나는 거세게 출렁이는 희연이의 수면에서 도저히 헤어 나오지 못하고 말았다.

수정은 여전히 말하고 있었다. 수정을 보면 예외 없이 〈그녀〉가 생각난다. 수정은 〈그녀〉의 거울인 것일까. 수정을 통해 〈그녀〉의 잔상이 투영된다. 그러나 수정은 〈그녀〉가 아니다. 단지 수정과 〈그녀〉가 회전목마처럼 돌면서 서로를 넘나들 뿐이었다. 그러다가도 어느 순간 수정이라는 육체에 〈그녀〉의 영혼이 깃들고 종국에는 〈그녀〉의 영혼이 아예 수정의 육체를 점령하고는 한다. 그때 나는 따스한 봄 햇살을 받는 것처럼 만족해한다. 마음은 설레고 몸은 아기담요에 싸인 것처럼 포근해진다. 그러나 두렵다. 이순간이 끝난다는 것이. 결국 수정은 〈그녀〉가 아니라는 사실. 나

스스로 너무나 명확히 알고 있는 그 사실이.

영원히 이 상태가 지속되기를 끊임없이 고집하고, 칭얼거리고, 눈물 흘린다면 〈그녀〉는 애처로운 나의 눈물을 닦아주며 입 맞춰줄까. 나의 머리를 쓰다듬어주고 나의 이름을 부드럽게 속삭여줄까. 그러나 그것은 속속들이 파고드는 태양이 뜨면 가뭇없이 사라지는 안개와 같다. 〈그녀〉의 영혼이 사라진 수정의 육체에선 더 깊은 공허와 속절없이 무너진 허무만 남는다. 공허와 허무의 찌꺼기는 내 가슴 속에 거센 소용돌이가 된다. 야멸치게 바람이 불고 나는 추워진다. 이 한기는 누구로부터도 위로받을 수 없는 강력한 것이다. 나를 보듬는 어느 누구의 손길에서도 열기를 건네받을 수 없다. 한계치 이상의 술만이 한기를 잠시 잊게 해줄 뿐이다. 그렇게 추워지면 수정은 어느새 울고 만다. 정말이지 수정은 그 사실을 너무나 잘 알고 있다. 수정과 〈그녀〉 사이에 존재하는 등식을 수정은 갖은 방법으로 분리하려 했지만, 지난 2년간 나는 단 한 번도 수정과 〈그녀〉를 분리시켜 본 적이 없었다.

"저는 이제 희연이라는 사람이 됐어요. 수정은 이제 이곳에 없어요. 오빠가 갖지 못했던 희연을 가질 수 있을 거예요. 저는 철저하게 희연이가 되겠어요."

반쯤 차올랐던 눈물이 끝내 흘러내렸다. 두 줄기의 눈물이 창문을 타고 흘러내리는 빗물처럼 가는 선을 그렸다. 나는 주머니를 뒤적거려 손수건을 꺼내려다 도로 집어넣었다. 눈물이 그녀의 턱 밑에서 머물렀다. 수정은 눈을 들었다. 눈물 때문에 수정의 눈망울은 맑은 이슬 같았다.

　어느새 우리 옆 테이블에 젊은 여자 둘이 앉았다. 그들은 우리
를 잠깐 바라보더니 휙 고개를 돌려버렸다. 수정의 눈물을 보았을
것이다. 여자들끼리는 눈물에 대한 강한 알레르기가 있는가 보다.
　"떠나야 했던 희연씨도 이렇게 가슴 아팠을까요?"
　나는 어떤 대답도 표정도 지어보일 수 없었다. 특히 수정의 '이
렇게'라는 의미를 가늠할 수가 없었다.
　"아마 가슴 아팠을 거예요."
　수정은 완전히 〈그녀〉가 되어버린 듯했다.
　"여자들은 언제나 아파하죠……. 자신이 떠나야 하는 것들, 잡
아야 하는 것들. 미워해야 하는 것들, 증오해야 하는 것들, 모든
것에 대해서 마음 아파하죠……. 아마 희연씨도 무척 가슴 아팠
을 거예요. 무척이요."
　'무척이요'라고 말했을 때에야 수정이 자기 자신 혹은 나 아닌 누
군가에게 말을 건네는구나, 라는 것을 알아챘다. 어쩌면 지금 수
정은 〈그녀〉에게 말하고 있는 것일지도 몰랐다. 수정이 말마따나
오늘 하루는 수정이 〈그녀〉가 되겠다는 사실을 〈그녀〉에게 명확
히 해두고 싶은 모양이었다.
　나는 아무 말도 하지 않았다. 아니 도저히 끼어들 수가 없었다.
나는 수정과 〈그녀〉 사이의 대화에 이방인이 되어버리고 말았다.

여러 곡이 이어지는 동안 무언의 대화만 계속되었다. 나의 술잔 속 맥주방울도, 수정의 술잔 속 맥주방울도 점점 사라져갔으며 주홍빛 맥주잔 사이로 비치는 수정의 느슨한 십자목걸이가 엷게 채색되어 비쳐왔다. 그것은 〈그녀〉가 걸던 목걸이와 같은 종류의 것이었다. 사라져버린 줄 알았던 그 목걸이가 아직도 수정에게 남아 있다는 것이 의아했다.

목걸이…….

어느 날 파란 포장지에 싸서 수정에게 주었을 때 수정은 놀라움으로 그것을 받아들었었다.

"너무나 이쁘다."

환희에 가까운 기쁨으로 여기저기 뒤집어 보았던 수정은 그 열정으로 며칠 내내 나의 분신처럼 그것을 달고 다녔었다. 그러나 목걸이가 〈그녀〉의 것과 같다, 라는 사실을 알고서는 그녀의 목에서 십자가는 사라지고 유독 튀는 목걸이가 수정의 목을 죄었다. 수정이 불만을 토로하는 한 방식이었다. 나에게 요구하기 전에 자신을 바꾸어버리는 것이다.

수정이 술산을 들었을 때 십자목걸이는 백색이 되었다. 목걸이는 수정의 두 가슴 사이에서 미동 없이 나를 쳐다보고 있었다. 소담스러운 가슴 사이에서.

"그러나……."

술잔을 비운 수정이 가슴에 걸친 목걸이처럼 미동 없이 나를 똑

바로 쳐다본다.

"오늘 하루뿐이에요. 오늘 하루가 지나면 이젠 희연도, 그리고 수정도 오빠에겐 없는 거예요……."

나는 다음 말을 기다렸으나, 수정은 입을 다물어버렸다.

옆 테이블의 두 여자는 무척이나 부산스러웠다. 깔깔깔 소리로 웃고, 몸짓 손짓으로 웃었다.

"언젠가 오빠는 또 다른 여자를 만나겠지요."

한참 후에야 수정은 말을 꺼냈으나, 목소리는 소곤거림에 가까웠다.

"…그러나 영원히 희연은 존재하지 않을 거예요. 오빠가 저에게도 단 한 사람뿐인 것처럼……. 사람은 서로에게 유일한 존재라는 거……."

수정은 뜸을 들이는 것조차 〈그녀〉와 너무 닮아있다. 나는 속으로 뇌까렸다. '넌 역시 희연이랑 너무 닮았구나.'라고.

"오늘뿐이에요."

3.

여관들로 즐비한 길을 걸으면서도 정작 들어갈 만한 여관은 쉬이 보이지 않았다.

"호텔은 싫어요."

수정은 호텔이 싫다고 하였다. 호텔은 부수적이고 화려한 가식적인 장치들이 너무 많다고 느끼는 것 같았다. 남녀가 몸으로 만나는 본래적 관계를 호텔은 넓은 홀, 화려한 조명, 호화로운 침대, 몸에 배인 사무적인 친절 등으로 위장하고 있다는 것이다. 수정은 그 모든 것을 배제하고 싶어 했다. 여인숙은 내가 싫었다. 여기저기 땜질한 장판과 담배 구멍 난 이불 그리고 퀴퀴한 여인숙 특유의 냄새는 나에게 현기증을 일으켰다.

  네온사인으로 휘황한 여관거리는 대낮이었다. 그 위의 어둠은 한낮을 돔처럼 둘러 덮고 있는 짙고 무거운 천정 같았다. 대낮처럼 밝은 거리는 나를 주저하게 만들었다. 여관은 발정 난 수컷과 암컷의 은밀한 교합장소라는 생각을 떨쳐버릴 수가 없었고, 동물적 본능은 숨기고픈 것이었다. 속속들이 까발려진다는 것은 부끄럽고도 두려웠다.
  그렇기에 여관거리의 네온사인은 꺼져있었으면 했다. 신음하는 두 입술과 혓바닥의 놀림, 열정의 움직임에 따라 파도치는 사지의 떨림, 부드러운 육체의 굴곡을 손으로 뭉그러뜨리는 동물적 움직임은 어둠속에서 이루어져야 할 내밀한 것이었다.

  호기심에 낄낄거리며 들어갔던 사창가에서 나는 울고 나왔었다.
  "갈보라고 인간이 아닌 줄 알아!"
  여자는 소리쳤고 그때서야 나는 스위치를 내렸다. 손바닥만 한 창문사이로 비춰 들어오는 홍등을 나는 머리에 이고 헉헉거리며 나의 발정을 만끽했었다. 여자는 때에 맞춰 신음소리도 내주었다. 그때 나는 잠깐 생각했다. 이 여자가 지금 쾌락을 느끼는 걸까. 우스운 일이다. 나 자신도 쾌락을 느끼지 못하는데 그런 것을 이 여자에게 바라다니. 이곳에 오면 당연히 하는 행위일 뿐이야. 어깨를 스치며 지나가는 거리의 무수한 사람들처럼 우리도 그저 스쳐지나가는 거라고. 단지 좀 더 과감하게 스쳐지나갈 뿐이라고. 누구도 도덕적 문제를 거론할 필요도 없으며 더 진한 감정의 교류도 필요치 않다고. 그냥 그렇게 스쳐가는 거야. 그 스침이 끝나는 순간 우린 서로 잊히는 존재들이 되지. 쉽게 잊어버린다는 것이 얼마나 좋은지 모를 거야. 잊어버리라고. 혹 다시 정욕이 발동할 때, 그땐 여자의 육체만 떠올리라고.

내가 여자 위에 고꾸라지자 나의 머리는 그녀의 젖무덤 사이에 알맞게 들어갔다. 동시에 나는 여자의 젖무덤이 팽팽해져 있었다는 것을 알았다. 그리고 불쑥 그런 생각이 들었다. 희연의 가슴도 이렇게 팽팽해질 수 있을까. 그런 생각이 이런 곳에서 들다니, 나는 스스로를 질책했다. 그러나 그 생각은 끊이지 않고 겨울바람이 문틈을 뚫고 스며들어오듯 나의 뇌리 속으로 계속 밀려들어왔다. 나는 강하게 머리를 흔들었다. 여자가 나의 머리를 두 손으로 꼬옥 움켜쥐었다. 보드라운 손길이 나의 얼굴을 매만졌다. 희연과 너무도 똑같은 촉감이었다. 부정하고 싶었지만 부정할 수 없는 감촉. 여자의 손은 희연이의 손과 같았다. 헌데 여자는 지금 벌거벗은 채 내 밑에 있고 여자의 젖무덤은 팽팽하게 민감해져 있었다. 희연과 같은 손감을 가진 여자가. 나는 세차게 머리를 흔들었고 여자는 더욱 꼭 내 머리를 움켜쥐었다. 여자의 가슴은 내 머리에 애무를 받고 있었다.

프린스, 태양, 금수, 정원, 퀸, 부림.

즐비한 여관들 사이를 우리는 지나치고 있었다. 수정은 지금 망설이고 있는지도 모르겠다고 나는 생각했다. 그러나 정작 망설이고 있는 것은 나였다. 아득한 두려움 때문일까. 이대로 돌아가 버리면 어떨까. 수정도 지금 나와 같은 마음일지 몰라. 전혀 그럴 마음이 없으면서 자신의 말에 책임을 져야 한다는 의무감 때문에 어쩔 수 없이 수정은 앞장서고 있는 거야. 돌이켜 보면 수정이 상당히 술을 많이 마신 것도 같았다. 내가 먼저 돌아가자고 말할까.

그러나 수정의 걸음은 여전히 대담했다. 걸음을 내딛는 하얀 다리는 단호했다. 수정의 단발머리가 살랑거리고 반코트가 그녀의 치마를 가리고 있었다. 오른쪽 어깨에 걸친 연두색 핸드백의 앞줄을 수정은 꼬옥 쥐고 있었다. 붉은 모세혈관이 솟아오를 것처럼 단단히.

여관 거리를 배회하는 것은 우리뿐만이 아니었다. 어차피 두 번 다시 마주치지 않을 사람들이었지만, 그들의 얼굴을 바로 볼 수가 없었다. 우리를 스치고 지나가면 뒤쪽에서 모두들 키득거릴 것만

같았다. 너나내나 같은 입장일 텐데도 그들은 우리보다 더 순수한
척하는 것 같았다. 그럴수록 나는 더욱 강하게 우리의 순수성을
강조하고 싶었다. 그저 발정이 난 수컷과 암컷이 아니라고.

어차피 들어갈 거라면 내가 아무 데나 정하고 들어가 버릴까.
그러나 무던히 앞장서는 수정의 팔을 잡고 들어가자고 할 용기는
없었다. 수정은 여전히 〈그녀〉였기 때문이었다.

'오빠 다음에 나를 다시 찾아와요.'라고 콧소리로 말하던 여자를
뒤로 하고 나는 미친 듯이 술을 마시고 눈물을 흘렸다. 왜 눈물을
흘렸는지 그 이유를 나 자신에게 명징하게 말할 수는 없었다. 다
만 그 여자 때문에 솟아 오른 희연이의 모든 애욕적인 모습들을,
술과 함께 마시고 눈물과 함께 버리려 했다. 희연의 벌거벗은 모
습을 지우고 팽팽해진 가슴을 지우고 그리고 두 입술을 떨며 새어
나오는 신음들을 모두 막아버리고 싶었다. 희연에 대한 그런 상상
을 한 나 자신을 용서할 수 없었다. 술을 마심으로써 나의 상상을
철저히 차단하고 싶었다.

수정은 또 다시 골목 하나를 돌아 골목 깊숙이 들어가더니 어느
여관 앞에서 걸음을 멈추었다. 깔끔하게 다듬어진 건물 모양과 점
멸하는 크리스마스 전등이 그럴싸하게 어울렸다. 흠이 있다면 여
관의 입구가 너무 환했다는 것이다. 그 환함으로 수정의 얼굴이
붉게 달아올라 있음을 쉬이 알 수 있었다. 잠시 머뭇거리던 수정

을 제치고 내가 과감히 여관으로 들어섰다.

추리닝 차림의 젊은 사내는 우리를 3층으로 안내했다. 장미문양의 울긋불긋한 카펫이 촘촘히 깔려 있었지만, 우리의 발소리는 여관 전체를 헤집는 것 같았다. 사내는 속으로 키득거리겠지. 나는 그를 돌려 세워 항변하고 싶었다. 우리는 당신이 늘 상상하듯 단순히 성욕만을 배설하는 그저 그런 남녀사이가 아니라고. 그러함을 다짐받고 싶었다.

그러나 젊은 사내는 다분히 껄렁거리는 걸음걸이로 담담히 저만치 앞서 가고 있었다. 층의 중간쯤에서 멈춘 사내가 열쇠를 열쇠구멍에 넣자 떨그럭거리며 방문이 열렸다. 방의 정면에는 하얀 시트가 깔린 침대가 보였다. 침대 정면에는 커다란 거울이 텔레비전 받침대 위로 길게 뉘여 걸려있었다. 브라운관 텔레비전은 배불뚝이처럼 툭 튀어 나와 있었다. 작은 원탁테이블에는 재떨이와 성냥이, 그 옆으로는 스탠드옷걸이가 세워져 있었다. 전체적으로 어둑하고 퇴색되어있었다. 사내는 나가면서 인사성 바르게 거들었다.

"편히 쉬시다 가세요."

나는 '쉬시다'에 순간 모욕을 느꼈다. 사내가 빨리 멀리 사라지기를 바랐다. 아까보다 훨씬 홍조 띤 수정의 얼굴에서는 불안해 어쩔 줄 몰라 하는 모습이 역력했다. 호프집에서 다졌던 그녀의 굳은 마음이 잠시 흔들리고 있음에 분명했다. 하지만 모든 것을 되돌릴 생각은 없어 보였다. 이제는 의도된 도정이 아니라 공기,

344

바람, 물결의 흐름처럼 자연스런 과정을 착실히 밟아야 할 때가 온 것이다.

　사내가 나간 자리에는 어색한 침묵이 남아있었다. 어색한 침묵은 견디기 힘든 법이다. 나는 문이 잘 닫혔는지 애써 확인했다. 수정은 어떻게 처신해야 할지 모르고 서성대고 있었다. 나는 거울 앞에 섰다. 거울 안에 또 하나의 세상이 담겨 있었다. 거울 속의 나는 전혀 나 같지 않은 이상한 사람처럼 보였다. 그 뒤에 수정 같지 않은 여자가 서성대고 있었다. 경험해 보지 못한 너무나 이질적인 세상이 거울 속에 있었다.

　나는 눈을 돌려 이상한 현실에서 도망쳤다. 동시에 나의 손은 자연스레 텔레비전으로 향했다. 자기모멸에서 벗어나고 싶었다. 텔레비전을 켜자 연속극이 방영되고 있다. 그때서야 수정은 테이블 위에 핸드백을 내려놓더니 침대 끝에 다소곳이 앉았다. 텔레비전의 영상과 소리에 한결 마음이 놓였나 보다. 그녀는 어디에 시선을 둬야 할지 한동안 망설이더니 머리를 숙이고 코트의 마지막 단추만 매만지고 있었다.

　어색하기는 나도 마찬가지였다. 나는 되도록 소란스럽게 소리를 과장하며 코트와 양복상의를 벗어 스탠드옷걸이에 걸었다. 그리고 입구 쪽에 있는 욕실로 곧장 들어갔다. 욕실은 예상했던 것보다 그렇게 비좁지는 않았다. 변기와 욕조, 그리고 전신거울이 있었다. 나는 옷을 다 벗고 샤워기 아래에 섰다. 손잡이를 돌리자, 쫙 하며 물이 쏟아졌다. 처음에는 머리카락이 축 처지더니 이후엔 전신이 물세례를 받기 시작했다. 하얀 김발이 삽시간에 욕실을 휩싸고 돌았다. 나의 벌거벗은 모습이 김발에 그윽했다. 뿌연 김 속에 최면. 나를 비추던 전신거울이 사라져갔다. 물은 계속해서 쏟아졌다. 나의 머리에서 발끝까지 물이 흐른다. 그러나 따뜻했던 물이 차가워지기 시작했다. 물이 비로 변하고 있었다. 그렇다. 비가 내리고 있었다. 아주 추운 비가 내리고 있었다. 잔뜩 흐리더니 결국 비가 내렸다. 세찬 바람도 여전히 불었다.

견딜 수 있을 거라던 나의 의지는 결국 몇 시간을 버티지 못했다. 뒤돌아보지 않고 가버린 희연의 뒷모습을 나는 도저히 믿을 수 없었다. 그녀가 정말 가버렸던 그 순간에도 나는 그것을 실감하지 못했던 것이다. 그러나 막상 희연이 정말로 사라지고 내 시야에서 자취를 감추었을 때, 나는 비로소 그녀가 사라져버렸다는 것을 뼈저리게 느끼고 말았다. 운명처럼 받아들이고 돌아섰던 나의 발걸음을 나는 저주하고 또 저주했었다.

아! 빌어먹을 나의 사랑이여. 으슥해진 밤에도 비는 계속해서 내렸다. 술이 되어버린 내가 정신없이 비틀거리는데도 비는 개의치 않고 내렸다. 이리 비틀 저리 비틀, 사람들은 모두 어, 어 하며 피해가고 나는 어느새 그런 존재로 전락하고 말았던 것이다. 엎어져서 무릎이 까지고 옷이 찢어지고 손바닥이 긁히고 입술이 깨졌다. 온몸은 물기로 흥건했다. 그렇게 정처 없이 걸었다. 얼마나 걸었는지도 몰랐다. 얼마나 울었는지도 몰랐다. 그저 마구 울고 마구 걸었다. 그러곤 울면서 기었다.

노란색인지 붉은색인지 아니면 형광 빛인지 구별할 수 없는 가로등에 나는 등을 기대어 앉았다. 내 앞엔 침범하지 못할 커다란 성이 있었다. 그리고 성에는 그녀가 있었다. 방의 불은 꺼져있었다. 무엇이 나를 이곳으로 인도했는지도 몰랐다. 술에 마취된 무의식이 나를 이리로 인도했으리라. 나는 불 꺼진 그녀의 방을 얼마나 오래도록 본 것일까. 나는 소리 내어 웃었다. 그럼에도 눈물은 비와 끊임없이 섞여 들어갔다. 나는 소리를 죽였다. 나는 숨죽여 말했다. 희연은 어둠속에서 울고 있을 거야, 라고. 나는 또한 생각했다. 오늘 한 말을 후회하고 울고 있을 거야. 희연이 울을 땐 아무 소리도 들리지 않지. 그건 진실한 울음이기 때문이지. 그리고는 내일 아침 전화를 걸지도 모른다. 아무 일도 없었던 듯 예전처럼 사랑스럽고 풋풋한 목소리로,

"미안해! 오늘 다시 만나줘요."

정말 그럴지도 모른다. 그 말을 위해서 희연은 울고 있을 거야. 나는 한순간 커다랗게 웃었다. 그러고는……. 그러고는 곧이어 소리 죽여 울었다. 아니야, 희연은 지금 자고 있을 거야. 아무렴 희연은 자고 있을 거야.

비가 아주 춥게 내렸다. 나는 일어서려고 노력했다. 그러나 중심을 잡을 수가 없었다. 육체가 나의 정신을 거부하고 있었다. 너마저 나를 거부하는 구나. 빌어먹을. 나는 욕을 계속 내뱉었다. 나는

다시 일어서려고 했다. 그러나 역시 중심을 잃고 엎어지고 말았다. 나에겐 중심이란 건 이미 존재치 않았다. 또 다시 일어서려다 그만 엎어지고 말았다. 대신 세상이 정신없이 돌아가고 있었다. 춥지도 않았고 아프지도 않다. 몽롱한 환상이 덮쳐왔다. 그 환상의 고요한 흐름 속에 희연이 다가오고 있었다. 그리고 희연이……. 나를 보듬는다. 따스하게. 너무도 부드럽게. 나는 포근하다. 나도 모르게 눈이 감겨 온다. 그리고 나는 정신을 잃고 말았다.

"아저씨, 아저씨! 이제 정신 좀 차려 봐요! 집이 어디예요?"
누군가의 질타소리에 눈을 게슴츠레하게 떴을 땐 그곳은 경찰지구대였다. 처음 나는 내 눈을 의심했다. 그리고 차츰 먼 과거였던 어제의 일을 씁쓰름하게 떠올렸다. 나를 보듬은 것은 희연이 아니었던가. 나의 몸은 상처투성이였다. 상처부위가 몹시 쓰라려왔다. 한기로 이빨이 다다닥 부딪쳤다. 얼핏 보이는 문 사이로 거리를 활보하는 행인들의 분주한 모습들이 보였다. 비는 그치고, 아침햇살이 흥건히 물기 먹은 거리 위에 얹히고 있었다.
나는 비린내 나는 비련의 주인공처럼 집으로 돌아왔다. 하룻밤 사이에 폐인이 되어버린 나는 여전히 취기를 완전히 떨쳐버리지 못했다. 그러나 한 가지는 확실히 알 수 있었다. 어젯밤 희연은 깨어 있지 않았다는 것, 더더군다나 결코 울고 있지는 않았다는 것이다.

사정없이 내리던 차가운 비가 어느새 뜨거운 비가 되었다. 그리고 비는 다시 물이 되고 있었다. 시커멓던 어둠 대신 진한 하얀 김발이 내 주위를 에워싸고 있었다. 나는 푸, 하며 얼굴에 흐르는 물을 흩트렸다. 샤워기를 끄고 온몸의 물기를 구석구석 닦아내고 옷을 주섬주섬 걸쳤다. 욕실 문을 열었을 때 텔레비전은 빛깔만 바꾸면서 자기 혼자 놀고 있었다. 단추를 매만지던 수정이 화들짝 놀란 노루마냥 고개를 들었다.

그때였다. 수정과 나의 눈이 마주쳤다. 수정은 나의 눈을 보고, 나는 수정의 눈을 보았다. 애처롭지만 아름다운 눈빛이다. 어딘지 〈그녀〉와는 좀 다른…… . 그 느낌이 내게는 생소했다. 당연했던 것이 특별하게 느껴질 때가 있다. 일상의 다른 면이 예상치 못한 순간 느닷없이 보일 때가 있다. 빌어먹을, 무슨 생각이람. 저 눈빛은 분명코 〈그녀〉의 눈빛이다. 암, 그렇고말고.

내가 수건으로 머리를 털며 수정 옆에 앉자 수정이 일어났다. 이미 짜인 각본과도 같이 그것은 자동적으로 일어났다. 그녀는 코트를 벗어 벽걸이에 걸었다. 그리고 욕실로 들어갔다. 똑. 문 잠그는 소리가 들렸다. 한참 후, 쏴 샤워기 물소리가 세차게 들렸다. 분명 내가 들어가 있었을 때도 수정은 이와 똑같은 소리를 들었으리라. 수정은 무슨 생각에 잠겨 있었을까. 나는 텔레비전 볼륨을 높였다. 중년 남자의 성난 쇳소리가 들렸다.

"미친년, 육갑하고 있네."

"뭐? 미친년? 그래, 난 미친년이다. 그럼, 미친년 데리고 사는 놈은 성한 놈이냐!"

시끄럽다. 시끄러운 건 딱 질색이다. 나는 채널을 돌렸다. 화면에는 젊은 부부가 나왔다. 그들은 막 결혼한 신혼부부처럼 상큼한 대화를 나누고 있었다. 대화하는 그들 뒤로 작은 소품이 보였다. 소품은 그들의 결혼사진이 끼워진 하얀 액자였다. 나는 액자 속 사진을 뚫어지게 쳐다보았다. 그리고 1년 전 결혼식장에서 보았던 신부의 얼굴을 떠올렸다. 나는 될 수 있으면 웃으려 했지만 도저히 웃을 수 없었다. 결국, 가장을 가장하기 위한 어쭙잖은 표정이 더 일그러질 뿐이었다. 친구는 나보고 미친놈이라고 힐난했다.

"병신……. 거긴 뭐 하러 가냐? 가봤자 네 속만 뒤집힐 걸."

그러나 끝내 가고야 말았다. 그리고 내 속은 문드러지고 말았다. '그것도 병이야.'라고 놀려대던 친구도 나를 위로하며 애석해해주었다.

"네 마음 다 안다. 그래도 할 수 없잖아. 잊을 건 잊어야지…….자, 술이나 마시자."

술을 넘기자 친구는 연신 중얼거렸다.

"병신새끼……. 아이, 정말 병신새끼……."

갑자기 샤워기 물소리가 멈췄다. 나는 텔레비전 볼륨을 조금 낮췄다. 나는 긴장하기 시작했다. 실제로 수정의 옷 입는 소리가 들리지는 않았지만, 그 소리가 마치 들리는 것만 같았다. 수정은 머리를 매만질 것이다. 옷을 추스르고 손잡이를 잡을 것이다. 그리고 떨리는 심정으로 손잡이를 돌리겠지. 그러면 문이 열리고 수정이 나타날 것이다.

수정은 욕실로 들어갔던 복장 그대로 나왔다. 물기에 젖은 머리카락이 이슬 맺힌 싱그러운 풀잎처럼 파릇했다. 살색 스타킹도 그대로 신고 있었다. 수정이 앉아있는 내게 다가왔다. 내 시야를 수정의 치마가 가렸다. 눈을 들자 수정은 나를 내려다보았다. 호프집에서 보았던 수정의 표정이 거기에 있었다. 나의 심장은 두근거렸다. 마른 침을 삼키며 마음을 진정시키려 했다. 그러나 수정은 이런 여유조차 주지 않으려는 듯 속삭였다.

"저는 희연이에요."

소곤거림에 가까울 정도로 낮았다. 하지만 목소리는 은밀했고, 헤아릴 수 없도록 깊었다. 연약한 손가락으로 잔잔한 물결에 작은 파고를 일으키는 목소리였다. 귀를 간질이고 애간장을 녹이는 목소리였다.

나는 그 목소리에 잠식되어 본능처럼 대뜸 일어나 수정을 침대 위에 눕혔다. 수정은 허수아비처럼 힘없이 침대 위에 누웠다. 침대의 푹신한 진폭이 전해졌다. 나는 두 손으로 수정의 머리를 움켜잡고 그녀의 입술에 나의 입술을 조심스럽게 갖다 대었다. 수정의 몸은 모든 것을 받아들일 준비가 된 것처럼 본능적으로 나오기 마련인 미세한 반항의 움직임도 없었다. 수정의 입술을 거친 나의 혀는 거칠게 수정의 얼굴을 구석구석 핥았다. 그리고 흥분의 1막이 거두어질 즈음 나는 일어났다. 불을 끄기 위해서였다. 역시 밝다는 것은 두려운 것이었다. 불을 끄기 위해 스위치 있는 곳으로 움직였다.

"제발 끄지 마세요."

수정이 상체를 반쯤 일으킨 채 애원하듯 말했다. 나는 놀라서 수정을 바라보았다. 홍등가의 여자가 말했듯이 누구나 불을 끄기를 원하지 않는가. 그러나 수정은 불을 끄지 말라고 요구했다.

"오늘이 마지막이에요."

수정은 계속 이 말을 강조하고 있었다.

"희연의 모든 것을 똑똑히 봐둬야 되지 않아요. 저는……. 저는……. 희연이니까요."

나는 순간 목이 메고 눈물이 치솟을 것 같은 강한 연민의 감정을 느꼈다. 혹, 연민의 정은 사랑의 감정일까? 반문에 답할 자신은 없었다. 나는 잠시 엉거주춤 서서 침을 삼켰다. 그렇다. 너는 희연이고 나는 너의 모든 것을 봐두리라. 아름다운 입술과 가는 목, 아담한 젖가슴, 부드러운 굴곡, 그리고 가장 깊고 깊은 곳까지…….

아, 희연아……. 나는 다시 희연에게 엎어져 그녀의 입술을 나의 입술로 막아버렸다. 그리고 그녀의 하얗고 가녀린 목을 따라 애무해 갔다. 희연이의 입술에서 단말마적인 신음소리가 가늘게 새어나왔다. 막으려 하지만 강력한 압력 때문에 피식 새어나오는, 그것은 응축된 신음이었다. 신음소리는 나를 흥분시켰다. 희연의 입술에서 신음소리가 새어나오다니. 처음 그 소리는 환청 같았다. 신음소리는 다시 이어졌다.

"아, 아."

희연의 신음소리에 갑자기 나는 조급해졌다. 나의 손은 미세하게 떨리고 등은 땀으로 젖어들기 시작했다. 나는 급히 새로운 것을 확인하려는 듯이 그녀의 옷을 마구 벗겨나갔다. 나의 성급함에도 희연은 여전히 자신의 모든 것을 나에게 맡겨두고 있었다. 내 손에서 희연이의 블라우스가 벗겨지고 속옷이 사라져갔다. 나의 흥분한 움직임에 따라 외부와 차단된 겹겹의 벽들이 한 꺼풀씩 허물어지고 있었다. 그리고 끝내 그녀의 상체에는 하얀 브래지어만 남았다. 눈이 부실 듯 여리고 하얀 살결. 슈크림처럼 보드라운 살결. 살아있는 듯 팔딱거리는 살결. 그 위에 작은 브래지어. 나는 떨리는 호흡과 손으로 그녀의 가슴 위 정결한 브래지어를 조심스럽게 벗겨냈다. 거기엔 희연의 젖가슴이 뚜렷하게 두 개의 봉우리를 이루고 있었다. 그 봉우리는 높았고 튕겨져 나올 듯 팽팽하게 긴장되어있었다. 그녀의 유두는 붉게 우뚝 솟아있었다.

'다른 여자라고 뭐 다른 줄 알아.' 화장으로 범벅된 창녀촌 여자의 얼굴이 선연히 떠올랐다. 나는 격정에 휩싸여 양손으로 희연의 젖가슴을 강하게 움켜쥐었다. 나의 손 안에서 희연의 젖가슴이 일그러졌다. 손안 가득히……. 여전히 희연의 신음은 그칠 줄 모르고 가냘프게 흘러나왔다. 그리고 중간 중간에 알아들을 듯 말 듯 같은 말을 연신 중얼거렸다. 나는 어린애처럼 그녀의 한쪽 젖꼭지를 빨며 그녀의 말을 들으려 귀를 세웠다.

"저는 희연이에요……. 저는 희연이에요."

희연은 그렇게 속삭이고 있었다. 나의 눈앞이 뿌예져왔다. 눈물이 터질 듯했다. 희연의 벌거벗은 모습이 눈물과 함께 아련하게 너울거렸다. 나의 손에 요동치는 모습이 뿌옇다.

그런데 이상한 감정의 변화가 내 심연 깊은 곳에서 일렁이기 시작했다. 억제할 수 없을 듯 강력하고, 주체할 수 없을 듯 빠른 속도로 나를 향해 돌진해 오는 무엇이 있었다. 그것은 크기를 가늠할 수 없을 파고로 소용돌이쳤다. 그 소용돌이는 점점 커지고 거세졌다. 모든 것을 아예 뒤집어 놓을 듯, 엄청난 크기로 들고 일어섰다. 아직 그 원형은 분명하지 않았다. 하지만 더 큰 변화가 안개의 농도 짙은 확산과 함께 벌어지고 있었다. 희연이 갑자기 일어서는 것이었다. 그리고 일말의 망설임 없이 나에게 등을 돌리더니 내 앞에서 사라져갔다. 희연이 울고 있는지 웃고 있는지 알아볼 수가 없었다. 다만 그녀의 뒷모습만 보일 뿐이었다. 희연은 설핀 안개의 분진을 헤치고 농밀한 하얀 어둠속으로 지척거리며 걸어 들어갔다. 어둠의 안개는 희연을 서서히 잠식해 들어갔다. 그리고 어느 순간 어둠의 세계로 자취를 감추었다. 다시는 돌아오지 않을 길로 빨려 들어갔다. 그리고 점으로 사라졌다.
  그런데 예상치 못했던 일이 벌어졌다. 사라진 하얀 어둠 깊은 그곳에서 다른 움직임이 보이기 시작한 것이다. 그 움직임은 나에게 달려오는 것이었다. 희연이 사라졌던 그 칠흑처럼 어둡고 두꺼운 안개로부터 잉태하는 것 같았다. 형체는 점점 더 커졌고 커짐과 함께 짙은 안개가 한 발 두 발 물러가고 있었다. 나는 망연히 지켜보고 있었다. 안개는 질정 없는 바람에 일정한 방향 없이 흩날렸다. 그리고 다가옴과 사라짐이 진행되면서 그 형체는 더욱 명확해졌다. 형체는 여자를 닮아있었다. 동시에 내 깊은 곳에서 무어라 형용할 수 없는 감정이 일었다. 연유를 알 수 없지만 그것은 아름답고 사랑스러운 감정이었다. 형체는 희연과 무척 흡사하지만 결코 희연은 아니었다. 희연과는 다른 내음이 여울져 밀려왔다. 그것은 독특한 향기였고 빛이었다. 그것은 나에게 점차 다가오더니 주저 없이 벌거벗은 채로 내 아래 드러누워 있는 것이었다.

"수정아!"

나는 얼결에 소리를 질렀다. 그러나 수정은 계속해서 신음하며 중얼거렸다.

"저는 희연이에요."

가엾은 수정. 이것은 단순한 연민이 아니었다. 어쩌면 또 다른 사랑의 시작일지도 몰랐다. 기존부터 있었던 것인데 내가 미처 알지 못했던 것인지, 아니면 이 순간 푸드득 갑자기 솟아오른 것인지 알 수는 없었지만 나의 감정이 진실인 것만은 확신할 수 있었다. 그러나 수정은 아직도 그 사실을 모르고 있었다. 나는 그것이 안타까워지기 시작했다. 수정에게 알리고 싶었다. 나는 너를 사랑한다고. 그 사실을 어떻게든 알려야 했다.

나는 수정을 바로 일으켜 세웠다. 나의 갑작스런 태도에 수정은 화들짝 놀라더니 입을 다물 줄 몰랐다. 나는 빠르게 그녀에게 내

코트를 걸치고 그녀를 벽 쪽으로 일으켜 세웠다. 그리고 수정의 머리를 양손으로 잡고 간곡한 표정으로 쳐다보았다. 그리고 나는 큰 소리로 물었다.

"넌 누구지?"

"희연이에요."

너무 놀란 나머지 수정은 떨고 있었다. 나는 머리를 저었다.

"아니야! 넌 누구지?"

"…희연이에요."

나는 눈물을 흘리고 있었다. 수정도 눈물을 흘리고 있었다. 나는 울음 섞인 목소리로 더듬거리며 다시 물었다.

"넌……. 넌……. 누구지?"

수정은 큰 소리로 울면서 대답을 못하고 있었다. 수정은 망설이고 있었다. 나는 수정의 입술에 내 입술을 갖다 대었다. 망설이지 않기를 바랐다. 입술을 떼고 그녀를 보았다. 수정의 입이 가느다랗게 떨리고 있었다. 그녀가 눈을 감았다. 그러자 덩이진 눈물이 이미 만들어진 눈물의 굴곡을 따라 흘러내렸다. 그리고 떨리는 목소리로 더듬거리며 말했다.

"전……. 전……. 수정이에요."

그랬다, 넌 수정이었다. 넌 다른 어느 누구도 아닌 바로 수정이 너 자신이었다. 그리고 너는 나로 인해 너를 찾은 것이 아니라, 너는 항상 너로서 존재했었던 것이다. 나야 말로 진정한 너를 발견한 것이리라. 나는 수정을 힘껏 부둥켜안고 다시 침대 위에 눕혔다. 그리고 이젠 내 차례가 된 듯이 연신 속삭였다. 오래도록.

"나는 너를 사랑해."

그리고 팽팽한 가슴으로 신음하는 수정의 몸 구석구석을 수정의 이름으로 더듬어갔다.